W9-AZA-108

Hechizo de boda

Mary Jo Putney

Hechizo
de boda

Titania Editores

ARGENTINA - CHILE - COLOMBIA - ESPAÑA
ESTADOS UNIDOS - MÉXICO - URUGUAY - VENEZUELA

Título original: *The Marriage Spell*
Editor original: Ballantine Books, Nueva York
Traducción: Rosa Arruti Illaramendi

© Copyright 2006 *by* Mary Jo Putney
All Rights Reserved
This translation published by arrangement with Ballantine Books,
an imprint of Random House Publishing Group, a division
of Random House, Inc.
© 2008 de la traducción *by* Rosa Arruti Illaramendi
© 2008 *by* Ediciones Urano, S.A.
Aribau, 142, pral. - 08036 Barcelona
www.titania.org
atencion@titania.org

ISBN: 978-84-96711-42-6
Depósito legal: B - 31.645 - 2008

Fotocomposición: Ediciones Urano, S.A.
Impreso por Romanyà Valls, S.A. - Verdaguer, 1 - 08786 Capellades
(Barcelona)

Impreso en España - *Printed in Spain*

A LA MEMORIA DE DAVID BLUM

Quien era una fantástica fuente de información
comprensible sobre abogacía, judaísmo
y sobre ser un hermano gemelo.
Y demostraba, sin mediar palabra,
lo que es ser un hombre de bien.

Agradecimientos

Doy las gracias a los sospechosos habituales que requirieron una paciencia especial con mis lamentos mientras este libro se arrastraba hacia la línea final.

Agradecimientos muy especiales a Laurie Grant Kingery por encargarse de la verificación de todo lo relacionado con la medicina en nombre de mi heroína curandera.

Y gracias a todas las enfermeras que emplean la magia humana de la compasión y la generosidad al trabajar con pacientes que sufren.

Prólogo

Academia Stonebridge
Cumberland, Noroeste de Inglaterra
septiembre de 1793

—¡Es hora de levantarse, rata!

La estrecha cama de Jack Langdon se inclinó sin piedad hasta arrojarle sobre el frío suelo de piedra. Se incorporó para sentarse y pestañeó medio dormido observando al joven que había irrumpido en su habitación. ¿Dónde se encontraba?

La Academia Stonebridge, por supuesto. El carruaje de su familia le había depositado aquí a altas horas de la noche después de días de viaje agotador. Le habían dado un trozo de pan y le habían conducido hasta su habitación sin ver nada del nuevo colegio ni conocer a ningún compañero. Hoy le tocaba aprender a sobrevivir durante los próximos años.

Se levantó como pudo y preguntó al otro chico de más edad.

—¿Eres un monitor?

—Lo soy. Dirígete a mí como «señor Fullerton, sir». Y tú eres una rata, lo inferior de lo inferior. Vístete y baja al patio. El coronel quiere hablar con las nuevas ratas. —El monitor frunció el ceño—. ¿Tengo que supervisarte también mientras te pones la ropa?

Jack sintió un potente deseo de abofetear esa boca de sonrisita suficiente, pero no era tan estúpido. El monitor tenía unos diecisiete años, abultaba el doble que él y era tres veces más ruin. Consiguió calmarse y contestó:

—No, señor Fullerton, sir. Ahora mismo bajo.

—Más vale. —Fullerton salió para pasar al siguiente cuarto.

Tiritando, Jack se acercó al lavamanos. Tuvo que romper una capa de hielo del jarro antes de poder verter agua. Tendría que haber adivinado que en Cumberland haría frío en septiembre ya que prácticamente estaban en Escocia. Habían hecho falta tres largos días de incómodo viaje para llegar hasta aquí desde su hogar en Yorkshire.

Su hogar. Intentó no pensar en Langdale Hall, donde había vivido sus once años de existencia. En ningún momento había querido marcharse. Pese a saber que el colegio era algo inevitable, había supuesto que le enviarían a uno de los lugares habituales, como Eton, y no que acabaría castigado en la Academia Stonebridge.

En un intento de suavizar el golpe, su madre había dicho que era un colegio pequeño y muy bueno. El director, el coronel Hiram Stark, era muy respetado como educador. Jack aprendería mucho, y cada chico tenía su propia habitación, no como algunos centros donde dormían docenas de alumnos en el mismo dormitorio.

Jack inspeccionó el espartano entorno. ¿Su propia habitación? Más bien su propia celda. Ni siquiera su madre había intentado convencerle de que Stonebridge fuera otra cosa que un castigo.

Fullerton asomó la cabeza por la puerta.

—¿Voy a tener que sacarte la camisa de dormir, rata? —Había algo insaciable en los ojos del monitor que puso nervioso a Jack por motivos que no entendía bien, y no quería entender.

—No, señor Fullerton, sir. —Jack recogió la ropa que había desechado el día anterior mientras agradecía que Fullerton pasara a intimidar al siguiente nuevo alumno. Había oído hablar de la mezquindad de estos colegios y pensado que tal vez sólo se tratara de chicos mayores intentando asustar a los pequeños. Por lo visto los rumores eran ciertos.

Cuando se hiciera mayor e ingresara en el ejército, tendría que soportar alojamientos fríos y aguantar a superiores detestables, por lo tanto iba a tener tiempo para ir acostumbrándose. Se puso como pudo la ropa, agarró la capa y luego salió al pasillo.

Vaciló una vez fuera, en el largo y sombrío corredor. La noche anterior, cuando un lacayo le condujo hasta su habitación, era tarde, estaba oscuro y él se sentía demasiado cansado como para fijarse por dónde iban. Pero creía que habían llegado desde la izquierda, de manera que tomó esa dirección y se puso a andar con brío. No le convenía llegar tarde al encuentro con el director, y tal vez andando consiguiera entrar un poco en calor.

Este pasillo acababa en otro y, al detenerse para intentar recordar, surgió otro chico más o menos de su edad de una habitación ubicada a la izquierda. Jack se presentó:

—Hola, me llamo Jack Langdon. ¿Bajas al patio?

El recién llegado, rubio, nervudo y de gélidos ojos grises, asintió.

—Soy Ransom.

Jack le dio la mano. Por un momento, Ransom pareció sorprendido antes de estrechársela.

—¿Sabes cómo llegar? —preguntó Jack.

—Por aquí. —Ransom indicó el pasillo a la derecha—. Al final hay una escalera que baja a la planta inferior.

Se pusieron en marcha adoptando el mismo paso. Jack estaba contento de conocer a otro alumno, ¿un compañero rata?, y se preguntó qué habría hecho para acabar aquí. Pero hacer preguntas era de mala educación, y Ransom parecía un tipo susceptible.

Habían recorrido medio pasillo en dirección a las escaleras del final cuando Jack oyó un grito ahogado tras una de las puertas situadas a la izquierda. Se detuvo con el ceño fruncido, preguntándose si debería investigar aquello. La incertidumbre se resolvió al oírse un grito más agudo.

—Espera un momento —le dijo Jack a Ransom. El otro chico puso mala cara, pero esperó en vez de continuar.

Jack llamó a la puerta.

—¿Quién anda ahí? ¿Estás bien?

Al no recibir respuesta, giró el pomo con cautela. La puerta se abrió con facilidad, pero no encontró ningún chico enfermo, como esperaba. Tres alumnos se volvieron a mirarle, y los dos mayores estaban martirizando a otro aún más pequeño que el propio Jack. El más alto le retorcía con brutalidad el brazo detrás de la espalda, mientras su compinche le amenazaba con la llama de una vela delante de la cara.

—¡Eh! —dijo Jack indignado—. Eso no se hace.

El chico mayor, un pelirrojo con cara de hurón, gruñó:

—Métete en tus asuntos, rata. Soy monitor y puedo hacer lo que me venga en gana.

El chico con la vela masculló:

—Lárgate ahora si no quieres salir malparado.

La víctima se quedó mirando a Jack sin decir nada. Menudo y de piel morena, tenía unos asombrosos ojos verdes y expresión de sombría resignación.

Jack estuvo a punto de salir huyendo, pero le costaba imaginarse que aquel chico hubiera hecho algo para justificar aquel trato, por lo que no podía tolerar aquello. Así que preparándose para ganarse una paliza dijo:

—No es justo que la toméis dos contra uno más pequeño. O paráis... o tendréis que afrontar las consecuencias.

El pelirrojo soltó una carcajada cruel.

—¡Como si no pudiéramos dar una paliza a dos ratas en vez de a una sola! Pues si es eso lo que quieres... —Soltó el brazo de su víctima y se movió hacia la puerta.

—Dos, no. Tres. —Ransom apareció en el umbral al lado de Jack y mostró una sonrisa que era toda dentadura—. Las ratas pelean con ensañamiento cuando se sienten arrinconadas.

El pelirrojo vaciló. Jack no le culpó. Él mismo se lo pensaría dos veces antes de emprenderla con un oponente de aspecto tan fiero como Ransom.

Percibió un movimiento detrás. Se oyó una fría voz:

—¿Una pelea? ¡Espléndido! ¿Supongo que hay que pegar a estos dos feos matones?

Jack vio por el rabillo del ojo que dos chicos más se habían unido a ellos. El pelirrojo, rindiéndose, empujó al chico de los ojos verdes hacia la puerta.

—¡Venga, vete con tu banda de ratas y da gracias de que estén aquí para salvarte! Por ahora. —Sus últimas palabras eran una clara amenaza.

El pequeño cruzó como una flecha la habitación y se unió al grupo de Jack. Llevaba la marca de una quemadura en la mejilla y parecía estar a punto de echarse a llorar, pero no se quejó. Cerró la puerta de un portazo y dijo:

—Gracias. A todos vosotros.

—¿Qué ha sucedido? —preguntó Jack—. ¿Ya os conocéis?

—No. No me aceptan por principio, así de sencillo —explicó el chico en tono lacónico—. Soy Ashby. ¿No sería mejor que bajáramos al patio?

—Exacto —dijo el chico que había aparecido al final. Rubio y delgado como un palillo, giró sobre sus talones y se puso a andar por el pasillo—. Me llamo Kenmore y este peligro público es Lucas Winslow.

El moreno Winslow era quien había expresado aquella fría voluntad de pelear. Jack decidió que Winslow y Ransom parecían hechos el uno para el otro. Tipos duros, pero que aparecían cuando se les necesitaba.

Moviéndose a paso vivo, los cinco se fueron escaleras abajo hasta el patio. La casa solariega se elevaba sobre tres lados y su presencia gris se erguía imponente sobre las losas del patio. La academia se encontraba en lo alto de las colinas y el viento cortante penetraba hasta los huesos.

Otros cuantos chicos se hallaban de pie formando una hilera irregular delante de un hombre alto de pelo cano y mirada ceñuda capaz de fundir el granito. Jack entró en tensión al percatarse de que tenía que tratarse del coronel Stark, el director de la academia. El coronel había alcanzado la fama primero en el campo de batalla y luego como fundador del colegio de peor reputación de Gran Bretaña.

A sabiendas de que cometía un error, Jack intentó con toda cautela leer la mente del coronel. No para husmear en ella, sino para hacerse una ligera idea de su personalidad, de cómo complacer al viejo diablo y evitar sus castigos.

Nada. Jack lo intentó otra vez, con más fuerza, y tampoco consiguió nada. Le intranquilizó descubrir que aquí no servía la magia, pero no debería sorprenderle. De esto era de lo que se trataba precisamente, ¿o no?

La mirada penetrante del coronel recorrió el grupo de los alumnos recién llegados.

—Llegáis con cinco minutos de retraso. Un mal comienzo. Ahora poneos en fila como los otros y mejor que forméis una hilera recta.

Jack consideró la posibilidad de explicar el motivo del retraso, pero descartó de inmediato la idea; Stark no era el tipo de hombre que aceptaba excusas, y aunque él hubiera llegado tarde por intentar salvarle la vida a su madre, poco importaría aquello. Suspiró mientras su estómago se revelaba contra la idea de no desayunar.

Los nuevos alumnos se unieron a los otros chicos formando una hilera. Jack se quedó en un extremo con la esperanza de pasar desapercibido.

Stark torció el labio con desprecio mientras su mirada avanzaba poco a poco por la fila.

—Todos sabéis por qué estáis aquí. Soy hijos de las grandes familias de Gran Bretaña, la mejor sangre de esta tierra corre por vuestras venas. Nacisteis para convertiros en oficiales, diplomáticos, terratenientes y clérigos; lo único en lo que no os convertiréis será en magos. *¡Malambrunos!*

Jack se encogió al oír la manera en que el viejo siseó la última palabra. El término *malambruno* no era muy cortés, ni siquiera su propio padre, aunque despreciaba la magia, habría permitido a sus hijos hablar de ese modo. Pero Stonebridge consistía ante todo en el desprecio a la magia, por lo tanto era preferible que Jack se acostumbrara a oír decir *malambruno*.

La fría mirada volvió a recorrer la hilera y se detuvo en él.

—A todos vosotros os han enviado aquí por vuestro deshonroso interés por la magia, por negaros a dejarla igual que otras tantas cosas de la infancia. Vuestros padres quieren que os saquemos como sea esa basura indecente, y han elegido bien, porque yo nunca fallo.

Para sorpresa de todos, Ransom habló en voz alta.

—¿Por qué es tan malo hacer uso de la magia? Todo el mundo tiene al menos un pequeño don. Es... algo divertido y puede resultar muy práctico. Incluso la Iglesia dice que la magia no es pecado siempre que no se use con malos propósitos. ¿Por qué tenemos que renunciar a ella?

Stark pareció atónito por un momento al oír tal herejía. Luego se adelantó ofendido hasta quedar erguido sobre Ransom.

—Todo el mundo tiene órganos sexuales, pero eso no quiere decir que deba hacer alarde de ellos o mostrarlos al mundo entero —soltó—. La magia es para las mujeres, para las clases inferiores y los cerdos perezosos que no dan golpe y engañan, porque son demasiado incompetentes para triunfar por sí mismos. Para un caballero, usar la magia es como ser comerciante. ¡Peor aún!

—La ocupación de comerciante es un trabajo honesto —farfulló alguien más alejado en la hilera.

Jack sospechó que el comentario había llegado a los oídos del coronel, pero éste fingió no oírlo por no admitir que no sabía quién había hablado. Sin apartar la atención de Ransom, dijo:

—Por tu desafío vas a recibir diez azotes. Soy indulgente porque hoy es tu primer día, pero no volverás a contar con la misma misericordia.

Stark giró sobre sus talones y anduvo a lo largo de la fila de chicos, con la espalda recta como una vara.

—Estaréis tan ocupados con clases y deportes que no tendréis oportunidad de pensar en el repugnante ejercicio de la magia. Ninguna artimaña maléfica funciona dentro del recinto del colegio; esa perversidad ha quedado bloqueada. Los que hayáis utilizado en secreto la magia tendréis que aprender a pasar sin ella. Ante cualquier desliz en vuestro comportamiento o actitud, tendréis que someteros a disciplina por mi parte, por parte de los tutores o de los monitores. ¿Me he expresado con claridad?

Una claridad horrorosa. No sólo habría que dejar toda práctica mágica, sino que los malvados monitores podrían abusar de los chicos más jóvenes a voluntad. Durante un momento frenético, Jack consideró el recurso de escribir a sus padres y rogarles que le permitieran volver a casa. Si hiciera falta, juraría no volver a practicar jamás la magia con tal de salir de este lugar. Titubeó ante la idea de no volver a percibir los sentimientos de otra persona o encontrar objetos perdidos o...

Interrumpió sus divagaciones. No tenía sentido pedir el regreso a casa. Tal vez su madre se ablandara; no se había mostrado entusiasmada de mandarle aquí. Pero su padre nunca le permitiría abandonar la academia. Lo había expresado con suma claridad cuando pilló a su hijo probando un conjuro para adivinar el futuro. Le había azotado y había contactado de inmediato con la Academia Stonebridge.

Jack respiró hondo. Para sobrevivir aquí, iban a hacerle falta amigos. Todos los iban a necesitar. Como ya habían comprobado hoy, una cuadrilla de ratas podía plantar cara a un par de matones si hacía falta. Miró con disimulo por la hilera, preguntándose quiénes de esta variopinta pandilla se convertirían en amigos y aliados.

No tardaría mucho en enterarse.

Capítulo 1

Melton Mowbray, Leicestershire
Midlands de Inglaterra
enero de 1813

Un telescopio tenía muchos usos valiosos y encomiables. Una podía estudiar aves remontando el vuelo. También podía admirar los anillos de Saturno o el misterio eterno de las estrellas.

O bien podía emplearlo para observar apuestos jóvenes durante la temporada de caza. Dado que tanto caballos como perros atravesaban con frecuencia a toda velocidad los campos de su padre, a Abigail Barton le parecía del todo justo que se le permitiera admirar los espléndidos especímenes masculinos que habían convertido su Leicestershire natal en la zona principal de cacerías en Inglaterra. Tres cacerías famosas tenían su base en los alrededores de la población con mercado de Melton Mowbray, de modo que la zona atraía cada invierno a los cazadores más dedicados.

Hacía un día perfecto de principios de enero. Un sol pálido iluminaba los campos vacíos y el aire claro dejaba sentir un frescor nada desagradable. Desplazó el telescopio sobre su soporte. El encuentro del Quorn de hoy se estaba congregando al otro lado del valle... Ah, ahí.

Enfocó el hervidero de caballos, perros y jinetes visible sobre la finca, en la cumbre de la colina enfrente de Barton Grange. La cacería no tardaría en empezar, pero hasta entonces los jinetes saludaban a sus amistades, bebían algo y hacían todo lo que hacen los hombres en tales ocasiones. Sobre todo hablar de caballos.

Como mujer práctica, Abby sabía que cazar zorros por la campiña era una actividad estúpida a más no poder. Cazar era un modo poco eficaz de eliminar alimañas, resultaba terriblemente caro y eran demasiados los hombres y caballos que resultaban heridos, lisiados o directamente morían. De todos modos, entendía lo embriagadoras que llegaban a ser la velocidad y la temeridad, e imaginaba que los jóvenes que integraban el grueso de la cacería apreciaban la camaradería de sus compañeros.

Inspeccionó poco a poco el amplio prado donde los cazadores se iban reuniendo. Reconocía a algunos como hombres del lugar o visitantes habituales de los condados de los Midlands. Otros eran desconocidos. Tanto daba. Disfrutaba viendo su excitación y expectación. Para los más jóvenes, cazar aquí por primera vez se aproximaba a una experiencia religiosa.

Detuvo el lento barrido de su telescopio. De modo que Jack Langdon se las había apañado para disfrutar parte de la temporada de caza. Aunque ahora era lord Frayne, todavía le costaba pensar en él de ese modo. Le había visto por primera vez hacía diez años quizá, cuando no era más que un mocoso. Ahora se había hecho todo un hombre, de amplios hombros y sólida musculatura.

Se notaba que se sentía maravillosamente bien sobre la grupa del caballo, lo cual no era ninguna sorpresa pues tanto él como varios de los amigos que se reían a su lado eran oficiales del ejército. Durante la campaña de verano se enfrentaban al despliegue de Napoleón en la península Ibérica, pero la lucha disminuía o cesaba por completo durante el invierno. Wellington y otros mandos militares daban muestras de generosidad al conceder permisos a los oficiales subalternos para que regresaran a casa durante la temporada de caza. Perseguir zorros les mantenía en forma y contentos, listos para perseguir franchutes en primavera.

Había visto de vez en cuando a Jack Langdon en Melton Mowbray, siempre el centro de un grupo de amigos. Aunque no era el más guapo ni el que más seguía la moda, siempre atraía su mirada. Su personalidad magnética llamaba la atención como el sol atrae las flores.

Lo más cerca que había estado de Langdon fue el día en que salía de una pañería con varios líos de tela bien empaquetados y casi tropieza con él. Jack se había tomado el incidente a risa mientras recogía los paquetes y se disculpaba por meterse en medio. En otras palabras, había sido un perfecto caballero, pero la sonrisa amistosa que le había dedicado iba más allá de la mera cortesía. De hecho, Langdon la había visto como una persona, no como una anónima señorita de la zona. Eso era algo peculiar entre el grupo de cazadores de Melton.

Abby se había aturullado tanto que no había analizado su mente como era debido, y nunca había vuelto a tener ocasión de estar tan cerca de él. Desde luego que no coincidían en actos sociales: un vizconde nunca se dignaría a dejarse ver en compañía de alguien como la hija de un mago. Especialmente si esta hija tenía el mismo don.

Pero Langdon era lo bastante alto y fuerte como para hacerla sentirse menuda y femenina en aquel encuentro, y puesto que él desconocía quién era, le había dedicado una sonrisa de lo más encantadora...

Un corno sonó al otro lado del valle y dio comienzo la cacería. Los sabuesos descendieron por la colina en tropel, seguidos por los jubilosos jinetes sobre caballos criados para correr. Jack Langdon y sus compañeros se perdieron de vista tras una elevación.

Sonriendo por sus tonterías, Abby cubrió el telescopio y regresó a su silenciosa habitación. Era hora de que una hechicera honesta regresara a su trabajo con las pócimas y los remedios, y dejara a los ricos ociosos con sus frívolos pasatiempos.

Hacía una mañana extraordinaria para cazar. Menos extraordinario fue el tedio de los cazadores cuando se les escapó el primer zorro y tuvieron que esperar a que los perros sacaran otro. Pero Jack estaba disfrutando demasiado del día en su totalidad como para importarle la espera. Recorrió con su mirada las colinas ondulantes, sus frondosos contornos definidos por campos con nítidos setos y una variedad interminable de vallas. Aunque había cazado en España, ningún lugar era comparable a estos condados de la región central de Inglaterra. Lanzarse tras los sabuesos como un incauto, saborear la excitación de llevar al límite el valor y el sentido común... era así cómo se sentía libre de los problemas insolubles de la vida.

Su sensación de bienestar se desvaneció. Cuando se acabaran las vacaciones dedicadas a cazar, tendría que regresar a Yorkshire. Ya llevaba demasiado tiempo comportándose como un cobarde.

Su amigo Ashby ya había desmontado y comentó:

—Parece que te estés muriendo de ganas de jugarte el cuello otra vez, Jack. Aunque tú no necesites un respiro, *Dancer* sí.

—Tonterías. —Jack dio una cariñosa palmadita en el cuello a su montura. El bayo oscuro era uno de los de mayor tamaño de la cacería, algo necesario para un jinete con un peso como el suyo—. *Dancer* sirve para correr las veinticinco millas, y confío en que podamos conseguirlo. Comprar un pabellón de caza ha sido una de las cosas más inteligentes que he hecho en la vida.

Ransom, el otro invitado en su casa, dijo con un brillo malicioso:

—Lo más inteligente que has hecho ha sido invitarnos a Ashby y a mí a Melton para que podamos guiarte tras los perros.

Jack se rió, sin mostrarse ofendido.

—Tengo ganas de que llegue Lucas. Nadie como él para bajarte los humos. —Miró la casa solariega que coronaba una colina situada más abajo en el valle—. No recuerdo haber cazado en esas tierras en concreto. Los propietarios mantienen buenas espesuras. ¿Qué tal las vallas?

—Hay un par de vallas dobles que te detendrían incluso a ti, Jack. O al menos deberían —contestó Ashby. Como él no estaba en el ejército, se había dedicado a cazar por la zona con más frecuencia que sus compañeros. Indicó la casa solariega con la cabeza—. Aquí vive el mago del lugar, sir Andrew Barton. Un tipo muy bien considerado. Tal vez por eso los setos crecen con tal vigor.

Jack percibió el escalofrío que provocaba en él cualquier mención a la magia y a los magos. La Academia Stonebridge había cumplido muy bien su función. Cómo detestaba su antigua fascinación por las tentaciones corruptas de la magia cuando era un muchacho con poca voluntad. Gracias a Dios que le habían enviado a la academia.

Una voz profunda azuzó a los perros desde el extremo de la espesura. Jack hizo girar a *Dancer*.

—¡Los perros han sacado un zorro!

Mientras Jack y Ransom salían disparados, Ashby saltó sobre su caballo con velocidad asombrosa y les siguió a pocos pasos. La cacería continuaba de nuevo.

Jack alcanzó a los otros cabecillas de la cacería saltando un rígido seto de espino con una zanja al otro lado. *Dancer* se elevó por encima y lo sobrepasó con facilidad, tan ansioso por volar como su jinete. Los perros se encontraban en el siguiente campo, sus cuerpos blancos y tostados se precipitaban de cabeza por la ladera de la colina mientras sus ladridos reverberaban por todo el valle.

Espoleó a *Dancer* para que fuera más rápido y se lanzaron directos a través de un alto seto de camachuelo. Jack sostuvo la fusta delante de la cara para protegerse los ojos de las ramas lacerantes. Los arañazos merecieron la pena al ver que se encontraba en el mismo campo que los perros. Sólo dos o tres de los demás jinetes se hallaban cerca, aunque por el rabillo del ojo vio a Ransom saltando el seto media docena de pasos tras él.

El hecho de que fueran amigos potenciaba aún más la rivalidad. *Dancer* ponía el mismo afán que él en alargar la ventaja sobre Ransom y su zaino. La valla en el extremo más alejado del campo era doble: una barrera de traviesas y una zanja con una estrecha zona donde aterrizar, lo suficientemente grande para admitir un caballo y saltar una segunda cerca.

—¿Estás listo, *Dancer*?

El oscuro bayo meneó las orejas hacia atrás lleno de desdén. *Dancer* tenía más ganas de saltar incluso que Jack, si eso era posible. Arremetieron ruidosamente contra la primera cerca llenos de júbilo temerario. Hombre y caballo se alzaron, libres de ira, pesar o pena. Jack se rió en voz alta deseando permanecer para siempre en un momento así.

Dancer descendió sobre la estrecha banda de tierra entre la zanja y la segunda verja. Mientras aterrizaba, el suelo se desmoronó bajo sus cascos, y, de forma instintiva, Jack desplazó su peso para ayudar al caballo a recuperar el equilibrio, pero *Dancer* se había descompensado demasiado. Mientras el caballo se estrellaba pesadamente sobre el suelo, él se vio despedido de la silla. Había tenido caídas en muchas ocasiones y sabía relajarse y rodar, pero el pie derecho se le quedó atrapado en el estribo. Pie y tobillo se torcieron de un modo horrible, lo cual impidió que cayera con limpieza.

Se dio de cabeza contra la cerca y notó un nítido crujido de huesos rotos al darse contra el suelo. El impulso le hizo rodar por la húmeda hierba y acabó despatarrado de espaldas. Pestañeó deslumbrado por el cielo azul claro e intentó evaluar sus heridas: no sentía dolor, sólo un entumecimiento, a excepción de un corte en la mejilla ocasionado por el seto de camachuelo. Respiraba con violencia, mucha, pero expulsar todo el aire tras una caída era lo normal. El entumecimiento también era habitual después de una dura caída; el dolor venía más tarde. Pero esto parecía... diferente.

Se percató de que un caballo se revolcaba como loco en algún lugar a su derecha. ¡*Dancer*! Intentó incorporarse para ayudar a su montura, pero no podía moverse.

—¡Jack! —El rostro de Ransom apareció recortado contra el cielo—. ¿Estás bien?

Jack quiso tranquilizar a su amigo, pero, al intentar hablar, no surgió ni una palabra. Como no quedaba aire en sus pulmones, no surgían palabras. Todo era perfectamente lógico.

Pero podía pestañear, y lo hizo repetidamente cuando su visión empezó a desvanecerse.

La voz de Ashby sonó horrorizada.

—¡Dios mío! ¡Cuánta sangre!

—Las heridas en el cuero cabelludo sangran horriblemente. —Ransom retiraba la sangre con delicadeza de los ojos de Jack—. Me preocupa más que haya alguna lesión en el cuello o en la espalda. Jack, ¿puedes apretarme la mano?

¿Sostenía Ransom su mano? Jack no sentía nada. Intentó apretar. Otra vez, y nada. Tenía todo el cuerpo entumecido. Qué suerte que Ransom se encontrara allí. Al igual que él, era un oficial de permiso, llegado de la península Ibérica, y tenía experiencia en improvisar con todo tipo de heridas en el campo de batalla.

Jack perdía y recuperaba brevemente el conocimiento. Se oían más voces, una de las cuales exclamó:

—¡Dios mío, lord Frayne se ha matado!

Otra voz dijo:

—Jack el Afortunado tiene más suerte que el propio demonio; se pondrá bien.

Las voces distantes se apagaban. El rostro de Ransom volvió a aparecer, con aspecto pálido pese al bronceado español. El rostro de Ashby también apareció mientras apretaba un paño doblado contra el cráneo de Jack para detener la hemorragia. Eso sí que lo notaba. Dolía.

Dancer ya no se revolcaba, pero relinchaba de dolor. Ransom se levantó de un brinco.

—Al carajo el caballo. Voy por mi pistola.

—¡No! —Jack consiguió soltar apenas un susurro.

—No... mates a *Dancer*. No... es culpa suya.

Ashby habló de repente:

—¡Alto, Ransom! Jack no quiere que mates a *Dancer*. Acaba de decirlo. —Se oyeron sonidos de enfrentamiento, como si Ashby intentara detener físicamente a Ransom.

—¡Maldito seas, Ashby! —Si Jack no hubiera sabido que era imposible, hubiera dicho que Ranson parecía estar a punto de echarse a llorar—. ¡Ese maldito animal ha arrojado a Jack!

—Da la impresión de que *Dancer* ha aterrizado sobre un trozo de tierra poco sólida. Un accidente. —La voz de Ashby sonaba tranquilizadora—. Jack nunca nos perdonaría que nos deshiciéramos de su caballo de caza sin que fuera necesario.

—Parece que *Dancer* tiene una pata rota —dijo Ransom tajante—. O le disparas ahora o le disparas más tarde. Y dentro de poco, a Jack ya no le importará nada.

A Jack le intrigaron esas palabras. ¿Se refería Ransom a que se estaba muriendo? Sin duda le dolería algo si fuera así. Pero había un problema con la respiración...

El miedo se abrió paso entre aquella vaguedad somnolienta, e intentó flexionar las manos, las piernas y los dedos con todas sus fuerzas. ¡Nada!

No podía mover ninguna parte del cuerpo por debajo del cuello. Estaba paralizado, lo cual quería decir que no tardaría en morir. No era de extrañar que Ransom y Ashby estuvieran alterados.

Había coqueteado con la muerte durante buena parte de su vida, alarmando a sus amigos con su conducta temeraria. No suicida, él nunca buscaría la muerte de manera deliberada. Pero había pensado que, cuando llegara el momento, lo más probable en el campo de batalla, aceptaría a la Parca con cierto alivio. La muerte era sencilla; la vida, no.

Pero ahora que parecían faltar minutos u horas para su fallecimiento, comprendió que no quería morir. Tenía problemas en la vida, pero ¿y quién no? Si hubiera intentado resolverlos en vez de salir corriendo, a estas alturas estarían arreglados. Surgirían nuevos problemas, pero también podrían resolverse.

En vez de eso, en nombre del honor y del servicio a su país, había salido huyendo de las obligaciones con su familia y apellido. Siempre había pensado que ya habría tiempo para el deber. Un día sentaría la cabeza y pondría orden a su herencia, pero primero tenía que librar batallas y perseguir zorros. Lo cual demostraba que no sólo era temerario sino también un necio.

Ransom habló con aquella voz monótona:

—Deberíamos notificarlo a su madre y a su hermana.

—No hasta que... el desenlace sea inevitable. —La voz de Ashby sonaba tan distante que casi era inaudible—. La casa del mago es la más próxima. He oído decir que Barton es un buen curandero. Si llevamos allí a Jack, tal vez pueda hacer algo.

Ransom se rió con amargura.

—Vives de espaldas a la realidad si crees que un maldito malambruno puede hacer algo con una herida de este tipo.

—De todos modos le llevaremos a Barton Grange. Los criados han hecho una camilla con una valla, de modo que ayúdame a levantarlo para poder llevarlo a la casa.

Jack apenas se sentía vinculado a su cuerpo sin vida mientras media docena de pares de manos le ponían sobre la camilla. Aceptó con abatimiento que ya estaba muerto, era cuestión de tiempo que el aliento cesara y el corazón dejara de funcionar. Había vivido la vida de forma irresponsable, como un jugador gastando su fortuna, y ahora debía afrontar las consecuencias.

Al menos no tendría que regresar a Yorkshire, excepto para su entierro.

Mientras se sumía en la negrura, su último pensamiento consciente fue de irritación, porque iba a morir en casa de un maldito hechicero.

Capítulo 2

Abby se quedó observando el mortero y su mano mientras intentaba recordar por qué molía vainas de cardamomo. No era habitual en ella ser olvidadiza, pero durante toda la mañana había tenido problemas para concentrarse. Le daba la sensación de que algo iba mal.

Por desgracia lo suyo no era la precognición, así que no tenía idea de si había sucedido algo o estaba a punto de suceder. Ni siquiera sabía a quién afectaba. A su hermano, no, de eso estaba segura, pese al trabajo peligroso que estaba desempeñando en España. ¿Tal vez a su padre, quien se encontraba en Londres entonces? Pensaba que no, pero era difícil estar segura. Sacudió la cabeza con frustración. No había tantas posibilidades.

Oyó aullidos de perros no lejos de la casa. Tal vez su inquietud anunciaba un accidente de caza, aunque por regla general no los advertía ya que no le afectaban directamente. En una ocasión su padre había ido a ver al señor de la cacería y le había ofrecido sus servicios como curanderos en caso de producirse alguna lesión en el terreno de caza. El responsable, un duque, había rechazado el ofrecimiento de manera cortante. Sir Andrew le había explicado con sequedad a su hija que tenía claro que el duque prefería ver morir a miembros de la cacería antes que confiar su cuidado a los hechiceros.

Abby se encogió de hombros y regresó al mortero y el cardamomo. Los magos estaban acostumbrados al desprecio de las clases superiores, sobre todo de los varones de tales clases. Ella opinaba que si eran demasiado altivos como para aprovechar las ventajas de la magia, merecían morirse deprisa y dejar el mundo a gente con menos prejuicios. No es que fuera a expresar en voz alta algo así; había aprendido muy pronto de sus padres que los magos practicantes tenían que ser discretos.

Por supuesto, la magia siempre había existido, pero la influencia en Europa Occidental de la Iglesia la había abolido durante cientos de años. Aparte de las parteras de los pueblos, que traían niños al mundo y preparaban pócimas a base de hierbas, la magia había desaparecido del dominio público. Luego llegó el siglo catorce y la Peste Negra.

Mientras la enfermedad asolaba naciones enteras, los magos habían roto su largo silencio para velar por sus vecinos. A menudo trabajaban junto a sacerdotes y monjas, en un esfuerzo por salvar vidas mientras los religiosos se esforzaban por salvar almas. Los clérigos acabaron por aceptar que las aptitudes para la magia venían de Dios, no del diablo. Se forjó un vínculo de confianza y tolerancia entre brujos y clérigos, sobre todo porque muchos sacerdotes y monjas resultaron ser ellos mismos magos y hechiceras.

Aunque la Peste Negra mató a una tercera parte de los europeos, se reconocía ampliamente que las bajas habrían sido mucho más elevadas sin los curanderos de la brujería. En Inglaterra, Eduardo III hizo pública una declaración oficial en la que le agradecía su trabajo a los hechiceros, que tantas vidas habían salvado, incluida la suya, la de su reina y la de la mayoría de sus hijos.

Otros soberanos europeos siguieron su ejemplo. La magia fue aceptada de manera general en todos los estratos de la sociedad, excepto entre los aristócratas, que detestaban cualquier cosa que no pudieran controlar ellos mismos. De vez en cuando los hechiceros eran objeto de persecuciones y disturbios, pero en general eran ciudadanos respetados. El padre de Abby incluso era un baronet, honor concedido a un antepasado que había servido a un rey. Aunque ser conocido como hechicero no era siempre seguro, la mayoría de los dotados para la magia preferían vivir sin esconderse, con honestidad... pero con discreción.

Al acordarse de que estaba elaborando una poción para incrementar la energía física, alargó el brazo para coger un trozo de canela en rama. Existían muchas pociones de este tipo, así que supuso que estaría bien hacer una con sabor agradable.

Estaba a punto de añadir jengibre cuando oyó golpes en la puerta principal. *¡Ha sucedido!* Su inquietud se cristalizó en una certeza. Sin preocuparse por quitarse el mandil, salió corriendo de su cuarto de trabajo y bajó las escaleras. Cuando un lacayo abrió la puerta, dejó ver a varios cazadores con casaca roja que traían un cuerpo inconsciente sobre una camilla montada con una valla cogida de un campo.

Apartando al lacayo, Abby dijo:

—¿Alguien ha sufrido una mala caída?

El hombre que estaba delante, un tipo moreno y delgado de persuasivos ojos verdes, dijo:

—Muy mala. He oído que sir Andrew es curandero. ¿Querrá ayudarnos?

—Mi padre se encuentra en Londres, pero yo también soy curandera. Tráiganlo adentro.

Alguien farfulló:

—No sólo hechiceros, encima una mujer. Al pobre diablo al final le ha abandonado la suerte.

Un hombre rubio de aire militar acalló con la mirada al otro tipo antes de volverse a Abby.

—¿A dónde debemos llevarle?

—Por aquí. —Luego le dijo al lacayo—: Trae un botiquín de inmediato.

A continuación guió a los hombres hacia el comedor. La doncella se apresuró a retirar un adorno del centro de la mesa.

—Muévanlo con cuidado —dijo Abby. Mientras desplazaban el cuerpo inmóvil y pesado a un lado de la superficie de la mesa, sujetó con firmeza la cabeza ensangrentada para mantenerla quieta durante el traslado. Una vez que estuvo instalado, empleó las puntas de los dedos para explorar el profundo corte en el cráneo. Largo y sanguinolento, pero no demasiado serio, pensó.

Se estaba limpiando las manos con el mandil cuando pudo ver con claridad el rostro maltrecho de la víctima. Jack Langdon. O, para ser precisos, lord Frayne. Debía recordar pensar en él como lord Frayne.

La sonrisa había desaparecido, el fuerte cuerpo estaba destrozado, el pulso vital apenas era una exhalación. Si no fuera un hombre tan fuerte, a esas alturas estaría muerto. Le provocó un desgarro de profundo dolor el que su risa y simpatía vieran su fin de forma tan insensata.

Echó un vistazo por la habitación. La mayoría de los hombres que habían traído a la víctima se agitaban con intranquilidad, pues no estaban seguros sobre qué hacer. Tanta inquietud la distraía.

—No es necesario, caballeros, que se queden, y sus caballos no deberían aguantar ahí afuera con un viento tan frío. Sabré algo más dentro de un rato, cuando haya tenido ocasión de examinarle.

Mostrando alivio por contar con permiso para escaparse, cinco de los siete hombres se fueron. El tipo de ojos verdes y el militar rubio se quedaron. El primero dijo:

—Soy Ashby y éste es Ransom. Conocemos a lord Frayne desde hace mucho tiempo. Tal vez podamos serle de ayuda.

Abby arqueó las cejas al caer en la cuenta de que éste tenía que ser el duque de Ashby. Sabía que el duque cazaba por los alrededores de Melton, pero nunca le había visto. No era lo que hubiera esperado de un duque.

—Gracias, Excelencia.

Él le sonrió con una mueca.

—Ashby será suficiente.

El lacayo llegó con el botiquín. Mientras Abby colocaba varias gasas sobre la herida sangrante del cuero cabelludo para hacer un vendaje provisional, Ransom le preguntó:

—¿Le cortamos la bota de la pierna derecha?

Ella alzó la vista y se preguntó dónde ocultaría el militar aquella daga de aspecto tan letal.

—Aún no. Ha perdido mucha sangre, pero me da miedo que, en su estado actual, cualquier zarandeo le prive de la poca fuerza que pueda quedarle. Esperen hasta que le haya examinado para saber a qué atenernos.

El puñal desapareció de la vista. Abby confió en que Ransom no sintiera deseos de emplearlo si ella no era capaz de salvar a su amigo. Inició la exploración pinchando con una aguja las manos y las piernas de Frayne. No hubo ni tan siquiera una punzada de respuesta. No era buena señal.

—Por favor, manténgase callados mientras procedo a examinarle.

Los dos hombres hicieron un gesto de asentimiento. Se alegraba de que tuvieran suficiente sensatez como para no malgastar el tiempo con preguntas. Cerró los ojos y respiró hondo mientras meditaba. Una exploración precisa requería concentración total, pero también una profunda relajación. Cualquier otro estado no le permitiría hacerse una idea del alcance de las heridas.

Cuando estuvo concentrada, abrió los ojos e intentó explorar... pero no sintió nada. Sólo alcanzaba a ver su maltrecho cuerpo físico, el mismo que podría ver cualquiera que no fuera mago. Un segundo intento resultó igualmente infructuoso.

—Lord Frayne debe de llevar algún amuleto para protegerse de la magia, porque no puedo explorarle. —Lo cual quería decir que el hechizo tenía una potencia excepcional. Su magia era lo bastante fuerte como para invalidar este tipo de encantamientos, pero éste la dejaba bloqueada. Quizá consiguiera penetrarlo si dispusiera de tiempo, pero no quería malgastar ni tiempo ni poderes—. ¿Saben dónde lo lleva? Si es así, ¿podrían retirárselo?

Los hombres intercambiaron una rápida mirada. Los amuletos con sortilegios de protección eran comunes, pues mucha gente recelaba de los hechiceros, aunque Abby los consideraba bastante inútiles. Los motivos para realizar un hechizo tenían que ser buenos, ya que la cantidad de poder requerida era enorme, y si un mago con el suficiente poder quería de verdad hechizar a una persona, un amuleto protector común no serviría de mucho. Pero los amuletos conseguían que la gente se sintiera más segura entre magos, y en este sentido ya tenían algún valor.

Como hombre rico, Frayne podría permitirse los mejores sortilegios, al igual que sus amigos. Sintió la tentación de comprobar si ellos también empleaban amuletos protectores, pero inspeccionarles hubiera sido una falta de cortesía, por no mencionar la distracción que hubiera supuesto mientras la vida de un hombre estaba en juego.

Ashby dijo:

—Voy a ver si puedo conseguir que dé su consentimiento a que usted practique su magia.

Interesante. O bien Frayne tenía un amuleto difícil de retirar o sus amigos no sabían dónde lo llevaba y se mostraban reacios a perder el tiempo buscándolo. Ashby se inclinó sobre su amigo.

—Jack, ¿concedes permiso para que miss Barton examine tus heridas?

Frayne parpadeó hasta abrir los ojos.

—Arpía —musitó, como si eso fuera suficiente respuesta.

—¡Por favor, Jack! Intenta ser educado. La señorita Barton es una maga bien nacida, de buena reputación. Ransom y yo nos quedaremos contigo, de modo que estarás a salvo. Pero, por el amor de Dios, ¡concédele el permiso!

Tras otra aspiración larga y ruidosa, Frayne movió los labios:

—Muy bien.

Había que conceder permiso voluntariamente para poder neutralizar un amuleto de protección, y Abby se preguntaba si aquel recelo evidente de Frayne no acabaría por bloquear el verdadero consentimiento. Pero cuando volvió a intentar la exploración, fue capaz de hundir su conciencia en el cuerpo del vizconde y percibir lo que estaba íntegro y lo que estaba dañado. Para cuando alcanzara el cuello y la cabeza de Frayne, se habría adaptado bien a su energía.

Mientras movía despacio las palmas de las manos por encima de sus piernas, Abby murmuró:

—Los huesos de la pantorrilla derecha están rotos por cuatro sitios. Lo peor es una fractura en el hueso de la cadera, y que los pedazos rotos han perforado la piel. Eso es lo que causa la hemorragia. Pero las rodillas y los fémures no han sufrido daños, lo cual es bueno.

—¿De veras puede percibir eso? —preguntó Ashby intrigado.

—Sí. Los huesos son cosa fácil. Los órganos internos pueden resultar más difíciles. —Continuó con el examen, moviendo las manos hacia arriba por el cuerpo de Frayne sin tocarle directamente. Como mujer curandera tratando a un hombre, y además aristócrata, debía ser comedida.

Había abundantes contusiones y varias costillas rotas, pero nada mortal hasta que desplazó las manos a la zona situada encima de la garganta. Enseguida percibió una energía violenta penetrando las palmas de las manos. Sondeó más a fondo, pues necesitaba entenderlo en detalle. Una vez segura, dijo con pesar:

—Dos huesos en la base del cuello están rotos.

Uno de los hombres tomó aliento, pero no habló. Ella supuso que ambos entendían que su amigo sufría una herida mortal. Por meticulosidad, finalizó el examen, moviendo las manos por encima del cráneo de Frayne.

—Tiene una conmoción muy grave —dijo—, pero no creo que el daño cerebral sea serio.

—El cuello roto es sin duda suficiente —dijo Ransom con pesadumbre.

Por desgracia tenía razón. No obstante, Frayne respiraba. Abby frunció el ceño mientras consideraba el alcance de las heridas, intentando recordar si había leído algo en los libros de su padre que ofreciera alguna esperanza.

—¿Puede hacer algo por él? —preguntó Ashby.

Antes de que pudiera contestar, Frayne aspiró de forma dolorosa y violenta, luego se atragantó y dejó de respirar. Por un momento, Abby notó que se le detenía el corazón por miedo a que él muriera en aquel preciso momento. Abrió la mano sobre el centro del pecho de Frayne. Su corazón aún latía, aunque con debilidad. Lo que necesitaba era aire en sus pulmones.

Le colocó las manos a ambos lados de la garganta e introdujo energía rogando para poder estabilizar de forma temporal el cuello y la garganta dañados. Aquello requirió toda la fuerza de que disponía, pero llegó a percibir un leve fortalecimiento de los nervios. ¿Cómo podría hacer que respirara por sí solo?

Tenía que sacar las cosas adelante. Tras inhalar a fondo, se inclinó encima, cubrió la boca con sus labios y sopló aire hasta el interior de los pulmones del hombre herido. Tenía los labios fríos y firmes, pero parecían más bien los de un muñeco de cera que los de un hombre vivo. Volvió a inhalar y luego se inclinó una vez más para compartir la respiración. Tras media docena de veces, él inhaló de forma entrecortada por sí solo, y luego siguió respirando de manera trabajosa pero regular. Había ganado un poco más de tiempo, pensó un poco mareada mientras se incorporaba.

Los dos hombres la estaban contemplando con fascinación.

—¿Son todos los magos curanderos como usted? —le preguntó Ransom.

—Los buenos lo son. —Se apartó el pelo que había caído sobre su rostro recordando demasiado tarde que se estaba manchando de sangre.

—¿Hay algún tipo de tratamiento? —le preguntó Ashby—. El coste no es problema.

Hizo una seña a los hombres para que se apartaran de Frayne y así poder hablar con ellos en privado. Hacía tiempo que sospechaba que la gente herida oía cosas aunque pareciera inconsciente, y las malas noticias podían convertirse en profecías que acababan por cumplirse. Dijo con cuidado de no alzar la voz:

—Nunca he oído que un curandero haya salvado a alguien tan mal herido. Como han visto, he precisado la mayor parte de mi poder para estabilizarle sólo temporalmente, y eso no ha tenido ningún efecto sobre las heridas subyacentes.

—¿Qué opina de un círculo curativo? —preguntó Ashby—. He oído decir que un círculo de ese tipo a veces puede producir resultados extraordinarios.

—¿Está familiarizado con los círculos curativos? —le preguntó con sorpresa.

—Por lo que entiendo, unas cuantas personas con poderes mágicos se juntan y canalizan su energía a través de un curandero preparado. El poder combinado puede curar a menudo enfermedades mucho peores que las que puede sanar un sólo curandero, por mucho talento que tenga.

Para ser un aristócrata era sorprendente lo informado que estaba.

—¿No ha oído también que los círculos curativos son muy peligrosos para el hechicero que ejerce como centro? Ha muerto gente, pues el poder resulta mayor de lo que pueden controlar. —Y aun así, estos círculos llegaban a operar milagros... a veces. Frunció el ceño—. Ojalá mi padre estuviera aquí.

—¿Es un curandero más poderoso que usted? —le preguntó Ransom.

—Más poderoso, no, pero más experimentado. Llevaría días localizarle en Londres y traerle de vuelta a casa. —Hizo un gesto hacia el cuerpo inmóvil de lord Frayne—. No cuenta con tanto tiempo.

—Ha sido capaz de hacer que Jack vuelva a respirar —dijo Ransom—. ¿Podría mantenerle estable hasta que regrese su padre?

—Ha sido sólo una medida provisional, y he tenido que emplear todo mi poder sólo para eso —dijo sin rodeos—. Su estado se deteriorará de forma progresiva. Si no se le bloquean los pulmones, se extinguirá por su incapacidad de comer y beber. Lo más probable es que muera de sed si antes no se ahoga.

El rostro de Ransom se tensó. Tras un largo silencio, Ashby dijo:

—Yo estaría dispuesto a ser el centro del círculo de curación.

Abby arqueó las cejas.

—Es un ofrecimiento valiente y generoso, pero a menos que sea un curandero con formación, sería suicida.

Le aguantó la mirada.

—Estoy dispuesto a correr ese riesgo.

—¡No! —interrumpió Ransom con violencia apenas contenida. Ya es bastante terrible que perdamos a Jack. Ser duque no te hace inmortal, Ash.

—Tal vez algún día descubra para qué sirve ser duque —murmuró Ashby—. Señorita Barton, ¿hay suficiente gente con poder en la zona como para intentar crear un círculo? Y si es así, ¿qué cobraría por ejecutar el ritual?

—La cuestión no es el coste, sino la viabilidad. En cuanto a gente con poder... —Hizo un rápido censo mental de todos los magos a pocas horas de la zona—. No hay suficientes hechiceros en las proximidades como para crear un círculo con posibilidades de que funcione. Si mi padre estuviera aquí habría poder suficiente para considerar al menos el intento, pero sin él, probarlo sería inútil. Por no mencionar los riesgos.

Ashby y Ransom compartieron una mirada. Tras llegar por lo visto a algún tipo de decisión, Ashby dijo:

—Frayne, Ransom y yo nos conocimos en Stonebridge. Por su expresión, veo que ha oído hablar de la academia. —Torció el gesto—. El director hizo bien su trabajo, pero siempre he oído que la magia es algo inherente que no puede anularse en un muchacho, aunque el deseo de usarla sí. Dado que yo tenía cierto poder entonces, imagino que sigo teniéndolo. ¿Sería usted capaz de aprovecharlo si formara parte del círculo?

¿Academia Stonebridge? Qué intrigante.

—¿Puedo hacerle un examen?

El duque asintió. Él debió de neutralizar al mismo tiempo el amuleto de protección porque de pronto su aura resplandeció de poder. Le evaluó con los ojos cerrados. Qué antecedentes tan interesantes tenía. Explicaban su color moreno así como la magia. Se recordó que no debía apartarse del tema que tenían entre manos y dijo:

—Tiene un don poderoso. Tal vez sea suficiente para cambiar el resultado, pero como carece de formación... —Sacudió la cabeza sin convicción.

—¿Y si yo me uniera al círculo? —preguntó Ransom—. También poseía poderes. En otro tiempo.

Mientras él retiraba su amuleto protector, Abby cerró los ojos y descubrió un hombre sumamente complicado, conformado por contradicciones que descendían en remolinos hasta misteriosas profundidades en las cuales se incluía la magia.

—Aportarían suficiente poder al menos para contar con una posibilidad si yo soy capaz de canalizar la energía de forma adecuada.

—Entonces, ¿está dispuesta a hacerlo? —le preguntó Ashby con mirada penetrante.

Ella observó a lord Frayne frunciendo el ceño. Afortunado Jack Langdon. Quizá no le hubiera sonreído en las calles de Melton Mowbray de haber sabido que era una hechicera. Seguramente la habría mirado con desdén y se habría dado media vuelta. Aún así, el hombre continuaba atrayéndola, tanto por los recuerdos que tenía de él sano, como por su actual vulnerabilidad.

—Deseo mucho que viva —dijo con franqueza—. Sería una tragedia la muerte innecesaria de un hombre con tal don para inspirar amistad. Pero... no sé si puedo hacerlo. ¿Merece la pena arriesgar mi vida sin saber las posibilidades reales de tener éxito? —Se mordió el labio—. Piensen en la gran decepción que sufriría mi padre si su única hija se matara intentando algo que supera su capacidad.

—¿Alguna cosa haría que ese riesgo mereciera la pena? Si ambicionáis riqueza o independencia... —La voz de Ashby se fue apagando de modo insinuante.

Abby estudió la forma inconsciente de Frayne, con gran frustración al ver que su vida se escapaba, no creyéndose capaz de salvarle. Era absurdo estar medio enamorada de un hombre que ni siquiera conocía.

Le vino a la cabeza un pensamiento extravagante. Murmuró, más para sí misma que para los hombres:

—Hay algo que haría que el riesgo mereciera la pena, pero no es un precio que lord Frayne estuviera dispuesto a pagar.

—Menos robarle el alma a alguien —dijo Ransom—, cualquier otra cosa puede discutirse.

Ella se rió por lo absurdo de la idea.

—¿Incluso el matrimonio? Dudo que aceptara eso, ni siquiera para salvar su vida. —De todos modos, mientras le contemplaba, comprendió que estaba dispuesta a arriesgar su vida sin cobrar nada, sólo porque deseaba que viviera. *Lo siento, papá, pero debo hacer esto.*

Para su sorpresa, Ashby la estudiaba con ojos entrecerrados.

—Pregúnteselo. Tal vez la sorprenda.

Abby se quedó boquiabierta.

—No habla en serio. La idea es intolerable.

Antes de poder decir que estaba dispuesta a intentar realizar el círculo curativo sin necesidad de incentivos, Ashby dijo:

—Puede que sea una hechicera, pero también es una dama, por lo tanto la idea no es tan poco razonable. Jack ha comentado en un par de ocasiones la idea de tener que irse buscando una esposa, pero se siente incapaz de hacer frente a los horrores del Mercado Matrimonial. Por lo tanto, ¿hay algo más fácil que una esposa que puede salvarle la vida y a la cual no tiene que cortejar?

El duque, tomando a Abby por el brazo, la guió por la habitación hasta donde yacía lord Frayne.

—Jack, tenemos una propuesta que hacerte.

Capítulo 3

Cada vez que Jack se perdía en la oscuridad, imaginaba que no volvería a surgir de las sombras, pues no dejaban de volverse más oscuras, más decididas a absorberle en la negrura definitiva. Esta vez fue la voz de Ashby la que le hizo recuperar el conocimiento.

—Jack, tenemos una propuesta que hacerte. La señorita es una curandera de talento, y asumirá los riesgos de dirigir un círculo curativo a cambio del honor de convertirse en tu esposa. A mí me parece toda una oportunidad. ¿Estás conforme?

Jack pestañeó preguntándose si había perdido la cabeza.

—¿Estás loco? —susurró con voz áspera—. ¡Antes muerto que prometido a una maldita arpía!

Ashby se inclinó un poco más, con sus furibundos ojos verdes.

—Ese tipo de cosas las dice uno cuando está sano. ¿De verdad prefieres la muerte que casarte con una mujer atractiva, inteligente y distinguida?

Su amigo sabía lo que decía, qué puñetero. Ahora que la Muerte jugaba a los dados con sus huesos, Jack se percató de que aún no estaba listo para la última tirada. Pero ¿casarse con una maldita arpía? Pestañeó, pues no veía con claridad la figura situada de pie al lado de Ashby.

Femenina, sí, pero a su manera bastante extravagante. Alta y robusta, con pelo marrón y barbilla cuadrada. No el tipo de mujer en quien uno se fijaría al pasar por la calle. Supuso que podría resultar atractiva para los hombres aficionados a las amazonas, pero él siempre había tenido predilección por las rubias y etéreas. En especial las rubias que no tenían escarceos con la magia, ni tan siquiera las formas más benignas y aceptables de magia de muchachas adolescentes.

Y no obstante, su vida estaba en juego. Cerró los ojos, pues se sentía demasiado débil para tomar una decisión. ¿Matrimonio? No querría casarse con una completa desconocida, aunque no fuera una arpía. De acuerdo, por lo general Ashby juzgaba bien el carácter de las personas, pero tal vez en este caso tuviera algo que ver la visión de su carcasa moribunda.

Moribundo. Era como si su cuerpo hubiera desaparecido, excepto por el esfuerzo atormentado que requería respirar. Había visto morir a demasiados hombres en España como para reconocer las señales de una herida mortal. Poco a poco, su fuerza vital se esfumaba.

¡No estaba listo todavía! Dios bendito, eran tantas las cosas que quería hacer, lugares que quería visitar, amigos que necesitaba ver. Con una ferocidad repentina y desesperada, anhelaba vivir tal como un hombre a punto de perecer en el desierto anhela el agua.

Abrió los ojos y se quedó observando a la amazona.

—Si lo intenta y medio lo consigue, ¿me quedaría como un lisiado inútil? La verdad, preferiría la muerte que eso.

Ella se inclinó y de pronto no fue una idea abstracta sino una mujer de carne y hueso, con pensamientos y sentimientos, cuyos ojos se convirtieron en todo su universo. Eran de un azul claro casi transparente con bordes oscuros. Unos ojos mágicos, extraños y persuasivos. Ojos que no le permitían apartar la mirada.

—Eso no va a suceder, lord Frayne —dijo con calma convincente—. O sobrevive y finalmente se cura, o muere. No quedará como un hombre imposibilitado, dependiente de los demás. Eso se lo prometo.

Cuando sus miradas se encontraron, se percató de que ella entendía el mensaje no expresado. Si no podía curarle, le dejaría fallecer. Saber aquello le tranquilizó. Pero de cualquier modo...

—Es una hechicera. No puedo casarme con una hechicera. —Casi le llama arpía otra vez, pero consiguió cambiar de palabra. No quería ser maleducado.

—Vamos, Jack. —Ransom intervino arrastrando las palabras desde algún lugar en el limitado campo de visión de Jack—. Piensa en lo divertido que sería horrorizar a ciertas personas con algo tan escandaloso. —En su voz se detectaba un temblor muy débil—. Siempre te ha gustado ser un provocador.

Jack se atragantó con la risa. Era propio de Ransom hacer que la idea de casarse con una hechicera sonara como una última y deliciosa oportunidad de burlarse de la sociedad. Aunque el objeto de casarse con esta mujer —¿señorita Barton?— no fuera tener que hacerlo por última vez.

Centró la vista en la dama. Bien, Ashby había dado a entender que era una dama, y si su padre era un baronet, eso era lo más probable.

—¿Qué clase de esposa sería usted?

Las oscuras cejas de Abby se unieron formando una línea oscura mientras cavilaba.

—Una esposa poco exigente. Valoro mi independencia y me gusta la vida en el campo, de modo que no iría a Londres con demasiada frecuencia para hacerle pasar vergüenza. —Había una débil nota irónica en su voz de terciopelo.

La práctica de la magia por sí sola le producía aversión, y sería algo bochornoso socialmente, pero por el momento no eran razones de peso.

—Se compromete conmigo para salvar mi vida. ¿Cómo le beneficiaría un matrimonio así?

—¿Acaso no desean un título todas las mujeres? —La ironía iba en aumento.

—¿Es eso todo lo que quiere? ¿Un título?

Ella apartó la mirada.

—Y... y también querría tener un hijo.

Una cuestión delicada.

—La primera obligación de la esposa de un noble es darle un heredero. —Jack cerró los ojos y bloqueó aquella visión. Nunca había imaginado que llegaría el día en que se sintiera agradecido de tener control todavía sobre sus párpados.

Se estaba muriendo, y nada podía cambiar aquello. No obstante, por la oportunidad de vivir, estaba dispuesto a arriesgarse, pese a las pocas probabilidades de ganar.

—Si sobrevivo, se podría intentar tener un hijo, si Dios lo quiere. Muy bien, señorita Barton, tenemos un acuerdo. Si me devuelve la vida y la salud, le doy mi palabra de que será mi esposa.

«...será mi esposa!» Abby cerró los puños, sin habla a causa de la impresión. No esperaba el consentimiento de lord Frayne y, sin eso, no tendría poder alguno. Él dudaba de su capacidad para ayudarle a salvar la vida, lo veía en su ojos sombríos. Aunque creyera que había alguna esperanza, ella había imaginado que se negaría a tomar por esposa a una hechicera. Pero era evidente que el deseo de vivir era lo bastante potente como para superar su aversión a la magia.

El consentimiento llegó por los pelos, pues él volvió a sumirse en un estado inconsciente. Si quería tener alguna posibilidad de salvarle, debía actuar sin más demora.

—Felicidades por su compromiso —dijo Ashby—. ¿Cuánto llevará organizar el círculo curativo?

Puso orden en su barullo de pensamientos.

—Convocaré a los hechiceros de la zona de inmediato; tendrían que estar aquí a última hora de la tarde. Pero es demasiado pronto para hablar de compromisos matrimoniales. Déjeme repetir una vez más que haré todo lo posible, aunque no hay garantía de éxito.

—Me ha quedado claro —dijo Ashby con tranquilidad—. Pero confío en que sirva de algo creer en ello con suficiente convencimiento.

—Pensamiento mágico —apuntó Ransom—. Pero tal vez merezca la pena intentarlo.

—Caballeros, quizá quieran comer algo y descansar un poco. —Se secó con disimulo las palmas húmedas de las manos en el delantal. Continuó hablando dando muestras de una mesura descriptiva magistral—: Va a ser una experiencia agotadora.

—Tal vez más tarde —dijo Ashby—. Antes de eso, ¿tiene algún libro con explicaciones sobre los círculos curativos? Me gustaría enterarme de qué podemos esperar.

Ella asintió, impresionada por su buen criterio.

—En la biblioteca hay varios libros. Si me sigue, se los buscaré; voy allí a escribir mis notas. —Un lacayo había traído una manta, y ella la tendió con delicadeza sobre la forma inconsciente de Frayne después de verificar que las heridas abiertas ya no sangraban.

—Me quedaré aquí con Jack —dijo Ransom—. ¿No cree conveniente llevarle a un dormitorio?

Abby negó con la cabeza.

—Cualquier movimiento aumentará el riesgo de lesionar la columna.

—Verle tendido en una mesa parece tan incómodo. —Ransom interrumpió sus palabras—. Pero supongo que no lo siente.

No hacía falta responder. Hizo un ademán a Ashby para que la siguiera a la biblioteca. Cuando entraron, el duque estudió las estanterías repletas de libros con aprobación.

—La gente cree que la biblioteca de Ashby Abbey es una de las mejores de Inglaterra, pero creo que aquí tienen aún más libros que yo.

—Mi padre es un conocido especialista en historia y práctica de la magia. —De hecho, sir Andrew Barton era una figura importante en los círculos mágicos, aunque no le sorprendía que el duque no estuviera al tanto de su nombre. Había magos por todas partes, en todas las capas de la sociedad, no obstante, la ignorancia sobre la vida mágica proliferaba, sobre todo entre la nobleza. Eso les permitía fingir más fácilmente que los hechiceros no existían. Tenía que reconocer la educación de Ashby y Ransom y su flexibilidad a la hora de pedir ayuda.

Se detuvo junto a una de las estanterías que cubrían las paredes del suelo al techo e inspeccionó los títulos. Ahí estaban. Sacó dos volúmenes del estante.

—Estos dos libros tratan en detalle los círculos curativos. Confío en que le sirvan esta noche. Y bien, si me disculpa, debo llamar a los demás.

Después de que él aceptara los libros con agradecimiento, Abby se sentó en su escritorio y empezó a escribir unas notas breves en las que pedía a sus amigos que participaran en el círculo curativo. Ashby preguntó:

—¿Tiene criados suficientes para llevar los mensajes? Si no fuera así, podría llamar a miembros de mi personal para acelerar el proceso.

—Gracias, pero no será necesario. —Enrolló la pequeña nota con precisión y la metió en un tubo ligero confeccionado a partir de una pluma de ganso—. Las palomas llevarán los mensajes más rápido que cualquier jinete.

El duque alzó las cejas.

—¿Se trata de alguna forma de magia?

—En absoluto. Las palomas regresan a casa por instinto. Tal vez su amigo el señor Ransom sepa algo de palomas mensajeras, pues creo que el ejército las emplea. Unos cuantos hechiceros de esta zona mantienen palomas en las casas de los demás para poder enviar mensajes con rapidez cuando hace falta.

—Supongo que a veces se requiere la magia con necesidad urgente, como ahora.

—Ésta es una clase de emergencia, pero hay otras —dijo con sequedad—. Incluso en estos tiempos modernos, hay pueblos en Inglaterra donde son capaces de quemar a gente como yo con la menor excusa.

El noble se quedó muy quieto.

—La verdad, no había pensado en eso, pero ya veo que se trata de una carga que debe sobrellevar a diario.

—Todos vivimos a un paso de la muerte. Tal vez los hechiceros seamos un poco más conscientes de eso —comentó y se fue al palomar. Dejó a Ashby profundamente absorto en uno de los libros y ella se preguntó si su estudio respondía por completo al deseo de ayudar a lord Frayne o si una parte de él añoraba la magia reprimida tanto tiempo. Por experiencia, quienes poseían un don ansiaban ponerlo en práctica, pero, por supuesto, ella no era una aristócrata. Tal vez un ducado fuera suficiente poder.

Tras entregar las notas al cuidador de las palomas, regresó a la casa y dio órdenes para que prepararan todos los dormitorios libres. Cuando concluyera el círculo curativo, sus compañeros hechiceros estarían demasiado cansados como para volver a casa.

El ajetreo doméstico le ayudó a mantener controladas sus preocupaciones.

A última hora de la tarde llegaron los últimos amigos de Abby con dones mágicos. Era hora de iniciar el círculo curativo. Se fue al comedor del desayuno donde los hechiceros de la zona habían estado tomando sus refrigerios mientras charlaban entre ellos. Aunque tenían por delante un serio trabajo, eso no significaba que no pudieran disfrutar de la inesperada reunión.

—Ya está todo el mundo aquí. ¿Preparados? Si es así, ya ha llegado el momento.

Acabando las bebidas a toda prisa y con ruido de sillas arrastrándose, los ocho brujos se levantaron y la siguieron al comedor principal, donde esperaba el paciente. El grupo incluía representantes de ambos sexos, desde la joven Ella, de quince años, hasta el señor Hambly que contaba setenta y siete. Aunque no tenía el poder y destreza del padre de Abby, las décadas de experiencia del señor Hambly serían valiosísimas durante el ritual que iban a iniciar.

El grupo incluía también un vicario, una comadrona, y el Joven Will, el hijo de un trabajador de la granja. Cuando su don fue descubierto, el padre de Abby empezó a darle clases de magia y a pagar las cuotas del colegio de enseñanza secundaria de la zona, para que el chico tuviera más oportunidades de las habituales en una familia de trabajadores. Pese a los orígenes diversos, eran una comunidad unida por sus dones. No era la primera vez que trabajaban juntos, ni sería la última.

Hasta ese momento, Abby había mantenido a los hechiceros separados de los aristócratas, puesto que el estado de ánimo era demasiado diferente. Con expresión grave, Ransom se había negado a separarse de lord Frayne. Ashby también había pasado allí la mayor parte del tiempo, explicándole a Ransom la información que había descubierto sobre los círculos curativos.

Entre recibir a sus amigos y verificar en qué estado se encontraba Frayne, Abby también había estudiado las notas que había tomado durante las lecciones con su padre. Conocía la teoría. Sólo que no había pensado en hacerse cargo de una curación de esta magnitud sin la orientación y apoyo de sir Andrew.

Era la líder de este círculo, lo cual significaba que debía transmitir calma y seguridad. Se secó las palmas húmedas de las manos en la falda antes de entrar en el comedor. Ransom y Ashby se levantaron con aspecto sombrío pero decidido. A los hechiceros les dijo:

—Los amigos de lord Frayne participarán en el círculo. Aunque carecen de formación, ambos tienen dones. Judith, ¿puedes colocarte a mi derecha?

Judith Wayne, la comadrona, ocupó su lugar a la derecha de Abby. Dejándose guiar por la intuición, Abby asignó a cada participante un lugar en el círculo formado alrededor de la mesa que sostenía el cuerpo sin vida de Frayne. La colocación de cada participante ayudaría a crear un flujo armonioso de energía. Puso a Ransom justo enfrente de ella, pegado al sereno y mayor señor Hambly, y colocó a Ashby a su mano derecha.

Cuando todo el mundo estuvo colocado, dijo:

—Creo que incluso los principiantes conocen el procedimiento, pero voy a repasarlo una vez más por si acaso. Colocaré mis manos sobre la cabeza de lord Frayne para canalizar la energía curativa. Todos los integrantes del círculo nos cogeremos de la mano, y Judith y Ashby colocarán sus manos libres sobre mis hombros. Cuando el círculo esté completo y sellado, comenzará la curación. Por favor, por favor, no rompáis el círculo bajo ninguna circunstancia, ya que sería doloroso para todos los participantes y le provocaría lesiones a lord Frayne. ¿Alguien quiere hacer alguna pregunta?

Ashby preguntó:

—¿Tiene idea de cuánto tiempo durará?

Ella negó con la cabeza.

—Cuesta decirlo. Tal vez una hora. Es difícil mantener una energía intensa durante más tiempo. Cuanto más dure el ritual, mayor riesgo de que el círculo se rompa por fatiga o por algún otro motivo.

Echó una última ojeada a los integrantes del círculo.

—Ella, ¿alguna pregunta?

La jovencita preguntó en voz baja:

—Está mal herido, señorita Abby. ¿Cree que tenemos posibilidades de salvarle?

—Si no lo creyera, no estaríamos aquí —respondió Abby con sinceridad—. Pero el éxito no está garantizado. Reverendo Wilson, ¿pronunciará una oración para que nos bendiga el Señor?

El vicario asintió y recitó una oración con voz profunda y sonora. Todavía había gente que creía que la magia era obra del diablo, pese a que un porcentaje importante del clero estaba dotado para ella. Abby pensaba que nunca perjudicaba invocar la ayuda divina y recordar a los demás que los dones del espíritu venían de Dios.

Cuando el vicario concluyó, Abby dijo:

—Unamos las manos, sellemos el círculo y comencemos.

Capítulo 4

Abby erigió sus defensas más potentes antes de que Judith y Ashby apoyaran la mano en sus hombros. Incluso así, el embate de tantas energías desorientaba. Después de ajustar el influjo de poder, bajó las defensas un poco para poder separar las energías de cada persona que participaba en el círculo.

Eran como notas musicales, únicas por sí solas, pero que juntas creaban un poderoso acorde. Ella era ligera y pura, Judith afectuosa y compasiva, el reverendo Wilson profundo y reflexivo, y así sucesivamente a lo largo de la fila. Había falta de experiencia en Ashby y Ransom, pero percibía su poder y sinceridad. Sus cualidades mágicas podrían influir a la hora de salvar a su amigo.

En cuanto consiguió retener con firmeza el flujo de energías, cerró los ojos y rebajó las defensas de forma gradual hasta suprimirlas. Nunca antes había concentrado tanto poder; era fácil ver que el proceso podría fracasar de modo peligroso. Pero tomó todas las precauciones y notó que controlaba el poder que ella canalizaba incluso con las protecciones retiradas del todo.

Con el control del poder, pero también transformada por él. En estado de trance, distante y a la vez consciente del menor detalle, exploró el cuerpo herido de Frayne, capaz de ver más en profundidad que antes. Tendría que tomar nota del alcance total de las heridas y probablemente elegir qué iba a tratar, pues la cantidad de poder curativo no era ilimitada.

Frunció el ceño al hundir su conciencia en el cuerpo de Frayne. La fuerza vital había descendido de modo peligroso, apenas era una brasa refulgente, y le preocupó que él no sobreviviera a la tensión del círculo curativo, por lo que decidió donarle parte de su propia fuerza vital. La fuerza vital era diferente a la magia. Aunque ella era capaz de canalizar la energía mágica de cualquier integrante del círculo, a la hora de donar fuerza vital, sólo controlaba la suya, y así debía ser.

Trazó mentalmente un hilo dorado de fuerza vital que iba desde su plexo solar al de él. El poder de Abby hizo que la vida fluctuante del paciente relumbrara con un poco más de estabilidad. El hilo que les conectaba le permitió además percibir el pulso de la personalidad de Frayne, ahora profundamente oculta, como un oso en hibernación. Denotaba una gran bondad y compasión. El mundo le necesitaba tanto como sus amigos.

Volviendo a la exploración, confirmó que el cerebro sólo había sufrido la conmoción percibida antes. Esa contusión sanaría por sí sola.

A continuación buscó la hemorragia interna. Como sospechaba, había perdido una gran cantidad de sangre tanto por heridas externas como por lesiones internas, que incluían un bazo dañado. El poder que administraba permitió curar los desgarros, deteniendo así la hemorragia.

Estudió los huesos de la pierna con horrorosas fracturas y decidió que merecía la pena dedicar cierta energía a garantizar que se soldaran bien rectos y firmes. Visualizó huesos imaginarios sólidos y sanos, que servirían de plantilla para los huesos reales mientras éstos se curaban. Si la pierna rota hubiera sido la única lesión, habría soldado los huesos en el acto, pero no podía dedicar a eso la enorme cantidad de energía que requería, teniendo en cuenta que había otras lesiones que hacían peligrar su vida de forma más directa.

Al advertir que la inflamación empeoraba en varios puntos delicados, inundó el cuerpo de un sortilegio concebido para eliminar todo estado febril. Las heridas infectadas resultaban fatales con mucha frecuencia, y él no tenía fuerzas para combatir la inflamación.

Consciente de haber gastado ya una cantidad sustancial del poder disponible, se concentró en la lesión más crítica: el cuello roto de Frayne. No sólo debía reparar los huesos fracturados, sino también los vasos sanguíneos y los nervios desgarrados que transmitían mensajes desde la mente al músculo. Si éstos no se reparaban, no había posibilidades de que Frayne llevara una vida sana y activa. Sería más caritativo retirarse y dejarle morir en paz.

Bajó las manos hasta los lados de la garganta y notó la aspereza de la barba contra sus dedos. Primero, los huesos destrozados...

Después de seguir con atención las fisuras y roturas, creó una plantilla imaginaria de huesos sanos, igual que había hecho con la pierna. Luego vertió energía en el interior de la plantilla con la fuerza de una fundición.

¡No tenía suficiente poder! Al percatarse de ello, quiso llorar de frustración. Casi lograba fusionar los huesos, pero no disponían de magia suficiente, así de sencillo, como para acabar el trabajo. Pero seguro que podía hacer alguna cosa.

La desesperación le recordó que tal vez contaran con un último recurso: el propio poder de lord Frayne. Como había comentado Ashby, el don mágico podía reprimirse, pero era parte íntegra de la propia naturaleza y no podía destruirse.

¿Le permitiría Frayne emplear su poder, teniendo en cuenta que no aprobaba en absoluto la magia? Bueno, él quería vivir, y ella preferiría salvar su vida y provocar su cólera a fracasar ahora que el éxito se veía tan cerca.

Manteniendo el control de las energías del círculo, se hundió en el pozo del ser de Frayne. Allí encontró un profundo hoyo de magia, ignorado durante mucho tiempo, pero aún poderoso. Invocó aquel don y lo enlazó con los demás, luego regresó a su maltrecho cuello.

Parecía milagroso, pero al agregar el poder personal de Frayne, los fragmentos de hueso empezaron a fusionarse poco a poco dando forma a una unidad sana. Vertió magia con más profusión hasta que la última pieza estuvo en su sitio, unida con firmeza al todo.

El alivio provocó que se mareara, pero hizo una pausa y respiró hondo. Con el incremento de consciencia, no sólo oía la respiración de los otros miembros del círculo sino también sus latidos.

En cuanto se sintió más estable, se preparó para el esfuerzo final. Reconstruir la columna vertebral había requerido un poder puro y concentrado. En contraste, sus nervios y vasos sanguíneos requerían la delicada habilidad de una maestra bordadora.

Siguió cada conexión de forma concienzuda y entretejió los fragmentos dañados hasta que cada estructura quedó completa. Con su percepción al límite, oyó cómo la respiración trabajosa surgía más fluida y cobraba fuerza.

Con una última y metódica pasada, integró el último nervio en el todo. Consciente de que había apurado sus fuerzas, retrocedió mentalmente un paso para inspeccionar a su paciente. ¿Se había ocupado de todo lo esencial? Sí, el cuello roto estaba arreglado, el bazo ya no sangraba y había eliminado la inflamación.

Aún seguía extremadamente débil y tendría que recuperarse de los huesos rotos y la pérdida de sangre a ritmo normal. Con el ceño fruncido, decidió mantener la conexión de fuerza vital entre ellos hasta que recuperara la vitalidad.

Tambaleándose, abrió los ojos. Sus compañeros parecían tan exhaustos como ella, pero el círculo permanecía íntegro. Con una sonrisa cansada, dijo:

—La curación ha concluido y, con ayuda de Dios, creo que le hemos salvado.

Con los ojos muy abiertos, Ella susurró:

—Ha sido increíble.

El señor Hambly suspiró y movió los hombros:

—Nunca había tomado parte de un círculo curativo como éste. Lo ha hecho muy bien, jovenzuela.

—Todos lo hemos hecho bien —murmuró.

A su izquierda, Ashby profirió un sonido peligrosamente parecido a un sollozo. Su piel oscura había adquirido un matiz gris, pero estaba radiante de alivio. Ransom mantenía los ojos cerrados, y ella supuso que estaba pronunciando una oración de agradecimiento. O tal vez invocando la protección divina por haber participado en la perversión de la magia.

Buscando un último resquicio de energía, Abby dijo:

—El círculo ha concluido, Dios les bendiga hasta la próxima vez en que nos reunamos. —Soltó las energías de los participantes y se apoyó con las manos en el borde de la mesa, notando calambres dolorosos en músculos y manos.

A su derecha, Judith dijo:

—¿Te encuentras bien, Abby?

—Estoy bien. —Tranquilizó a su amiga.

Ni siquiera se dio cuenta de que se desplomaba hasta que el suelo se elevó y la aporreó.

Flotaba en un mar tranquilo dentro de una embarcación, empujado cada vez más cerca de la puesta de sol. Su rabia y miedo, y la desesperada pasión por vivir habían dado paso a una resignación cansada.

Luego el sol que se hundía ante él empezó a elevarse, pujante de poder. Sus rayos cambiaron del naranja al oro puro mientras la luz caía sobre él. Luz, vida...

Jack recuperó el conocimiento sintiéndose una criatura que había vivido demasiado tiempo oculta. ¿Había muerto y renacido en el paraíso? Eso no era probable pues notaba cada miembro de su cuerpo. Por supuesto, tampoco había pensado nunca que el paraíso fuera su destino más probable.

¿Dolor? ¿Volvía a sentir su cuerpo? Sorprendido, intentó mover los dedos. ¡Se movían! Igual que sus brazos. Notaba dolores penetrantes en el costado, probablemente alguna costilla rota, pero ¡podía moverse!

Intentó estirar las piernas y lo lamentó de inmediato al notar el tremendo dolor que martirizó toda la pierna derecha. Pero sus piernas se movían ¡y meneaba los dedos gordos!

Cuando la conmoción dio paso a la dicha, abrió los ojos y vio un medallón moldeado en el techo que tenía encima. No parecía que aquello fuera el cielo ni el infierno, sino un dormitorio perfectamente normal. Volvió la cabeza sin pensar. Aunque el cuello le dolió de modo atroz, no oyó ningún crujido horrible de huesos rotos.

Ransom estaba desplomado en una silla junto a la cama, pero se incorporó de golpe en cuanto Jack se movió.

—¡Gracias a Dios que estás despierto y te mueves! —Se inclinó hacia delante con el rostro radiante de alivio—. Aunque respirabas mejor, no acababa de creerme que fueras a sobrevivir. ¿Cómo te sientes?

—Como si me hubiera caído de *Dancer* y toda la cacería hubiera cabalgado al completo por encima mío —respondió Jack con voz áspera—. Por lo demás, bastante bien. —Con esfuerzo alzó el brazo derecho y lo contempló maravillado antes de dejarlo caer sobre el colchón—. ¿Supongo que mis lesiones eran menos graves de lo que parecían en un principio?

Ransom negó con la cabeza.

—Tus lesiones eran mortales, Jack. Has salvado la vida gracias a un círculo curativo dirigido por esa mujer excepcional con la que prometiste casarte si conseguía lo imposible.

Jack soltó un jadeo. ¿Había prometido casarse? Fragmentos de recuerdos empezaban a resurgir. Cómo le trasladaban a la casa del hechicero. Una amazona de ojos asombrosos, su temor a morir que desembocó en aceptar sus condiciones pese a creer que su situación era desesperada. ¡Dios bendito, de modo que de verdad había aceptado casarse con una hechicera amazona!

Impensable. No obstante, había dado su palabra, y la amazona lo había devuelto a la vida cuando estaba al borde de la muerte. Le habían concedido una segunda oportunidad, y desde luego no podía iniciar una nueva vida rompiendo su palabra. Tendría que contentarse con esta situación.

—Supongo que lo mejor es que vaya a Londres y consiga una licencia especial.

Ransom frunció el ceño.

—¿Hablas en serio? Mejor espera a tener más fuerzas, sin duda. Aún tienes que recuperarte mucho. Además, tal vez puedas convencerla para que acepte algún otro pago por sus servicios.

—«Si hay que hacerlo, más vale darse prisa» —murmuró Jack, preguntándose si estaba masacrando demasiado el dicho popular—. He hecho una promesa, por lo tanto no tiene sentido esperar. ¿No fuiste tú quién sugirió que disfrutaría escandalizando a toda la alta sociedad? Ya es hora de empezar.

Ransom se levantó con una débil sonrisa en el rostro.

—Si es lo que quieres, salgo de inmediato para Londres. Se me dan mejor las cabalgatas que las enfermerías.

Jack consiguió levantar la mano y tendérsela a su amigo.

—Gracias por estar aquí.

Ransom estrechó su mano con fuerza.

—Ashby también está aquí. Hemos dormido por turnos.

—Qué suerte tener estos amigos —susurró Jack. Notaba que le flaqueaban las fuerzas a toda velocidad.

—Uno se gana los buenos amigos siendo un buen amigo. Volveré a finales de semana. —Ransom le tocó el hombro—. Que duermas bien, Jack.

Mientras se sumía en un sosegado sueño, Jack apuntó mentalmente que debía preguntarle a Ashby cómo se llamaba su novia.

Con un gemido, Abby se dio media vuelta en la cama con todos los músculos doloridos. ¿Qué hora era? Abrió los ojos y vio el sol del mediodía. También encontró a su amiga Judith, la comadrona, dormitando en la cama, a pocos centímetros de ella. ¿Qué diantres?

Judith abrió los ojos y se tapó la boca bostezando. Aunque tenía varios años más que Abby, con esta luz parecía una jovencita.

—Así que te has despertado —comentó Judith—. ¿Cómo te encuentras?

—Agotada. —Abby se incorporó hasta sentarse y se pasó la mano por el pelo suelto. Tenía unos enredones detestables por no habérselo trenzado antes de acostarse. Dado que no recordaba el momento en que se fue a la cama, supuso que alguien le había quitado las horquillas del pelo, igual que el vestido y el corsé.

—No me gustaría parecer poco hospitalaria, pero ¿qué haces tú aquí?

Judith hizo una mueca y también se sentó. Al igual que Abby, llevaba una camisola interior en vez de un camisón.

—Andábamos mal de camas anoche —explicó—. Todos los participantes en el círculo estábamos demasiado cansados como para regresar a casa; parecía que fuéramos a desplomarnos como árboles. Tu maravilloso personal consiguió buscarnos un sitio donde echarnos antes de caernos al suelo.

Abby hizo un repaso mental.

—Tendría que haber camas suficientes.

—Yo estaba preocupada por ti —explicó Judith sin rodeos—. Jamás había visto canalizar tanta magia como tú hiciste anoche. Me pareció mejor que tuvieras cerca a alguien. Por si acaso.

Abby le dedicó una mirada perpleja.

—Sólo era un círculo curativo, no había necesidad de preocuparse. Lo hemos hecho con bastante frecuencia.

Judith sonrió con gesto irónico.

—Yo nunca había participado en un círculo que durara tres horas, ni en el que se operara tal milagro.

—¡Tres horas! —Abby se quedó mirándola—. ¿De verdad duró tanto?

Su amiga asintió.

—Todos estábamos tan agotados que yo misma sentí la tentación de concluir el círculo antes de que alguno de nosotros desfalleciera. Estoy asombrada de que nadie se viniera abajo. Fue por los pelos.

Abby frunció el ceño mientras pensaba otra vez en lo que había sucedido.

—Perdí la noción del tiempo. Ahora que pienso en ello, no me sorprende que tardáramos horas. Había mucho que reparar.

—Por ello las curaciones de este tipo son tan poco comunes. Casi nunca se consigue reunir suficiente poder, paciencia y habilidad. —Judith sonrió—. Lo has hecho bien, Abby. Espero que tu noble paciente se lo merezca.

—Creo que sí. —Abby empezó a peinar con los dedos los nudos en su pelo—. ¿Qué sucedió anoche después de desmayarme como una débil doncella?

Judith disimuló otro bostezo.

—Entablillé la pierna rota de nuestro paciente para que no echara a perder tu buen trabajo si empezaba a dar vueltas. Por sugerencia mía, le metieron en el cuarto del piso inferior que usó tu abuelo cuando se puso enfermo. También le pedí al ama de llaves que preparara desayunos sustanciosos durante toda la mañana para que todo el mundo pudiera comer al despertarse. Después de participar en un círculo curativo tan prolongado, hoy todos vamos a tener un hambre canina.

—Gracias por ocuparte de todo. —Abby hizo una mueca mientras se hacía un gran moño con el pelo suelto—. Tienes que estar tan cansada como yo, pero te has apañado mucho mejor.

—Estaba cansada, desde luego, pero no tanto como tú. Al fin y al cabo yo no le proporcionaba fuerza vital al paciente —replicó Judith cortante.

Tendría que haber imaginado que iba a darse cuenta.

—No lo haré durante demasiado tiempo, pero lord Frayne necesitaba más vitalidad para sobrevivir durante el proceso de curación. Continuará necesitando energía adicional hasta que recupere parte de sus propias fuerzas.

—Supongo que tienes razón —admitió su amiga—. Pero no prolongues esto demasiado. La energía vital es frágil y no es ilimitada. Podrías salir malparada. O... algo peor.

—Tendré cuidado. —Abby salió de la cama con energía—. Es hora de vestirse y descubrir qué están haciendo mis invitados. Te veré en el comedor del desayuno.

Se preparó a toda prisa para la nueva jornada, muy consciente de sus errores como anfitriona. Pero antes de ir a desayunar, hizo un alto en el cuarto de Frayne para ver cómo le iba a su paciente. Estudió desde el umbral de la puerta los planos firmes de su rostro y pensó cuánto más vivo se le veía en comparación con el día anterior. Cuando le trajeron a su casa, era un hombre moribundo. Ahora, simplemente, estaba durmiendo.

Un Ashby cansado y sin afeitar cuidaba a su amigo. Se levantó cuando la vio entrar.

—Jack ha estado despierto un rato antes. Según Ransom, era más o menos el de siempre. Cansado y con dolores, pero razonable.

—Supongo que ahora le toca dormir a Ransom. Por su aspecto, a usted también le iría bien dormir un poco.

Ashby le dedicó una sonrisa ladeada.

—Tiene razón, pero no quería dejarle solo. El ayuda de cámara se ha encargado de ir a casa de Jack, y Ransom ha salido para Londres, lo cual me deja a mí.

¿Londres? Supuso que los hombres de mundo estaban acostumbrados a ir de un lado a otro a toda velocidad como si fueran diligencias.

—Duerma un poco, Excelencia —ordenó—. Yo me quedaré con lord Frayne hasta que uno de los lacayos pueda venir y hacer guardia. No necesita demasiadas atenciones en este momento. Sólo tiempo para recuperarse.

—Admito que, aparte de pedir ayuda, poco podría hacer en caso de que sufriera una crisis, pero no quería dejarle. Acababa de quedarme dormido cuando Ransom me pidió que le sustituyera otra vez. —Al darse media vuelta para salir añadió—: Pensaba que estaba conforme con Ashby.

Ella se encogió de hombros.

—Ayer todo era confusión. Hoy regresamos a la normalidad. Usted es un duque, yo soy la hija de un caballero de provincia y además hechicera. Es hora de retomar nuestros papeles habituales en la vida.

—Siempre será la valiente mujer que salvó la vida de mi amigo —dijo el duque con calma—. Y confío en que siempre siga siendo Ashby para usted.

Hablaba en serio, comprendió ella. Y aunque hoy habían vuelto a la normalidad, reconocía que había un vínculo entre ellos. Supuso que era parecido a los soldados que han luchado hombro con hombro en una batalla.

—Muy bien, Ashby. Haré un esfuerzo y me saltaré los modales.

Él sonrió y la dejó a solas con Frayne. En cuanto se cerró la puerta, Abby se acercó a un lado de la cama para verle de cerca. Pese a estar dormido, vio talante e individualidad en su rostro. Su alma volvía a encontrarse instalada con firmeza en su cuerpo. Movió las manos sobre su cuerpo para realizar una suave inspección. Sí, la curación parecía profunda.

Le puso la mano en la frente. No había indicios de fiebre. Aunque se había librado de la inflamación el día anterior, siempre había peligro de que regresara. Era tal vez el mayor peligro para la recuperación.

Dos tirones al cordón situado al lado de la cama traerían a un lacayo al dormitorio y le permitirían ir a ocuparse de sus invitados.

Pero antes de que viniera el criado, se permitió la indulgencia de tocar a lord Frayne. Primero le pasó el dorso de la mano por la mejilla y descubrió que la aspereza masculina de la barba la excitaba de forma extraña.

En contraste, casi cómico, las ondas marrones de su cabello resultaban suaves entre las puntas de sus dedos.

—Me alegro de que hayas sobrevivido, Jack Langdon —susurró.

Se preguntó cuánto tardaría él en retirarse con suma elegancia del acuerdo matrimonial.

Capítulo 5

El roce del ala de un ángel... Un suave toque en el pelo despertó a Jack del sueño.

Al abrir los ojos no vio un ángel sino el sol ardiente que le había devuelto a la vida con su calor. Pestañeó con la impresión, y el sol se disolvió dejando en su lugar a una amazona que le miraba con ojos llenos de asombro.

Cuando vio que ella no se convertía en algo diferente, dijo con cortesía:

—Buenos días. Siento no poder saludarla como es debido, pero no creo que sea prudente levantarse en este momento.

La sorpresa en el rostro de ella se transformó en diversión.

—No, desde luego. Pero se está recuperando bien, milord. No hay indicios de fiebre.

Le decepcionó vagamente que ella hubiera estado allí tomándole la temperatura, en vez de darle la bendición de un ángel. Aunque, sin duda, hacía el papel de ángel para él. Estudió su rostro. Pómulos anchos, una boca grande que parecía dispuesta a sonreír, y aquellos ojos azules asombrosamente perfilados. No era un rostro bello, pero sí lo bastante agradable.

Parecía una moza voluptuosa, saludable, con una sensualidad primitiva que algunos hombres encontrarían provocativa. Pero no era el tipo de fémina con la que él elegiría casarse. Contuvo un suspiro, pues no quería resultar ofensivo.

—Vamos a casarnos, ¿no es así? Tal vez debiera llamarme Jack en vez de milord.

La había vuelto a sorprender. Tras una breve vacilación, respondió:

—Parece aún demasiado pronto para llamarle por su nombre de pila o para comentar nuestro matrimonio. Primero debe recuperar la salud.

Él no estaba conforme con que fuera demasiado pronto para comentar su enlace, pero no tenía energía para discutir.

—Ay, ¿señorita Barton, creo?, ni siquiera sé su nombre de pila. Confío en que con el tiempo me dé permiso para usarlo.

—Me llamo Abigail. Normalmente me llaman Abby.

Jack advirtió que no le estaba concediendo permiso para llamarla así. Puesto que a las doncellas de las señoras se las llamaba con frecuencia por este nombre, no era popular en la alta sociedad. No obstante, le iba bien; era una mujer a la que no se le caían los anillos si hacía falta mancharse las manos para hacer algo. Podría haber tenido peor fortuna, lo cual era una suerte, teniendo en cuenta que no podía elegir.

Mientras la estudiaba, ella le estudiaba a él.

—Durante los próximos días dormirá mucho —le explicó ella—. Es lo normal después de una fuerte hemorragia. No se resista, milord.

—Estoy cansado y hambriento —murmuró mientras los ojos se le iban cerrando poco a poco—. ¿Qué posibilidad hay de que me traigan unas lonchas de ternera asada cuando me despierte?

—Ninguna —replicó ella al instante—. Pero sí que comerá, se lo prometo. Un buen caldo de pollo, tal vez con un poco de cebada.

—Caldo —dijo él con disgusto—. Despiérteme cuando esté listo para la ternera. —O tal vez sólo pensó las palabras antes de volver a dormirse.

Ashby no había exagerado al decir que su señoría volvía a ser el de siempre. O al menos se expresaba muy bien y de forma original. Aunque Abby no le conocía de antes, su comportamiento se adaptaba a la idea que tenía de él. Llenaba la habitación con su personalidad. Incluso cuando sus apuestos amigos de alta alcurnia estaban presentes, era lord Frayne quien captaba la atención de ella.

Jack. Le había pedido que usara su nombre de pila. Pese a no estar preparada para llamarle de forma tan directa, sí le alegraba llamarle de este modo en sus pensamientos, tal y como había hecho durante años.

Llegó el lacayo y Abby le encargó que cuidara de su paciente. Salió de la habitación a sabiendas de que no hacía falta pedir el caldo, ya que su excelente cocinero siempre tenía un puchero sobre la placa. Cuando Jack despertara y estuviera preparado para comer, ella infundiría energía curativa adicional en el caldo. Él lo tomaría quejándose de que prefería comida que necesitara masticar. No iba a ser el tipo de paciente que se quedara de buen grado en la cama.

Aunque, de hecho, sí parecía dispuesto a cumplir su promesa de casarse con ella. Eso daba que pensar.

De camino al comedor oyó voces en el vestíbulo de la entrada principal. Se desvió y encontró a un hombre alto y moreno con una casaca de montar llena de barro. Estaba criticando con severidad al mayordomo de Abby y, al verla aparecer el desconocido se volvió con brusquedad hacia ella.

—¿Es usted la señora de la casa? ¿Qué es toda esta historia de que han traído a lord Frayne a morir aquí?

Su voz sonaba furiosa y su apuesto rostro mostraba sólo ángulos, aunque ella vio el temor subyacente.

—Usted debe de ser otro de los viejos amigos de lord Frayne —dijo con tranquilidad—. Soy la señorita Barton. Sí, ayer trajeron aquí a su señoría gravemente herido, pero no se está muriendo. De hecho, ya ha empezado a recuperarse.

Al hombre se le pasó el enfado de golpe.

—Gracias a Dios —dijo en voz baja—. Cuando paré a desayunar en la posada de las afueras de Melton me dijeron que habían traído aquí a Jack y que lo más seguro era que a estas horas ya estuviera muerto. Vaya susto... —Interrumpió sus palabras.

—Ha tenido dos amigos aquí con él: el duque de Ashby y el señor Ransom. ¿Son amigos suyos también?

—Lo son. Ha estado en buenas manos. —El hombre le dedicó

una sonrisa sorprendentemente afable—. Perdone estos modales tan lamentables, señorita Barton. Soy Lucas Winslow. ¿Podría ver a lord Frayne? ¿O a Ashby o a Ransom?

—Lord Frayne y Ashby están profundamente dormidos —contestó—. Ayer fue un día agotador. Ransom se ha ido a Londres esta mañana. Puedo acompañarle hasta la habitación de lord Frayne, pero no debe despertarle. Necesita descansar, igual que Ashby.

—Me encantaría verle.

—Entonces quítese la casaca y el sombrero y prepárese para verle sólo un momento. Después de ver a su amigo, ¿tal vez le apetezca quedarse a desayunar con nosotros?

Le sonrió compungido.

—Qué perspicaz es. Al oír las noticias en la posada, opté por no quedarme a comer. —Su voz sonó menos entusiasta—. Si, como me dijeron, ésta es la casa de un malambruno, supongo que es inevitable ser perspicaz, incluso invasiva.

—Si no hubieran traído a Jack Langdon a casa de un hechicero, estaría muerto —dijo ella con igual frialdad—. Le pediría que mostrara respeto mientras se encuentre bajo mi techo.

Él se quedó sin expresión.

—Mis disculpas, señorita Barton. No debería haber dicho eso.

Ella apreció sus disculpas. No todos los aristócratas eran capaces de admitir sus equivocaciones.

—No, no debería haberlo dicho, pero sé que ha tenido una mañana difícil. Sígame y pase a ver a Jack, y luego coma algo. Hará maravillas con su temperamento.

—Sí, señora —dijo él, burlón, mientras la seguía. Al entrar en la habitación de Jack, el lacayo se retiró para dejarles a solas.

Mientras Winslow se acercaba a un lado del lecho, Abby le explicó en voz baja:

—Tenía el cuello roto, pero se ha curado. Había más lesiones, incluida una pierna rota y costillas fracturadas. Necesitará tiempo para recuperarse de eso, pero pronto estará como nuevo.

Winslow alzó la vista de golpe al oír la mención del cuello roto.

—¿Algún curandero de la zona fue capaz de tratar la lesión en la columna vertebral?

—Hizo falta una docena de hechiceros de talento trabajando frenéticamente para conseguir la curación, pero sí, gracias a eso ha sobrevivido y volverá a cazar.

Winslow tocó ligeramente el hombro de Jack, como si quisiera comprobar por sí mismo que su amigo continuaba con vida. Hablando tan bajo que ella imaginó que no esperaba que le oyera, dijo:

—Así que pese a tu coqueteo con la muerte sigues entre nosotros, Jack. Gracias a Dios por ello.

Se dio media vuelta y se apartó de la cama.

—Estoy listo para ese desayuno, señorita Barton, y tengo hambre como para comerme una oveja entera.

Le hubiera encantado saber a qué se refería con el comentario del coqueteo con la muerte, pero no preguntó. Dado el esfuerzo del día anterior, también estaba muerta de hambre y le resultaba difícil pensar en algo que no fuera la comida.

La mayoría de sus amigos hechiceros se encontraban en el comedor charlando, riéndose y disfrutando del excelente bufé dispuesto sobre uno de los aparadores. El señor Hambly alzó la vista de su té cuando entraron Abby y Winslow.

—Tiene un aspecto mucho mejor que el de anoche, jovenzuela. ¿Cómo está nuestro paciente?

—Muy bien. Muy cansado, por supuesto, pero conversaba con bastante sensatez cuando le he visitado. —Indicó a la visita—. El señor Winslow es amigo de lord Frayne. Señor Winslow, éstos son algunos miembros del círculo de curación que operó el milagro.

Por la tensión que percibió en torno a sus ojos, Abby supuso que no se sentía cómodo en presencia de tantos magos, pero hizo una inclinación de cortesía.

—Muchas gracias a todos.

Se planteó presentar uno a uno a todo el mundo, pero luego decidió no hacerlo. Era poco probable que Winslow mantuviera una relación social con alguno de sus amigos magos.

Mientras Abby y Winslow se acercaban al aparador para escoger la comida, la joven Ella entró en el comedor y se acercó a Abby con ojos suplicantes.

—Han traído el caballo de lord Frayne a sus establos, señorita

Abby. Tiene una pata rota y hablan de sacrificarlo. ¿Cree que podría hacer algo?

Winslow se detuvo entre los huevos cocidos a fuego lento y las lonchas de jamón.

—Si se trata de un gran caballo castaño oscuro, es probable que sea *Dancer*, la montura favorita de Frayne. Con los cuatro cascos blancos.

—Es ése —confirmó Ella—. El mejor ejemplar que he visto en mi vida.

Viniendo de Ella, eso era un gran elogio, pues le apasionaban los caballos. Tras una mirada anhelante al bufé, Abby dijo:

—Iré a echar un vistazo. Hoy estamos todos exhaustos. ¿A alguien le queda energía para ayudar a salvar un caballo?

—Yo vengo —dijo Hambly. Mientras se levantaba de la mesa, tres de los otros hechiceros, incluida Judith, se sumaron a él. Los que se quedaron en sus asientos lo hicieron con expresión de pesar. Abby sabía que ayudarían si pudieran, pero sus poderes mágicos se habían consumido durante el círculo curativo de la noche anterior y necesitarían tiempo para reponerse.

Abby cogió una tostada y la engulló mientras el grupo salía andando en dirección a los establos. Una vez dentro, Ella les guió hasta el compartimiento donde se encontraba el gran caballo, con la cabeza colgando con gesto de desaliento y la pata delantera derecha entablillada y levantada de tal manera que apenas tocara el suelo. El lustroso pelaje oscuro estaba marcado por varias raspaduras y desgarros resultado de la caída, y respiraba con dificultad. Hertford, el jefe de los mozos, observaba desde fuera del compartimento con expresión preocupada.

—Es *Dancer* —dijo Winslow desde detrás de Abby—. ¿Qué costaría salvarle? Este tremendo animal lo es todo para Frayne.

—Esto no tiene que ver con dinero, señor Winslow. —Abby se adelantó y se situó al lado de Hertford. Él también era hechicero, y tenía un don asombroso para trabajar con animales—. ¿Qué has encontrado al examinar a nuestro amigo?

—Tiene roto el tercer metacarpiano de la pata delantera derecha, pero es una fractura limpia —respondió Hertford—. Suficiente para sacrificarle si estuviera en cualquier otro lugar, pero le he entablillado, confiando en que usted pueda salvarle. Es un buen animal y se merece una oportunidad. De todos modos, tendrá que trabajar rápido. Cada vez tiene más fiebre.

—Por favor manténlo calmado. —Entró en el compartimento con Hertford tras él. Un caballo de caza como éste, lleno de vida, hubiera reaccionado al aproximarse un desconocido, pero *Dancer* apenas dio muestras de advertir la presencia de Abby.

Hertford apoyó las manos en la cabeza del caballo y pronunció una serie de palabras relajantes mientras Abby examinaba la pata rota. Como había dicho el mozo, la herida era limpia. Aún así, tratar a un animal grande precisaba una buena cantidad de energía. Sólo pensarlo era agotador, pero contaba con ayuda. Se volvió hacia sus amigos.

—¿Lo intentamos? Curar un hueso no será nada comparado con lo de ayer.

—Ya que estamos aquí, podríamos ver de qué somos capaces —dijo Judith con su punto de vista práctico—. Pero no os esforcéis más allá de vuestras posibilidades.

Judith hacía que cualquier madraza pareciera una descuidada a su lado, pero Abby apreciaba su preocupación. Mientras los hechiceros tomaban sitio dentro del holgado compartimento, ella les asignó los lugares: Ella a su derecha y Hambly a su izquierda. Abby puso las manos en el lado derecho del cuello de *Dancer* mientras Hertford se situaba enfrente con las manos extendidas sobre su pelaje oscuro. Eran bastantes como para rodear al caballo, aunque si no fuera por la magia apaciguadora de Hertford, el animal no habría tolerado el agolpamiento de tanta gente. Winslow seguía presente y se mostraba muy incómodo, pero no se retiró. Ni tampoco ofreció ayuda. La aversión a la magia era especialmente profunda en él.

—Nuestras manos están unidas, el círculo sellado. Empecemos. —Aunque Abby aguantó en pie, flaqueó con la irrupción de energía.

Tras unas pocas respiraciones profundas, consiguió aclarar su mente. Su trance curativo no era tan profundo como el del día anterior, pero sí suficiente. Una inspección general confirmó que el único problema serio era la pata delantera, pero cuando intentó soldar el hueso, comprendió que no tenía la suficiente fuerza. Tuvo que concentrarse para hacer el trabajo completo.

Esta vez no había magia que aprovechar en este paciente, pero consiguió realizar una plantilla e iniciar el proceso de curación. Aunque no estuviera del todo soldada, la pata de *Dancer* quedó medio curada. Y eso tendría que servir.

Empleó las últimas briznas de poder para purgar de inflamación el sistema inmunológico de *Dancer*. Como había dicho Hertford, la infección estaba avanzando, y mataría al caballo si no se detenía.

Cerró el círculo con agotamiento. Se tambaleaba sobre sus pies y notaba la impresión de no tener conectados del todo cuerpo y espíritu. Hablar le supuso un gran esfuerzo.

—Con la tablilla y los buenos cuidados de Hertford, *Dancer* debería estar listo para volver a cazar antes que su señor.

—Oh, gracias —dijo Ella con ojos brillantes, como si fuera la propietaria del caballo. Acarició el oscuro pelaje—. Vendré más tarde a cepillarle, si al señor Hertford le parece bien. Pero usted tendría que regresar a la casa y comer como es debido, señorita Abby.

La chica la cogió por el brazo y la ayudó a salir del establo. Cómo debía estar, pensó atribulada, para necesitar la ayuda de una muchacha de quince años. A punto de desfallecer, decidió saltarse la comida e irse directa a la cama.

Cuando Abby recuperó el conocimiento, se encontraba en su propia cama. Ninguna Judith dormía a su lado, pero al volverse de costado, descubrió a su amiga leyendo en una silla junto a la cama.

—No tengo vida propia ahora mismo —dijo Abby con la boca seca y pastosa—. Lo único que he hecho en el último par de días es curar y dormir.

Judith dejó el libro y le sirvió agua de una copa.

—Bebe esto, te sentirás mejor. Necesitas comida y mucha bebida, y nada más de curaciones durante una quincena al menos. No estás hecha de hierro, Abigail Barton.

Abby se incorporó contra el cabezal y bebió agua en abundancia.

—Créeme, bien que lo sé. Me siento anciana y débil. —Miró la ventana para evaluar el ángulo del sol—. ¿Ha pasado otro día?

—Sí. Has dormido unas veinte horas. Los otros hechiceros se han ido a casa. Pensé que debería quedarme al menos hasta que estuvieras despierta y te pusieras otra vez en marcha. —Vertió más agua para Abby, luego le tendió una rodaja de pan con un trozo de queso y chutney encima.

Abby dio un mordisco al pan y al queso, y lo empujó con agua. Tras otro mordisco, preguntó:

—¿Cómo está lord Frayne?

—Bastante mejor que tú en estos momentos —dijo Judith con sequedad—. Ashby sigue aquí y pasa la mayor parte del tiempo con Frayne. Me cae bien Ashby; es un tipo de lo más sensato para ser duque. Ese acartonado invitado nuevo, Winslow, se queda en el Old Club de la ciudad, pero pasa aquí la mitad del tiempo también. El ayuda de cámara de Frayne también se ha instalado en la casa y se ocupa de atenderle en casi todo.

Abby se acabó el pan y miró a su alrededor expectante, pero no quedaba comida a la vista.

—No había tantos varones jóvenes y gallardos en esta casa desde que Richard se marchó para unirse al ejército. ¿Te has quedado tal vez para hacer de carabina?

—Se me ha pasado por la cabeza —admitió Judith—. Con tu padre fuera y tú soltera, he pensado que hacía falta una viuda avejentada que te diera respetabilidad.

Abby soltó un resoplido.

—No soy ninguna niña, y tú no das el tipo como viuda avejentada, pero aprecio que te hayas quedado. Conmigo fuera de circulación, hacía falta que alguien defendiera Barton Grange de las hordas aristócratas.

—Aparte del riesgo de dejarte sin casa y hogar, los amigos de Frayne son del todo inofensivos. Me quedaré hasta que regrese tu padre de Londres. Sé que lo tuyo no es el decoro, pero en general es mejor seguir las convenciones de la sociedad, al menos de cara a la galería. —Judith torció la boca consternada—. Al fin y al cabo, no querrás acabar como yo.

El tema era delicado, y no tenía sentido discutir. Mientras Abby salía de la cama para afrontar otra jornada, se planteó si contarle a Judith que existía la posibilidad de que se casara con Frayne. No, mejor no hablar de algo que parecía tan irreal.

Se percató de que, en el fondo, nunca había esperado que llegara el matrimonio para ella.

Capítulo 6

Mientras se vestía, a Abby no le sorprendió descubrir que el vestido le quedaba flojo. Tantas sesiones de magia requerían vastas reservas físicas. La casa estaba tranquila ahora que la mayoría de sus amigos habían regresado a sus casas, y por ese motivo estaba agradecida. Ser sociable precisaba energía, y ahora mismo no andaba sobrada de ella. Una visita a la cocina le brindó la posibilidad de comer por fin lo que le pedía el cuerpo.

—Me siento como una nube de langostas —le comentó al cocinero mientras engullía lo que quedaba de una tarta de manzana—. He asaltado su territorio y me he zampado todo lo que estaba a la vista.

El cocinero sonrió.

—Por eso me gusta trabajar con hechiceros. Saben apreciar la comida.

—Tiene un don para la cocina —le dijo Abby con fervor—. ¡Y todos se lo agradecemos!

Cogió otra tartaleta para comérsela de camino al cuarto de Frayne y se limpió los dedos antes de abrir la puerta. Ashby estaba sentado con su amigo, que parecía despierto y despabilado.

Los hombres interrumpieron su conversación cuando ella entró. El duque se levantó.

—Me alegra ver que está en pie otra vez. Ha estado muy solicitada estos días.

Ella hizo una mueca.

—Confío en no tener que volver a hacer un trabajo tan intenso. ¿Le importa que le pida que salga un momento, Ashby? Me gustaría examinar al paciente.

—Por supuesto. —El duque se volvió a su amigo—. Si sigues recuperándote a este ritmo, es posible que me agregue de nuevo a la cacería y deje tu creciente agitación en manos de tu ayuda de cámara y la paciente señorita Barton.

—Faltaría más. Continúa cazando —le dijo Jack—. Al fin y al cabo, ése era el propósito de tu visita a estos condados. Aunque yo esté fuera de circulación, no hay motivos para que tú no disfrutes.

—Tal vez deje de rondar por aquí ahora que te estás recuperando. Visitarte una o dos veces al día será suficiente. —E inclinando la cabeza hacia Abby, el duque salió.

Abby exploró a su paciente, pasando la mano unos treinta centímetros por encima de su cuerpo. La curación progresaba muy bien.

—Si no le importa quedarse sin compañía, probablemente sea preferible que sus amigos regresen al terreno de caza. Los jóvenes atléticos no saben estar quietos ni un momento en las enfermerías. Y eso le incluye también a usted. Va a ser un paciente difícil, ¿a que sí?

—Eso me temo —respondió sin muestras de arrepentimiento—. Pero no voy a irritarla más. Estoy listo para regresar a mi pabellón de caza . Ya ha hecho demasiado. Mi ayuda de cámara y mis amigos pueden cuidar de mí hasta que vuelva a estar en forma. —Sacó las piernas de la cama, la entablillada estirada, e intentó levantarse—. ¿Ve? Con un par de muletas podría arreglármelas muy bien. —Se incorporó del todo... y no tardó en caerse hacia delante.

Abby se adelantó de un salto y le agarró por el torso para mantenerlo derecho.

—¡Está loco! —exclamó mientras pugnaba con su peso. Una vez que él recuperó el equilibrio, Abby se sentó sobre el borde de la cama y le obligó a bajar junto a ella. Él la rodeó por los hombros con el brazo izquierdo, aferrado a ella en busca de apoyo.

Sujetarle era... perturbador. Notaba su cuerpo cálido y una buena musculatura debajo de la delgada camisa de dormir. Había pasado de ser un paciente indefenso a un hombre atractivo y viril, y ese hecho le recordó que era mujer además de curandera.

—Todavía no está preparado para las muletas, milord. Si intenta caminar y se cae, será fatal para su pierna fracturada. En este momento se mantiene derecha y se está curando; si vuelve a caerse, no le garantizo cómo caminará en el futuro. Ni siquiera si volverá a caminar.

—Tal vez... tenga razón —dijo agitado, con el rostro sudoroso—. Me siento débil como un gatito.

No protestó cuando ella se levantó y le metió otra vez en la cama, aunque soltó un jadeo mientras le ponía con cuidado las piernas otra vez sobre el colchón. Su rostro palideció aún más. Después de echarle las mantas encima, Abby le llevó la mano a la frente. Aunque ella se había quedado casi sin energía, fue capaz de mitigar un poco el dolor con su poder.

El rostro de Frayne se relajó un poco.

—Gracias. Seguramente me merecía caer de bruces, pero no creo que fuera a hacerme ninguna gracia.

—Ha perdido mucha sangre, lo cual produce debilidad. Tardará un mes o más en recuperar las fuerzas. —Sonrió mientras se acomodaba en la silla junto al lecho—. De hecho, los gatitos no son débiles. ¿Se ha fijado alguna vez en cómo corretean? Ningún ser humano podría aguantar el ritmo de un vulgar gatito.

Él tuvo que sonreír al oír aquello.

—Le doy la razón. Pero me sentía tan bien que me costaba creer que mis heridas fueran tan graves como describía Ashby.

—Eran graves de verdad —respondió con gesto serio—. Peor que eso.

Él frunció el ceño.

—Me sorprende que se decidiera a intentar salvarme. ¿Cómo curó mi cuello roto?

—En lo esencial, se trata de visualizar los huesos en su estado original y completo, y luego dotarles de energía curativa.

—¿Está segura de que eso es todo?

—Se requiere muchísima energía —admitió—. No son sólo los huesos los que necesitan sanarse, sino los vasos sanguíneos y órganos y partes de la anatomía cuyo nombre desconozco. El trabajo requiere paciencia, ciertas nociones del funcionamiento del cuerpo y un puñado de individuos hechiceros con poder suficiente como para soldar un hueso roto. Incluso con una docena de personas en el círculo, curar su cuello roto casi nos deja exhaustos.

—¿Por eso son tan poco comunes estos milagros?

Ella asintió.

—No es habitual contar con magos suficientes, preparados y dispuestos, y que posean el tipo de don adecuado. El único motivo de contar con bastantes aquí es que mi padre organizó a los hechiceros de la zona hace años.

—Me gustaría conocer a su padre.

—Le conocerá. Regresará de Londres en algún momento de la próxima semana. —Suspiró—. Ojalá hubiera estado aquí para ayudarme. Habría hecho mejor trabajo, más eficiente, como guía del círculo. Yo nunca había canalizado tanto poder y, de cualquier modo, no fui capaz de hacer un trabajo completo. Sólo curé del todo las lesiones que ponían su vida en peligro. Seguramente pasarán dos semanas antes de que recupere las fuerzas.

—Imagino que lo hizo tan bien como lo habría hecho su padre. —Tiró de la colcha con los dedos—. ¿Cómo puedo corresponder a quienes han hecho tanto por mí?

Abby vaciló antes de hablar, pues se preguntaba si conseguiría hacérselo entender.

—La magia es un don y no está en venta. Un curandero o una comadrona le cobrarán por su tiempo, pero no por la magia en sí misma. Lo que hemos hecho por usted ha sido... extraordinario. No es el tipo de cosa que se hace por dinero, sino por el deseo de prestar un servicio.

Le dedicó una débil sonrisa.

—Creo que está diciendo que no insulte a sus amigos ofreciéndoles un burdo pago.

Al verle asentir, Jack continuó:

—De acuerdo. En vez de dinero, me gustaría ofrecer a cada uno de ellos un obsequio como muestra de agradecimiento. Un regalo importante que tenga en cuenta sus deseos y querencias particulares, más que unos honorarios por algo que no tiene precio. ¿Sería eso aceptable?

De modo que sí que lo entendía.

—Debería de serlo.

Sobre la mesilla había unas hojas de papel y un lápiz. Él los cogió y se preparó para tomar notas.

—¿Qué les gustaría a sus amigos? Doy por supuesto que les conoce lo bastante bien como para tener una idea clara.

Abby pensó.

—Ella tiene quince años y le encantan los animales, sobre todo los caballos, pero su madre viuda no puede permitirse comprarle uno. Nada la haría más feliz que tener su propio caballo.

Tomó nota con letra lenta pero clara.

—Tengo una yegua muy dulce, de modales exquisitos pero briosa, creo que sería muy indicada para una jovencita —comentó—. ¿Serviría eso, junto con algún dinero para el mantenimiento del animal?

—Ella estará encantada. —Conocía el valor de un caballo de cría, por lo tanto se percató de que hablaba en serio al decir que los regalos serían de un importe considerable. ¿Qué satisfaría más a sus generosos amigos, ninguno de los cuales era rico?—. La hija mayor del señor Hambly se fue con su marido a América —dijo Abby pensando en voz alta—. Al matrimonio Hambly les encantaría visitarla y conocer a sus nietos, pero los viajes a América son muy costosos.

Él hizo otra anotación.

—Dos buenos pasajes en barco a América. ¿Supongo que también apreciarán el transporte desde su casa al puerto de embarque?

—Eso sería muy considerado. —¿Qué más?—. El reverendo Wilson tiene una preciosa hija de dieciocho años. A los padres les gustaría que pudiera disfrutar de la Temporada en Londres, pero no pueden permitírselo.

Siguió apuntando.

—Mi hermana es una gran anfitriona de la alta sociedad y le encanta tener compañía. Estoy seguro de que estará encantada de presentarla durante la próxima Temporada. ¿Sería aceptable eso?

Abby le miró asombrada.

—Más que aceptable. Su generosidad es increíble.

Él se encogió de hombros.

—Mi hermana disfrutará con la compañía, o sea, que es bien sencillo.

—Tal vez, pero, para empezar, es muy considerado sólo por pensar en tales cosas —dijo con afecto—. Es un verdadero caballero, lord Frayne.

Pareció un poco sorprendido ante el elogio.

—Esa opinión sorprendería a mis padres. Sigamos adivinando lo que les gustaría a sus amigos hechiceros.

—Judith Wayne es comadrona y desearía tener su propia casita. Una con espacio suficiente para atender a los pacientes que necesiten cuidados especiales.

Frayne volvió a anotar.

—Una casita espaciosa, a poder ser libre de humedades.

A excepción de dos de los hechiceros, a los que no conocía demasiado bien, tardaron muy poco en completar la lista. Una vez acabada, Jack dejó el papel a un lado.

—Con lo cual, sólo nos queda usted, pero ya dejó claro el precio desde el principio.

Sus palabras fueron como un bofetón en la cara. Estaba justificado lo que decía... Desde luego, ella lo había expresado así: el matrimonio era el precio. De cualquier modo, oírselo decir hizo que se sintiera una cazadora de fortunas.

—San Agustín dijo que es mejor casarse que consumirse. ¿Hubiera preferido consumirse? Aunque tal vez hubiera elegido un lugar más agradable y fresco.

—No dudaría en acabar entre las llamas —contestó con sequedad—. Mis opiniones acerca de la magia son... complicadas, señorita Barton. Pero no, prefiero no quemarme por mis pecados ahora. Pocos hombres reciben una segunda oportunidad. Confío en aprovecharla con sabiduría. —Se encogió de hombros—. En cuanto al matrimonio, nunca antes he estado comprometido, así que me llevará un tiempo acostumbrarme. Perdóneme si mis atenciones no están a la altura.

—Tampoco tengo experiencia en lo que a compromisos se refiere, pero sin duda podremos salir airosos —murmuró preguntándose por qué les había puesto en una situación tan incómoda. Estaba siendo una insensata. Pero cuando se encontraba con él, no era capaz de renunciar a sus locuras.

—¿Tal vez esperaba a que un par del reino se cruzara en su camino? —preguntó él con curiosidad despreocupada—. Son muchos los que vienen a estos condados, por consiguiente supongo que era cuestión de tiempo que uno tuviera un accidente grave y acabara sobre la mesa de su comedor.

—Qué idea tan buena —dijo ella cortante—. Ojalá se me hubiera ocurrido.

Dado que él ya se encontraba lo bastante bien como para plantear problemas, decidió dejar de donarle parte de su fuerza vital. Vaciló un momento, pues se percataba de que disfrutaba con la intimidad secreta de estar conectado a él. Pero ya era hora de que contara sólo con sus propios recursos.

Cortó el hilo de energía fluyente. Abby se sintió de inmediato más fuerte y más despierta. La mejoría se reflejó en el decaimiento de él, que apartó los almohadones que tenía detrás para poder recostarse otra vez con rostro cansado.

—Tal vez tenga razón en lo de las muletas. Siento una repentina necesidad de dormir sin parar. Pero me pregunto por qué no se realizan estos milagros de curación con más gente. Muchos amigos míos murieron en la península Ibérica por heridas menos serias que las mías. No... no es justo.

Abby se levantó para ajustar las almohadas debajo de su cabeza.

—Las personas con dones curativos nunca seremos bastantes como para atender las enfermedades físicas de toda la humanidad. Una docena de hechiceros de talento no tuvieron energía suficiente para devolverle a un estado de salud perfecto. Pese a ser capaces de reparar las lesiones mortales, no habríamos conseguido resultados tan buenos si no hubiera sido un candidato ideal para la curación: un adulto sano en la flor de la vida. Para empezar, si fuera viejo o menos fuerte, lo más probable es que no hubiéramos podido salvarle.

—¿Se puede usar la curación para hacer inmortal a un hombre?

—El deterioro que conlleva la edad es irreversible. Si una persona mayor tiene un problema específico de salud, podría solventarse, pero con la edad todo el cuerpo se deteriora. Y eso no lo podemos curar. Además, hay enfermedades que afectan a todo el cuerpo. Son muy difíciles de sanar. —Pensó en la enfermedad insidiosa que mató a su madre—. El don de la curación es limitado. Tal vez seamos capaces de alargar la vida a algunas personas, pero hay limitaciones muy reales.

—¿Por eso la gente normalmente no sabe que los milagros son posibles, y de este modo no piden más de lo que se les puede ofrecer?

Ella asintió.

—Si el mundo entero estuviera enterado de nuestras mejores obras, todos los curanderos estarían acosados por gente desesperada. Su rabia, al enterarse de lo poco que podemos hacer, sería... aterradora. Es mejor que sólo vengan esperando pequeñas curaciones. Curaciones que, por lo general, normalmente pueden lograrse.

Jack asintió, con su curiosidad satisfecha.

—¿Cuándo cree que podré regresar a casa como muy pronto? Sin duda, allí me recuperaré más rápido, y sólo está al otro lado del valle.

—Tal vez dentro de una semana. Depende de la rapidez con que recupere las fuerzas. —Era comprensiva con su aversión a estar en cama, ya que ella también era una paciente inquieta—. Mi abuelo no se encontró muy bien en los últimos años de su vida. Ocupaba esta habitación, para ahorrarle subir escaleras. Tenía también una silla de ruedas para moverse por la planta baja. Se encuentra en la buhardilla, creo. ¿Qué le parece si la bajo para que la use?

—Oh, por favor —contestó con fervor—. Me estoy cansando ya de esta habitación, por otro lado tan atractiva. —Sus ojos se fueron cerrando.

Con ternura, ella le remetió bien las colchas. Luego se obligó a alejarse de la cama, cerrando los puños para no caer en la tentación. Quería pasar sus manos por esas largas y poderosas extremidades, pero no tenía derecho a tocarle de ese modo, como una amante, pese a sus planes de matrimonio.

Aunque sabía que pronto tendría que dejar de donarle energía, no se había percatado de cuánto iba a debilitarse al prescindir de su ayuda. Probablemente sin ella él tendría que quedarse más tiempo en Barton Grange.

No es que se alegrara, pero tampoco podía lamentarlo.

Capítulo 7

Más cauto que la noche anterior, Jack no intentó levantarse de la cama a la mañana siguiente. En cambio sí insistió en sentarse apoyado en almohadas y en pedir material de lectura; luego despachó a Morris. Ya no necesitaba un asistente a todas horas, y le ponía nervioso tenerle ahí sentado mirando todo el día.

Tendría que regresar a Yorkshire. La única ventaja clara de morir habría sido librarse de una obligación: resolver los problemas de la finca familiar. Un primo segundo al que apenas conocía hubiera sido el siguiente lord Frayne y, tal vez, el asunto de aclarar las cosas le resultaría más fácil a alguien de parentesco más lejano.

Era mejor estar vivo y viajar al norte que estar muerto, pero se había librado por los pelos.

Con el ceño fruncido, se obligó a concentrarse en un periódico de hacía una semana. Fue un alivio que Ashby y Lucas Winslow pasaran a hacerle una visita. Pese a las casacas rojas de cazar salpicadas de barro, era grato verles.

Dejó a un lado el periódico con sumo gusto.

—Contadme vuestras extraordinarias correrías para que pueda sufrir los tormentos de la envidia.

—Seguro que te complacerá oír que ha sido una mala jornada de caza —dijo Lucas con cordialidad—. Los perros tenían problemas para encontrar algo y hemos pasado buena parte del tiempo sentados a caballo bajo la lluvia intentando recordar por qué hacemos esto.

Ashby se sacudió unas gotas de su casaca de elegante corte.

—Peor aún, ahora que ya se ha suspendido la cacería del día, resulta que sale el sol.

—Intentaré no regodearme con vuestro mal día —prometió Jack—. ¿Pido té? Mi carcelera me permite ciertos privilegios.

Antes de que pudieran responder sus amigos, entró la carcelera mayor empujando una silla de ruedas por delante de ella. Jack notó la ambivalencia habitual que le provocaba su presencia, una incertidumbre sobre qué debía pensar de ella: era una dama compasiva que le había salvado la vida o una hechicera que desempeñaba una labor del todo repugnante... o una mujer con un grado de sensualidad sin duda amenazador. La silla de ruedas daba más peso a la visión de la dama piadosa.

—Buenos días, caballeros —dijo la señorita Barton con alegría—. Lord Frayne, he pensado que le gustaría disfrutar de dar una vuelta por la casa. Han bajado del desván la silla de mi abuelo, y parece que aún sirve. Le he pedido al carpintero de la finca que ponga un soporte para su pierna entablillada. ¿Le gustaría probarla?

—¡Sí! —Ya estaba apartando las mantas.

—Le diré a Morris que le prepare para esta magnífica excursión. Es posible que hagan falta tres hombres para trasladarle con seguridad a la silla de ruedas. —Salió de la habitación.

Por mucho que le disgustara a Jack, ella tenía razón. Ashby y Lucas le aguantaron mientras Morris le ayudaba a ponerse una bata y luego ponía la silla tras él para que pudiera sentarse. Jack se sintió enorme y desgarbado mientras todo el mundo se afanaba por instalarle en la silla. Supuso un suplicio atroz que Morris le alzara la pierna rota sobre el largo soporte acolchado.

Cuando por fin le acomodaron, estaba sudoroso y agotado. Por un momento pensó con nostalgia en la blanda cama, pero no iba a malgastar esta oportunidad de superar los límites de su celda.

La señorita Barton reapareció con los brazos llenos de mantas dobladas. No se había percatado de lo alta que era, sólo una o dos pulgadas más baja que Ashby.

Desplegó los tejidos, que resultaron ser dos mantas de viaje.

—Hay corrientes por toda la casa —explicó mientras le tapaba bien las piernas con una de las mantas. Su toque delicado no era ningún suplicio.

Cuando le rodeó los hombros con la otra manta, protestó:

—¡No estoy inválido!

Los ojos azules centellearon divertidos.

—Pues es evidente que sí. No por mucho tiempo, creo. De todos modos, le irá bien saber lo que es no gozar de tan buena salud. Aprenderá a compadecerse de quienes no son tan afortunados.

—Podrás aprender incluso a tener más cuidado y a no romperte el cuello otra vez —agregó Lucas, mordaz—. ¿Estás listo para ir de paseo, Jack?

Frayne se ayudó de las manos para mover un poco la pierna entablillada, intentando sin éxito que le doliera menos.

—Estoy listo, y tan excitado como la primera vez que crucé el canal de la Mancha y pisé tierra extranjera.

—No puedo prometerle los deleites exóticos de Francia o de los Países Bajos —comentó la señorita Barton—, pero al menos aquí todo el mundo habla inglés. Señor Winslow, cuidado con el umbral entre el dormitorio y el pasillo. Deberá pasar despacio de una habitación a otra o su pasajero sufrirá demasiados zarandeos.

Lucas aminoró la marcha, aunque no a tiempo para evitar una dolorosa sacudida.

—Lo siento, Jack —se disculpó—. No era consciente de que empujar una silla de ruedas fuera todo un arte.

—El reino de los enfermos es una nación por completo diferente a la tierra de los sanos —dijo la señorita Barton en tono reflexivo—. Y la mayoría de nosotros ingresamos en el primero más tarde o más temprano. Tuerza a la izquierda al final de este pasillo, señor Winslow. Ése será el punto de inicio de nuestro recorrido circular por la planta baja.

Mientras Lucas empujaba, Jack estudiaba el entorno, encantado hasta el absurdo con el cambio de decorado. Era la casa de un caballero, agradable y bien amueblada, con una mezcla de elegantes muebles nuevos y piezas antiguas que resultaba obvio habían pertenecido a la familia durante generaciones. Nada delataba que Barton Grange fuera el hogar de unos brujos sin educación.

¿Que esperaba? ¿Murciélagos y tritones resecos colgados del techo? Tal vez sí. Era extraño intentar conciliar este apacible oasis con la inquietante oscuridad de la magia.

Mientras avanzaban por el salón, comprendió que tenía que aclarar su profunda aversión a la magia. Había consentido la ayuda de la magia, por cobardía y temor a la muerte, en vez de morir de acuerdo con sus principios. Como resultado ahora tenía que aceptar una esposa bruja y su familia de brujos.

No había pensado en todo esto al dar permiso para que intentara salvar su despreciable vida. La perspectiva de la muerte solía estrechar las miras de uno de forma espectacular.

La siguiente habitación, la atractiva biblioteca, revelaba muchos libros, una buena parte de los cuales eran tratados académicos sobre magia, pero seguía sin ver murciélagos resecos. Jack se apuntó mentalmente ir a visitar la biblioteca más adelante y explorarla más a fondo.

Lucas hizo girar la silla para entrar en el salón principal. Calculó mal la longitud de la pierna entablillada que sobresalía, y el pie derecho de Jack se dio directamente contra el marco de la puerta. Jack soltó un resuello desesperado de dolor mientras se agarraba con fuerza a los apoyabrazos de la silla de ruedas.

Lucas soltó una maldición.

—¡Cuánto lo siento, Jack! Soy un bruto de lo más torpe.

—Empujar una silla de ruedas es todo un arte —dijo la señorita Barton mientras apoyaba con delicadeza la punta de los dedos en la pierna derecha del paciente donde el dolor era intenso. En cuestión de instantes, el dolor remitió a niveles soportables. Ella añadió—: Tal vez deba reemplazarle. Llevé muy a menudo a mi abuelo por la casa, por lo tanto podría decirse que soy una experta.

—Me rindo ante la experiencia. —Lucas se apartó con una inclinación exagerada.

Una vez que la señorita Barton se encargó de empujar la silla, el paseo de Jack se volvió mucho más apacible. Ella pisaba una palanca en la parte posterior para elevar un poco las ruedas delanteras cada vez que cruzaban un umbral o comenzaba una alfombra. Vivir en el reino de los enfermos era todo un arte.

Abigail Barton podía ser una hechicera, pero también sabía tratar con dulzura a los enfermos pese a gozar de una salud de hierro. Jack era muy consciente de que se encontraba justo detrás de él, con los dedos en los asideros de la silla, a tan sólo unos centímetros de sus hombros. Su presencia era poderosa... y pese a su ocupación de hechicera, resultaba reconfortante.

Entraron en el comedor. Al reconocer la mesa donde casi había muerto, Jack comentó:

—Me recuerdo mirando ese precioso candelabro colgante situado directamente encima mío, confiando en que no cayera y causara aún más estropicios —dijo con ironía.

—No ha sido el primer paciente con heridas graves que hemos tendido en esa mesa, y el candelabro aún no se ha caído —comentó la señorita Barton—. Esto se convierte en un quirófano bastante decente gracias a que la mesa es larga y hay buena luz. Tomen nota de la espléndida alfombra roja y negra, escogida con miramiento para ocultar las manchas de sangre.

Jack intentó volverse a mirar a su anfitriona para ver si estaba de broma, un movimiento que no le convenía a su pierna.

—¿Es eso cierto?

Ella sonrió con una mueca.

—En cierto sentido. La alfombra lleva muchos años con la familia. Y fui yo quien sugirió que el comedor era un lugar especialmente bueno donde colocarla.

Ashby se acercó a la mesa de ébano y rozó con los dedos la superficie lustrada.

—Ahora se ve tan tranquilo todo esto, tras ese terrible drama entre la vida y la muerte —comentó con expresión abstraída mientras recordaba el accidente de Jack y el círculo de sanación.

—Prefiero la paz al drama —añadió la señorita Barton con pesar—. Pero rara vez podemos escoger. —Siguió empujando la silla de ruedas.

El salón matinal se encontraba en un rincón posterior de la casa y el sol de la tarde salpicaba el cómodo mobiliario. Abby llevó la silla hasta colocarla delante de las ventanas. En el exterior, los jardines se extendían a la derecha y los edificios anexos a la izquierda. La construcción de mayor tamaño era el conjunto que acogía los establos. Jack los contempló con añoranza.

—¿Volveré a cazar algún día?

—Si así lo desea. Aunque tardará más que *Dancer* en recuperarse.

Volvió la cabeza al instante, y esta vez no le importó el dolor en la pierna que tal gesto pudiera ocasionarle.

—¿*Dancer* está vivo?

Ella alzó las cejas.

—¿No se lo ha dicho nadie?

Lucas, que venía por detrás paseándose con gran calma junto a Ashby, dijo:

—Lo siento, Jack. Supuse que te lo habrían contado. Por lo visto, todos lo hemos dado por supuesto.

Jack respiró hondo, con agitación, casi a punto de echarse a llorar. Estaba convencido de que su magnífico y leal caballo estaba muerto o sacrificado por la irresponsabilidad de su jinete.

—Sabía que se rompió la pata con el accidente y di... por sentado que lo habíais sacrificado.

—Ashby no permitiría eso, de modo que mandamos traerlo a estos establos. La señorita Barton, su excelente encargado de las cuadras y los amigos magos que no estaban aún exhaustos crearon un círculo curativo para *Dancer* un día después de curarte a ti —dijo Lucas—. Fue de veras extraordinario. El tercer metacarpiano está entablillado y se recupera a buen ritmo de la fractura.

Jack se volvió con torpeza para mirar a la señorita Barton.

—Por favor, ¿sería posible ir a verlo?

Ashby frunció el ceño.

—Creo que intentar bajar varios peldaños y dejarte a ras de suelo puede ser dificultoso para nosotros y doloroso para ti.

—En realidad contamos con una rampa, construida en su momento para mi abuelo, que desciende a ras de suelo desde una pequeña puerta lateral. El hombre detestaba sentirse encerrado dentro de la casa —comentó despacio la señorita Barton—. Los senderos se alisaron todo lo posible por el mismo motivo. Aun así, puede ser un paseo incómodo.

—No me importa. Prometo no quejarme. —Jack estaba dispuesto a contener como pudiera los gestos de dolor que tanto desasosegaban a sus amigos.

Abby estudió su rostro.

—Muy bien. Supongo que el encuentro será beneficioso tanto para usted como para *Dancer*.

Jack tuvo que sonreír.

—Qué mujer tan práctica.

Ella murmuró entre dientes:

—Sentido práctico: con eso debe conformarse una solterona por no ser guapa. —Lo dijo en voz lo bastante baja como para que Jack no la oyera.

¿No se tenía por guapa? El comentario la mostró más vulnerable de lo que él hubiera imaginado. Aunque no era una belleza clásica —y desde luego no era su tipo—, no podía decir que no fuera guapa, con ese cuerpo sensual y tentador. Estudió su figura de curvas generosas y se preguntó cómo reaccionaría si estuviera en plena forma. Incluso en su actual estado de debilidad, era preocupante la manera en que le afectaba su presencia. Tenía el tipo de encanto provocador que acababa con el autocontrol de un hombre. Aquella idea le inquietó.

Mientras divagaba de este modo, el séquito le siguió hacia la salida de la rampa. La señorita Barton giró un poco la silla para colocarle de espaldas a la puerta.

—Es más seguro bajar marcha atrás —explicó—. Pediría a alguno de los caballeros que me reemplazara, ya que, no sé si mi fuerza será suficiente para controlar la silla por la rampa.

—Permítame —murmuró Morris. Jack supuso que su ayuda de cámara pensaba que haría mejor trabajo que los aristócratas. Morris no sólo era un buen asistente, sino un tipo fuerte. En una ocasión, le había acusado de aceptar el puesto por lo bien que le sentaba la ropa que él ya no quería. Morris había sonreído con expresión imperturbable sin negar la imputación.

Como había dicho la señorita Barton, salir al exterior no era cómodo, empezando por la reacción instintiva de pánico a caerse hacia atrás mientras la silla descendía por la rampa. Ir de cara tal vez hubiera resultado menos alarmante, pero la posibilidad de que se hubiese resbalado del asiento era más que real. Fue un alivio salir de la rampa y llegar a ras del suelo.

El sendero que conducía a los establos también era más irregular que un suelo de madera, y los charcos en la gravilla tras las recientes lluvias no eran de ayuda. Pero nada de eso importaba. Ni siquiera sintió el doloroso zarandeo cuando la silla tuvo que ser aupada a mano sobre el alto umbral que daba entrada a los establos.

Lo importante fue el familiar saludo que relinchó *Dancer* cuando él se le acercó. Morris empujó la silla hasta el compartimento y *Dancer* inclinó la cabeza de inmediato y embistió contra el pecho de Jack con la fuerza suficiente como para derribar la silla hacia atrás. Morris la aguantó y volvió a acercarla.

La posición era incómoda, pero Jack se las apañó para abrazar al caballo con una mano mientras le rascaba entre las orejas con la otra. Ocultó el rostro contra el cuello lustroso del animal, a punto de saltarle las lágrimas. ¿Qué decía de sí mismo que le apenara la idea de la muerte de *Dancer* más que la de su propio padre? Por supuesto, el caballo era mucha mejor compañía.

—Ni siquiera te he traído un poco de azúcar, viejo amigo.

—Aquí tienes un poco. —Ashby le ofreció varios terrones irregulares de un pan de azúcar—. Es lo que le gusta a mi caballo.

—Gracias. —Jack le ofreció al animal los terrones uno a uno. A *Dancer* se le caía la baba mientras los tragaba con glotonería.

Jack sonrió, se sentía más normal que en ningún otro momento desde el accidente. Tanto él como su caballo tenían la pierna rota, pero volverían a cabalgar juntos algún día. Alzó la vista hacia la señorita Barton.

—Sé que le debo la vida, pero esto... supone aún más. No todo el mundo se tomaría el esfuerzo de salvar la vida de un animal.

—Hay que reconocérselo a Ella —respondió—. Para ser sinceros, ni siquiera sabía que habían traído su caballo aquí.

—Tal vez Ella haya sido la mensajera, pero usted fue quien llevó a cabo la curación. —Apoyó la frente en el cuello de *Dancer*, pensando que no estaba tan mal casarse con una hechicera que se tomaba en serio a los caballos.

La suave voz de la señorita Barton dijo:

—Es hora de regresar a la casa, lord Frayne. Ya está bien de aventura por hoy, creo yo.

El hecho de que en vez de protestar diera una última palmadita a *Dancer*, reflejaba su fatiga.

—Vendré otra vez mañana, viejo amigo. —Y traería su azúcar.

Pasada ya la emoción de ver a *Dancer*, se sintió tan cansado que le costaba permanecer derecho en la silla de ruedas. Nunca hubiera imaginado que estar sentado y que te empujaran de un lado a otro desgastara tanto a un hombre.

El traslado de la silla a la cama fue otra misión incómoda y dolorosa, pero hundirse en el colchón fue una bendición. Cuando la señorita Barton le tapó con la colcha hasta la barbilla, él le dijo:

—Gracias por permitirme salir. Y, bien, ahora ya podéis iros todos, hacedme ese favor. También tú, Morris. Vete a cenar algo, fuma tu pipa y coquetea con alguna doncella antes de volver por aquí. Estaré bien durante un par de horas. De hecho, voy a ponerme a dormir ahora mismo.

Las visitas se fueron sin discutir. Una de las ventajas de estar convaleciente era que sólo con mencionar lo fatigado que estaba, bastaba para que le dejaran en paz. Cerró los ojos agradecido, con la esperanza de que el sueño se apoderara de él enseguida.

Pero a pesar de la fatiga, el sueño se le resistía. Ahora que su mente volvía a estar activa, no paraba de brincar como un montón de sapos en una charca. En lo más profundo de su ser, percibía un cambio profundo e irreversible. Sospechaba que aquello se llamaba madurar, y que los cambios eran una reacción al hecho de haber visto su mortalidad tan de cerca.

Se enfrentaba a dos retos complicados. Uno era haberse prometido con una hechicera, una perspectiva tan inquietante que aún no se había atrevido a analizarla en serio. Tenía una gran deuda con la señorita Barton, pero el hecho de que practicara la magia le provocaba escalofríos. Los sintió en aquel mismo instante. ¿O se trataba de tiritones de fiebre?

Suponía que podría aprender mucho con la señorita Barton; parecía una mujer sensata que no se daba aires misteriosos como hacían algunos magos. También había dicho que no sería una esposa exigente, por lo que podrían encontrar la manera de llevarse bien en una medida tolerable. Dado que ella prefería el campo, podría quedarse en su pabellón de caza al otro lado del valle, cerca de su familia. Había dejado claro que quería tener un hijo. Si eso llegaba a suceder, lo más probable es que le alegrara quedarse aquí para siempre.

La otra cuestión importante era regresar a Yorkshire para enfrentarse a su madre y a su padrastro. ¿Qué sería peor: encararse a su madre, a quien quería, o a su padrastro, a quien odiaba? Por desgracia, los dos eran inseparables. Sin embargo, tenía responsabilidades con la gente de Langdale que no podía seguir eludiendo.

Algo golpeó la parte inferior de la cama con un topetazo y empezó a pasearse con paso firme por el colchón. Sorprendido, Jack abrió los ojos y vio un gran gato negro moviéndose por la habitación a oscuras. Sabía que los gatos negros eran una figura tradicional entre los magos, pero no tenía claro de dónde había salido este ejemplar de blancas patas y abundantes bigotes blancos que se curvaban desde el centro de su redondo rostro negro. Era difícil para un felino parecer amenazador con unas pezuñas y unos bigotes blancos.

—Hola, gato. Soy Jack. ¿Y tú?

El gato no respondió, pero apoyó las patas delanteras en su pecho y se inclinó hacia delante hasta tocarle la nariz con el hocico. El frescor y la humedad del hocico del felino le resultaban gratos al contacto con su piel acalorada.

Bizqueando mientras miraba al gato, Jack preguntó:

—¿Eres el espíritu de la hechicera?

El gato profirió un sonido enfurruñado, sospechosamente parecido al desdén. Luego se acurrucó contra su costado y empezó a ronronear a más volumen. Jack acarició su sedoso pelaje. Siempre había sido un amante de los perros, pero había algo relajante en el ronroneo de un gato.

Desde luego que sí, muy relajante.

Unos golpecitos en la puerta perturbaron el sueño inquieto de Abby.

—¿Señorita Abigail? —Era la voz preocupada del ama de llaves.

Con un bostezo, Abby salió de la cama y abrió la puerta.

—¿Qué sucede?

—El ayuda de cámara de lord Frayne me ha pedido que la despierte. Está preocupado.

—Ahora mismo voy. —Con el ceño fruncido, Abby se echó una bata gruesa, se puso las pantuflas y siguió al ama de llaves hacia el piso de abajo. Aunque este invierno los días habían sido bastante templados, las noches eran tremendamente frías, con muchas corrientes de aire. Oyó cómo el gran reloj del salón daba las tres mientras descendía a la planta baja. Las tres de la mañana, la hora en que los espíritus estaban en su punto vital más bajo y la muerte rondaba cerca. Aceleró el paso.

Morris la recibió con alivio. Había montado un camastro en el cuarto de Jack para poder dormir cerca de su señor, sólo por si acaso.

—Lamento mucho molestarla, señorita, pero no me gusta la manera en que respira.

—Ha hecho lo correcto al llamarme. —Sin necesidad de llegar a la cama, oyó a Jack respirar con dificultad. ¿Qué iba mal? Bajo la luz de la lámpara: tenía el rostro muy pálido y parecía haber empeorado, como si se estuviera debilitando. Su gata, *Cleocatra*, estaba sentada a su lado. ¿Pensaba que Jack necesitaba cuidados especiales? Como la mayoría de gatos, la sensibilidad de *Cleo* era prodigiosa.

Inspiró despacio e intentó concentrarse mientras maldecía en silencio por el hecho de que su magia aún no estuviera del todo repuesta. Si algo iba mal de verdad, no sería capaz de hacer gran cosa sin ayuda.

Una vez centrada, le puso la mano en la frente. Estaba caliente por la fiebre. La inflamación seguía activa.

Hizo una exploración y descubrió puntos conflictivos en su bazo y en la pierna, donde los huesos estaban rotos. Las infecciones estaban de momento bajo control, pero pronto dejarían de estarlo. Haciendo acopio de todas sus reservas de energía, frenó las inflamaciones, esforzándose por disolver la candente energía roja con luz blanca y así bajar la fiebre.

Mientras acababa el trabajo, Jack se dio media vuelta inquieto y se quedó de costado, a punto de caerse de la cama. Abby y Morris se acercaron de un brinco para sujetarle. Al mover el cuerpo caliente de Jack otra vez hacia el centro del colchón, su camisa de dormir se bajó y dejó al descubierto el hombro izquierdo. Marcada en la piel, tenía la forma en espiral de una serpiente.

Abby soltó un resuello al reconocer el símbolo.

—Ya veo que lord Frayne no considera suficiente llevar un amuleto contra la magia; tiene que llevarlo marcado en la piel.

—A milord le preocupa mucho ser víctima de las prácticas de la magia —dijo Morris a modo de disculpa—. Lleva esta marca de protección desde que le conozco.

Ante aquel rechazo, Abby volvió a tapar el símbolo con la camisa de dormir. La estrecha línea del cuerpo de la serpiente daba siete vueltas formando una espiral con la cabeza en el centro y la cola retorcida en el exterior. Era un encantamiento habitual para repeler la magia, pero nunca había oído que nadie lo llevara marcado en la piel.

¿Sería una costumbre de la Academia Stonebridge o acaso el temor de Jack era inusual incluso entre los aristócratas? Recordó cómo, tras el accidente, le había pedido a sus amigos si podían retirar cualquier amuleto antimagia que llevara. En vez de rebuscar en los bolsillos, Ashby se había concentrado en pedir el consentimiento verbal de Jack para que le tratara. Era obvio que el duque estaba al corriente de la marca. ¿Llevarían Ransom y Winslow la misma señal en el hombro?

Con gesto serio, le dijo al ayudante:

—Me he ocupado de la fiebre, pero su señor sigue muy débil. Todavía no se ha recuperado de la pérdida de tanta sangre después del accidente. Ha sido un error permitirle salir hoy.

—Tal vez sí —dijo Morris en voz baja—. Pero estar feliz también ayuda a que un hombre se cure, y sin duda le ha alegrado ver a ese caballo.

—Tal vez hubiera sido preferible traer aquí al caballo —comentó con sequedad mientras regresaba junto al paciente. Aunque había disfrutado de la excursión, de eso no cabía duda, intentaría convencerle de que no lo repitiera hasta estar más fuerte.

Y para fortalecerle, tal vez tuviera que darle de nuevo un poco de su fuerza vital. le puso la mano sobre el plexo solar. Aunque no era necesario, le gustaba tocar su cuerpo cálido y masculino. Primero visualizó un hilo que les conectaba, y luego imaginó la fuerza vital fluyendo a través de él.

Su vitalidad quedó mermada, pero el efecto positivo se hizo evidente de inmediato en Jack. Su expresión se suavizó, y su sueño se volvió más sosegado y normal. No era un rostro de belleza clásica, pero era... adorable.

Una vez que estuvo segura de que el paciente se encontraba estable, regresó con cansancio a su habitación. Por la mañana, la fiebre tendría que haber desaparecido y él estaría más recuperado.

En cuanto a ella... dormiría hasta tarde. Le hacía falta.

Capítulo 8

Tal y como esperaba Abby, a la mañana siguiente Jack ya no tenía fiebre y estaba más vigoroso. Había mejorado a expensas de sus ojeras de cansancio, pero ella pensaba que aún podría proporcionarle un poco más de fuerza vital hasta que su recuperación fuera más constante.

Ashby y Winslow tomaron la costumbre de detenerse para visitar a Jack después de la jornada de caza. La primera vez, Abby les acompañó hasta la habitación y les ofreció unos refrescos. Cuando iba a retirarse después de pedir algún tentempié, los hombres la invitaron a quedarse y le pidieron que llamara también a Judith.

Los tres hombres y las dos mujeres resultaron ser una compañía cordial. Jack se sentía más feliz que nunca rodeado de sus amigos. A Judith también le encantaban las reuniones para tomar el té y se reía con una alegría que rara vez ella había visto en su amiga, quien había enviudado demasiado joven.

El segundo día, cuando llegaron los amigos de Jack, Abby le permitió sentarse en la silla de ruedas en el dormitorio. El tercer día, estaba lo suficiente fuerte como para ir en la silla hasta la biblioteca sin ayuda, de modo que sus amigos se reunieron con él allí. El cocinero de Barton Grange, complacido de contar con caballeros jóvenes y hambrientos que apreciaran sus artes, les preparó gustosamente una apetecible selección de dulces y salados, además de pan recién hecho con queso del lugar y algo de guarnición. Ashby y

Winslow, famélicos tras la jornada de caza, cayeron sobre las fuentes como lobos.

Se les estaba pasando el ataque de hambre inicial cuando entró Ransom en la biblioteca, con las botas y pantalones salpicados de barro y expresión cansada.

—Señorita Barton, señora Wayne, mis saludos. Confío en que mis glotones compañeros hayan dejado algo de comida para mí.

—Póngase cómodo, señor Ransom —dijo Abby mientras se levantaba para saludarle—. ¿Acaba de regresar de Londres?

—Sí. —Ransom hizo una pausa mientras apilaba manjares en un plato para meterse la mano en la casaca y sacar un papel doblado—. Aquí está la licencia especial que pediste, Jack. ¿Debo ir a la caza de un vicario para que puedas casarte hoy mismo o mañana será lo bastante pronto?

Jack cogió la licencia con rostro inexpresivo.

—Eso depende de la señorita Barton. Cedo a sus deseos.

Abby se quedó paralizada, demasiado impresionada como para responder. Una licencia especial. ¡Dios bendito, iba en serio lo de casarse con ella!

Judith entrecerró los ojos mientras estudiaba el rostro de Abby.

—¡Qué emocionante! Yo diría que a Abby le gustaría esperar al regreso de su padre, que está previsto para dentro de muy pocos días. —Se puso en pie—. Abby, retirémonos y dejemos a los caballeros ponerse al corriente de las novedades. Nosotras decidiremos qué vestido puedes ponerte para la ceremonia.

Judith agarró a Abby por el brazo mientras le decía en voz baja.

—Despídete antes de que te desmayes.

Fue un buen consejo. Abby se levantó y consiguió sonreír:

—Hay mucho que hacer. No cansen a lord Frayne, caballeros.

Judith y ella salieron en medio del murmullo masculino de las despedidas. Las mujeres cruzaron sin mediar palabra el comedor, donde Judith atrapó una licorera con brandy y dos copas antes de subir las escaleras.

Una vez que llegaron al saloncito de Abby, su amiga cerró la puerta y dijo con firmeza:

—Siéntate.

Abby obedeció, sin recuperarse todavía de la impresión. Judith sirvió brandy en una copa y se la puso en la mano a Abby. Después de servirse también a ella, se sentó en la silla de enfrente.

—¿Qué está sucediendo? Doy por supuesto que el tema del matrimonio ya lo habíais hablado tú y lord Frayne; no obstante, te has sobresaltado igual que si él se hubiera convertido en un sapo.

—Ha accedido a casarse conmigo, pero no pensaba que fuera a hacerlo. —Abby dio un buen trago al brandy, agradeciendo aquel ardor vivificante.

—¿Se lo has pedido tú o él a ti?

—Yo... Yo les expliqué los peligros que entrañaba dirigir un círculo curativo y que me arriesgaría a ello siempre que él prometiera casarse conmigo si la curación tenía éxito. Esto sucedió justo cuando le trajeron, destrozado y casi sin vida.

Judith se quedó mirándola.

—¡Abby, cómo pudiste! Es inmoral coaccionar a alguien que padece heridas mortales.

—Lo sé. —Abby apartó la vista, avergonzada—. No era mi intención pedirlo en serio.

—Pero lo pediste. —Judith inclinó la cabeza—. Por favor, explícame, ¿con qué intención lo hiciste?

Abby frunció el ceño mientras intentaba reconstruir el barullo de sus pensamientos y emociones en medio de una crisis.

—Frayne estaba medio ido y rechazaba la idea de la magia curativa. Ashby y Ransom le instaban a que me dejara intentarlo. Yo no sabía si era posible salvarle, pero por algún motivo, me pareció buena idea pedirle que se casara conmigo.

Judith se tragó el brandy con expresión de pena.

—Eso no tiene el menor sentido.

—Sé que no —admitió Abby—. Pero nunca creí en serio que aceptara hacerlo. Pensé que, aunque le salváramos, se retiraría con toda la cortesía del mundo. Dado que había aceptado bajo coacción, yo no le habría hecho cumplir su palabra.

—¿Y cómo puede saberlo él? La palabra de un caballero es inquebrantable, Abby —dijo Judith exasperada—. Un hombre de honor nunca rompería una promesa, ni siquiera bajo esas circunstancias. No es que sea capaz de leerte el pensamiento y saber que no hablabas en serio. Y aunque pudiera leerte el pensamiento, ¡tu barullo mental le daría dolor de cabeza!

—A mí también me da dolor de cabeza. —Abby jugueteó con su copa de brandy, dando vueltas al líquido de color intenso—. De hecho, he evitado pensar en esta cuestión, pues ni yo misma entiendo porque hice lo que hice. Me ha resultado más fácil concentrarme en las lesiones de lord Frayne y en su recuperación. ¡No pensaba que enviara a Ransom a Londres sin comentarme el tema del matrimonio ni una sola vez!

—Es un hombre de acción, para lo bueno y para lo malo. Al menos el viaje de Ransom nos ha librado de tenerle por aquí todo el día. Dos hombres nerviosos son más que suficiente. —Judith dio otro sorbo al brandy, esta vez más despacio—. Teniendo en cuenta que una mujer puede romper un compromiso sin perder su reputación, será bastante sencillo poner fin a esto. Demostraste lo que querías y le convenciste de que te permitiera salvarle la vida, pero no tienes por qué pasar el resto de la vida con él.

Lo que decía Judith era de lo más lógico. Y entonces, ¿por qué no la consolaba lo más mínimo? En vez de eso, saber que podía romper el compromiso la dejó profundamente deprimida. Dejó el brandy a un lado y empezó a recorrer la habitación.

—Tienes toda la razón.

Judith la observaba y dijo:

—Abby, ¿quieres casarte con lord Frayne? Me cuesta creer que te interese su título. En realidad, creo que nunca has mostrado el menor interés por buscar marido.

Abby se detuvo ante la ventana para contemplar los campos desnudos del invierno. Aunque se había sentido halagada por las muestras de interés de algunos hombres, nunca les había correspondido.

—Jack Langdon es el único hombre que de verdad ha despertado mi interés alguna vez. Al principio no sabía que fuera el heredero de un título; le encontré atractivo a él, sin más. Por supuesto, nunca se había fijado en mí, a excepción de una vez en que casi nos chocamos al salir de una tienda. Tenía una... sonrisa agradable. Jamás había imaginado que llegaríamos a conocernos, y mucho menos que tendríamos algún tipo de relación. Sólo le admiraba, como admiras una puesta de sol o un buen día de primavera. Luego, de repente, lo tenía ahí tendido, moribundo, sobre la mesa de mi comedor.

Abby se volvió hacia su amiga desde la ventana.

—Sabía que había pocas probabilidades de salvarle, pero su presencia despertó esos vagos pensamientos que me habían rondado durante años, desatando una especie de temeridad. Me asustaba dirigir un círculo por primera vez. Tal vez pedirle en matrimonio fue una manera de darme valor mediante una recompensa, hacer que el riesgo mereciera la pena. —Hizo una mueca—. O quizá sólo estaba siendo codiciosa y egoísta; quería conseguirle, de modo que olvidé todos los valores éticos que me han enseñado y le pedí que se casara conmigo a cambio de salvarle la vida.

—Si el hombre que siempre te ha gustado aparece de pronto y necesita de tu talento con urgencia, no es de sorprender que te vuelvas un poco temeraria —dijo Judith pensativa—. ¿Crees que está predestinado que te cases con él?

—Me gustaría pensar eso —dijo con aire taciturno—. La inspiración divina suena mucho mejor que el egoísmo y la ambición. Pero no he oído ninguna voz angelical que me diga que Jack Langdon es mi destino. Yo sólo... le deseaba. —Dios bendito, cuánto le había deseado. Sólo ahora reconocía por fin lo cierto que era.

—Hay peores razones para casarse —dijo Judith con ironía—. Nunca te he considerado egoísta o insensible, de modo que te absuelvo de eso al menos. Me parece interesante que Frayne no sólo accediera a tus condiciones en un principio, sino que ni siquiera haya intentado escurrir el bulto después.

—Como bien dices, es una historia de honor. Dio su palabra y no ha vuelto a pensar en ello. —Abby buscó una analogía adecuada—. Más bien es como si encargara que le hicieran un par de botas. Aunque decidiera que no las quiere, aceptaría la entrega porque dijo que así lo haría.

Judith se rió.

—¡No es que seas un par de botas, Abby! ¡Para nada! Si de verdad no quisiera casarse contigo, creo que lo habría dejado claro ya.

Tal vez le haga gracia la idea. Ninguno de sus amigos parece demasiado horrorizado tampoco, lo cual es buena señal.

—Tienes cierta capacidad para adivinar el futuro, Judith. ¿Nos ves juntos?

Judith desenfocó un poco la mirada.

—Creo que os amoldáis muy bien el uno al otro. Él es un tipo bondadoso y generoso por naturaleza pero... le acosan demonios internos. Necesita una mujer fuerte que pueda ayudarle a dominar esos demonios.

Por primera vez, a Abby se le ocurrió pensar que tal vez Jack necesitara curar su espíritu además del cuerpo, y ella estaba mejor cualificada que la mayoría para ofrecerle eso.

—Me siento mejor si pienso que podría serle útil como esposa.

—No te cases con él si piensas hacerle de criada —dijo Judith con aspereza—. Tenerte sería una gran suerte para ese hombre. Eres atractiva, agradable, y una de las mejores curanderas de Gran Bretaña. ¿Qué más puede desear un hombre?

—En este caso, una mujer sin habilidades mágicas. Detesta y teme la magia. —Abby pensó en lo que había visto la noche que Jack tenía fiebre—. No sé si alguna vez será capaz de aceptarme como mujer en vez de como bruja.

Judith entrecerró los ojos.

—La vida diaria elimina el misterio de la magia con rapidez. Una podría vivir con el hombre más guapo del mundo y apenas notaría su belleza al cabo de un mes. Lo que importan son los actos pequeños del día a día. ¿Es considerado? ¿Sabe reírse? Lo mismo pasará con tu magia. Muy pronto, que seas una hechicera será menos importante que tu habilidad para encontrar y conservar un buen cocinero.

Todo lo que decía Judith tenía sentido. Con el ánimo más esperanzado, Abby volvió a sentarse. *Cleocatra* se materializó y se restregó contra los tobillos de su dueña, luego saltó sobre su regazo. Abby empezó a acariciar su sedoso pelo negro.

—O sea, ¿piensas que debería seguir adelante y casarme con él?

Su amiga vaciló.

—Por el bien de ambos, creo que debes ofrecerle la oportunidad de romper el compromiso. De otro modo, este problemático acuerdo siempre se interpondrá entre vosotros.

Abby escuchó el ronroneo sordo de *Cleo*. Acabaría como una vieja solterona rodeada de gatos. Había destinos peores.

—Muy bien, lo haré. Nunca fue más que un sueño extraño y fugaz la posibilidad de casarme con lord Frayne.

—No des por sentado que no vaya a quererte. Da muestras de seguridad en ti misma.

Abby se rió sin humor.

—Tienes una imaginación muy viva, Judith. También ha sido un extraño sueño para él, creo. Pronto estará lo suficientemente bien como para regresar a su propio hogar. En primavera estará como nuevo y podrá reunirse con su regimiento en España. Confío en que cuide mejor de sí mismo en el futuro.

¿Regresaría alguna vez por los Shires a cazar? Ella sospechaba que no. Uno no regresaba a la escena de un mal sueño.

Los amigos de Jack le ayudaron a meterse otra vez en la cama antes de irse. Él se preguntó cómo sería estar siempre tan impedido como ahora. Si eso le sucedía alguna vez, mandaría que le hicieran una cama más baja. Estaba aprendiendo mucho. Mientras volvía a hundirse de nuevo en los almohadones y se despedía de sus amigos, se preguntó cuándo volvería a ser el de antes. Estaba aprendiendo demasiadas cosas que no quería saber.

Mandó a Morris a buscar algo para cenar y luego echó un sueñecito. Cuando se abrió la puerta se despertó al instante. Contento de que su instinto agudizado por la batalla no hubiera desaparecido del todo, alzó la vista y encontró a la señorita Barton.

Ella vacilaba en la puerta.

—Lo siento, ¿estaba dormido? No era mi intención despertarle. Podemos hablar por la mañana.

Debía de querer hablar de la boda.

—Estoy despierto, de forma que no hay necesidad de esperar. —Se incorporó como pudo en la cama, empujó las almohadas e hizo un gesto de dolor al sacudir su pierna rota—. ¿Ha fijado la fecha de la boda?

—De eso quería hablar. —Ella se acercó hasta la cama para arreglarle las almohadas. Como siempre, su contacto y presencia eran tranquilizadores. Tras aumentar la llama de la lámpara en la mesilla, Abby escogió una silla en la que él pudiera verla sin problemas. Jack se percató de que siempre actuaba discretamente para lograr su máximo confort. Por mucho que le quisieran sus amigos, no creía que escogieran el asiento pensando en su comodidad.

—Muy bien, hablemos de la cuestión —dijo él con actitud agradable—. Pero, primero, querría preguntarle por qué me siento tan cansado. Me he roto la pierna en otras ocasiones y nunca me sentí tan fatigado como ahora. Es absurdo que una visita a la biblioteca en silla de ruedas acabe siendo tan agotadora.

—Parte de la fatiga es resultado del propio proceso de curación. Buena parte de su fuerza natural se consumió durante el círculo curativo —contestó, por lo visto contenta de hacer un paréntesis—. Pero la pérdida de sangre es la verdadera culpable. Sangró tanto, por dentro y por fuera, que podría haber muerto si sus heridas no se hubieran tratado con prontitud. Ahora la sangre deber reponerse, y eso lleva tiempo.

—¿Es posible crear más sangre con las prácticas mágicas? —le preguntó con curiosidad—. Hubiera imaginado que eso resultaría más fácil que reparar un cuello roto.

—De hecho, no. Los fragmentos de hueso estaban todos presentes en el cuello. El truco consistía en juntarlos y soldarlos formando otra vez un hueso sólido. Aunque exigió una cantidad enorme de poder, fue algo relativamente sencillo. Reponer la sangre significaría crear algo de la nada, lo cual es más difícil.

Eso tenía sentido.

—Así pues, tendré que recuperar las fuerzas al mismo ritmo que un soldado que ha perdido mucha sangre por sus heridas.

—Exacto. Debería recuperar su vitalidad normal en pocas semanas. Casi lo mismo que tardará en ponerse fuerte su pierna rota.

Él asintió más feliz una vez que lo hubo entendido.

—¿Nos casamos entonces el día siguiente después de que su padre regreses de Londres?

Abby se pasó la mano por su inmaculado pelo, con rostro sereno y pálido.

—Accedió a casarse conmigo bajo una fuerte coacción, y no puedo obligarle a cumplir su palabra. Tiene pues libertad para continuar con sus actividades sin la carga de una esposa, lord Frayne.

Jack sintió que le invadía la conmoción, el alivio y... ¿decepción?

—Las circunstancias eran extremas —reconoció—, pero ¿por qué pidió casarse conmigo si no quería hacerlo?

—Fue un extraño impulso —respondió despacio—. Estaba medio ido. Yo necesitaba... captar su atención. Hacerle comprender lo que había en juego. Amor y muerte... no hay nada por encima. —Le dedicó un amago de sonrisa—. Y funcionó, además. La idea de casarse con una hechicera era tan espeluznante que le hizo permanecer más consciente. Tal vez llegara a la conclusión de que si yo estaba dispuesta a arriesgar mi vida con la esperanza de un... un matrimonio ventajoso, había posibilidades de sobrevivir. Merecía la pena luchar por esa vida. Fuera cual fuese el razonamiento, me dio permiso para probar con la magia curativa, y le estoy agradecida. Y ahora eso ha quedado atrás y puede marcharse cuando quiera.

Esforzándose por poner sus sentimientos en orden, preguntó:

—Si no quiere casarse como compensación por su esfuerzo, ¿qué le gustaría recibir en su lugar? ¿Un caballo, una casa, un viaje a América como sus amigos magos?

—Nada. —Se cogió las manos, intencionadamente calmada—. Como le he dicho antes, un trabajo de este nivel en la magia se da en raras ocasiones y no está en venta. Fue un privilegio ser el epicentro de un gran poder y disfrutar de la satisfacción de realizarlo con éxito. No me debe nada. Es libre de marcharse y vivir su vida con generosidad. Eso es suficiente.

Libre. ¿No era eso lo que siempre había querido? Libre de las responsabilidades de su herencia. Libre de las exigencias imposibles de la familia. Libertad para saltarse las normas, el encorsetamiento y las irritaciones de la vida diaria y optar por la dura realidad de la guerra.

Pero ya había reconocido que su forma de libertad era la de un muchacho que huye de las responsabilidades, y estaba preparado —convencido incluso— para dejar eso atrás. Era un hombre adulto que debía dejar de esquivar los retos de su vida. Eso significaba dejar su grado de oficial, gestionar su propiedad y ocupar su escaño en la Cámara de los Lores, aunque le apeteciera poco hacer esas cosas. También significaba buscar esposa y crear una familia.

Pensó en la encantadora lady Cynthia Deveraux, la exquisita sílfide rubia que había atrapado en parte su corazón la primavera pasada cuando se conocieron antes de su partida hacia España. En aquel momento decidió que cuando estuviera listo para sentar cabeza, buscaría una esposa como ella. Y ahora que lo estaba, ¿por qué no lady Cynthia? Todavía no se había comprometido; Winslow se lo había comentado de pasada. A la dama no parecían disgustarle sus atenciones, y coincidía con su idea de mujer perfecta.

Pero había algo irreal, o al menos artificial, en el breve coqueteo que mantuvo con ella. Era toda risas cantarinas y tímidos pestañeos. pero sabía poco de su carácter. ¿Podría mantenerse serena en medio del caos? ¿Podría decir la verdad con ojos claros como el agua y profundos como el mar?

Sí, Abigail Barton era una hechicera, algo que él encontraba profundamente inquietante. Pero el accidente le había hecho consciente de manera visceral de su propia mortalidad. Había muchas razones por las que bien valía tener una curandera dotada en casa.

La estudió, preguntándose cómo sería tener aquel voluptuoso cuerpo femenino en la cama. De repente, la idea hizo que se percatara con horror de que no había tenido ideas o sueños verdaderamente sexuales desde el accidente. Dios bendito, ¿por eso no quería ella casarse con él?

—¿Voy a recuperarme en todos los sentidos... incluido... incluido... —Se sonrojó y volvió a intentarlo—. ¿Seré capaz de... mantener relaciones maritales?

Los ojos de la señorita Barton se iluminaron con algo parecido a una risa, pero fue lo bastante cortés como para mantener el rostro serio.

—Si antes era capaz, lo seguirá siendo. La pérdida de sangre tiene muchos efectos. Una incapacidad temporal es uno de ellos.

Jack suspiró con alivio. Se preguntó por otra parte si habría otra mujer en Inglaterra con quien un hombre pudiera ser tan franco. Animado por tanta honestidad, dijo:

—Afirma que pidió casarse conmigo por impulso. Sin embargo, por propia experiencia sé que los impulsos rara vez nacen de la nada. ¿Pensaba que podría gustarle convertirse en lady Frayne y ahora descarta la posibilidad por cuestión de honor?

Su rostro estaba aún más pálido cuando respondió.

—Es perspicaz, milord. Sí, la idea del matrimonio es atractiva, pero la coacción sería un mal comienzo para la relación más íntima de todas. Casarse con una hechicera podría complicarle la vida de numerosas maneras, y eso a su vez complicaría la mía. —Tras un momento de silencio, dijo con vacilación—: ¿Tal vez podríamos seguir siendo amigos?

La vulnerabilidad en aquellas palabras le conmovió. ¿Cómo habría sido crecer siendo una hechicera, necesitada por algunos, desdeñada por otros? Y además una jovencita voluptuosa como ella, que no se correspondía con el tipo más en boga de mujer delgada cuya belleza podría hacer olvidar los poderes mágicos. La mayoría de los hombres se sentían atraídos por chicas como lady Cynthia Devereaux. Pero un sinvergüenza como él encontraría ciertas ventajas en acostarse con una mujer sin tenerse que preocupar de romperla de forma accidental.

Necesitaba una esposa, y no quería soportar ir de caza entre la elite aristocrática a la búsqueda de chicas que luego podrían resultar muy diferentes a su pulida apariencia pública. La señorita Barton ya había demostrado su amabilidad, su sinceridad y honestidad. Podría irle mejor en Londres, pero probablemente le fuera mucho peor, dada su ineptitud general con las mujeres.

Y pese a la voluntad de la señorita Barton por librarle de sus obligaciones, seguía en deuda con ella. El honor era aún más implacable que la propia dama.

Reflexionó un último momento. Su familia y una buena cantidad de amigos estarían horrorizados de que se casara con una bruja. Además, corría el riesgo de introducir la hechicería en la familia Langdon, aunque ya debía de haber un poquito por ahí o él no habría acabado en Stonebridge.

El honor era más importante que los considerables problemas que experimentaría al casarse con ella. Debía tomar partido.

—Señorita Barton, he tenido tiempo de pensar mucho en esta cama, y he decidido que es hora de aceptar mis responsabilidades. Eso incluye elegir esposa. —Buscó palabras que describieran con sinceridad cómo se sentía—. ¿Le interesaría casarse conmigo? Es una mujer de carácter y fuerte, y pienso que sería una esposa admirable. —Por sinceridad, se vio obligado a añadir—: De modo alguno tengo la seguridad de que vaya a ser un esposo admirable.

Los ojos de Abby se iluminaron.

—¿De veras desea casarse conmigo?

—De veras. Acabo de comprender que la conozco mejor que a cualquier otra mujer, a excepción de mi hermana. Sin duda es un buen comienzo para un matrimonio. —Sonrió con ironía—. Supongo que me conoce mucho mejor de lo que la mayoría de mujeres conocen a sus maridos. No estoy seguro de si eso es bueno o malo. Pero teniendo en cuenta que ha dicho que prefiere mantener su independencia y vivir en el campo, y que mis responsabilidades me mantendrán en Londres buena parte del año, no debería haber demasiados roces entre nosotros.

Ella alzó la mirada y la mantuvo durante un largo rato, con aquellos asombrosos ojos que parecían ver a través de Jack. Tomó también aliento y respondió:

—Si sus deseos son sinceros, entonces será un placer y un honor aceptar la proposición.

Jack sabía que había hecho lo correcto. Sólo esperaba que no acabara arrepintiéndose.

Capítulo 9

«¿Le interesaría casarse conmigo?» La proposición de Frayne difícilmente coincidía con la soñada por una doncella, pero era de todos modos una proposición. Aunque Abby estaba convencida de que se retiraría del compromiso como una liebre imparable, ahí estaba él, pidiendo su mano con gran seriedad. Era lo que ella había deseado, aunque la manera práctica de hacerlo fuera deprimente. Estaba claro que la quería porque le resultaba conveniente, porque ya la conocía... y había dado su palabra.

Le pareció significativo que recordara, pese a encontrarse próximo a la muerte cuando habló por primera vez de matrimonio, que ella hubiera mencionado su deseo de ser una esposa independiente y poco exigente, lo cual implicaba la aceptación de vivir separados durante buena parte del tiempo. Pese a desear un matrimonio entre buenos amigos, como el de sus padres, prefería tener a Jack Langdon en algunos momentos, en vez de a cualquier otro hombre todo el rato.

Para ella sería fácil continuar en su mundo seguro y cómodo. Pero al mirar el cuerpo poderoso de Jack y su rostro sincero, de facciones bien marcadas, sintió una llamada de sensaciones que nada tenían que ver con la seguridad. Llevaba demasiado tiempo viviendo segura. Si deseaba algo más en la vida, tendría que correr riesgos, y Jack Langdon era un riesgo que merecía la pena aceptar.

Tal vez su matrimonio no fuera un éxito, no la amaba ahora y quizá no llegara a hacerlo nunca, pero podrían acabar siendo amigos. Puede que con eso bastara.

Y si no... bien, la vida tenía que ver con el cambio. Su padre no viviría siempre, su hermano se casaría algún día y se encargaría de la propiedad. Richard nunca le obligaría a marcharse de Barton Grange, aunque ella no quería acabar siendo la tía solterona. Prefería ser esposa a ratos, y saber que tenía coraje para luchar por lo que deseaba.

Aguantándole la mirada, Abby dijo:

—Si sus deseos son sinceros, entonces será un placer y un honor aceptar su proposición. —Pese a las palabras calculadas, se encontró esbozando una radiante sonrisa.

La sonrisa de él se dibujó con más lentitud, pero parecía sincera.

—Creo que esto va a funcionar. —Su sonrisa se desvaneció—. Tal vez debiera contarle más cosas acerca de mi familia mientras aún esté a tiempo de cambiar de idea.

Abby contestó, preguntándose qué podía preocuparle de su familia:

—Todos escondemos trapos sucios en nuestras familias. Yo pasaré por alto los suyos si hace lo mismo con los míos. Pero me pregunto cómo organizaremos nuestras vidas. Antes le he dicho que no sería una esposa exigente. ¿Desea que viva con usted? Si piensa unirse de nuevo a su regimiento una vez recuperado, quizá sería preferible que me quedara en Barton Grange hasta su regreso.

Jack pareció sorprendido.

—Por supuesto que quiero que mi esposa viva conmigo. Mi intención es vender mi grado de oficial. He sido un oficial competente, pero mi presencia no es necesaria para derrotar a los franceses. Ya es hora de que me encargue de la gestión de mi herencia y ocupe mi escaño en la Cámara de los Lores. Esas tareas se beneficiarán del hecho de ser un hombre casado.

Ella intentó imaginarle con armiño y terciopelo. Sería como acicalar a un león: absurdo e innecesario.

—Aportará sentido común a ese puesto, algo alentador.

Él entornó los ojos.

—Tiene más confianza que yo, pero después ya me preocuparé del Parlamento. En cuanto regrese su padre, podemos usar la licencia especial que Ranson ha obtenido con tanto esfuerzo. Ya he abusado bastante de la hospitalidad de Barton Grange; después de la ceremonia, nos trasladaremos al otro lado del valle, a mi pabellón de caza. Y una vez que esté recuperado, iremos a Londres a comprarle un ajuar y disfrutar de los placeres de la ciudad. Confío en que pronto debería estar listo para viajar, ¿cierto?

—A menos que se rompa más huesos, debería encontrarse bien de aquí a pocas semanas. —Vaciló—. ¿Está seguro de que desea llevarme a Londres? Temo hacerle pasar vergüenza allí.

Él apretó la mandíbula con gesto obstinado.

—Quizá surjan algunas situaciones incómodas, pero tolerables. Los tradicionalistas deberán aceptar que la nueva lady Frayne es una hechicera. Aunque decida no volver a Londres nunca más, es importante dejar que la sociedad la vea al menos una vez.

—Es muy valiente por su parte quererles hacer frente de ese modo. —Se quedó callada un momento—. Yo, por mi parte, no estoy segura de ser tan luchadora.

—No es ninguna cruzada, sino una campaña que determinará cómo la aceptan el resto de su vida —dijo con expresión seria—. La mejor manera de empezar es con todos los estandartes ondeando al viento, como si no importara nada la opinión del *beau monde*.

—Todos los estandartes ondeando al viento... pero evitando cualquier situación incómoda motivada por la magia —dijo con ironía—. Puesto que no soy una hechicera de renombre, es poco probable que alguien conozca mi escabrosa ocupación, y no me empeñaré en mencionarla.

Él pareció aliviado.

—Tiene razón, no hay necesidad de atraer la censura de modo innecesario. Es una mujer de buena cuna y educación, del todo adecuada para convertirse en mi esposa. Eso es lo único que necesita saber cualquiera.

Abby suponía que provocaría cierta sorpresa que lord Frayne se casara con una chica de campo, de familia y fortuna modesta, sin la belleza destacable que haría comprensible la elección. Pero eso sería menos escandaloso que casarse con una arpía despreciada. Cuando saliera a la luz toda la historia, sería sospechosa de haberle embrujado mientras estaba herido y débil. Como él había dicho, tendría que aparentar orgullo y seguridad, pues no era probable que sus encantamientos pasaran inadvertidos demasiado tiempo.

En los Shires, ella y su magia eran conocidas y aceptadas, pero Londres resultaría diferente. Se preguntó cómo sería entrar en un salón de baile y que todo el mundo presente le hiciera el vacío. Se le encogió el estómago sólo de pensarlo.

Aún estaba a tiempo de cambiar de opinión. ¿Sería la retirada una muestra más prudente de valor? ¡No! Al mirar a Jack, supo que la prudencia no formaba parte de esta transacción. Sólo el deseo. Y si Londres se volvía imposible, no iría más de visita.

Reparando en que su prometido parecía exhausto, se levantó y se acercó a la cama.

—Gracias, Jack. —Inclinándose hacia delante, le puso los labios en la frente. La calidez de su piel parecía saludable, no febril—. Ahora debe descansar.

Él le cogió la mano, y entonces se relajó sobre las almohadas con aspecto cansado pero feliz.

—Cuanto más pienso en casarme con usted, más me gusta la idea. —Demasiado cansado para levantar la cabeza, se llevó su mano a los labios—. Gracias por aceptarme, Abby.

Ella se quedó inmóvil. ¡Era imposible que un simple beso le quemara los dedos como si fuera fuego!

Se abrió la puerta y entró una sólida figura familiar. El hombre de pelo cano arqueó las cejas.

—Ah, de modo que es aquí donde te escondes, Abigail.

—¡Papá! —Se arrojó con alegría a los brazos de sir Andrew Barton pese a la lluvia que goteaba de su capa y sombrero—. ¡Has vuelto antes de lo que esperaba!

—Tenía el presentimiento de que debía regresar a casa. —Dio un paso atrás y la cogió por los hombros, con mirada concentrada—. Pareces contenta. Supongo que éste es tu noble paciente, ¿lord Frayne?

—Es mi noble paciente y también mi prometido, papá.

—¿Es eso cierto? —Sir Andrew se giró sobre los talones y estudió a Jack con intensidad penetrante.

—¡Señor! —Jack se sentó como pudo en la cama, olvidando su fatiga y con un leve pánico en los ojos al verse frente a su futuro suegro de forma tan inesperada—. Es un placer conocerle, sir Andrew. Tal vez debiera haber esperado y haberle pedido la mano de la señorita Barton, pero... pero la verdad es que no pensé en ello.

—Mi hija es dueña de sí misma, y sé que no debo discutir con ella. —Sir Andrew dio un paso adelante y le estrechó la mano con un firme apretón—. Nada más llegar me han explicado que sufrió heridas graves mientras cazaba y que le trajeron hasta aquí. ¿Es así?

—Sí, señor. La señorita Barton reunió un grupo de amigos hechiceros y creó un círculo curativo para sanarme —dijo Jack—. Le debo la vida.

Sir Andrew se volvió y observó a Abby. Incluso para su hija, tenía una mirada que atravesaba el granito sólido.

—¿Dirigiste un círculo curativo? ¡Has corrido un gran riesgo, mi niña!

—Lo sé. Pero... lo hemos logrado. —Se sintió agradecida por la presencia de Jack, que reducía la probabilidad de una regañina—. Y no podía ser de otro modo. Te he observado tantas veces que pensé que me las apañaría.

—Y así ha sido. —Su boca se relajó—. Más tarde o más temprano tenías que correr ese riesgo. Ojalá hubiera estado aquí. Pero deduzco que no había tiempo que perder.

—Su hija es muy valiente, señor —dijo Jack—. Yo sólo tengo un leve recuerdo, pero mis amigos se quedaron francamente maravillados.

—Abigail es una de las curanderas de su generación con más talento. ¿Entiende bien lo que eso significa?

Jack aguantó la mirada.

—Tras ser curado de una fractura de cuello, tengo una apreciación personal de sus habilidades.

—Supongo que sí. —Sir Andrew se volvió a su hija—. ¿No te importará casarte con un marido sin dones?

—Asistió a la Academia Stonebridge —dijo con calma.

—Pero ¡bueno! —El baronet examinó a Jack con una intensidad alarmante—. Ya veo —dijo pausado—. Tendrás un matrimonio interesante, creo yo.

—Lo que acabas de decir no me tranquiliza —dijo Abby con aspereza.

Su padre se rió.

—No era mi intención que sonara así. El matrimonio siempre requiere algunos ajustes. Ninguno de los dos sois niños, de modo que doy por supuesto que has pensado en dónde te metes. ¿Para cuándo se planea la boda?

—Puesto que ya estás de vuelta en casa, ¿tal vez mañana? —dijo Abby con vacilación—. O pasado mañana. Un amigo de Jack ha obtenido una licencia especial, de modo que no hay por qué esperar. Podríamos casarnos aquí mismo, en esta habitación.

Jack se aclaró la garganta.

—Preferiría una iglesia, si no es demasiado pedir. Ya que vamos a trasladarnos por el valle hasta mi casa, ¿no habrá tal vez una por el camino?

—De hecho, nuestra parroquia se encuentra más o menos en esa dirección —dijo Abby—. Haré los preparativos para pasado mañana.

Jack hizo un gesto de asentimiento, con aspecto gris a causa de la fatiga.

—Lord Frayne parece cansado —dijo sir Andrew—. Ya le veré mañana. Abby, ¿vienes conmigo?

Parecía que no iba a poder librarse de esa regañina.

—Por supuesto, papá. —Tapó bien a Jack con las mantas y se permitió rozarle con delicadeza el pelo—. Dulces sueños, Jack.

Él cerró los ojos con agotamiento. Abby supuso que ya estaba dormido cuando salió de la habitación. Su padre le esperaba al otro lado de la puerta.

—¿Estás segura, Abby? —le preguntó con calma.

La sonrisa que le dedicó a su padre era irónica mientras se adaptaba a su paso por el pasillo.

—¿Segura de si hago lo correcto? No. ¿Segura de que quiero casarme con él? Del todo. Nunca tuve ningún interés en casarme con ningún otro hombre, y tú lo sabes. —Vaciló y luego añadió—: Siempre me fijaba en Jack cuando le veía por Melton. Sé que no es razonable, pero al menos de este modo no me tendrás controlada para siempre.

Los ojos de sir Andrew mostraron afecto.

—Siempre he sabido que algún día un hombre vendría y te llevaría. Me alegra que haya tardado un tiempo, pues voy a echarte terriblemente de menos cuando no estés. Recuerda sólo que si el matrimonio no va bien, siempre tendrás un hogar aquí. —La condujo hasta el salón matinal, donde habían dejado una bandeja con comida para el viajero que acababa de regresar.

Con el ceño fruncido, Abby se sirvió una pequeña loncha de jamón mientras tomaba asiento frente a su padre.

—¿Crees que esto va a ser un desastre? Yo también he considerado esa posibilidad, pero ningún hombre podría retener a un hechicera que quisiera marcharse. —Hizo una mueca—. Es más fácil que él se arrepienta antes de haberse casado conmigo que a la inversa.

El padre dio unos mordiscos al jamón y al queso antes de contestar.

—No tiene que ser necesariamente un desastre. Ese joven puede parecer de trato fácil, aunque ahora sólo una parte pequeña de él es visible. A pesar de que la magia está reprimida en él, dispone de una buena cantidad.

—Lo sé. Tuve que recurrir a ella durante el círculo de curación o no habría contado con poder suficiente para soldar los huesos rotos de su cuello.

Su padre arqueó las cejas.

—Es posible que al usar su poder lo hayas activado, eso ya lo sabes. Y tal vez le resulte desconcertante.

—No tuve otra opción. Los dos amigos que le trajeron aquí, un tal señor Ransom y el duque de Ashby, le conocieron en la Academia Stonebridge. Se unieron de forma voluntaria a nuestro círculo, de otro modo yo no lo habría intentado.

Cleocatra apareció y alzó esperanzada la vista, de modo que Abby le dio un trocito de jamón. Su padre arqueó aún más sus expresivas cejas.

—¿Participaron en la curación? Será interesante ver cómo acaban las cosas.

Abby hizo una mueca, pues conocía la amplia definición que daba su padre a la palabra interesante. Pero estaba aceptando con calma la idea del matrimonio, algo que no haría si previera una catástrofe. Dio una tajada fina de queso a la gata, que ahora suplicaba apoyada sobre sus patas traseras.

—Ni siquiera he visto el pabellón de caza de Jack. Nos trasladaremos allí después de la boda. Cuando se sienta con fuerzas suficientes, me llevará a Londres y luego a la residencia de su familia, en Yorkshire.

—¿Londres? Confío que tengas tiempo para visitar a algunos de los amigos de la familia, así como a los miembros del *beau monde* que son el círculo natural de lord Frayne. —Sir Andrew dio un sorbo meditativo al vino—. Tal vez necesites la compañía de amigos que no se incomoden con las artes hechiceras.

En otras palabras, su padre creía que iba a meterse en líos. Bien, ella también lo esperaba. Puso a *Cleo* sobre su regazo y animó al gato a ronronear acariciando su suave pelaje negro. Era extraño que ni siquiera un peligro inminente le hiciera desear cambiar de opinión.

Capítulo 10

Jack estaba volando, descendía en picado sobre el globo terráqueo con los brazos estirados ante él y el viento tirándole del pelo. Debajo veía lugares conocidos de Inglaterra y Escocia, España y Portugal. También había mucho océano.

De repente, su capacidad de volar se esfumó, y cayó del cielo sin poder hacer nada. Ya se había enfrentado a la muerte tras su accidente de caza, tal vez ahora estuviera mejor preparado.

Se estrelló contra un prado y rebotó sin sufrir el menor daño. Miró a su alrededor, sorprendido, intentando identificar su ubicación, pero el prado no se parecía a ningún sitio donde hubiera estado antes. Las flores, los pájaros, incluso las mariposas eran diferentes a las que conocía. Más coloridas y más bonitas, pero misteriosas por lo diferentes que le parecían. Al mismo tiempo, percibía algo familiar muy peculiar en el lugar, como si ya lo hubiera visto hacía mucho tiempo.

Distinguió una figura familiar alejándose de él, así que se puso en pie con dificultad y corrió detrás:

—¿Ashby, eres tú? ¿Dónde estamos?

El hombre se volvió y le mostró un rostro que correspondía a Ashby y al mismo tiempo no era Ashby, pero la voz sí le resultó conocida cuando dijo:

—¿Jack?

Una mano en el hombro le despertó con un sobresalto. Al abrir los ojos vio a Ashby, con aspecto perfectamente normal, repitiendo su nombre.

—¿Qué hora es? —le preguntó Jack medio grogui.

—Es temprano. He venido antes del desayuno para traerte las muletas que me pediste sin que nadie se entere. —Su amigo las sostuvo con orgullo—. Encargué unas especiales, que no cedan bajo el peso de una mole como tú. Al carpintero se le ocurrió acolcharlas un poco por arriba para que te resulten más cómodas.

Jack se despabiló del todo.

—¡Bien! No quiero casarme en una silla de ruedas. —Se sentó y bajó las piernas al suelo, con la pierna rota estirada. El día anterior, le habían reemplazado las pesadas tablillas que inmovilizaban toda la pierna por otras más ligeras, sujetas con tiras de cuero. Había sentido una emoción ridícula al ser capaz de doblar otra vez la rodilla derecha.

Intentó levantarse con las muletas, perdió el equilibrio y acabó tendido de espaldas maldiciendo sobre la cama. Un segundo intento más cauteloso resultó mucho mejor y consiguió mantenerse derecho por sí solo, aunque balanceándose hacia delante y hacia atrás.

—¿Ya hay alguna novedad sobre la fecha de la boda? —le preguntó su amigo.

Jack hizo un gesto afirmativo. Las muletas eran un poco cortas, pero servirían. Apoyando el peso del cuerpo en el pie izquierdo, movió hacia delante las muletas unos pocos centímetros, luego adelantó la pierna izquierda, y casi se cae. Por lo visto no era buena idea mover el pie más allá de la posición de las muletas. Ashby le agarró y le sujetó. Jack agradeció que su amigo se encontrara ahí para ayudarle, aunque, con lo grande que era, si se caía, los dos acabarían en el suelo.

Dio un paso hacia delante y casi vuelve a caerse por no tener en cuenta la altura de la alfombra. Era asombroso la diferencia que suponía ese medio centímetro.

Además, andar requería concentración. Descubrió que no podía andar y hablar al mismo tiempo. Se detuvo para decir:

—Sir Andrew Barton regresó a casa anoche. Para ser un civil, es un hombre de temer. Serán esos ojos de hechicero... —Ojos de color azul claro con un contorno oscuro, muy parecidos a los de Abby, ahora que lo pensaba—. Por suerte no ha puesto objeciones a nuestro matrimonio. La boda se ha fijado para mañana en la parroquia local. Abby y yo nos trasladaremos a mi pabellón de caza inmediatamente después.

Tambaleándose, pero erguido, poco a poco dio unos pasos más, poniendo atención en dónde apoyaba las muletas y en no perder el equilibrio.

—No era consciente de que hay que cogerle el truco a esto, de modo que irá bien que practique antes de la boda. —Resultaría más fácil con zapatos o al menos con un zapato en el pie izquierdo. De cualquier modo, era de lo más cansado, puñetas. Fue andando por la habitación, contento de volver a estar erguido.

—¿Qué tal si descansas un rato en esa silla? —sugirió Ashby—. Andar con muletas parece agotador.

Reconociendo que estaba al borde del colapso, Jack se echó sobre el sillón de orejas y luego se dio torpemente la vuelta para sentarse, medio cayéndose y sufriendo otro zarandeo en la pierna. Maldición, iba a costarle mucho levantarse de este sillón tan mullido. Ya se preocuparía de eso más tarde. Por el momento, resoplaba como si hubiera corrido una carrera.

Ashby ocupó el otro sillón.

—Entonces ya hay fecha de boda. ¿No te importa tener que casarte con ella por haberte salvado la vida?

—De hecho, Abby vino ayer por la tarde y me liberó de ese compromiso. Dijo que no quería obligarme a nada, que sólo lo había sugerido en un principio para atraer mi atención. —Jack dejó las dos muletas apoyadas juntas en el lado izquierdo del sillón, preguntándose cómo podía explicar su decisión de continuar adelante con la boda—. De todos modos, yo le había dado mi palabra y, aparte de ser una hechicera, será una esposa decente. No es que sea una belleza, pero es muy buena compañía. Inteligente. Bondadosa.

—No, no es una belleza —dijo Ashby con amabilidad—, pero sí magnífica, que es algo muy diferente. Me alegra que hayas decidido casarte con ella pese a no estar obligado a hacerlo. Tiene mil veces más sustancia que el prototipo de jovencita que encuentras en el mercado matrimonial.

Jack alzó la vista asombrado, pero complacido de contar con la aprobación de su amigo.

—¿No recibiré tu reprobación tajante por casarme con una hechicera?

—Eso sería descortés, dado que desde tu accidente he estado visitando su casa con toda consideración —dijo Ashby con sequedad—. ¿Puedo hacer algo para ayudar con la boda? ¿Tal vez una visita a tu pabellón de caza para verificar que esté todo listo para cuando llegue la nueva señora? ¿Organizar un modesto desayuno nupcial allí?

Jack pensó en lo que necesitaba.

—Agradecería muchísimo ambas cosas. Aparte, necesitaré un anillo. Tal vez la doncella de Abby te preste uno de sus anillos para tomar medidas. Y si fuera posible, ¿encontrarías unas flores aunque sea invierno?

—Un duque siempre puede encontrar flores —dijo Ashby con expresión seria—. ¿Alguna cosa más?

—¿Harás de testigo? Aunque, dado que Winslow y Ransom están por aquí, mejor jugároslo a los dados. —Al ver la expresión de su amigo, añadió con ironía—: Probablemente tú apruebes esta boda más que nadie, ¿cierto? Y es posible que ellos prefieran que no se lo pida.

—A Ransom y a Winslow les cae muy bien Abby, pero en cierto sentido les inquieta ver en las circunstancias que te casas con ella. Sobre todo a Winslow —explicó el duque con tacto—. Creo que les alegrará enterarse de que haces esto por propia voluntad. Se puede desaprobar a los hechiceros en general, y tenerles aprecio en particular. Además, Abby es muy agradable.

A Jack le contentó oír aquello, porque no estaba dispuesto a cambiar de idea aunque sus amigos pusieran el grito en el cielo. Era sorprendente que estuviera tan decidido a seguir adelante con ese matrimonio.

—¡Así! —Judith retrocedió y estudió el velo de encaje que caía por la espalda de su amiga—. Estás preciosa, Abby. Una novia de pies a cabeza.

—¿Incluidos los nervios? —Abby se alisó la seda azul claro del vestido, confiando en que las manos no le temblaran de forma manifiesta.

—Sobre todo los nervios. Es una tradición. —La sonrisa de Judith era un poco triste—. Me alegro por ti, pero te echaré de menos, Abby.

—Yorkshire no está tan lejísimos de Leicestershire —dijo ella—. Puedes hacerme compañía cuando Frayne esté en Londres debatiendo las grandes cuestiones del día.

—¿No irás con él?

Abby hizo una mueca.

—Sospecho que tras esta visita, preferiré mantenerme bien lejos. Las veces que he ido a Londres, nos manteníamos dentro del círculo de nuestros amigos, hechiceros y gente que acepta la magia. Esto será diferente, y me imagino que mucho más desagradable de lo que Frayne cree.

—Londres podría darte una sorpresa —dijo Judith—. La prohibición de la magia siempre ha tenido más vigor entre los hombres que entre las mujeres. Y por lo que he oído, son numerosas las damas del *beau monde* que han tenido escarceos con ella, algo parecido a las lecciones de dibujo y música.

—Si algunas de ellas practican la magia en secreto, las cosas se me ponen aún más difíciles, por atraer la atención sobre sus propios pecados. —Abby alzó su libro de oraciones y el pequeño ramillete de capullos naranjas que le habían entregado por la mañana. Uno de los amigos de Jack debía de haber encontrado las flores en el jardín de invierno de alguna de las grandes casas de la zona. Barton Grange tenía un invernadero, pero el espacio limitado se aprovechaba para las frutas y verduras en la época de invierno. Era un lujo tener flores en esta temporada—. Afrontaré las críticas cuando lleguen, y contaré los días hasta que me vaya de Londres.

Judith la miró con severidad.

—Hablando de contar días, ¿cuándo vas a dejar de donarle tu fuerza vital a Frayne? Dijiste que era sólo provisional, pero estás donando más que nunca.

Abby suspiró.

—Lo dejé en un momento dado, y tuvo una recaída. Decidí que era mejor reponer el flujo de energía hasta que se encontrara lo bastante bien como para apañárselas por sí solo. Hoy voy a donarle energía adicional para que aguante la boda y el viaje en carruaje por el valle. Luego reduciré el flujo de forma gradual, una vez que esté instalado en su propia casa.

—Espero que sea pronto. Has perdido peso y tienes ojeras. No puedes seguir así mucho más tiempo, Abby.

—No lo haré. No me gusta estar cansada a todas horas. —Tampoco tenía que mirarse en el espejo para reconocer que Judith tenía razón en lo de la pérdida de peso y las ojeras. Si hoy estaba guapa se debía en todo caso a su felicidad; por lo demás, hacía bastante mala cara—. Es hora de salir para la iglesia.

—Tienes razón. —Judith le dio un rápido abrazo—. Que seas feliz, cielo. Frayne es un buen hombre, y tú mereces ser feliz. Piensa de vez en cuando en ti misma, y no sólo en los demás.

—No me merezco tantos cumplidos. Soy una mujer egoísta, o no le hubiera echado el lazo a Jack estando débil y vulnerable. —Abby lo dijo con una mueca; sabía que su broma poco entusiasta incluía una parte de verdad.

—Tonterías. Por mi experiencia, los hombres hacen lo que les da la gana por regla general y, después de liberarle del compromiso, no te habría pedido la mano a menos que te quisiera como esposa.

Confiando en que Judith estuviera en lo cierto, Abby salió del dormitorio que había sido suyo desde niña. La mayor parte de sus pertenencias ya estaban embaladas para trasladarlas al pabellón de caza de Jack. Intentó no pensar en todo lo que dejaba atrás. Debía mirar al futuro, no añorar el pasado.

Su padre esperaba al pie de las escaleras para acompañarlas a ella y a Judith hasta la iglesia. La ceremonia sería íntima, tan sólo unos pocos amigos y familiares. El próximo verano, ella y su marido —¡marido!— visitarían Melton Mowbray y su padre podría celebrar una recepción al aire libre para los vecinos y arrendatarios.

Sir Andrew alzó la vista y le dedicó una sonrisa a su hija que casi le rompe el corazón.

—Estás preciosa, mi niñita. Ojalá tu madre estuviera aquí para verte.

Ella tragó saliva con dificultad.

—No me hagas romper a llorar o no podré parar, y eso no va a resultar nada halagador para mi nuevo esposo.

—No te preocupes, he venido preparado. —Le tendió un pañuelo.

Abby se rió un poco, se secó las incipientes lágrimas de los ojos, y se guardó el pañuelo para usarlo más adelante. Luego se puso la capa, igual que hizo Judith, y salieron de casa para hacer el recorrido en carruaje hasta la iglesia.

No volvió a mirar atrás. Era el futuro lo que la intrigaba ahora. Un futuro con el único hombre que había deseado en la vida.

Jack había insistido en llegar pronto a la iglesia. Quería disponer de tiempo suficiente para recuperarse del esfuerzo de viajar en carruaje. Nunca se había percatado tan plenamente de los tumbos que dan los carruajes. Pero al menos iba bien vestido, gracias a la destreza de su ayuda de cámara. Morris había soltado las costuras de sus mejores pantalones y les había cosido una pieza adicional para adaptarlos a la tablilla de la pierna derecha.

La pierna le dolía mucho para cuando llegaron a Saint Anselm in the Fields, la bonita iglesia de piedra que servía de parroquia a los Barton. Ashby y Ransom le ayudaron a bajar del carruaje, con Winslow cerrando la marcha. El frío clima invernal se había templado un poco aquel día, y el cielo con pocas nubes, estaba más despejado. Buena señal, pensó. Calculó cuánto había pasado ya desde el accidente, y se percató de que no faltaba mucho para la apertura del Parlamento en Londres. Sin duda debía ocupar su escaño como un auténtico lord.

—Cuidado dónde pisas —dijo Ransom—. El terreno es muy desigual por aquí.

—Estoy aprendiendo que el mundo está lleno de peligros cuando andas con muletas. —Jack subió con torpeza los tres escalones de entrada a la iglesia y atravesó balanceándose la puerta que Ashby sostenía abierta para él.

Le dolían los hombros y las axilas por las prácticas realizadas a escondidas el día anterior, pero valía la pena darle la sorpresa a Abby. Hizo una mueca al preguntarse si ella sonreiría de placer al verle erguido o si fruncería el ceño con preocupación por forzar demasiado sus posibilidades. Cualquiera de estas expresiones sería encantadora.

Se concentró con gran empeño en el suelo, que era de losas de piedra, considerablemente poco niveladas, y se encaminó hacia la parte delantera de la iglesia. A su lado, Winslow dijo:

—Si tienes alguna duda, no tienes por qué pasar por esto. Nadie te culpará si te niegas a casarte con una arpía bajo coacción.

Jack detuvo su lento avance para lanzarle una mirada fulminante a su amigo.

—Nadie me ha coaccionado y no tengo dudas. Si crees que no puedes respaldarme en esto, nadie te obliga a quedarte. Si te das un poco de prisa, todavía estarás a tiempo de participar en la cacería de hoy.

—Juro que esa mujer te ha encantado, pese a tu amuleto antimagia. —Winslow entrecerró los ojos—. Tuvo que pedirte permiso para curarte con prácticas mágicas. Tal vez se aprovechó de eso para embrujarte al tiempo que te curaba.

Jack estaba a punto de explotar de furia cuando intervino la voz suave de Ransom:

—Cuidado, Winslow, o descubrirás lo formidable que llega a ser una muleta como arma. Y es posible que yo te sujete para que Jack pueda arrearte más y mejor.

La interrupción le dio tiempo a Jack para recuperar la calma. Se dejó caer sobre el primer banco y dijo:

—Lucas, eres un burro, pero te perdono por esta vez porque tus intenciones son buenas. Erradas, pero buenas. Abby me brindó la oportunidad de echarme atrás, y me di cuenta de que no quería. No me ha embrujado. —Vaciló antes de seguir, sorprendido él mismo por el descubrimiento—. La pura verdad es que me gusta. Sí, es una hechicera, pero no me hace sentir patoso ni cohibido, como tantas grandes damas. Es amable e inteligente, y también es práctica. Creo que es una suerte enorme haberla encontrado, aunque la manera haya sido tan dura.

Ashby añadió:

—Si hubieras visto a Abby en acción, no tendrías dudas, Lucas. No tiene nada que ver con esos bomboncitos que tanto te gustan, eso es lo mejor.

Winslow iba a soltar una respuesta brusca, pero se contuvo.

—Muy bien, mis... disculpas por dudar de tu elección, Jack. Intentaré verla desde tu perspectiva. En cuanto a mi apoyo... siempre puedes contar con eso.

—Gracias. —Jack hizo una mueca—. Voy a necesitar ese apoyo en sociedad. Demasiada gente dará por supuesto que me he vuelto loco o que Abby recurrió a la magia para hacerme perder el juicio.

Un hombre entró en el presbiterio por una puerta lateral. El vicario, a juzgar por su atuendo. Mientras Jack pensaba que le sonaba de algo, Ransom se adelantó con la mano extendida.

—Señor Wilson. Nos conocimos en el círculo curativo, creo.

El vicario le estrechó la mano.

—Cierto. Me alegra que nos volvamos a ver en circunstancias más alegres. —Se volvió para tender la mano a Jack—. No hace falta que se levante, lord Frayne. Tiene buen aspecto. Es un hombre afortunado en más de un sentido.

—Gracias, señor. Le doy la razón. —Jack oyó pisadas y se volvió a mirar, preguntándose si ya llegaban los invitados. Abby aún no, pero media docena de personas ocupaban sus asientos en la parte posterior. Un momento después, una familia con varios niños entró y tomó asiento también.

La puerta ni siquiera se había cerrado cuando entraron tres hombres con una nariz larga muy similar, dos de ellos con violines y el otro con una flauta de madera. Los tres se encaminaron hacia la parte delantera. Mientras los dos violinistas estudiaban a Jack con franca curiosidad, el flautista le dijo al vicario:

—Señor, dicen que la señorita Abby se casa hoy. ¿Cree que le hará ilusión que toquemos para ella?

El vicario sonrió.

—Creo que le complacerá mucho, siempre que toquéis cuando entre y salga y no durante la ceremonia.

El flautista inclinó la cabeza y guió a sus acompañantes a un lado de la iglesia, donde empezaron a tocar muy suavemente. Además, resultaron ser bastante buenos, aunque Jack no reconocía aquella música.

Al mismo tiempo que se instalaban los músicos, al menos una docena más de personas entró en la iglesia. Parecían simples vecinos en su mayoría, trabajadores vestidos con ropas sencillas y limpias. Perplejo, Jack le dijo al vicario:

—Abby y yo habíamos planeado una boda íntima con tan sólo unos pocos amigos. ¿Quién es toda esta gente?

—Todos han recibido ayuda de Abby y su familia en un momento u otro —contestó Wilson—. Es obvio que ha corrido la noticia de la boda y han venido a presentar sus respetos. Puesto que la iglesia está abierta a todo el mundo, son bien recibidos si quieren asistir. Es un hombre afortunado al casarse con una mujer tan querida.

Hasta Winslow se mostró impresionado con la explicación del vicario. Con un ademán, el señor Wilson se apartó para charlar con una mujer y su hija en la parte delantera de la iglesia. Estaban colocando jarrones con hojas de acebo, ramas con bayas, aneas y otro follaje decorativo propio de esta severa estación. Los adornos eran bastante bonitos, había que reconocerlo. Jack pensó en la parábola del óbolo de la viuda. Eran ofrendas de gente con pocos medios, pero con un deseo sincero de homenajear a Abby. En ese momento, una voz dijo con excitación:

—¡Ha llegado la novia!

Docenas de personas se levantaron con el rumor de pies y el susurro de ropas mientras se abría la doble puerta de la iglesia. El sol iluminó las cuatro figuras que hacían su entrada. Sir Andrew Barton, Judith Wayne, la doncella de Abby... aunque en realidad él sólo vio a Abby. Parecía una diosa. El sol creaba reflejos dorados y caobas en su cabello y resplandecía sobre su forma curvilínea y femenina. Judith le retiró la capa de los hombros y la novia se movió hacia delante a través de la luz, con la música llenando la iglesia de una melodía estimulante.

Ashby había acertado. Abby no era una belleza: era magnífica.

Capítulo 11

Abby tenía problemas para ver bien en la penumbra de la iglesia después del brillante sol del exterior. Santo cielo, ¿quién era toda esta gente? A medida que sus ojos se acostumbraron, reconoció a amigos y vecinos con los que había crecido. Por lo visto, la noticia de la boda se había propagado. Incluso habían venido los hermanos Mackie a tocar para ella. Tom, el mayor, se había recuperado bien de la enfermedad pulmonar que le había tratado o no estaría tocando la flauta con tal júbilo y dulzura.

Desplazó la mirada hasta el altar, y allí estaba Jack. ¡De pie y con muletas! Debía de haber convencido a sus amigos para que se las consiguieran y para supervisarle mientras practicaba. Aunque tendría que preocuparle el hecho de que caminara tan pronto, no pudo contener una radiante sonrisa de deleite. Pese a no estar curado del todo, volvía a ser el hombre poderoso y cautivador que había atraído su atención durante años. Y qué guapo con esa ropa oscura de etiqueta que casi la deja sin aliento.

Judith caminaba graciosamente al compás de la música por el pasillo central, saludando con la cabeza a personas que reconocía y niños que había traído al mundo. Agarrada con firmeza al brazo de su padre, la seguía Abby, con la mirada puesta en Jack.

Al llegar al altar, su padre le dio un beso en la mejilla mientras le decía bajito:

—Que seas feliz, cielo mío. —Luego retrocedió, pues dejaba de ser el hombre más importante en su vida.

Antes de que Abby derramara alguna de las lágrimas que ya amenazaban con saltar, Jack se estiró para cogerle la mano, casi dejando caer la muleta al hacerlo. Ashby la estabilizó con destreza.

—Estás preciosa, mocita —susurró Jack con un deje de Yorkshire en la voz, por primera vez desde que se habían conocido. Ella supo por instinto que lo decía de corazón.

Abby le agarró la mano, casi sin atreverse a creer que estaban a punto de casarse. Nunca habían estado de pie uno al lado del otro como ahora y no se había percatado de lo alto que era. La mayoría de hombres eran casi de su altura, pero con Jack, tenía que alzar la vista. Esos hombros parecían mucho más amplios ahora que ya no estaba tendido en la cama sino de pie.

Sin dejar de mirarle, escuchó las ancestrales y hermosas palabras que les unían. Cuando el señor Wilson dijo: «Con esta alianza te desposo», Jack aceptó el anillo de Ashby y casi se le cae la otra muleta. Ashby era un padrino de lo más eficiente, ya que consiguió agarrarla antes de que se precipitara ruidosamente sobre el suelo.

Tal vez Jack tuviera problemas para manejar las muletas, pero el anillo encajaba a la perfección cuando se lo colocó en el dedo anular.

—Con esta alianza te desposo. Con mi cuerpo te veneraré y todos mis bienes materiales te dono —dijo en voz baja.

Después de que el vicario bendijera el matrimonio, Jack se inclinó hacia delante para dar a Abby el beso de la paz. Aunque el contacto de los labios sobre su mejilla fue leve, ella casi se disuelve con las descargas de deleite que la recorrieron.

Y entonces la ceremonia ya hubo concluido y la música de los Mackie se elevó al son de una marcha triunfal. Ella miró a Jack, aún sonriente, y le apretó la mano.

—Gracias por convertirte en mi esposo.

Él le dedicó una sonrisa compungida.

—Ojalá pudiera recorrer el pasillo de tu mano, pero no puedo. Si tuviera tres manos, tal vez fuera posible.

Abby se rió y apoyó una mano en su cintura con delicadeza.

—Con esto es suficiente, creo. Vamos, milord.

Vio que algo cambiaba en la mirada de Jack al tocarle. Luego él se volvió y, moviendo las muletas a pasos cortos, empezaron a andar juntos por el pasillo.

El avance era lento a causa de los invitados que expresaban sus felicitaciones o se estiraban para coger a Abby de la mano. «La echaremos de menos, señorita Abby» y «Dios la bendiga y proteja» repetían una vez tras otra, junto con agradecimientos por curaciones específicas que había realizado en el pasado. Ella siempre había sabido cuánto la querían y cómo valoraban su talento curativo, pero esta efusión y amor fundieron su corazón. ¿Cómo podría dejar el valle?

Una mirada a Jack le recordó la respuesta. Él sonreía y bromeaba con los invitados, sintiéndose cómodo entre ellos pese a tratarse de desconocidos de clases inferiores. Abby se preocupó un poco por él al ver que intentaba mantener el equilibrio entre el empuje de la gente, pero continuó adelante con sus pasos cortos, lentos y seguros.

Llegaron al umbral de la puerta y se quedaron allí para que Abby pudiera hablar con todo el que deseara despedirse de ella. Con discreción, Jack se apoyó en el marco de la puerta hasta que recibió las últimas felicitaciones y abrazos. Cuando sólo quedaban los invitados a la boda, volvió a apoyarse en las muletas para poder marcharse.

—Me sorprende que me hayan dejado casarme contigo, Abby. Te aprecian enormemente.

—Por suerte, hay otros curanderos buenos en la zona. —Cogió la capa que sostenía Judith y se la echó sobre los hombros—. ¿Supongo que no sabrás si hay algún curandero en la parte de Yorkshire donde vive tu familia?

Él hizo una mueca.

—Me temo que no tengo ni idea. —Apoyó las muletas un peldaño más abajo y descendió. Abby dio un respingo al ver que se balanceaba, y agradeció que sus amigos estuvieran pendientes de él para agarrarle en caso de que se cayera. Por suerte, sólo había tres escalones, y consiguió llegar al suelo sin darse ningún trompazo. Aunque estuvo a punto.

El carruaje que les esperaba iba adornado con ramilletes y bayas de la temporada. Ashby la ayudó a subir en vista de que el novio no podía hacerlo.

—Le deseo toda la felicidad del mundo, lady Frayne.

—Gracias por todo lo que ha hecho —respondió ella con serenidad—. Significa mucho para mí saber que al menos uno de los amigos de Jack apoya sin reservas este matrimonio.

El duque sonrió con ironía.

—Percibe demasiadas cosas, Abby. Pero los otros se convencerán a medida que vayan conociéndola mejor.

En eso confiaba ella. Una vez dentro del carruaje, se colocó en un extremo del asiento. Un momento después, Jack estuvo junto a ella. Ocupaba buena parte del asiento y las muletas eran un complemento molesto. Mientras las dejaba apoyadas en diagonal dentro del carruaje, preguntó:

—¿Vas a regañarme por hacerme con unas muletas a tus espaldas?

—Pareces manejarte bien y no te has roto más huesos, por lo tanto, estaría muy feo regañarte. —Frunció el ceño al ver que él se frotaba el hombro—. ¿Te resultan incómodas las muletas?

—Me están martirizando los condenados hombros y antebrazos. —Hizo una mueca—. Perdón, no debería hablar así delante de ti, pero me temo que lo haré de todos modos. Con frecuencia. He pasado demasiado tiempo en el ejército. ¿Puedo expresar una disculpa general por los futuros excesos en el lenguaje?

—Por supuesto, y ahora yo te concedo mi perdón general —respondió ella con una risita—. Tengo un hermano mayor, ¿sabes? Por lo tanto, mis oídos no son tan sensibles como puedas pensar. Pero acerca de las muletas, por mi experiencia, es mejor apoyar casi todo el peso en los travesaños que aguantan las manos. Si mantienes los brazos rectos, conseguirás relajar parte de la tensión en los hombros.

Jack pensó en ello.

—Veo que eso puede mejorar las cosas. Gracias por el consejo.

Ayudada por Ashby, Judith subió al carruaje y se sentó enfrente de Abby, evitando las muletas con pericia. Ella y el duque habían hecho de testigos y, por consiguiente, viajaban en el mismo carruaje para asistir al desayuno nupcial. En cuanto Ashby se unió a ellos, partieron hacia el nuevo hogar de Abby. La conversación trató de temas generales y ella se alegró de que así fuera. No estaba del todo preparada para quedarse a solas con Jack. Hasta ahora, la mayor parte de las conversaciones se habían centrado en su salud, ¿de qué hablarían durante las siguientes décadas?

Hacía un día seco, de modo que hicieron el trayecto por el valle a buen ritmo. En cuanto atravesaron las verjas de la finca, Abby se inclinó hacia delante para escudriñar por la ventana.

—Aunque he vivido aquí toda la vida, nunca antes había visto Hill House. Permaneció vacía durante años. ¿Es muy grande?

—Sólo seis dormitorios —contestó Jack—. El lugar necesitaba arreglos, aunque las reformas que he hecho de momento en su mayoría han sido prácticas y poco excitantes, como el techo. —Se mostró cauteloso—. Puedes cambiar lo que desees.

—Lo que Jack intenta decir —apuntó Ashby con soltura— es que la casa no es precisamente confortable y está muy necesitada de la mano de una dama.

—¡Oh, bien! ¡Un proyecto! —Abby le sonrió a su nuevo esposo—. Nos dará algo de que hablar mientras nos acostumbramos a estar casados.

—Un tema de conversación. No había pensado en eso —respondió Jack con una risita—. Hill House dará mucho que hablar.

¡De modo que a él también le preocupaba de qué iban a hablar! Oír eso hizo que Abby se sintiera menos nerviosa.

El carruaje salió de un sendero entre árboles y Abby vio la casa por primera vez. Podía tener un siglo tal vez, la casa de un caballero, del tamaño de Barton Grange más o menos, pero aunque esta última dejaba ver su origen como granja, ampliada con el tiempo, Hill House era una construcción de un estilo palladiano elegante y bien proporcionada. Era bonita, pero estaba en bastante mal estado.

—Es impresionante para ser un pabellón de caza. Disfrutaré gastando tu dinero en ella. Pero no demasiado, imagino, al no ser la residencia principal.

—Haz lo que creas necesario. Es posible que pase aquí algunos períodos, ya que no me quedaré mucho tiempo en la residencia familiar en Yorkshire.

Aunque Jack pronunció estas palabras en tono neutro, Abby captó una huella de emoción, y no precisamente feliz. Supuso que no tardaría en enterarse de los problemas familiares.

Cuando el carruaje se detuvo delante de la entrada, salieron dos criados a dar la bienvenida a los recién llegados. Uno era Morris, el ayuda de cámara de Jack, y Abby reconoció al otro como el sirviente de Ashby, un mayordomo altamente competente. Era obvio que el duque había tomado la iniciativa entre bastidores para garantizar que todo saliera sin contratiempos.

Con ayuda de Ashby y Morris, Jack descendió del carruaje y se apoyó en las muletas, manteniendo rectos los brazos y descansando el peso en los travesaños. Sus axilas se lo agradecieron, pero aprender una nueva técnica le restó estabilidad. Abby intentó no rechistar mientras Jack subía los peldaños. Morris se situaba detrás y le atraparía en caso de que se cayera; y aunque sucediera, el trompazo no sería mortal. Pero cuanto antes se recuperara de la pierna, mejor para sus nervios.

Nada más entrar en Hill House, comprendió por qué Jack se había disculpado por el estado del lugar. Aunque el techo era nuevo, aún se percibían las marcas de antiguos estropicios provocados por el agua. Los escasos muebles estaban viejos y gastados, e imaginó que los antiguos propietarios se habían llevado las piezas buenas al dejar la casa.

Pero habían dado un buen fregado al salón y lo había decorado con ramas de penetrante fragancia, un fuego rugía en la chimenea y los aromas de los platos cocinados flotaban en el aire. Hill House podía estar un poco deslustrada, pero era acogedora. A partir de mañana mismo se convertiría en un proyecto de lo más estimulante.

Aunque lo llamaron desayuno nupcial, la celebración no empezó hasta bien pasado el mediodía. El mayordomo del duque había organizado un festín espléndido, y la comida y la bebida, más los corteses brindis en honor de la novia y el novio duraron horas. Las dos docenas de invitados eran de lo más diverso, pero aristócratas, magos y gente de campo se mezclaron con una soltura sorprendente.

Al aproximarse el anochecer invernal, Abby decidió que ya era hora de dar por concluida la fiesta. Aunque Jack estaba disfrutando en compañía de sus amigos, Abby podía sentir lo bajo de energía que estaba, y el estado de ella no era mucho mejor. Se levantó.

—Aunque sea una gran grosería, voy a mandarles a todos a sus casas, para que puedan llegar sin problemas antes de que sea noche cerrada. Muchas gracias por haber venido a celebrar nuestra boda.

Jack alzó una copa de vino y contempló la reunión, mirando a los ojos de cada uno de los invitados:

—Por la amistad, que es la sangre vital que necesitan nuestros corazones. Gracias a todos por compartir la celebración de hoy con nosotros.

Los invitados se sumaron al brindis y luego aceptaron de buen grado la despedida, pues el comentario de Abby acerca de la oscuridad era válido. Pero se oyeron suficientes comentarios jocosos acerca de la impaciencia ante la noche de bodas como para sonrojar las mejillas de la novia. Cómo se alegró de que la consumación llegara con retraso y en privado.

Ashby, Ransom y Winslow se fueron también. Para su sorpresa, Ransom le besó la mano:

—Durante un tiempo pensé que nunca vería a Jack vivir lo bastante como para casarse. Gracias.

Ashby le estrechó la mano, pues no necesitaba palabras para mostrarle su apoyo. Su padre, que salió el último, le dio una abrazo de despedida.

—Me alegra que durante las próximas semanas estés apenas al otro lado del valle. Si nos visitamos con regularidad tendré tiempo para acostumbrarme a tu ausencia.

Abby se abrazó a él.

—Yo también necesito tiempo para adaptarme a ser alguien que se llama lady Frayne. Cuando era pequeña, jamás hubiera soñado con casarme con un lord. Me resulta más fácil pensar en mí misma como la señora de Jack.

Su padre se rió.

—Jack no es un nombre especialmente señorial, y tú vas a ser la dama más encantadora para él. —La diversión se desvaneció—. Es el momento preciso y el hombre preciso, Abby. Eso no quiere decir que tu matrimonio vaya a ser fácil, pero merecerá la pena. —Se apartó de Abby con delicadeza y se volvió para descender los peldaños hasta el carruaje que le esperaba.

Sintiéndose extenuada de repente, Abby regresó al comedor, donde limpiaban silenciosos los criados con los colores distintivos de Ashby. Jack había atendido a la gente sentado en un sillón con orejas y con la pierna derecha apoyada en una otomana a juego. Dedicó una sonrisa de cansancio a su esposa.

—Ha sido una buena boda.

—Y se lo debemos a Ashby. Tus amigos se han portado muy bien.

—Uno no puede desear mejores amigos. —Su sonrisa era nostálgica—. De jóvenes nos juramos lealtad para ayudarnos a sobrevivir en la Academia Stonebridge. Como buenos jóvenes melodramáticos, decidimos llamarnos los Santos de Piedra.* Había mucha ironía en el nombre puesto que difícilmente alguno de nosotros podría ser candidato a santo.

¿Los Santos de Piedra? Se imaginó aquellos jóvenes intentando con esfuerzo parecer fuertes en vez de dejar ver sus temores e incertidumbres mientras soportaban una educación brutal concebida para reprimir su verdadera naturaleza. Pobres chicos. Aunque estaba segura de que los Santos de Piedra adultos detestarían que pensara en ellos con compasión.

—No he visto nada de la casa. ¿Te ha preparado Morris un dormitorio en la planta baja?

Negó con la cabeza.

—Seguiré en mis habitaciones en el piso superior. La suite anexa para la señora de la casa tendría que estar lista para ti.

Consternada, dijo:

—¿Tienes intención de subir ese largo y empinado tramo de escaleras después de un día tan agotador? ¡No me lo creo!

—He esperado mucho tiempo para poder dormir en mi propia cama —dijo con amabilidad.

—Podrían bajarse la cama al pequeño salón que hay al otro lado del vestíbulo.

—Sin duda, pero quiero dormir en mi propia alcoba. Me gusta cómo entra el sol al amanecer.

* *Stone Saints* en inglés. (*N. de la T.*)

Tuvo una horrible visión de él cayéndose de bruces por la escalera.

—¡Podrías romperte el cuello otra vez!

Jack le miró a los ojos.

—Abby, eres mi esposa, no mi madre. Siempre escucharé tus consejos, pero tomaré mis propias decisiones.

A ella se le pusieron las mejillas de un colorado intenso y ardiente.

—Lo siento, pero como he sido tu médico, me he vuelto bastante dictatorial. No volveré a hacerlo. —Pensó por un momento, pero la sinceridad la obligó a decir—: Al menos intentaré no ser dictatorial, aunque no siempre lo conseguiré.

—Eres una mujer fuerte y cuento con oír tus opiniones —dijo él con seriedad—. Mientras no esperes que siempre vaya a seguir tus consejos, nos entenderemos bien.

Puesto que parecía predispuesto a la sinceridad, Abby añadió:

—Eso se cumple también a la inversa. Siempre respetaré tus sugerencias, pero... bien, aunque acabo de jurarte obediencia, creo que no tardaré mucho en incumplir mi promesa.

En vez de estar enfadado, él se rió.

—Estar casado va a ser mucho más divertido de lo que imaginaba. —Apoyó el pie bueno en el suelo y deslizó la otomana a un lado antes de bajar con cautela la pierna derecha—. Después de descansar bien toda la noche, me hará mucha ilusión empezar a descubrir juntos la forma que adoptará nuestro matrimonio en el futuro. Pero, por el momento... —cubrió con la mano un enorme bostezo— necesito descansar.

Pese a las muestras de diversión, ella vio la fatiga gris en su expresión. Si el muy testarudo iba a subir las escaleras con sus muletas, mejor le dotaba de más fuerza para que no volviera a romperse el cuello. Por un momento se sintió mareada mientras aumentaba en él el flujo de energía. Estaba casi al límite de lo que podía donar sin poner en riesgo su salud.

Jack se estaba incorporando, a punto de levantarse, pero de pronto dio muestras de incertidumbre. Adivinando su preocupación, Abby le preguntó:

—¿Necesitas que te eche una mano para levantarte del sillón? Es tan mullido que tal vez te cueste un poco.

Él hizo una mueca.

—Sería de ayuda. Es más fácil sentarse que levantarse.

—Para cuando domines del todo el uso de las muletas ya no te harán falta. —Le ofreció ambas manos. Él las agarró y se sujetó mientras se impulsaba para levantarse de la silla. Ella cambió de posición para no desplomarse. Era un hombre robusto. Luego le vio imponente sobre ella, y sintió que se fundía con él.

Jack intentó alcanzar las muletas, pero las tiró al suelo.

—Demasiado vino —dijo pesaroso—. ¿Te importaría?

—En absoluto. —Ella recogió las muletas y se las tendió—. En una ocasión me torcí el tobillo y tuve que usar muletas varias semanas. Es asombroso lo molestas que son.

Él se acomodó sobre ellas.

—¿Y tu padre no podía haberte curado el hueso roto más deprisa?

—Sí, podía, pero penó que el dolor y las molestias me enseñarían que no conseguiría volar por mucho que construyera unas alas y saltara desde la ventana del dormitorio —explicó.

—¡O sea, que eras todo un diablillo! —exclamó sorprendido. Y antes de que sus palabras incomodaran demasiado a Abby, añadió—: Lo considero un atributo espléndido en una esposa. Muchas damas de Londres son tan perfectas que espantan y... en fin, qué finas.

Empezó a andar hacia las escaleras y Abby siguió su paso a su lado.

—Es más que probable que antes te ponga en algún compromiso por lo de la brujería que llegue a intimidarte por mi perfección.

—Y yo puedo ponerte en algún compromiso por mi... —Se detuvo y luego sacudió la cabeza—. Ya dejaré que lo descubras por tu cuenta.

Llegaron al pie de la escalera y antes de que Abby pudiera sugerirle que podían llamar a Morris para supervisar de cerca la ascensión, Jack se dio media vuelta y se sentó sobre el cuarto peldaño con la pierna derecha extendida ante él.

—Creo que esto funcionará. ¿Me sujetas las muletas, por favor?

Con ayuda de sus brazos y de la pierna buena, se levantó de espaldas hasta el siguiente peldaño.

—No es que sea la forma más digna de desplazarse, pero es segura, creo. —Y se alzó hasta el siguiente peldaño.

—¡Ojalá se me hubiera ocurrido esto cuando me torcí el tobillo! —Abby le seguía de cerca con las muletas, tomando nota mentalmente de que no debía subestimar a su nuevo esposo. Recordó a su padre; había dicho que Jack ocultaba muchas capas profundas. Por eso, de igual manera que ella iba a mantener entretenido a Jack, él la mantendría intrigada mientras descubría esas profundidades.

Cuando alcanzaron lo alto de la larga escalera, Jack estaba casi desfallecido, pero satisfecho de sí mismo.

—Ahora viene lo mejor: ponerme en pie.

—Será más seguro que te levantes cuando estés más alejado de la escalera.

Jack retrocedió obediente un poco más por el rellano hasta encontrarse a una distancia segura de los escalones. Abby dejó las muletas apoyadas contra la pared y volvió a ofrecerle sus manos. Esta vez se coordinaron mejor, y él se puso en pie con más facilidad.

Haciendo caso omiso de las muletas, Jack le pasó el brazo derecho sobre los hombros.

—¿Me servirás de muleta hasta llegar a la habitación?

—Me gusta ser útil. —Cogió las muletas con la mano libre y luego siguió las indicaciones de Jack. Su sólido peso tan pegado a ella hicieron muy placentero el corto recorrido.

La habitación era sencilla, pero un fuego ardía en la chimenea y la cama parecía cómoda. Morris estaba allí, verificando con meticulosidad el ropero de Jack. Se dio media vuelta.

—Señor, pensaba que me llamaría para ayudarle a subir las escaleras.

—No hace falta. —Jack se fue a la pata coja hasta la cama con la ayuda de Abby, luego se dio media vuelta y se sentó en el extremo.

—Abby, tus habitaciones están al otro lado de esa puerta.

Una puerta para comunicar los dormitorios de manera que el señor y la señora pudieran juntarse sin conocimiento del resto de la casa. Por lo visto su nuevo marido esperaba que ella pasara la noche en la otra habitación. Sabía que era lo más juicioso, pero le hubiera gustado que hubiera mostrado más deseos de retenerla cerca de él. Hizo una pausa con la mano en el pomo de la puerta de su habitación.

—Que duermas bien, querido mío.

Luego pasó a su nuevo dormitorio. Los muebles eran escasos al igual que en la habitación de Jack, pero el gastado cubrecama de brocado rosa parecía escogido para una dama, y un jarrón con capullos naranjas animaba el escritorio dando dulzura al aire. Además, tenía una chimenea para que la habitación no se enfriara.

Una rápida exploración mostró una puerta que daba al pasillo y otra a un pequeño saloncito. La última puerta se abría a un vestidor donde su doncella, Nell, estaba zurciendo un par de medias con tranquilidad. Ésta se puso en pie e hizo una inclinación con la cabeza.

—¿Está lista para acostarse, milady?

—Me va a costar acostumbrarme a ese milady —comentó Abby—. Pero sin duda estoy lista para irme a la cama.

Fue un placer ponerse un camisón largo y suelto, echarse la bata encima, y dejar que Nell le cepillara el pelo. Pero mientras ésta le trenzaba el cabello para dormir, su mirada se desplazó a la puerta que comunicaba con la suite principal. Sin duda que a su esposo no le importaría que le hiciera una visita para darle las buenas noches.

Capítulo *12*

Jack estaba contento de haber logrado subir los escalones sin ayuda, pero cuando Morris acabó de ayudarle a quitarse la ropa de etiqueta y a ponerse su camisa de dormir, la pierna le atormentaba y la fatiga casi le tenía paralizado. No, paralizado no. Desde que había experimentado una parálisis real, no podía seguir usando esa palabra a la ligera, ni siquiera en su mente.

Morris le ayudó a meterse en la cama; resultaba práctico que fuera grande y fuerte como un toro, lo bastante para levantar a otro gran toro como él. Mientras extendía las colchas por encima suyo, el ayuda de cámara le preguntó:

—¿Debo dejar una vela encendida para lady Frayne?

—Por favor. —Jack veía que Morris sentía curiosidad por saber si los recién casados planeaban pasar la noche juntos, pero por supuesto no podía plantear la pregunta directamente. Los criados harían conjeturas por la mañana, como siempre.

Una vez que se fue su asistente, se acomodó entre los almohadones, dolorido y dispuesto a dormirse. ¿Vendría Abby a desearle las buenas noches? Eso esperaba. Tenía que estar tan cansada como él. Ese día tan atemperado había dado paso a una fría noche, pero, aun así, sin duda querría decirle algo en la primera noche de casada.

Dormitó un poco y luego se despertó sobresaltado cuando se abrió la puerta que comunicaba con el dormitorio de Abby. La silueta de su esposa se recortaba contra la luz de su dormitorio. El holgado tejido de su ropa de dormir se adaptaba a su alta figura. Con la espesa melena recogida sobre el hombro en forma de trenza, parecía una reina medieval.

—¿Estás despierto? —le preguntó apenas en un susurro—. No quiero molestarte.

—Por favor, moléstame —respondió él mientras se sentaba en la cama. La fatiga disminuía ahora que algo o alguien captaba su atención—. No hemos tenido ocasión de estar a solas en todo el día. Aunque debamos posponer nuestra noche de bodas, sin duda tengo derecho a un beso.

El rostro de Abby se iluminó.

—Desde luego que sí. Una promesa de días mejores. —Se sonrojó mientras avanzaba—. O noches mejores.

Se detuvo al lado de la cama, con la mirada puesta en la forma de la pierna bajo las mantas.

—Tengo la impresión de que la pierna te duele de un modo atroz. ¿Y si hago que el dolor disminuya?

—Por favor. —Mientras ella retiraba las colchas, le preguntó—. ¿Qué ves al mirar una herida? ¿Qué aspecto tiene el dolor?

Abby frunció el ceño mientras ahuecaba las manos para colocarlas a una pulgada por encima de la pierna dolorida.

—El dolor es como una energía roja y agitada. En realidad no lo veo con mis ojos, sino con la mente. Algunos curanderos como mi padre sí que ven los campos de energía llamados auras en torno a la gente. Los auras son luces que brillan en torno al cuerpo con diferentes colores. Uno puede distinguir muchas cosas al leer el aura de una persona: si está tranquila o preocupada, si es mental o emocional. Me gustaría poder ver los auras, pero para curar es suficiente con percibir los colores en mi mente.

Dejó de hablar y se concentró en la pierna. Jack, lleno de asombro, vio un sutil relumbre de luz blanca entre las manos de Abby y su pierna. No, sin duda se estaba imaginando aquel resplandor porque estaba cansado y ella había hablado de ver luces. Pero lo que le hacía estaba funcionando, fuese lo que fuese. El fiero dolor que se disparaba por su pierna rota se había apagado hasta quedar en un dolor sordo, que casi ni merecía la pena mencionar.

—Eso está mucho mejor, gracias.

Abby se enderezó, y entonces él se percató de lo cansada que parecía. La había visto a diario desde el accidente sin percatarse de cómo había disminuido su brillo saludable del primer día. Eso tenía que ser culpa suya. Se desplazó hasta el centro de la cama y una vez allí alargó la mano para coger la de ella.

—Ven a por tu beso, muchacha. Has hecho mucho por mí, y nadie se ha ocupado de ti.

—Estoy bien. Sólo un poco cansada. —Pero se dejó convencer y se sentó en el extremo del colchón.

—Más cerca. En la cama hay sitio para dos. —Tiró de su mano para atraerla junto a él, tendida sobre la cama. Ella levantó las piernas sobre el colchón y apoyó la cabeza en su hombro. Se acomodó a su abrazo de manera natural, como si sus brazos hubieran estado esperándola desde siempre.

Soltó un suspiro.

—Mmm, qué bien se está, pero no quiero correr el riesgo de hacerte daño.

—Eso no va a pasar. —De hecho, ahora que el cuerpo largo y exuberante de Abby yacía junto al suyo, se había olvidado de los dolores y las molestias—. Me has calmado del todo, no sólo la pierna.

Una sonrisa se formó en la boca de ella y sus párpados fueron descendiendo hasta cerrar los ojos. Su preciosa piel pálida era una invitación al contacto que él no pretendía reprimir.

Su mejilla era aún más tierna de lo que parecía. La caricia de su mano continuó hasta el pelo. Calificarlo de marrón no le hacía justicia, ya que la espesa trenza estaba marcada por mil matices de oro, rojo y anaranjado. Soltó la cinta que sujetaba la trenza y luego deslizó los dedos por dentro de las hermosas y abundantes ondas. Ella murmuró:

—Ahora tendré que volverme a hacer la trenza antes de acostarme o por la mañana los enredones serán terribles.

—Tal vez, pero ahora está espléndido. —Alzó una mano rebosante de cabello y frotó su mejilla contra él. Había una sensualidad embriagadora en la textura sedosa y el aroma limpio a hierbas.

Era su esposa. Estaba autorizado a besarla. No obstante, vaciló, muy consciente de la poca experiencia que había tenido con mujeres.

Le gustaban las chicas; su hermana había sido su mejor amiga antes de que le enviaran a la Academia Stonebridge. Había aprendido los juegos amables de la sociedad y disfrutado con los encuentros físicos permisibles para jóvenes lujuriosos y con medios como él

Pero nunca había tenido un romance de verdad. Admirar a guapas damas de la sociedad desde cierta distancia no era lo mismo. Abby... provocaba en él deseos de ser romántico. Se inclinó y rozó sus labios. Tenía una boca blanda y receptiva, y parecía tan vacilante como la suya.

Volvió a besarla, estrechando su cintura con el brazo. Resultaba maravillosa pegada a él, una combinación de curvas generosas y fuerza elástica. Se le aceleró el corazón. Ésta no era una dama sobre un pedestal, sino una mujer. Su mujer.

Por experimentar un poco, tocó sus labios con la lengua. Ella abrió la boca y Jack se fundió en el abrazo, intoxicado por tanta feminidad. Retrocedió un poco hacia el centro de la cama y se la llevó consigo, a salvo en sus brazos.

—Quédate esta noche —le dijo con ternura—. Me gustaría tenerte aquí.

Abby abrió mucho los ojos. ¿Cómo podía haber dudado alguna vez de la belleza de esta mujer? Sus pestañas eran largas y oscuras, un marco perfecto para sus asombrosos y expresivos ojos. Ella respondió con timidez:

—Si estás seguro de que no voy a molestarte.

—Eso nunca. —Se apoyó en el codo derecho y pasó la mano sobre su cuerpo, maravillándose del placer que encontraba en la exploración de su exuberante feminidad. En sus encuentros amorosos de juventud, había estado siempre frenético de deseo, demasiado ansioso por llegar al destino final como para disfrutar del viaje—. Me gustará compartir la cama contigo —murmuró—. Resultas tan cómoda.

Ella se atragantó de la risa.

—Los cojines y los colchones son cómodos, por lo tanto no estoy muy segura de que eso sea un cumplido. Pero disfruto cuando me miman como un gato.

Estimulado por los ánimos, le cubrió un pecho con la mano. El peso carnoso llenó su mano de un modo embriagador. Ella tomó aliento, con respiración más entrecortada, mientras él daba forma a aquella plenitud en la palma de su mano.

—Seguro que algo tan placentero no está permitido —soltó entre jadeos.

—Ahora que estamos casados, por supuesto que lo está —replicó ella con una sonrisa—. Estoy empezando a entender por qué es tan popular el matrimonio.

Jack se inclinó para darle otro beso aún más profundo y lánguido que el primero. No sabía que se pudiera besar con todo el cuerpo, pero de todos modos eso era lo que estaba haciendo. Mientras el abrazo aumentaba en intensidad, cambiaron de posición y se ajustaron con frenesí para adaptarse mejor el uno al otro. La cálida pelvis pegada a él, su rodilla comprimida entre las piernas de ella, la mano deslizándose por la espalda para cubrir la plenitud provocativa de su cadera. Quería enterrarse en ella, copular como lo dictaba la naturaleza.

Pero no podía. En el pasado, el deseo mental y físico convergían en uno. Ahora su mente ardía en un deseo intoxicado, pero su maldito cuerpo no podía actuar. Aunque notaba una sombra de urgencia física, era incapaz de llevar a cabo el acto ansiado. Le entraron ganas de aporrear las almohadas de frustración.

Se obligó a apartarse. Después de varias respiraciones lentas e irregulares, se dominó lo bastante como para estirarse al lado de ella.

—Confío en que sigas ahí cuando haya recuperado toda mi sangre, ¡y vuelva a la normalidad! —dijo con inseguridad.

Ella abrió los ojos, con aspecto un poco aturdido.

—Volverás. Teniendo en cuenta la cantidad de sangre que has perdido, has mejorado mucho.

Debía de tener razón, porque si hacía memoria, el día del accidente no había encontrado nada atractiva a la señorita Barton. Esa ceguera por su parte debería ser resultado de la pérdida de la mitad de su sangre. En cuanto empezó a curarse, también comenzó a reconocer su sensualidad cautivadora. Y ahora, tocarla le volvía medio loco.

Parte del atractivo residía en su encantadora receptividad. Su incertidumbre, equiparable a la de él. La forma en que esos enormes ojos azules le contemplaban como si fuera el hombre más apuesto y más deseable de la tierra, en vez del vulgar Jack Langdon.

Sólo mirar esos ojos le provocaba aún más frustración, pero la satisfacción completa tendría que esperar.

—¿Estás segura de que recuperaré mi capacidad normal?

Ella se rió, un poco sin aliento.

—Del todo.

—Bien, porque si no me volveré loco —masculló—. Quizá debería comer sólo filete de buey hasta que esté curado del todo.

—Sólo unas pocas semanas más —respondió ella tranquilizadora.

—Eso es demasiado. —Bajó la vista para contemplar toda su encantadora longitud. Pese a la suavidad de su voz, Abby tenía los ojos húmedos y oscuros de deseo.

En sus días de colegial esperaba como loco a que llegara el trimestre primaveral para poder regresar a casa. Ahora estaba loco por ella y la promesa de su boca carnosa y su cuerpo exuberante. Empleó el pulgar para juguetear con su pezón y notó el endurecimiento instantáneo pese a las capas de la ropa de dormir.

Abby dio un suspiro de estremecimiento y volvió a cerrar los ojos.

—Eso sienta... bien. De verdad, pero que muy bien.

Con cierto retraso se le ocurrió que tal vez no fuera capaz de satisfacerla, pero sí podía hacer alguna otra cosa por ella. La generosa Abby, que nunca pedía nada para sí.

Jack desató la lazada del cuello de su bata y tiró del tejido hacia atrás. Bajo la suave seda había una gasa mucho más delicada, casi transparente. El escote era demasiado alto como para estirarlo hacia abajo sin desgarrar el frágil tejido, pero eso no tenía por qué detenerle. Se inclinó y le besó el pezón a través de la gasa. Ella se arqueó contra él con un jadeo conmocionado de deleite.

Complacido, Jack lamió con más fuerza y notó la reacción instantánea contra su lengua. No le importaría saborear y explorar su cuerpo a todas horas, una consecuencia agradable de no estar en plenas facultades. Lo normal hubiera sido impacientarse hasta conseguir la culminación; apuntó mentalmente que en el futuro tendría que ser más paciente, pues le encantaba observar su respuesta. La obligó a echarse de espaldas con sus mimos y trasladó su atención al otro pecho.

La oía respirar con bruscos jadeos. ¿Qué le gustaría a continuación? Bajó los dedos por su costado y la pierna, luego tiró del dobladillo hacia arriba para poder acariciar la piel de satén del interior de los muslos. Ella gimió y meneó las piernas con inquietud.

Jack subió aún más la mano, hasta los pliegues húmedos y ocultos de la unión de los muslos. Abby soltó un grito, frenética de necesidad, y sus caderas empezaron a empujar contra el movimiento rítmico de los dedos. De repente, su cuerpo se agitó con prolongadas sacudidas.

—¡Jack! —Le agarró con fuerza mientras se derretía con una mezcla de placer y conmoción. Abby sabía que le deseaba, pero no se percataba de lo primario y físico que era ese deseo. Era el motivo de que se hubiera fijado en Jack Langdon la primera vez. Su cuerpo lo había sabido, pese a que su mente había descartado cualquier conexión entre ellos por imposible.

No era de extrañar que le hubiera pedido en matrimonio a cambio de la curación. Como hechicera con principios nunca habría coaccionado a un hombre herido, y había racionalizado aquella petición como una manera de impresionarle, para atraer su atención. Pero el implacable instinto femenino había aprovechado la oportunidad de conseguir la pareja que siempre había deseado. Debería avergonzarse de sí misma.

Poco a poco, las caricias íntimas fueron disminuyendo hasta que dejó de sentir los últimos temblores en su cuerpo. Enterró el rostro contra su hombro y dijo con voz inestable.

—Qué... interesante.

Él soltó una risita, sonaba tan satisfecho como ella. Tras darle un suave beso en la sien, volvió a acomodarse en la cama sin dejar de abrazarla.

—No se te ocurra marcharte o hacerte la trenza o moverte un sólo centímetro.

Ella se rió mientras se acomodaba un poco más entre sus brazos.

—Aunque quisiera, no tendría fuerzas.

Abby deslizó la rodilla entre sus piernas y apoyó la cabeza en el hombro. ¿Se había sentido más sosegada alguna vez? No desde que era niña.

Ahora quería verle sano para poder consumar del todo su matrimonio. Con aquella intimidad tan maravillosa, unirse como una sola carne sería todavía más profundo, no cabía duda. Antes de quedarse dormida, aumentó el flujo de energía hacia él. ¡Cuanto antes se recuperara, mejor!

En paz con el mundo, Jack cerró los ojos. Todos sus dolores se habían esfumado y ahora su fatiga era tan saludable como la que se siente tras un satisfactorio día de trabajo. Había sentido el placer de Abby casi con la misma intensidad que hubiera sentido el suyo. En el pasado, sus breves relaciones habían tenido lugar con mujeres que buscaban complacerle. Nunca había sabido la dicha que producía complacer a una mujer tan absolutamente como para que se olvidara de todo excepto del triunfo de su cuerpo. No cabía duda, le gustaba estar casado.

Una vez más estaba volando, remontándose sobre las colinas inglesas como un halcón. Lanzándose como una flecha hacia Langdale Hall, que tanto tiempo llevaba sin ver. El hogar que amaba, que temía y que ya no podía ignorar.

La mansión era una casa solariega llena de recovecos, enclavada en la antigua piedra de los valles de Yorkshire, desde donde se dominaba la fértil cuenca del rápido y estrecho río Lang. De niño, al contemplar su casa, la había visto brillar con una luz pura y clara cuyo centro se encontraba en el antiguo pozo sagrado.

Stonebridge había aniquilado su capacidad de ver la naturaleza interior de las personas y los lugares. Tal vez en este sueño volviera a ver de nuevo esa luz.

Al llegar al valle descendió en picado, excitado por el regreso. Pero su deleite se transformó en horror. La luz brillante y vital que había definido la finca era ahora negrura ceniciente. Su hogar ya no era un lugar de vida y crecimiento, sino un osario.

Se dijo a sí mismo que el motivo era únicamente que estaba so-

ñando y que su visión quedaba empañada por sus miedos. Langdale Hall no podía haber ardido sin que se lo comunicaran. Fuera cual fuera el problema, podría solucionarlo.

Se ladeó volando sobre el valle para remontar la corriente ascendente y buscar señales de vida. Pudo ver poco a poco algunas sombras errantes que ordeñaban las vacas y cuidaban de las ovejas en las laderas altas. La gente del valle seguía allí, era sólo su ansiedad la que les convertía en espectros. Sin embargo, no conseguía despejar sus dudas. ¿Era lo bastante fuerte y haría lo necesario para limpiar de sombras su casa? En el pasado nunca había tenido tanta fuerza.

Mientras remontaba el vuelo por encima del valle y planificaba una campaña para recuperar su hogar, se percató de forma gradual de que no se encontraba solo. Otro ser volaba junto a él. No veía bien a su compañera, pero percibía su presencia —sabía que era ella— y sintió un gran alivio.

Ya no estaba solo.

Capítulo *13*

Abby se despertó poco a poco, pensando que se había enrollado en las mantas, por la firmeza con que la envolvían. Luego, de golpe, volvió a ser consciente: estaba en brazos de su flamante marido, y nunca había sido tan feliz en la vida.

Con la pálida luz del amanecer, examinó de cerca el rostro de Jack y se sonrojó al recordar la noche anterior. Era su marido, y también quería que fuera su amante, protector y compañero. Deseaba darle hijos, sosegar sus preocupaciones y reírse con él. Y por encima de todo, quería hacerle feliz, pues a medida que intimaban podía percibir que, bajo su trato fácil, estaba profundamente inquieto.

Aunque le gustaba ser directa, le parecía más prudente esperar a que él hablara que preguntarle con claridad. Recurriría a la franqueza como último resorte.

Comprendió, atribulada, que no tenía la más remota idea de cuestiones de etiqueta. ¿Debería levantarse sin hacer ruido y regresar a su habitación para lavarse y vestirse allí? ¿Despertarle a besos? ¿Volverse a dormir ella también?

Antes de poder decidirse, Jack abrió los ojos, y su color avellana se tornó casi dorado con la luz de la mañana.

—Buenos días, mocita. —Le besó la punta de la nariz—. El matrimonio me sienta bien; hoy me siento lleno de energía.

Debería. Jack notaba los beneficios de su propia energía inherente más una buena cantidad de fuerza vital de Abby. Pero a ella no le importaba compartir, y mucho menos al ver esa luz cariñosa en sus ojos. Hasta el momento no lamentaba nada de este matrimonio. Recorrió su poderoso brazo con la mano, encantada de la libertad de tocarle cuando quisiera.

—¿Es hora de levantarse y vestirse para desayunar? ¿O deberíamos darnos media vuelta y volvernos a dormir porque es temprano?

—Estamos de luna de miel, por consiguiente podemos dejar lo de levantarnos virtuosamente al amanecer para más adelante. —Cuando soltó una risita, fue encantador el modo en que la vibración se transmitió desde su caja torácica a Abby—. Me he pasado la mayor parte de mi vida levantándome al amanecer, primero como estudiante y luego como soldado, y nunca me ha llegado a gustar. Y eso que no tenía una mujer cariñosa y tierna en mi cama.

Ella se sonrojó, satisfecha consigo misma y con Jack, con el matrimonio y con el mundo entero.

—Entonces, cómo no, hagamos el holgazán.

Cuando Jack deslizó la mano sobre su pecho, ella soltó un suspiro de placer. ¡Qué rápido se acostumbraba una a la intimidad física!

Después de levantarse tarde y felices, Abby y su marido se vistieron por separado, pero bajaron juntos a la planta baja. Jack comprobó que recorrer las escaleras sobre su trasero funcionaba tan bien para bajar como para subir.

Aunque hacía una mañana gris y unos pocos copos de nieve habían caído durante la noche, el comedor estaba caldeado y resultaba acogedor. La comida estaba tan buena que Abby se preguntó si Ashby habría dejado a su cocinero en la casa para disfrute de la pareja durante su luna de miel.

Cuando acabaron, Jack le preguntó:

—¿Qué planes tienes para la casa?

—Apenas he tenido tiempo de pensar en ello. —Recorrió con su mirada el comedor, un poco deslustrado pese al alegre fuego—. Obtendríamos un gran cambio sólo con usar colores más vivos para la tapicería, la pintura y el papel pintado. Muchos de los muebles no están mal, pero habría que volverlos a barnizar y tapizarlos. ¿Sabes si hay algún objeto interesante en el desván?

Él le sonrió.

—Ni la más remota idea. ¿Te parece que lo exploremos?

—Tal vez cuando ya no necesites las muletas —dijo pensando en lo empinadas que eran la mayoría de las escaleras que subían a los desvanes—. Hoy voy a empezar por explorar la planta baja. No he visto más que unas pocas habitaciones.

Un lacayo entró en el comedor.

—Lady Frayne, hay aquí un joven que desea verla. Dice que es urgente.

Antes de que Abby tuviera ocasión de decir que le hicieran pasar, el «joven» entró en el comedor detrás del sirviente. Ella reconoció a Jimmy Hinton, de la familia que vivía en la granja próxima a Barton Grange.

—Señorita Abby, lamento tener que molestarla justo ahora que está recién casada, pero mi padre está muy pachucho. ¿Podría venir a verle ahora?

El padre de Jimmy era un tipo estoico, de modo que si estaba tan «pachucho», es que su estado debía de ser grave. Se levantó, contenta de haber desayunado, pero lamentando no poder quedarse con Jack.

—Voy ahora mismo. Jack, ¿podemos coger tu carruaje para ir a casa de los Hinton?

—Por supuesto, también es tuyo. —Aunque no parecía muy contento, hizo un gesto al lacayo para que prepararan el vehículo.

Se preguntó cuánto tardaría en considerarse lady Frayne, la señora de esta casa.

—No hay ningún acuerdo matrimonial redactado —comentó ella en voz alta—. Lo olvidé por completo.

—Yo también. —Jack se levantó empleando el respaldo de la silla como apoyo—. Quizá deberíamos firmar uno por el bien de la futura descendencia.

Ella se sonrojó como correspondía a una novia.

—Lamento dejarte, pero sólo estaré fuera unas pocas horas.

—Siempre será así, ¿verdad? —dijo él con semblante serio—. Emergencias que no puedes dejar de atender.

Abby le miró a los ojos.

—Eso me temo. Tengo un don, y eso implica una responsabilidad para con los demás.

—Como beneficiario de esos dones, no debería quejarme. Pero ojalá no tuvieras que salir corriendo. —Se incorporó sobre las muletas que había apoyado contra la mesa, y la rodeó para darle un ligero beso en la mejilla—. Hasta más tarde, mocita.

Contenta de que Jack aceptara la necesidad de visitar a su paciente, pese a no gustarle, salió del comedor con Jimmy Hinton. A su marido iba a gustarle menos que la llamaran en mitad de la noche, pero al menos aceptaba el planteamiento general de que sus obligaciones iban más allá de su hogar.

Aceleró el paso. Cuanto antes ayudara al señor Hinton, antes podría regresar al lado de Jack. Y le satisfacía que él lamentara su partida.

Jack tomó otra taza de té. Detestaba que Abby se hubiera ido, pero era algo que no podía cambiar, así que aprovecharía el rato para ponerse a prueba. Llamó a Morris para que le trajera el abrigo y el sombrero, pues hacía humedad y un frío del carajo, y no quería morirse de frío al salir.

Mientras Morris le ayudaba a ponerse el abrigo, el ayuda de cámara le dijo:

—¿Debo acompañar a mi señoría a caminar?

Jack se rió.

—¡Cuanta formalidad! Crees que voy a tener problemas, ¿verdad? Tal vez sea mejor que te deje aquí.

—Estoy seguro de que milady preferiría que yo le acompañara —dijo con rostro impasible.

—Dios bendito, ¿ya os habéis confabulado los dos contra mí? —Jack recogió las muletas y se encaminó hacia la puerta. Abby tenía razón al decir que apoyar el peso en los travesaños era menos doloroso—. ¿Cuándo habéis tenido tiempo para deliberar? Sólo lleva una noche en la casa.

—Lady Frayne y yo no hemos comentado este asunto —dijo

Morris inflexible—. Pero doy por supuesto que ella desea que vele por su bienestar.

—En otras palabras, has encontrado la excusa perfecta para inquietarte como una vieja —dijo Jack—. Muy bien, acompáñame, quiero hacerle una visita a *Dancer*.

Morris no se dignó a dar una respuesta. Aunque había crecido en los barrios bajos de Londres, sabía adoptar un aire altanero digno de un duque.

Jack se las apañó para bajar los peldaños de la entrada exterior sin incidentes. Esta vez usó las muletas para bajar derecho en vez de descender con el culo, lo cual resultaría fastidioso sobre la fría piedra. Pero se alegró de tener a Morris esperándole vigilante abajo.

Al sentir el viento penetrante, también se alegró de que el camino hasta los establos fuera corto. En cuanto entró, *Dancer* alzó la cabeza de golpe desde su compartimento y relinchó a modo de saludo. Jack apoyó las muletas contra la pared para poder abrazar en condiciones al caballo.

—¿Cómo te sientes hoy, muchacho? ¿Echas de menos una buena galopada?

Siempre se había llevado bien con los caballos, tanto que le habían acusado de adivinar lo que pensaban. Y aunque continuamente se reía de tales comentarios, sin duda tenía una habilidad especial para tratar con los animales. *Dancer* parecía loco de contento de volver a verle.

—¿Temías lo peor, viejo? —murmuró Jack—. Casi consigo acabar con los dos. Ambos debemos la vida a una dama de gran talento, de modo que tendremos que tratarla siempre muy bien.

Tuvo la extraña impresión de que *Dancer* había entendido y aceptado obedecer a Abby igual que a Jack. O tal vez el caballo ya hubiera establecido alguna relación con ella, después de haber sido el beneficiario de uno de sus círculos curativos. Al advertir la tablilla ortopédica en la pata de *Dancer*, Jack comentó:

—Supongo que todavía no está listo para cabalgar.

—La pierna se está curando bien, pero hará falta cierto tiempo para que vuelva a ser el de antes —dijo Morris—. El trayecto desde Barton Grange no parece haberle perjudicado. El mozo de Barton lo trajo al paso y tomándose su tiempo.

—Otra cosa más que debo a los Barton. —Jack rascó una última vez las orejas de *Dancer*—. Muy bien, ensilla a *Wesley*. Es una opción más apropiada para volver a la silla de montar.

—¡Milord! ¡Por supuesto que no tiene intención de cabalgar hoy! —Morris se mostró horrorizado—. Aparte del riesgo que supone para usted, ¿cómo va a controlar un caballo con una pierna rota?

—Mi rodilla y muslo derechos no tienen problemas, por lo tanto tendría que ser capaz de arreglármelas con un viejo amigo tan apacible como *Wesley*.

Morris no era fácil de convencer, y obviamente estaba calculando hasta qué punto podía negarse a cumplir una orden directa.

—A lady Frayne no le va a gustar.

—Es lo más probable. —Jack endureció la voz hasta hacer que sonara como una orden—. Aprecio tu preocupación, pero voy a seguir con esto. ¿Ensillas a *Wesley* o tengo que hacerlo yo?

Si Morris fuera un caballo, habría bajado las orejas. Antes de poder responder, la conocida voz de Ransom habló a sus espaldas:

—No te preocupes, Morris. Me encargaré de ensillar y acompañar a Frayne en su paseo, y así su probable fallecimiento no pesará sobre tu conciencia.

Jack se rió mientras su amigo entraba con toda tranquilidad en los establos.

—Pareces impaciente por ver cómo me rompo el cuello otra vez.

—En realidad, deseo hacerme con *Dancer* —dijo Ransom—. Morris, ¿harás de testigo mientras Frayne ratifica que puedo quedarme con su caballo si se mata cabalgando?

—¿Te crees que le permitiría que un rufián patoso como tú se quedara con *Dancer*? —se mofó Jack—. Ashby se lo quedará.

—Qué hombre tan cruel, Jack. —Ransom ensilló sin esfuerzo a *Wesley*, un tranquilo caballo castaño con patas blancas. Aunque ya se estaba haciendo mayor, *Wesley* seguía siendo una de las monturas favoritas de Jack.

—Ya que no voy a beneficiarme de tu fallecimiento, ¿estás seguro de que quieres hacer esto? —Aunque lo preguntó en tono alegre, había preocupación en sus ojos mientras sacaba el caballo del establo.

—Estoy seguro. —Jack continuaba andando con las muletas, preguntándose por qué se sentía obligado a cabalgar de nuevo tan pronto.

Reconoció la respuesta al llegar al lado de *Wesley*. Por primera vez en su vida, le asustaba montar a caballo. Sólo de pensarlo, empezó a sudar al recordar su aparatoso accidente, su caída incontrolada e impotente, el crujido de los huesos, el tormento posterior al perder la sensibilidad...

Lo cual significaba que cuanto antes volviera a montar a caballo, mejor, ya que el miedo sería una invalidez de otro tipo. Armándose de valor y con rostro inexpresivo, dejó caer la muleta izquierda y se preparó para montar. Puso el pie izquierdo en el estribo mientras apoyaba casi todo el peso en la muleta derecha. Maldición, esto era complicadísimo, sobre todo con las fuerzas tan mermadas. Pero con Morris sujetando a *Wesley* con firmeza, fue capaz de subirse a la silla, aunque no con demasiada gracia. Ransom metió el pie derecho en el estribo.

Si *Dancer* rebosaba entusiasmo, *Wesley* era pura tranquilidad. Jack tenía la intuición, extraña pero reconfortante, de que el caballo percibía su miedo e iba a cuidar del jinete.

—¿Está listo, milord? —preguntó Morris.

Cuando hizo un gesto afirmativo, el ayuda de cámara soltó las riendas y Jack notó el dolor en la pierna —vaya si le dolió—, pero consiguió guiar la montura con las rodillas y el peso, y fue capaz de sacarla del patio del establo y llevarla por el sendero para caballos que seguía una vereda. La tensión se esfumó cuando los recuerdos de toda una vida de cabalgadas empezaron a sustituir el horror de su accidente mortal.

Espoleó a *Wesley* para continuar al medio galope, siguiendo un camino que llevaba por la vereda entre dos campos. El viento era cortante, pero a medida que se relajaba, empezó a disfrutar de la libertad que siempre había experimentado a lomos de un caballo. Aunque *Wesley* no era tan rápido como *Dancer*, su modo de andar era ligero como la seda.

A un paso tras él, Ransom le llamó:

—Pareces listo para salir a cazar.

Jack se rió.

—Todavía no. Y supongo que cuando lo haga, no seré un jinete tan alocado como antes.

—¡Me alegra que sepas aprender de tus errores!

Sonriente, Jack espoleó a *Wesley* para ir más rápido. Al cuerno su dolorida pierna. El viento en la cara compensaba el dolor.

El peligro surgió de improviso cuando un pájaro salió de un montículo de hierba seca detrás del camino, y el castrado retrocedió lleno de pánico.

¡No! Incapaz de dominar el cuerpo del animal con las dos piernas, Jack se escurrió del asiento y se fue hacia la izquierda mientras se le soltaba el estribo derecho a causa de la lesión en la pierna. Durante un momento de vértigo, debajo de él se balanceó el suelo duro como el hielo, como si esperara machacar sus huesos. Supo que se rompería otra vez el cuello, esta vez sin posibilidad de curación.

Su miedo se disipó dando paso a una repentina energía que fundió a Jack y *Wesley* como si fueran un mismo ser. *Era él, pero también el frenético caballo que, pese al pánico, deseaba servir a su amo. Tenía cuatro patas y se movía incoherente tras el susto, pero también era una criatura bípeda igual de asustada. Domina el miedo, serénate. Estás a salvo, no te preocupes.*

Antes de que Jack pudiera aclarar su caos mental, sintió de nuevo a *Wesley* sólido debajo de él. Asombrosamente, el caballo había saltado de lado para aguantar el peso del jinete. Intentando aún mantener el equilibrio, Jack fue capaz de recuperarse y aguantar en el asiento.

Con el corazón acelerado, frenó con brío. *¿De dónde diantres venía eso?*

El disparatado golpe de energía que por un breve instante había convertido en un solo ser a hombre y caballo le había permitido controlar el miedo de *Wesley* e incitar al animal a que hiciera el movimiento que le iba a salvar de la caída. Pero ¿qué origen tenía aquel poder desbordante? Había sido... casi mágico.

La posibilidad de haber controlado su caballo con magia le resultaba más aterradora que el miedo a caerse. Maldición, en otro tiempo tal vez hubiera mostrado ciertas aptitudes para la magia, pero él no era un mago. Ni quería serlo.

—Jesús, Jack, ¿qué ha sucedido? —Ransom apareció con un estruendo a su lado y detuvo la montura con enorme vigor—. ¡Nunca le había visto hacer algo así a un caballo!

—Ni yo tampoco. —Jack se ayudó con la mano para volver a meter el pie derecho en el estribo, sin tener claro quién estaba más alterado, si el caballo o él—. *Wesley* ha debido de reconocer mis problemas y ha reaccionado al respecto. Hoy tendrás doble ración de avena, viejo amigo.

—¿Qué le ha asustado?

—Una perdiz ha echado a volar justo bajo sus narices. Es culpa mía por no prestar suficiente atención. —Hasta el más seguro de los caballos se sorprendía ante algo inesperado—. Si hubiera tenido bien la pierna, hubiera mantenido el equilibrio y controlado a *Wesley*, pero hoy no lo he conseguido. —Y casi había provocado otro desastre.

—Hablando de tu pierna, ¿has vuelto a hacerte daño?

—Me duele horrores —admitió Jack—. Pero no creo que el hueso esté roto. No soy de porcelana, Ransom.

—Lo sé. —Ransom hizo dar la vuelta a su montura e iniciaron el recorrido de regreso a los establos—. Pero pasará mucho tiempo hasta que supere la visión de tu muerte.

Jack notó una fuerte punzada de emoción, tan intensa que al principio no se percató de que no venía de él sino de Ransom. Su insensible y controlado amigo se había sentido desolado al pensar que él se moría.

Bastante turbado al percatarse de que sentía las emociones de su amigo, respiró hondo antes de hablar:

—Lamento mucho que mi temeridad te hiciera pasar tan mal rato.

Ransom se encogió de hombros, con el rostro más calmado que sus emociones.

—Somos soldados. La muerte es un riesgo que aceptamos. Los dos hemos coqueteado con ella muchas veces.

Sí, pero una cosa era morir sirviendo a la patria, y otra muy diferente sufrir una muerte sin sentido durante una cacería, por ponerse a prueba a uno mismo y a la montura. Un adulto aceptaba que sus acciones tenían consecuencias para sí mismo y también para su familia y amigos. La vida era algo demasiado precioso como para malgastarla. Al galopar sin estar en plena forma, una vez más se había expuesto a una muerte sin sentido.

—Mantendré un ritmo más sensato hasta que esté curado del todo.

Siempre había mantenido la armonía con sus caballos y con los amigos. Lo que acababa de experimentar no era más que una extensión de eso, probable resultado de su sensibilidad incrementada durante la recuperación. No era magia. No tenía de qué preocuparse.

Acomodó el paso a su amigo.

—Mejor no contárselo a Abby.

Antes de que Ransom pudiera contestar, se hicieron visibles los establos. El carruaje de la residencia se detenía en ese momento. Abby bajó al suelo de un salto antes de que el vehículo se detuviera del todo. Cuando su mirada encontró de modo certero a Jack, Ransom murmuró:

—Ahora sí que tienes problemas.

Ransom tenía razón, la expresión de Abby mostraba el control de Wellington en su faceta más aterradora y calculadora. Pero cuando los dos hombres frenaron delante de ella, se limitó a decir:

—Desde luego sería una tontería sugerir que todavía no estás en condiciones de cabalgar. Debería haberme percatado de tu aspecto demasiado inocente cuando me marché.

Jack se alegró de que su sentido del humor fuera superior a la preocupación.

—Te alegrará saber que el paseo de hoy me ha vuelto más precavido de lo que conseguirían las meras palabras.

Mientras hablaban, Ransom desmontó y amarró su caballo, luego fue a situarse junto a la cabeza de *Wesley* para coger el caballo por la brida. Con la montura bien estable, Jack usó ambas manos para levantar la dolorida pierna derecha sobre el caballo, luego descendió con torpeza hasta el suelo, agarrándose a la silla para mantener el equilibrio. Considerando cuánto le dolía cada músculo del cuerpo, se sintió agradecido de no acabar hecho un bulto confuso encima de los adoquines.

—Me ocuparé de los caballos. —Ransom le tendió las muletas, que habían dejado apoyadas en la pared y luego se retiró con prudencia a los establos con ambos animales.

Mientras Jack se acomodaba a las muletas, Abby le miró de arriba abajo. Su expresión cambió al observar la pierna derecha.

—¿Quieres que reduzca el dolor?

La perspectiva era tentadora, pero Jack negó con la cabeza.

—No, creo que es mejor que sufra las consecuencias de mi locura, igual que tú tuviste que padecer por tu tobillo roto cuando no conseguiste echarte a volar.

Abby sonrió y se acomodó a su paso mientras se dirigían hacia la casa.

—El dolor puede ser instructivo. Avísame si se vuelve insoportable.

—Hablando de eso, ¿cómo se encuentra tu señor Hinton? No has estado fuera mucho rato.

—Cuando me he marchado descansaba cómodamente. Ha sido paciente mío durante años, por lo tanto sé cómo tratarle. Un tratamiento de energía curativa y uno de mis preparados de hierbas han aliviado sus pulmones. —Sacudió la cabeza con pesar—. Aguantará el invierno, creo, pero cada año las cosas se vuelven más difíciles para él.

—Todos debemos vivir el día a día. —La miró de reojo—. ¿Por qué no te decides y me sueltas una reprimenda? Te sentirás mucho mejor.

Ella sonrió un poco, pero negó con la cabeza.

—Sé que he prometido refrenar mi actitud controladora, pero cuando he salido de la casa de los Hinton, por un instante he sentido que te encontrabas ante un grave peligro. Le dije al cochero que acelerara la marcha para volver a casa. Ha sido un gran alivio verte sano y salvo, montando a un paso tranquilo.

¿Había percibido ella el desastre inminente? Entonces prefirió confesar:

—Eres una mujer de lo más inquietante. Estaba cabalgando demasiado rápido cuando una perdiz ha asustado a mi caballo. Retrocedió y casi me caigo. El incidente me ha hecho entender que debería montar con sumo cuidado hasta recuperar la forma.

—Los caballos demuestran a veces una inteligencia asombrosa. De niña, tenía un pequeño poni regordete que me salvó de muchas caídas. —Sus ojos centellearon con malicia—. Si de verdad has aprendido a ser cauto, me ahorraré el rapapolvo. A menos que de verdad quieras uno.

Jack se rió, pensando que tenía suerte de haber encontrado una mujer así. Tal vez romperse el cuello no fuera algo tan malo después de todo.

Capítulo 14

Una vez que estuvieron dentro de la caldeada casa, Abby estudió a su esposo con los ojos entrecerrados. Su pierna derecha desprendía una virulenta energía roja.

Aquello confirmaba lo que había sucedido ahí fuera. ¡Abby podía ver auras! Ya no tenía que concentrarse para imaginar el diseño de la energía. Ahora, al mirar a Jack, veía un resplandor de color visible, escurridizo, pero evidentemente presente.

Y no sólo había visto el aura de Jack. El de Ransom era predominantemente frío, amarillo claro, y muy mental. El de Jack era más verde, con un matiz gris resultado de la fatiga. Incluso los caballos irradiaban campos energéticos siempre cambiantes.

Ver auras era una habilidad que ella deseaba tener, pero había asumido que nunca lo conseguiría. De todos modos, sabía que a veces afloraban nuevas facultades. Quizá la intensa sesión de curación realizada con Jack le había hecho aflorar un talento latente. Confió en que durara.

—Has tenido una mañana agotadora. Tal vez deberías echar un sueñecito ahora.

Jack pareció horrorizado.

—¡No puedo acostarme en medio del día!

Conteniendo la diversión, ella replicó:

—Piensa en la siesta como en una ayuda para una rápida curación, más que como en una evidencia de debilidad.

—Así suena mejor —admitió—. Muy bien, pero sólo una cortita. —Se fue pesadamente hacia las escaleras y se dio media vuelta para sentarse. Cuando llegó a lo alto, Morris apareció para ocuparse de él.

Abby supuso que Jack dormiría varias horas, de modo que sería un buen momento para explorar los desvanes y ver si había algún mueble aprovechable. Después de cambiarse y ponerse la bata más vieja que tenía, se cubrió los hombros con un chal de cálida lana, buscó un farol y se encaminó escaleras arriba. Las escaleras que llevaban a las buhardillas eran amplias, lo cual era prometedor, ya que permitían subir hasta ahí muebles de gran tamaño.

El ático de Hill House era un caos, pero interesante de todos modos. La luz del farol reveló formas extrañas, sombras intrigantes y rastros de bichos. Confiando en que hiciera demasiado frío para la actividad de ratas o ratones, Abby decidió afinar su intuición y aprovecharla para elegir qué baúles, barriles y cajas iba a explorar.

La intuición no le falló pese al frío cortante del desván. El primer baúl que abrió contenía atractivos cortinajes de brocado azul. Necesitaban una limpieza, pero podrían usarse. Lo más probable era que sus medidas se correspondieran con las ventanas existentes.

La siguiente elección de su intuición fue un rollo largo y pesado de lienzo sujeto con varios cordeles. Notó el zumbido de un encantamiento menor al desatar los cordeles. Lo habían realizado para repeler la polilla y había preservado con éxito media docena de preciosas alfombras orientales. Sólo hacía falta sacudirles un poco el polvo.

Como otra prueba de intuición, abrió un baúl que no despertaba su interés, y en él sólo encontró ropas tan gastadas que hasta los criados las desdeñarían.

Se abrió camino contenta a través del primer desván y encontró más paños y también alguna ropa blanca antes de llegar a la puerta de enfrente. Ésta daba a una habitación más grande repleta de muebles: piezas amontonadas unas encima de las otras con tal profusión que era difícil ver las formas y su estado.

Colgó el farol de un clavo que sobresalía en un poste toscamente labrado y apartó de un largo sofá un lío de sillas Windsor. La tapicería del sofá estaba hecha un desastre —generaciones de ratones habían pasado vidas largas y felices en un extremo— pero las líneas eran elegantes y la estructura sólida. Después de una limpieza y tapizado de nuevo, quedaría bastante bien en el salón.

Las sillas Windsor de madera alabeada que había retirado de encima también podrían usarse. La madera no estaba en muy buen estado, pero los rasguños desaparecerían en gran medida si se les daba aceite. Sacudió el polvo de una y la probó. Era cómoda, como debían ser las buenas sillas Windsor. El conjunto serviría para el salón del desayuno, cuyas sillas actuales eran incómodas y no hacían juego.

Complacida, Abby ahondó aún más en las pilas. Aunque algunos muebles estaban tan maltrechos que sólo servirían para avivar el fuego de la chimenea, la mayoría se encontraban en un estado bastante decente, incluso excelente.

Quiso trasladar el farol a otro lugar cuando oyó el ruido de un roce fantasmagórico en la distancia. Se detuvo sintiendo un escalofrío en la columna vertebral. Los sonidos eran... inhumanos. Como alguna bestia grande arrastrándose y buscando una presa.

Entonces cesaron, y fueron sustituidos por una maldición mascullada entre dientes, y luego unos golpecitos. Las muletas de Jack.

Riéndose de lo rápido que hacía presencia la superstición en un ático oscuro, alzó el farol y fue a su encuentro.

—Me alegra que seas tú y no un fantasma, pero pensaba que habías jurado dejar las conductas arriesgadas.

La pícara sonrisa de Jack resultaba atractiva bajo la luz del farol.

—Subir escalones sobre mi trasero es poco digno, pero el único riesgo es la reacción de Morris cuando vea cómo han quedado mis pantalones. —Inspeccionó el entorno con interés—. Nunca había estado aquí. ¿Has encontrado algo de valor?

—Hay ciertos muebles bonitos y cortinajes buenos. Viejos, pero de buena calidad. Sospecho que a los anteriores propietarios no les gustaban los muebles viejos y al instalarse trasladaron todo aquí arriba. Deberíamos aprovecharlos. Mira este precioso baúl de nogal. —Pasó la punta de los dedos sobre la madera sedosa, preguntándose cómo podría haber enterrado alguien tal belleza en el desván—. Lo más probable es que sea de la época estuardo y que pueda usarse varios siglos más.

—Muy bonito. Tendrá buen aspecto en el vestíbulo principal, ¿no te parece? —Jack avanzó con tiento por la habitación para examinar un barril del que sobresalían unos objetos alargados—. Una colección de bastones. Me pregunto si me servirá alguno. —Dejó a un lado la muleta derecha y sacó el bastón más largo para comprobar su altura—. ¿Estoy listo para pasar de las muletas al bastón?

Pensando que era una buena oportunidad para demostrar que no siempre mandaba ella, respondió:

—Tú eres quien mejor puede juzgarlo, creo yo.

Jack dejó a un lado la otra muleta y dio un paso con el bastón. Con una mueca de dolor, dijo:

—Mi pierna derecha no puede aguantar aún tanto peso, pero este bastón tiene la longitud adecuada. —Recogió las muletas.

—Haré que lo limpien y estará listo cuando tú lo estés. —Abby se arrodilló para investigar varios cuadros apilados contra la pared. Jack se acercó a mirar por encima de su hombro. Todos eran de paisajes o cacerías.

—No es que sean grandes obras de arte, pero son agradables —comentó Abby, muy consciente del calor a su espalda—. ¿Qué opinas?

—Llenarán bien los espacios vacíos. Prefiero los paisajes antes que los retratos tétricos de tétricos antepasados.

La vehemencia en su voz sugirió que la residencia de su familia en Yorkshire tenía una buena cantidad de retratos. Se puso en pie, con cuidado de no rozarle siquiera por riesgo a hacerle perder el equilibrio.

—Mira lo que hay por aquí: un armario ropero muy bonito, y además un juego de sillas que servirán para el comedor del desayuno. También hay unas cuantas mesas que no están mal.

—Este ático es un tesoro escondido —reconoció Jack—. ¿Qué es eso que está apoyado contra la pared?

—Todavía no lo he visto. —Abby se escurrió entre el armario y una mesa de caballete cargada de cajas y luego anunció—: Es un armazón de cama, del mismo período que el baúl, creo. Serán partes del mismo dormitorio. —Pasó la mano por un poste tallado, más alto que ella—. ¿A quién le importan las modas cuando algo es tan hermoso?

—Además es grande. Tal vez el hombre que encargó hacerla era más alto de lo normal. —Jack se movió otra vez hasta llegar al lado de Abby—. Lo bastante grande como para que estemos los dos cómodos.

Sus miradas se encontraron y la intimidad en los ojos de Jack hizo que ella se sonrojara al pensar en compartir la cama. El calor le hizo olvidar el frío penetrante del desván. Sintió la tentación de levantar el rostro y besarle, pero al estar vestida y erguida sintió más timidez que la noche anterior en su cama. Con voz un poco entrecortada, dijo:

—Puedo... encargar ropa de cama nueva para ella.

Por la malicia en los ojos de Jack, era obvio que sabía con exactitud lo que ella estaba pensando y que también consideraba la posibilidad de darle un beso. Después de un momento vibrante, él se apartó.

—¿Qué hay que hacer aparte de bajar los muebles decentes?

Preguntándose si Jack había estado jugando con ella a posta, contestó:

—Unos cuantos de estos muebles necesitarán pasar por el carpintero para que los repare, pero en su mayoría, la madera sólo necesita que la limpien y le den aceite. Los muebles tapizados requerirán más trabajo. También harán falta más cortinajes. Si vamos a Londres, podemos visitar los almacenes de telas. —Inspeccionó el sofá y las sillas calculando cuánto tejido sería necesario—. ¿Qué colores te gustan o detestas? ¿Qué aspecto te gustaría que tuviera Hill House?

—Quiero que resulte agradable, que sea acogedora. Nada demasiado formal. Es un pabellón de caza, no la mansión de un duque. —Se acomodó en el sofá, evitando la zona mordisqueada por los ratones—. Barton Grange es muy acogedor; me gustaría que Hill House fuera algo así.

—Me convence esa idea. —Indicó con un ademán las pilas por explorar y los rincones a su alrededor—. Estos muebles tan buenos transmitirán la impresión de una casa que ha sido el hogar de una familia muy querida durante generaciones.

—Eso estaría bien —dijo en voz baja—. Langdale Hall... no es tan agradable.

Abby sintió la tentación de hacer preguntas, pero no quería interrumpir el ánimo juguetón.

—¿Y qué opinas de las estatuas griegas en mal estado? Hay una por aquí; lo más probable que la robaran de algún templo de quién sabe dónde.

Al pasar junto a Jack, tropezó con las muletas, que quedaban invisibles en la oscuridad. Mientras intentaba recuperar el equilibrio, él la atrapó en medio del aire con sus fuertes manos.

—¡Cuidado! No puede ser que tú también te lesiones.

Abby contuvo la respiración mientras él la apoyaba en su regazo con gesto protector. Su regazo tan cómodo y confortable. Confiando en que entonces la besara, preguntó:

—¿Te estoy aplastando la pierna?

—Como lo que me rompí fue la parte inferior, no la superior, no me haces daño. —Le rodeó la cintura—. No intentes marcharte. Me gusta abrazarte.

Cuando acercó sus labios a los suyos, Abby respondió con entusiasmo. A ella le encantaba el calor de sus labios, el contacto de la lengua en su boca, las manos provocadoras y exploradoras, la oleada de calor cuando sus cuerpos se apretaban.

Sus ojos se cerraron poco a poco mientras la invadía el placer. Advirtió que el deleite físico de aquel abrazo iba acompañado de colores pulsantes que atravesaban cuerpo y mente. Eran sus energías al unirse y dar vueltas juntas. Se percató de un rojo intenso y un tierno rosa, y el delicado verde del crecimiento.

—Veo colores danzando a nuestro alrededor —dijo Abby en tono soñador—. La pasión, la felicidad y el despertar.

Él dejó de mover las manos y detuvo el beso con un ceño.

—Yo también veo colores. Nunca antes me había sucedido.

—Magia —susurró ella—. Un arco iris de pasión cuando estamos juntos.

—Los colores surgen de ti, no de mí —dijo con brusquedad—. Yo no soy un mago.

—No tienes la formación, pero sí el poder —indicó ella—. Por eso te enviaron a la Academia Stonebridge.

Todo el cuerpo de Jack se puso en tensión.

—De niño, me interesaba la magia, pero yo no tenía poderes.

—Por supuesto que sí —dijo, sorprendida de que él lo negara—. Olvidé decírtelo, pero tuve que recurrir a tu poder mágico cuando realizamos el círculo curativo. Tú aportaste la última cantidad vital de energía. Sin ella, no habríamos dispuesto de suficiente poder para salvarte.

—¡No! —El rechazo en el rostro de Jack era aún más rotundo que sus palabras.

Como si la hubieran abofeteado, Abby se levantó de su regazo.

—Sabía que la magia te incomodaba, ésa fue la función de Stonebridge. Pero pensaba que estabas empezando a aceptarlo mejor. —Había tensión en su voz—. Al fin y al cabo, te has casado con una hechicera.

Jack frunció los labios.

—Me salvaste la vida, y yo te di mi palabra.

—Te liberé de esa promesa. ¿Te has casado conmigo por un equivocado sentido del honor? —inquirió, preguntándose cómo habían pasado tan rápido de la pasión a su primera discusión.

—No. —Hubo una larga pausa—. Me gustas y te respeto. Pero es más fácil si no pienso en tus habilidades.

Ella se mordió el labio. Había pensado que él entendía y que empezaba a aceptarlo. Era obvio que no.

El problema real no era ella, comprendió, sino él. La sugerencia de que tenía poderes era la causante de su rabia. Se preguntó cómo de fuertes habrían sido las palizas en la Academia Stonebridge. Tal vez las hubiera recibido con anterioridad, cuando era un niño que experimentaba los primeros movimientos de poder.

Alcanzó su mente con suma delicadeza. Era una violación de la ética de un mago sondear sin permiso, pero aquel sondeo era necesario. Un contacto mínimo mostró las cicatrices emocionales adquiridas cuando sus padres no le aceptaban tal y como era.

Saberlo le permitió dejar de sentirse ofendida. Con voz calmada, dijo:

—Te resultará difícil olvidar mi magia. Estabas presente esta mañana cuando me llamaron para hacer una curación. Eso no va a cambiar. Dios me ha concedido un don y sería un error no emplearlo ni ayudar en la medida en que esté en mis manos. No podríamos estar juntos si intentaras prohibirme llevar a cabo esa labor.

Él cambió de posición con incomodidad.

—Ni yo te pediría que lo dejaras. Entiendo, más que nadie, el valor de lo que haces. Pero pienso que tu ayuda es algo así como lo que hacía mi madre: llevar cestas de comida y conservas a los arrendatarios aquejados de problemas.

—No te considero un hombre que no quiere reconocer la verdad.

—En la mayoría de casos, no. —Se incorporó sobre las muletas con expresión severa—. ¿Terminamos de explorar la habitación? Creo que veo un escritorio bastante bonito en ese rincón, bajo una pila de cojines.

En silencio, Abby levantó el farol y se movieron para investigar aquel rincón. Sin duda era un escritorio bonito, pese a la forma disecada de un ave, muerta hacía tiempo, que estaba apoyada en la superficie. Una vez limpio, sería apropiado para uno de los dormitorios.

Era más fácil arreglar muebles que maridos.

Pasó el resto del día supervisando a los criados más fornidos que se encargaron de bajar muebles por los peldaños empinados y meterlos en los dormitorios sin usar. Con ayuda de dos doncellas, Abby empezó a limpiar el mobiliario. Para la hora de cenar, el bonito baúl estuardo reposaba en el vestíbulo de la entrada con un busto de Platón encima. Colocó un viejo tricornio sobre la frente de mármol de Platón. A Jack le divirtió mucho.

Cuando se fue a su habitación aquella noche, confiando en otra noche sensual, la larga figura de Jack ya dormía de espaldas a ella.

O eso fingía.

Capítulo 15

Abby estaba colgando tapices en el vestíbulo de la entrada cuando Judith entró majestuosamente, luciendo un gastado atuendo de montar, un sombrero cuya pluma había conocido días mejores y una expresión radiante que convertía la edad de sus ropas en un detalle irrelevante.

—¡Hola Abby! Me había hecho a la idea de cumplir con las formalidades y pedir al lacayo que anunciara mi presencia a lady Frayne. Debería haber entendido que te resistirías a las ceremonias como un pato repele la lluvia.

Abby se rió mientras bajaba de la escalera de mano.

—¡Bienvenida! ¿Qué me dices de este vestíbulo?

La mirada de su amiga se desplazó sobre los tapices, el baúl de época estuardo, el robusto banco de roble y la alfombra oriental con profusión de estampados, si bien un poco gastada.

—¡No puedo creer que sea el mismo lugar donde se celebró el almuerzo nupcial no hace ni una semana! ¿Has desarrollado un don mágico para invocar muebles?

—El desván era un tesoro escondido repleto de viejas alfombras, muebles, cortinas, cuadros e incluso estos tapices, que no son viejos pero sí muy bonitos —explicó Abby mientras señalaba a su alrededor. Evidentemente, la casa ganaría con el papel y la nueva capa de pintura, pero tenía mucho mejor aspecto que la semana pasada.

—He estado gastando generosamente el dinero de Jack en contratar a gente que arregle la casa. Como durante esta temporada no hay mucho trabajo, no han faltado trabajadores para fregar, sacar brillo y encerar. Algunas de las habitaciones las hemos dejado intactas, pero aquellas en las que pasamos la mayor parte del tiempo han mejorado mucho.

—Me encantará ver lo que has hecho, pero más tarde. —Judith casi botaba sobre la punta de sus botas de montar—. Seguro que fuiste tú quien le dijo a lord Frayne que me encantaría tener una casita. ¡Qué generoso por su parte! En cuanto he recibido la carta, se me ha ocurrido cuál sería el lugar perfecto. ¿Querrás venir a echar un vistazo conmigo?

De modo que Jack estaba cumpliendo lo prometido. No se lo había mencionado a su esposa. Abby vaciló un momento.

—Tengo tanto que hacer aquí.

—Y todavía estás de luna de miel —reconoció Judith—. Sé que es horrible que te lo pida, pero hace un día precioso y cálido, casi parece primavera. Y me gustaría contar con tu opinión.

Abby miró la luz del sol y sucumbió a la tentación.

—Concédeme unos pocos minutos para cambiarme y ponerme la ropa de montar. Jack ha salido a caballo, y yo también debería hacerlo.

—¿Ya ha vuelto a subirse a la silla? Se cura deprisa. —Judith entrecerró los ojos mientras estudiaba a Abby, obviamente para observar si aún mantenía el flujo de energía entre ella y su marido. Aunque frunció el ceño, no dijo nada.

—Jack está decidido a recuperar las fuerzas lo más rápido posible —dijo Abby como explicación indirecta—. Siéntate en el salón, y estaré contigo enseguida.

Subió las escaleras a una velocidad impropia en una dama, deseosa de repente de un poco de aire fresco y sol, y de la compañía de una amiga. Una amiga de dos piernas, quería decir. Su padre había traído a *Cleocatra* desde el otro lado del valle para que viviera con ella. *Cleo*, experta en comodidades, estaba dormitando sobre la cama de Abby. Rascó apresuradamente al gato mientras entraba y luego se puso su atuendo de montar, que estaba casi tan gastado como el de Judith.

Aunque podía permitirse algo mejor, no parecía merecer la pena vestirse para las vacas y los cuervos.

En cuestión de quince minutos, las dos mujeres estaban trotando por el valle. Abby respiró hondo.

—Gracias por convencerme para salir. He estado tan ocupada con la casa, que he desatendido todo lo demás. Y bien, ¡cuéntame lo de la casita!

—Habrás pasado junto a la casita de Rose muchas veces, pero como está tras los setos y árboles, no te habrás fijado mucho. Está justo a las afueras del pueblo. Los Harris criaron ocho niños sanos ahí, lo cual parece un buen augurio. El señor Harris añadió un ala nueva para tantos hijos, por consiguiente hay espacio para alojar ahí a los pacientes que necesitan cuidados adicionales.

—¡Parece perfecto para ti! —Incapaz de resistirse al día soleado, Abby espoleó a su montura para que fuera más rápido.

—¿Ha fallecido la señora Harris? No me había enterado de eso.

Judith hizo acelerar el paso a su poni para alcanzar a Abby.

—Sigue viva, pero no ha estado muy bien últimamente. Su hijo mayor la llevó a vivir con su familia. La casita lleva meses vacía y han decidido venderla.

—La ubicación es buena y necesitas espacio. ¡Confío en que no tenga tanta humedad como tu hogar actual!

—Nada de humedad. —A Judith le brillaban los ojos—. Abby, ¡es perfecta! Ser dueña de mi propia casa y no tener que preocuparme de pagar la renta... es más de lo que hubiera soñado.

Abby sabía que su amiga no había crecido con humedades, ni la habían educado para pagar facturas. Había pagado un alto precio por el derecho a usar su magia. Su don como comadrona había convertido la zona de Melton Mowbray en uno de los lugares más seguros para dar a luz en Gran Bretaña, pero no era una vocación que siempre estuviera bien remunerada.

—¿Necesitará reparaciones?

Llegaron a una bifurcación en el camino, y Judith hizo virar a la derecha a su pequeño pero firme poni.

—Sólo encalar los muros y limpiar el jardín, que lleva abandonado desde que al señor Harris le falló la salud. Lord Frayne ha dicho que cubrirá el coste de las mejoras, por lo que podré arreglar lo que haga falta.

Jack era generoso con el dinero. Eso no sorprendió a Abby. Sólo se mostraba cauteloso a la hora de derrochar emociones.

La casita de Rose era tal y como Judith la había descrito. Habían dejado la mayor parte del mobiliario dentro y limpiado las habitaciones, de manera que se veía acogedora. Mientras exploraban la planta baja, Abby dijo:

—La ventana orientada al sur deja entrar una luz maravillosa. Será una casa feliz. Las habitaciones además están bien distribuidas. Puedes poner una entrada en el ala nueva para pacientes y así mantendrás la intimidad en la parte más vieja de la vivienda.

—Eso es una buena idea. —La exploración les llevó de vuelta a la cocina. Judith encendió el carbón que esperaba en el hogar—. ¿Preparamos té? He traído un poco, y la tetera de la señora Harris sigue aquí.

—Qué detalle. —Abby se acomodó en una de las vulgares sillas de madera—. Brindaremos por tu nuevo hogar. Es decir, si no hay ningún otro comprador interesado.

Judith negó con la cabeza.

—No, he hablado con su hijo. La casa es más cara de lo que la gente de por aquí puede pagar, de modo que sólo estoy interesada yo. Hemos acordado un precio justo si decido seguir adelante, y se ajusta a lo que me permite gastar lord Frayne. Estaba segura de que ésta era la casa idónea, pero quería que la viera alguien más para confirmarme que estoy en lo cierto.

Abby se rió.

—Haré ese papel con sumo gusto. Es el lugar perfecto para ti, Judith. La energía es maravillosa.

Judith tomó asiento en la silla del lado opuesto de la restregada mesa de madera de pino.

—Ahora que ya nos hemos ocupado de mi nueva casita, ¿cómo te va a ti? ¿Estás disfrutando del matrimonio aparte de reformar Hill House? —Le centelleaban los ojos.

Abby se sonrojó.

—Jack perdió muchísima sangre.

No hizo falta que dijera más, pues Judith también era curandera.

—No es de extrañar que esté tan empeñado en recuperarse lo antes posible —dijo con malicia su amiga—. ¿Os sentís a gusto el uno en compañía del otro? Parecíais entenderos bien durante la boda y también después.

Contenta de tener alguien de confianza, Abby le dijo:

—Al principio nos llevamos bien, hasta que él mostró indicios de tener poderes mágicos. La sola idea le ha trastornado tanto, que se ha retraído. Se muestra de lo más cortés, pero distante. Yo sabía que no era aficionado a la hechicería, pero no esperaba que se lo tomara tan a pecho. La idea de que pueda tener poderes propios le repele.

Judith frunció el ceño.

—¿Todavía no has hecho un poquito de exploración mental? Con discreción, pero como esposa suya tienes derecho a hacerlo si hay motivo.

—Tiene un amuleto antimagia marcado en el hombro. Para poder curarle tuvo que darme permiso. No puso pegas hasta que empezó a ver formas de energía la semana pasada. Ahora parece una pared de ladrillo. —Menos para la energía que ella le enviaba. Eso atravesaba sus barreras sin problemas.

—¿Quieres mi opinión sobre esto? —le preguntó Judith.

Abby asintió agradecida.

—Por favor. Yo no tengo esa clarividencia.

Judith cerró los ojos y su expresión se serenó mientras exploraba mentalmente la energía que rodeaba a Jack y a Abby. Cuando el agua empezó a hervir, ésta preparó el té, pues no quería molestar a su amiga.

Judith abrió los ojos.

—No puedo acercarme demasiado por el encantamiento antimagia del que me hablabas, pero percibo una especie de nudo rígido en medio de una personalidad en general abierta. ¿Es posible que alguien le embrujara para hacerle odiar la idea de la magia? Me refiero a odiarla más de lo que la odian la mayoría de los miembros de su clase.

Abby frunció el ceño.

—No había pensado en eso. Puede que tengas razón. Es una persona de trato fácil en muchos sentidos. Parecía incluso estar aceptando mi magia. Pero casi parece transformarse cuando se plantea la cuestión de su propio potencial de mago. Ahora que lo mencionas, no parece natural ese cambio de personalidad. ¿Crees que le harían un hechizo mientras estuvo en el colegio? Eso explicaría por qué la academia Stonebridge purga tan bien el deseo de trabajar con magia entre sus estudiantes.

—La pregunta que me hago es si los padres aprobarían el empleo de la magia si la idea es apartar a sus hijos justo de esa perversidad —dijo Judith con aspereza.

—Hay grandes señores que contratan a magos si ven algún provecho en ello —comentó Abby—. Igual que contratan sastres, administradores y trabajadores.

Las dos compartieron una mirada irónica. Hasta el más desdeñoso de los aristócratas estaba dispuesto a recurrir a los magos cuando querían resultados mágicos, pero eso no significaba que permitieran la presencia de hechiceros en sus salones.

—Es posible que le hayan hechizado en el colegio —dijo Abby—. O que su familia encargara que lo hicieran. Ojalá pudiera mirar más de cerca, pero a menos que me conceda permiso, será difícil. No quiero recurrir a la fuerza bruta para abrirme paso a través del sortilegio antimagia.

—Podría menoscabar su confianza en ti —admitió Judith—. Dale un poco de tiempo. Si su poder innato está despertando, empezará a cambiar por sí solo. Y te necesitará si el proceso se precipita.

Abby contuvo un suspiro. Nadie había dicho que este matrimonio fuera a resultar fácil. Dio un sorbo al té y se recordó que no había hecho más que empezar. No realizaría ningún tipo de asalto serio a la mente y espíritu de su marido.

Pero eso no quería decir que no pudiera emplear los acercamientos de toda la vida, que nada tenían que ver con la magia. Ya era hora de empezar a darle la lata.

Jack entró andando en el vestíbulo principal y miró a su alrededor complacido. Cada día la casa estaba mejor, y ahora el vestíbulo parecía completo. Aunque Abby le había enseñado los tapices que había encontrado arriba, en ese momento no se percató de la sensación tan cálida que el color aportaría a aquella habitación demasiado grande y con demasiadas corrientes como para ser cómoda. Ahora el vestíbulo ofrecía la acogida que siempre había querido encontrar en Hill House. Abby escondía otros talentos aparte del de la curación.

Entró en la estancia con sus muletas, cansado del largo paseo a caballo, aunque ya no le doliera cada músculo del cuerpo. Cada día se sentía más fuerte. Lo único que necesitaba era forzarse, pero sin llegar al punto anterior a la caída.

Cuando estaba a medio cruzar la habitación, cambió de dirección. Tal vez había llegado la hora de pasar de las muletas al bastón.

En el rincón del vestíbulo, una alta urna de cerámica procedente de Grecia recogía la colección de bastones que habían encontrado en el desván. Metió las muletas en la urna y sacó el bastón que le había llamado la atención la semana anterior. Agarrándolo con la mano derecha, dio un paso con cautela. Aunque le dolía la pierna, no era el dolor agudo que le hacía temer que fueran a quebrarse los huesos que aún no se habían curado. Ahora, supuso, éstos estaban casi perfectos otra vez.

De todos modos, su pierna derecha todavía no estaba lista del todo para tanta tensión. Sacó un segundo bastón largo de la urna e intentó caminar con uno en cada mano. Le agradó descubrir que usar los dos bastones al mismo tiempo le daba el apoyo que necesitaba, y le hacía sentirse más ágil y menos impedido. ¡Un avance más!

Dio una última mirada al vestíbulo. Su esposa había creado el hogar más acogedor que había conocido en su vida, y él estaba haciendo todo lo posible para evitarla. Las ocupaciones, sus siestas y las invitaciones a casa de los amigos a cenar cada noche no iban a mantenerles siempre separados. Más tarde o más temprano, tendría que aceptarla, a ella y a la magia que había invadido su vida.

Mejor dejarlo para más tarde.

Igual que cada noche, Abby abrió sin hacer ruido la puerta que comunicaba con la habitación de Jack para decirle buenas noches. El farol con la llama baja proyectaba una luz tenue sobre la cama donde respiraba de forma regular y profunda. ¿Estaba dormido? Tenía sus dudas.

Cruzó la habitación y se inclinó para besarle la mejilla. Su piel tirante se estremeció un poco, pero no abrió los ojos. Ella notó de repente un profundo deseo de sacar a su cobarde marido de la cama y tirarlo al suelo, que estaba frío por las corrientes de aire. Pero eso podía hacerle daño.

Tras pensárselo un momento, sonrió con picardía y deslizó una mano bajo las mantas para hacerle cosquillas en la planta del pie izquierdo con aquellos dedos tan fríos.

Capítulo 16

Jack soltó una maldición y casi se muere del susto al notar unos dedos gélidos haciéndole cosquillas en el arco del pie derecho. Se lo tenía merecido por fingir estar dormido.

Se incorporó en la cama, preguntándose si estaba preparado para una conversación seria con su esposa. Probablemente no, pero no sabía cuándo resultaría más fácil.

—Tienes las manos frías.

—No es tan sorprendente a principios de febrero. —Se ajustó la bata que cubría su exuberante figura curvilínea y se acomodó en el extremo de la cama. La tenue luz reveló una expresión tan calmada como implacable.

—¿Vamos a pasar el resto de nuestras vidas evitándonos el uno al otro? Si así fuera, cuanto antes nos instalemos en residencias separadas, mejor. Ya estás listo para ir a Londres, creo. Marcha sin mí. Prefiero quedarme aquí que ir a la capital con un marido que no habla de nada que sea más personal que el mobiliario.

La perspectiva de ir solo a la ciudad le ofreció un instante breve de alivio cobarde. La vida sería mucho más sencilla si no tuviera que explicarle a nadie que tenía una esposa hechicera.

Pero su pena y pesar serían mucho mayores. Le gustaba tener cerca a Abby, pese a lo distante que se había mostrado él en los últimos días.

Incluso en medio de una discusión seria, le costaba no pensar en la noche que habían compartido en esta cama, y en la cálida y sensual respuesta de ella. Si se inclinaba hacia delante...

¡Céntrate! Tenía que superar su cobardía y hablar con su esposa.

—No quiero ir a Londres solo, quiero ir contigo. —Sonrió—. No me he portado bien. El problema no eres tú, oy yo.

—Por supuesto que eres tú —replicó ella sin que la impresionara su voluntad de aceptar la culpa—. Nos estábamos llevando bastante bien, pensaba, hasta que me besaste y percibiste la energía que fluía a nuestro alrededor. Tienes poderes mágicos, pero sólo con sugerírtelo has salido corriendo como un zorro huye de los perros de caza. No sé cuánto tiempo podrás negar esta faceta de tu naturaleza, pero supongo que no mucho más.

—¡No! —«Tienes poderes mágicos.» Sólo oír aquellas palabras le provocó un nudo en su estómago—. No soy un mago. En otro tiempo esas cuestiones me despertaron cierto interés, como a cualquier chico joven. Tal vez tuviera un poco de poder incluso, ya que afirmas haberlo usado durante el círculo curativo. Pero perdí todo interés por la magia en el colegio. No quiero tener nada que ver con eso.

—¿Perdiste interés o te hicieron un conjuro? —Su expresión era seria, tal vez de lástima—. Tu reacción a la idea de tener poder es tan vehemente, tan diferente a tu temperamento habitual, que tengo que preguntarme si te hicieron algún conjuro para odiar la naturaleza mágica. ¿Hacían sortilegios de este tipo en Stonebridge para asegurarse de que sus alumnos seguían el camino escogido por sus padres? —Se detuvo para dar énfasis—. Si así fuera, ¿quieres vivir controlado por lo que otros quieren de ti?

A Jack le invadió el pánico, que inundó su sentido común. Un pánico tan enorme que, en el fondo, la pequeña parte que se mantenía racional se preocupó por su intensidad. Abby no había dicho nada que debiera asustarle... a menos que tuviera razón y alguien hubiera estado enredando en su mente.

Consiguió superar el nudo que se le hizo en la garganta.

—Sólo supones que alguien me encantara, no puedes saberlo con certeza. Llevo marcado en mi propia piel el amuleto antimagia más potente que existe.

Abby arqueó sus oscuras cejas.

—No hay ningún sortilegio tan fuerte y duradero como para bloquear el poder de una hechicera como yo que de verdad quisiera superarlo, aunque no lo he hecho. Sería de muy mala educación.

Y una traición tan grande como para poner fin a cualquier posibilidad que mantener un matrimonio auténtico. Gracias a Dios era lo bastante prudente como para saberlo o su matrimonio estaría condenado.

Pero Jack quería un matrimonio de verdad y, pese al miedo, se preguntaba si tendría razón en lo del encantamiento.

—Si te diera permiso para explorar mi mente, ¿cómo sabría que no ibas a implantar uno de tus encantamientos?

Ella apretó sus carnosos labios con fuerza.

—Tendrías que confiar en mí. Supongo que es pedir demasiado, dado que aún somos más bien unos desconocidos que otra cosa. Pero hay otra manera. Tú puedes explorar tu propia mente. Ahora que te he dicho que tal vez seas víctima de un hechizo de anulación, quizá seas capaz de encontrarlo por ti mismo.

Él frunció el ceño. Aunque prefería que nadie invadiera su mente, dudaba que fuera a encontrar ahí algo que no hubiera advertido durante los últimos veinte años.

—Aunque pudiera encontrar evidencias del hechizo de anulación, ¿qué podría hacer al respecto?

—Bloquear la personalidad más profunda de una persona mediante un maleficio es un ataque contra la naturaleza —dijo ella despacio—. Hasta el mago más poderoso tiene problemas para crear un hechizo de anulación que pueda durar indefinidamente. Dudo que hayan podido controlarte de ese modo a no ser que te lo hicieran de joven. Creciste sin ser consciente de que habían anulado ese aspecto vital de tu espíritu. Ahora eres un hombre. Si miras en tu interior y encuentras una barrera tan poco natural, tal vez seas capaz de derribarla. Y si me dieras permiso, podría ayudarte a hacerlo.

Confiaba en Abby, se dio cuenta de eso. Más de lo que confiaba en el coronel Stark, que aplicaba la disciplina en la Academia Stonebridge con una satisfacción viciada. Pero...

—No quiero que otra persona fisgonee dentro de mi mente, ni siquiera tú.

—Lo entiendo. —Habló con voz amable—. ¿Estás lo bastante ofendido por lo que te hicieron como para indagar tú solito?

La simple idea de explorar en su propia mente en busca de magia ajena le provocó otra punzada de pánico. Lo cual significaba, comprendió, que no tenía otra opción que mirar hacia dentro, por muy doloroso que fuera el proceso.

—Más que suficiente. Pero ¿cómo se estudia la propia mente?

—Imagina algún tipo de escena —respondió—. Tal vez un lugar que conozcas y que te resulte cómodo. Un prado, una casa familiar o cómo verías la vida si fueras un pez.

—¿Un pez? —preguntó distraído por un momento.

Abby sonrió.

—Lo que escojas sólo es una metáfora. Desplázate por la escena en tu imaginación, y si algo te incomoda, mira con más atención.

Eso parecía bastante sencillo. ¿Qué podría imaginar?

Por un momento, sus pensamientos se detuvieron en un hayedo en la finca de un amigo al que había visitado varias veces en el Cotswold. En Yorkshire no crecían hayas, y le había dejado fascinado la densa bóveda de hojas que bloqueaban casi toda la luz del sol. Debido a la profunda oscuridad, pocas plantas crecían y el suelo bajo las hayas estaba cubierto por una espesa y blanda alfombra de hojas caídas.

La paz y el misterio del hayedo dejaron una huella perdurable en él. A veces soñaba con el bosque en España, en la víspera de una batalla. Al cerrar los ojos, se imaginaba entre los enormes árboles. Todo seguía como él lo recordaba, al principio. Si aquel bosque representaba su mente, se encontraba cómodo en ella. Y caminaba sin dolor, sin muletas ni bastones.

Luego notó algo que desentonaba. Frunció el ceño y siguió esa sensación. Los majestuosos árboles daban paso a otros más jóvenes y torcidos que se amontonaban de forma nociva. Los troncos estaban tan pegados que formaban un cercado, como si su propósito fuera ocultar algo.

Preguntándose si el maleficio estaría oculto en este rincón oscuro de su hayedo, se abrió paso a la fuerza entre los árboles torcidos, apartando los troncos a empujones si hacía falta. No habría sido capaz de esto si hubieran sido árboles reales, pero su mundo imaginario tenía las cualidades de un sueño, aunque estuviera despierto.

Cuanto más penetraba en el grupo de árboles repugnantes y malsanos, más frío estaba el aire, más costaba respirar y más miedo sentía. A esas alturas tenía claro que Abby estaba en lo cierto. El miedo era artificial, lo había creado algo externo. Eso no significaba que no tuviera un terror descomunal, pero se negaba a dejar que le afectara.

Impaciente por la incapacidad de avanzar, hizo un movimiento con el brazo y derribó a un lado los árboles que tenía delante. Cayeron y se partieron con estrépito, revelando un par de puertas de hierro insertadas en una empinada ladera. La entrada era circular, como si ocultara el hueco de acceso a una cueva. Reconoció un profundo malestar. De repente, con brutal certeza, supo que este portal era el origen de un pánico ciego que palpitaba a través de él como una herida mortal y le instaba a salir huyendo para no perder la cordura.

Apretando los dientes para enfrentarse al pánico, estudió la forma grabada en las puertas. El diseño era elusivo, sin definición, una matriz cambiante de sombras y líneas sinuosas, misteriosa y seductora.

Medio mareado, reconoció que la forma le estaba tragando como un remolino. Mientras caía en la matriz, percibió los horrores que esperaban al otro lado de la puerta.

Sacudió la cabeza soltando una maldición y apartó la vista, pues sabía que si continuaba mirando perdería la voluntad y la determinación.

Abby. Sólo con pensar en ella se serenó. Mientras el vértigo se desvanecía, comprendió que si alguna vez hubiera encontrado por accidente esas puertas, el esquema del maleficio le habría dominado y le habría dejado paralizado. Tal vez ya había estado aquí en numerosas ocasiones, y el recuerdo se había borrado cada vez de su mente.

Pero ahora iba advertido, y no cedería al hechizo de un brujo. Aquí no, no en medio de su propia alma.

Apartando la vista, alargó la mano y apoyó la palma en la puerta de hierro. Aquella energía crispante era de lo más desagradable, pero se obligó a mantener el contacto mientras analizaba los mensajes que encerraba la puerta.

Esta puerta —este sortilegio— se había forjado en Stonebridge, comprendió, por nadie más que el propio coronel Stark, ayudado por su segundo al mando. ¡El muy perverso había ideado un colegio para reprimir las tendencias mágicas cuando él mismo era un mago!

En lo profundo del metal, notó el eco del tormento del coronel. El hombre, dotado para la magia, había acabado aborreciéndose a sí mismo. Qué ironía que sólo hubiera podido usar sus poderes como instrumento para neutralizar la magia de los jóvenes que confiaban a su cuidado.

Casi sintió lástima por él. Casi, pero no del todo.

¿Estás lo bastante ofendido? Abby le había enviado en busca de algún error en la oscuridad de su propia mente y lo había encontrado. ¿Tendría también razón en que podía destruir el sortilegio gracias al ansia de libertad de su propia naturaleza mágica? ¿Qué había tan fuerte como para romper estas puertas de hierro?

Ira. A posta, ahondó más en su interior para encontrarla.

Desde niño había aprendido a prescindir de la ira porque no servía para nada, pero ahora estaba haciendo acopio de la furia reprimida a lo largo de toda su vida. Dio con el sufrimiento que tanto le desconcertaba cuando su padre le golpeaba sin motivo. La rabia que había grabado en su alma la amenaza indiferente de la Academia Stonebridge y los tormentos ocasionados por los monitores más retorcidos del colegio. La angustia de un muchacho al que castigaban de forma injusta y la ira más intensa de todas: cuando maldijo a Dios por permitir que hombres buenos murieran sin sentido.

Una vez recogida la carga de furia e indignación de su vida, apoyó ambas manos en las puertas y dejó que sus emociones se descargaran a través de sus palmas como un fuego griego. Las puertas explotaron y fragmentos al rojo blanco salieron volando en todas direcciones.

Apenas advirtió los pedazos del encantamiento hecho añicos porque eran insignificantes en comparación con la energía que estalló para librarse de las ataduras que le atrapaban desde hacía tanto tiempo. Regresó tambaleándose bajo la cascada de poder, sintiendo que le abrasaba la piel.

El hombro izquierdo le quemaba con la fuerza de las llamas del infierno, peor que cuando una bala de mosquete le atravesó la parte superior del brazo. Intentó agarrarse el dolor frenéticamente, pero su júbilo incontenible era igual de intenso. Aquel agujero en su alma que ni sabía que existía se estaba llenando.

Era como si se hallara demasiado cerca de un proyectil en plena explosión. Estaba en el centro de un remolino, cayéndose sin ningún control, sin saber dónde iba a aterrizar o con qué fuerza se golpearía.

¡Catapum! Se dio contra una superficie dura con un impacto que sacudió todos sus huesos. Mareado, se preguntó si la caída era real o sucedía en su mente.

—¡Jack! —gritó una voz—. ¡Jack!

La voz de Abby. Parpadeó hasta abrir los ojos y se encontró tirado de espaldas sobre el frío suelo. Su esposa estaba arrodillada a su lado con expresión afectada.

—¿Abby?

—¿Estás bien? —Empezó a pasarle las manos varios centímetros por encima del cuerpo—. Noté cómo cambiaba tu energía. Luego comenzaste a agitarte y te caíste de la cama. ¡Lo siento, pero no pude sujetarte!

—Ni siquiera tú puedes sujetarme siempre. —Se incorporó apoyándose en una mano, agradecido de que Abby hubiera puesto una alfombra al lado de la cama. Su grosor había amortiguado un poco el impacto—. Estoy bien, creo. Magullado pero entero.

—¿Puedo preguntar qué ha sucedido? —preguntó Abby.

Se pasó la mano por el pelo con tensión en los dedos.

—He encontrado una puerta cerrada que parecía fuera de lugar, y la he abierto de golpe. El maleficio lo hizo el coronel Stark, el director de la Academia Stonebridge. —Recordó qué más cosas había detectado en las puertas—. Mi padre solicitó el hechizo de anulación; no creo que se aplicara por rutina a todos los alumnos.

—¿Tanto odio tenía tu padre a la brujería? ¿Más de lo común entre los lores?

—Aborrecía por completo la magia, sobre todo en su hijo y heredero. Mi madre no era tan inflexible, aunque hacía lo que él decía. —Se percató de que estas dos frases era todo lo que le había contado a Abby de sus padres. Tendría que explicarle más cosas sobre el tipo de familia con la que se había casado. Más tarde.

Abby se levantó.

—¿Podrás levantarte si te ayudo? Si no, llamaré a Morris.

—No hace falta que le llames. Échame una mano.

Ella se levantó y le tendió ambas manos. Con su ayuda, Jack consiguió ponerse en pie sin tener que lamentar ninguna herida nueva. Aún temblaba, por lo que se sentó de inmediato en el borde de la cama para no volver a caerse. Le dolía la pierna derecha, pero no demasiado considerando la caída.

Al ver que se frotaba el palpitante hombro izquierdo, Abby le preguntó:

—¿Te has dado en el hombro al caer? ¿No te lo habrás dislocado?

En una ocasión, Jack se había dislocado el hombro montando a caballo, pero el dolor era diferente. Echó hacia atrás el cuello de la camisa de dormir y se quedó observando conmocionado la piel desnuda y en perfecto estado. Tenía el hombro rojo de tanto frotárselo, pero no parecía haber lesiones.

—¡Tu amuleto antimagia ha desaparecido! —Abby le tocó la piel con sus dedos fríos—. Las cicatrices deben haberse curado cuando liberaste toda la magia reprimida.

—¿Es posible? —Se frotó con incredulidad la piel intacta—. Supongo que ésta es la prueba, pero no tenía ni idea de que pudieran borrarse las cicatrices con magia.

Abby frunció el ceño.

—Yo tampoco. Tal vez hiciera falta eliminar la marca antimagia para liberar tus poderes. ¿Te marcó el mismo director?

Jack negó con la cabeza mientras recordaba la noche de borrachera en la que acabó marcado.

—Me lo hice yo. Uno de mis amigos trajo a escondidas algo de brandy y acabamos borrachos y enloquecidos como sólo puedes acabar cuando eres muy joven. Con el ardor del momento, cogí un amuleto de hierro de un amigo y lo calenté en el fuego hasta que estuvo candente. Luego me lo estampé en el brazo. —Había empleado voluminosos guantes y tenacillas de cuero. El símbolo de la serpiente le dolió tanto al aplicarlo como al retirarlo. No había sido el único que se había marcado aquella noche.

Abby parecía estar horrorizada.

—¿De verdad te hiciste eso a ti mismo?

Jack se estiró la camisa sobre el hombro que no presentaba ahora ninguna peculiaridad.

—Parecía una buena idea en aquel momento. Creo que el coronel Stark ya me había echado su maleficio para entonces. Antes no odiaba la magia lo suficiente como para hacer algo tan extremado.

—Ahora puedes crear tus propias protecciones, no hace falta que te marques con una serpiente.

Tenía razón. En cuestión de minutos, todo su mundo había cambiado. La energía giraba a su alrededor y removía sus percepciones interiores, aunque el caos era inferior al inicial. Supuso que al final se calmaría.

Cuando miró a Abby, vio su figura familiar, pero, dada la manera diferente e indescriptible en que miraba ahora, detectó un resplandor transparente superpuesto a ella. Esta nueva visión reveló también una pequeña espiral de luz en torno a su gata, *Cleo*, que permanecía sentada con la cola recogida pulcramente alrededor de sus patas, junto a la puerta del dormitorio de Abby.

—Me siento como si estuviera atrapado en una mantequera. Imagino que tú no te sentirás así todo el rato, ¿o sí?

Ella negó con la cabeza.

—Ahora echas chispas como un castillo de fuegos artificiales, pero sólo se debe a que tu poder natural llevaba reprimido mucho tiempo. Se te pasará. Aparte de tanta agitación, ¿cómo te encuentras?

—Bastante bien —dijo, sorprendido—. De hecho, muy bien, aunque la primera descarga cuando desmonté el maleficio fue... incómoda.

Se quedó callado. Abby esperó en silencio, sin decir nada. Al final, Jack dijo, a su pesar:

—Tenías razón en lo referente a mi miedo y aversión a la magia. Eran parte del maleficio de anulación. Ya no temo esta faceta mía, pero tampoco la quiero. ¿Debo usar ahora este don inoportuno?

—Si no quieres, no. —Abby retomó su posición al pie de la cama—. Pero, como mínimo, deberías aprender a protegerte. También deberías aprender a controlar tu poder para que no surjan problemas de forma accidental. Puedo enseñarte las técnicas básicas de control si no las conoces. ¿Estás familiarizado con la visualización de un escudo protector de luz blanca?

Hizo un gesto afirmativo.

—Aprendí las técnicas mágicas básicas antes de que me enviaran a Stonebridge. Empezaré a utilizarlas otra vez. —Se concentró para rodearse de luz blanca, y le sorprendió con qué facilidad se formaba la pantalla. Volvió a pensar en los días en que se perdía de muchacho por los valles para descubrir sus propias aptitudes. Había sido la época más emocionante de su infancia.

Pero, pese a haberse librado del maleficio, no quería hacer uso de la magia, excepto como protección. La idea de convertirse en un mago activo le molestaba. Guardó con sumo cuidado sus habilidades mágicas envueltas en luz blanca. Ese tipo de cosas las dejaba para Abby.

El vicario de su parroquia, el señor Willard, había sido su tutor de latín y griego, y de las demás materias que iba a necesitar cuando fuera a un centro de enseñanza. Durante las visitas a la vicaría, le había cogido prestados algunos libros sobre magia. De hecho, uno de esos libros le había enseñado técnicas de protección y control.

Haciendo memoria, imaginó que el vicario estaría enterado de que le cogía libros, pero había optado por no decir nada. No sólo era un hombre amable, sino que él mismo también estaba dotado para la magia, sobre todo de una empatía profunda que tan útil resultaba en un clérigo.

Se preguntó si el señor Willard continuaría de vicario en la parroquia de Langdale en Yorkshire. No tardaría en enterarse. Pero, en este momento, no se aguantaba en pie de cansancio.

Estudió el rostro de Abby y vio tanto agotamiento como en él. Intuyó que le había seguido en su recorrido endiablado, por si se estrellaba y tenía que recogerle. Su generosa esposa, una heroína silenciosa, estaba a la altura de cualquiera de los héroes que había conocido en el campo de batalla.

Jack retiró las mantas:

—Ven a la cama. —Vaciló al pensar en lo cobarde que había sido el último par de semanas—. A menos que prefieras la tuya...

Ella sonrió como una madona cansada.

—No hay nada que me apetezca más que estar contigo.

Mientras él se movía hacia el otro lado del colchón, Abby se despojó de la bata y se metió junto a él. Jack se puso de costado y se la acercó, suspirando de placer con el calor que creaban sus cuerpos cuando se tocaban.

Para su sorpresa, descubrió que su agotamiento se esfumaba. Era el efecto de la presencia curativa de Abby, imaginó. Aunque aún no había recuperado toda su sangre, notaba un deseo creciente. Probó a cogerle el pecho entre sus manos, pues no quería despertarla si ya dormía.

Ella soltó una exhalación y se apretujó un poco más contra él.

—Qué gusto.

Animado, la acarició de forma cada vez más íntima. Tenía su cuello tan cerca que respiró suavemente contra su piel lisa. El pequeño jadeo de placer le animó a descender con besos por la intimidad provocadora de sus pechos. Qué bien que su camisón se abotonaba —y desabotonaba— por la parte delantera.

—¡Oh, cielos! —Sintió las uñas en sus hombros cuando alcanzó los pechos con su boca. Abby arqueó la cabeza hacia atrás y su respuesta inocente y dichosa le hizo sentirse más fuerte, casi tanto como para unirse del todo a ella.

Casi, pero no del todo. Frustrado por su impotencia, se recordó que cada día se sentía más fuerte. Llegaría su hora. De momento se concentraría en dar placer a su esposa. Con sus labios, manos y lengua, le dio las gracias en silencio por todo lo que había hecho por él.

Abby separó las piernas cuando la tocó y él disfrutó de la presión que ella ejercía con la pierna entre sus muslos. Empezaron a moverse el uno contra el otro mientras aceleraba las caricias hasta conseguir que gritara sacudiéndose contra él. Notó la reverberación de la excitación en su propio cuerpo, un pequeño clímax que reflejaba el de ella.

Abby dejó caer la cabeza sobre su hombro, y sus cuerpos se quedaron quietos, inmóviles pero aún entrelazados. Tenerla entre sus brazos le proporcionó una paz que no recordaba desde que era niño. Lo cual significaba que ya era hora de actuar.

—Es el momento de ir a Londres —murmuró—. Estoy listo para tomar posesión de mi escaño en el Parlamento y también para asumir todas esas responsabilidades señoriales.

Parte del relajamiento de Abby se esfumó.

—Estás lo bastante recuperado, no hay motivos para demorarlo más. ¿Dónde nos alojaremos? En un hotel, ¿o posees alguna casa?

—Así es, pero Frayne House está arrendada. Podemos quedarnos con mi hermana, Celeste. Tiene espacio suficiente. Por cierto, le hace mucha ilusión presentar en sociedad a la hija del reverendo Wilson en la temporada de otoño. —Iba a ser maravilloso volver a ver a su hermana, hacía ya tanto tiempo...

—¿Sigue Celeste la moda con fervor?

—Sí, pero de cualquier modo es una chica estupenda. Os llevaréis bien. —Hizo una pausa, y entonces comprendió que mejor le explicaba otra cosa—: Es duquesa. Pero es una duquesa agradable.

Abby empezó a reírse; sus formas curvilíneas temblaban de una manera deliciosa.

—Un detalle sin importancia. Que duermas bien, querido. Necesitaremos todas nuestras fuerzas para Londres.

Tenía razón. Con un suspiro de satisfacción, Jack le besó el pelo. Esta noche iba a dormir bien y... condenado imbécil, ¿cómo podía haber evitado la deliciosa persona de su esposa durante tantos días?

Capítulo 17

Mientras el carruaje frenaba con gran estruendo delante de una enorme mansión en Mayfair, Abby se armaba de valor para lo que pudiera venir. Alderton House era ducal en extremo, un bastión de los prejuicios aristócratas contra los hechiceros, sospechó.

—¿Vas a contarles a tu hermana y a tu cuñado que soy hechicera? ¿O acaso esa información me pondría directamente de patitas en la calle?

Jack vaciló.

—Celeste debería saberlo, creo yo, pero antes debería tener tiempo de conocerte. En cuanto a Alderton... es un buen tipo, pero bastante tradicional.

Abby tradujo aquello mentalmente por «desprecia a los hechiceros». Sospechaba que Ashby era el único duque de Inglaterra que no huiría gritando de una habitación en la que se encontrara un hechicero, pero, claro, él no era el típico duque.

—¿Y le contarás lo de tus propios poderes?

—En realidad no hay mucho que contar —contestó Jack—. Me alegra haber extirpado de mi mente el hechizo de Stark, pero eso no me convierte en mago.

La respuesta estaba en la línea de su conducta reciente: aunque ya no reaccionaba a sus propios poderes mágicos con la aversión irracional que provocaba el hechizo del coronel Stark, continuaba rechazando con vehemencia su poder recién liberado. Ella confiaba en que al final acabara por aceptarlo, pero ese momento no iba a ser inminente.

Percibía que había encerrado su poder con la misma firmeza que había hecho el coronel Stark. Al menos ahora era decisión suya.

Un lacayo de librea abrió la puerta del carruaje y ofreció a Abby su mano.

—Bienvenida a Alderton House, lady Frayne.

No la sorprendió que un sirviente del duque supiera interpretar las armas pintadas en la portezuela del carruaje. Sin duda el personal estaba informado de la visita del hermano de la duquesa y su esposa. Jack había escrito a su hermana la misma mañana en que decidieron que era hora de viajar a Londres, y las diligencias correo viajaban más rápido que otros vehículos, sobre todo en pleno invierno. Habían tenido suerte y no habían encontrado un tiempo tan horrible, más bien había sido un viaje gris, frío y deprimente.

Aunque la mayoría de calles de Londres estaban cubiertas de lodo y fragmentos de hielo, habían limpiado la sección situada ante la casa de los Alderton y los peldaños que subían hasta la entrada estaban impecables y secos. Dado que Jack continuaba usando un bastón, Abby se alegró de ese nivel de servicio.

Mientras descendía del carruaje, él le dedicó una sonrisa de ánimo.

—Vas a disfrutar de Londres, te lo prometo.

Como promesa no era demasiado convincente. Había estado de visita en Londres un par de veces antes, pero alojada en casa de amigos hechiceros en un barrio alejado de Mayfair. Esta estancia iba a ser muy diferente.

Aprovechó su nerviosismo como excusa para coger a Jack de la mano. Esto no sólo hizo que se sintiera mejor, sino que le sirvió a él de segundo bastón mientras subía los escalones.

—Procuraré que no te avergüences de mí —dijo en voz baja mientras ascendían.

Abby deseó que la tranquilizara, respondiendo que nunca podría avergonzarse de ella, pero Jack era demasiado franco para decir eso, de modo que cambió de tema:

—Conociendo a Celeste, seguro que organiza un gran baile para presentarte a la sociedad londinense —dijo con entusiasmo, tal vez demasiado—. Le encanta agasajar a sus invitados.

Era una perspectiva nueva e inquietante. Abby se imaginó siendo objeto del escrutinio de la elite de Londres y se encogió:

—¿Podemos negarnos?

Jack sonrió.

—Tal vez. Dejo para ti la persuasión. Dado que es mi hermana, hace mucho tiempo que aprendí a obedecer órdenes con docilidad.

—¡Mentiroso! —La puerta se abrió de par en par y mostró a una rubia menuda—. Eras el hermano más cabezota que pueda imaginarse. ¡Oh, Jack, cuánto te he echado de menos! —Se lanzó a sus brazos y casi le derriba escaleras abajo. Abby y el lacayo salvaron por los pelos a Jack de la caída.

—¡Celeste, eres un peligro público! —Jack le devolvió el abrazo a su hermana con entusiasmo. Su cabeza apenas le llegaba al hombro—. Pareces decidida a matarme en los escalones de tu entrada. ¿Y si vamos adentro donde estaremos más seguros y también más calentitos?

—Lo siento. —Celeste se apartó e hizo un ademán a sus invitados para que entraran en el vestíbulo, que abarcaba tres pisos de altura. Se fijó en el bastón y en el paso interrumpido de su hermano—. Pensaba que a estas alturas ya te habrías recuperado del accidente de caza.

—En gran parte sí, pero... bien, la caída fue bastante peor de lo que te habrán contado. —Jack adelantó a Abby—. Mis amigos no querían inquietarte de forma innecesaria, pero la verdad pura y simple es que sufrí una herida grave y habría muerto sin Abby.

Cuando Celeste se volvió para estudiar a su nueva cuñada, mostró toda la fuerza de su belleza. La duquesa era exquisita, su encanto rubio era tan perfecto que inspiraría a poetas, aunque también le haría amadrinar botaduras de barcos. Abby encontró en ella poco parecido con Jack, excepto en los ojos color avellana.

En aquel momento, esos ojos la miraban entrecerrados. Abby casi oía los pensamientos de la duquesa preguntándose qué clase de moza maquinadora había atrapado a su hermano y se había casado con él. Por un instante horrible, se vio a sí misma como sin duda la veía la duquesa: demasiado grande, sin gracia, nada elegante, mal vestida. Una torpe chica de provincias que había logrado de algún modo manipular a un hombre honorable para que se casara con ella cuando se encontraba demasiado débil como para negarse.

—Celeste, te presento a Abby —dijo Jack con delicadeza—. Abby, ésta es Celeste. Confío en que seáis hermanas de verdad.

Parecía obvio que, en deferencia a Jack, la duquesa había decidido conceder el beneficio de la duda a esta criatura desconocida:

—Bienvenida, Abby. Llevaba cinco años ansiando que Jack eligiera esposa. Os deseo a los dos toda la felicidad del mundo. —Esbozó una deslumbrante sonrisa amable—. Ya que somos hermanas, puedes llamarme Celeste.

¿Qué se le respondía a una duquesa que era tu nueva cuñada y guapa a más no poder?

—Gracias. Espero con ilusión poder conocernos mejor.

Un caballero de pelo castaño entró en el vestíbulo, con un chaqué de corte primoroso, como Abby no había visto en su vida. Aunque sus rasgos no eran destacables y no superaba la media de altura, su aire de poder y autoridad le identificó al instante como el duque de Alderton.

—Frayne, un placer verte.

Jack estrechó con amplia sonrisa la mano que le tendía su cuñado.

—Piers, ¿cómo consigues tener ese aspecto tan perfecto a todas horas?

Aquel comentario le sonsacó una débil sonrisa.

—El mérito es de mi ayuda de cámara. Dudo que sea capaz de arreglárselas en una tienda de campaña como hace Morris, pero no hay mejor asistente personal en toda Gran Bretaña. —El duque hizo una inclinación a Abby—. Es un placer conocerla, lady Frayne.

Su expresión no dejaba entrever si era sincero o sólo cortés. La energía de su aura era tan difícil de interpretar como su rostro. Abby supuso que decía aquellas palabras por educación. Había un débil aire de tristeza en el duque, y sospechó que no estaba demasiado interesado en conocer a la nueva esposa de su cuñado.

Desplazó la mirada del duque a su dama. Con su aire de poder e importancia y la belleza de la duquesa, formaban una pareja asombrosa. Probablemente se habrían mirado a través de un salón de baile abarrotado y habrían decidido que estaban hechos el uno para el otro.

Y sin embargo... mientras las dos parejas intercambiaban cumplidos sobre el tiempo y el viaje, Abby advirtió que el duque y la duquesa en realidad no se miraban. No había miradas de complicidad, ni se juntaban como hacían a menudo las parejas felices. Incluso Abby y Jack, que eran recién casados y aún se estaban conociendo, compartían alguna sonrisa y se situaban uno al lado del otro. No todo iba bien en el ducado de Alderton.

—Piers, te alegrará saber que tengo intención de tomar posesión de mi escaño en la Cámara de los Lores —dijo Jack—. Cuando tengas tiempo, me gustaría comentar contigo el procedimiento que hay que seguir.

—Voy a estar bastante ocupado durante los próximos días, pero tengo un poco de tiempo ahora. —Alderton se volvió a su esposa y a Abby, pero su mirada no encontró la de Celeste—. ¿Nos perdonarán las damas si nos retiramos a mi estudio para ocuparnos de algunos asuntos de caballeros?

—Por supuesto —susurró la duquesa—. Abby, por favor, ven conmigo a tomar el té en mi salón privado. Me hace muchísima ilusión mantener una charla de hermanas contigo.

Abby pensó con cierta amargura que ninguno de los hombres parecía percibir la mofa en la dulce voz de la duquesa. Pero tendría que hacerle frente a la hermana de Jack más tarde o más temprano y le apetecía una taza de té, de modo que hizo un gesto de asentimiento.

—Concédeme unos minutos para refrescarme. ¿Podría acompañarme alguna doncella?

En los ojos de la duquesa apareció un destello de humor.

—Yo misma te acompañaré a tus habitaciones. Cuando estés lista, una doncella estará esperando en tu puerta. Yo necesité que me guiaran por la mansión durante semanas cuando me trasladé aquí.

Mientras Celeste llevaba a Abby por la escalera que ascendía en curva, le preguntó:

—¿Tienes doncella?

—Tenía, pero ante la perspectiva de dejar Melton, su novio le propuso matrimonio —explicó Abby—. Tengo que buscar otra.

—Puede ayudarte la sirvienta que vendrá a acompañarte. También hace de abigail* con las invitadas femeninas. —Mientras avanzaba por el pasillo del primer piso, la duquesa juntó las cejas—. Me parece que tendré que usar otro término para denominar a las doncellas de las damas. —Abrió la puerta—. Mandaré subir a Lettie. Si necesitas algo, sólo tienes que pedírselo.

La duquesa se retiró con suma gracia y dejó a Abby a solas para explorar su nuevo alojamiento. El dormitorio resultó formar parte de un conjunto de habitaciones, con otro dormitorio para Jack, dos vestidores y un salón privado. El mobiliario y los cortinajes eran espléndidos y los techos tan altos que la mayor parte del calor ascendía a lo alto de la habitación, dejando el resto del espacio helado. Se encontró echando de menos los techos moderados de Hilltop House, así como el mobiliario usado pero agradable que habían rescatado de los desvanes.

Una sirvienta ya había colgado su ropa. No es que resultara un ropero impresionante: prendas resistentes, nada a la moda. De siempre, a Abby le había interesado más el carácter práctico que el estilo, y estaba tan ocupada que rara vez encontraba tiempo para encargar ropa nueva. Jack había dicho que debía darse un capricho y ponerse en manos de las modistas de Londres, pero, por el momento, se dejaría ver como la provinciana sin estilo que era.

No había remedio. Tal vez subiera los ánimos de la duquesa el sentirse superior. Para cuando Abby se lavó, ya había aparecido la doncella prometida. La eficiente joven Lettie le ayudó a arreglarse el pelo y a ponerse el vestido azul oscuro y un cálido chal italiano; luego la condujo al salón privado de Celeste.

Abby habría adivinado que la habitación pertenecía a la duquesa incluso si la otra mujer no hubiera estado presente. Los delicados y femeninos muebles, tejidos y alfombras, eran el entorno perfecto para la exquisita Celeste. Su anfitriona se levantó del escritorio.

—Confío en que tus habitaciones resulten agradables.

* Abigail: nombre bíblico tan popular entre el servicio que acabó por llamarse así a las doncellas de las damas. Similar a Hermengilda y las menegildas en Madrid y otras regiones.

—Son magníficas. ¿Se aloja Jack con vosotros de forma habitual cuando está en Londres?

—Sí, algo que lamentablemente no sucede con suficiente frecuencia. —La duquesa se desplazó hasta la mesita de té, donde esperaban un juego de plata y una fuente con pastelitos—. Frayne House lleva años alquilada. Mi madre y su esposo nunca vienen a la ciudad. ¿Cómo tomas el té?

De modo que la viuda de lord Frayne se había vuelto a casar. Preguntándose si sería el motivo de que Jack evitara hablar del hogar de su infancia, Abby pidió la leche con el té y aceptó un delicioso y pequeño pastel con crema como acompañamiento. Comentaron el viaje desde Leicestershire hasta que la duquesa volvió a llenar las tazas.

Cansada de cosas intranscendentes, Abby dijo:

—¿No ha llegado la hora del interrogatorio, Celeste? Para simplificar las cosas, soy de cuna respetable: mi padre, sir Andrew Barton, es un baronet que posee una buena propiedad cerca de Melton Mowbray, mi hermano es oficial en España y yo cuento con una dote generosa para lo que es habitual entre la clase terrateniente, sin duda mísera para un miembro de la nobleza. —Se puso un terrón irregular de azúcar en el té y lo removió—. En otras palabras, Jack podría haber hecho una boda mucho mejor, y admito sin reservas que merecidamente. No obstante, estamos casados, y confío en que este matrimonio no te consterne demasiado, pues a él no le gustaría verte disgustada.

La taza de la duquesa quedó congelada en medio del aire por un momento antes de poder depositarla con cuidado de nuevo en su platillo.

—Es sorprendente lo directa que eres, Abby. Algo que aprecio de verdad, aunque tal vez no desees mostrarte tan comunicativa en sociedad. Supongo que los datos que me explicas no son falsos, ya que serían fácilmente comprobables. Por consiguiente te haré la única pregunta de veras importante, y confío en que también esta respuesta sea sincera: ¿amas a mi hermano?

No era lo que Abby hubiera esperado de una elegante mariposilla social. Se concentró en remover el té algo más de lo necesario.

—Sí. Aunque sé que para el mundo esta boda no está a la altura, juro que seré una buena esposa para él.

—Excelente. —La duquesa le dedicó una sonrisa genuina que la hizo parecer mucho menos intimidadora—. Mi hermano es un buen partido y su trato fácil le impide defenderse de debutantes maquinadoras y madres aún más taimadas. Si no hubiera estado en el ejército durante estos últimos años, me da miedo pensar el tipo de mujer que le habría atrapado sin que él tan siquiera se hubiera dado cuenta. —Celeste dio un sorbo al té con aire pensativo—. Si me hubiera consultado acerca de su futura esposa, le habría recomendado que buscara una mujer realista y una relación basada en el cariño verdadero. Me parece que es justo lo que ha hecho, no en vano le llaman Jack el Afortunado. —Tendió una mano—. Bienvenida a la familia Langdon, Abby.

Abby estrechó la mano de la duquesa. Le asombró la firmeza del apretón de la otra mujer para tratarse de una criatura tan delicada.

—Es un honor, Celeste. Pero para ser sincera, me sorprende tu aprobación. Jack tiene responsabilidades como terrateniente y miembro del Parlamento. No sé si le haré honor en sociedad. —Bajó la vista mirándose su vulgar vestido.

La duquesa hizo un ademán con la mano para restar importancia a aquello.

—Tienes presencia, educación e inteligencia, que son los requisitos básicos para ser lady Frayne. El lustre de la capital es algo que se adquiere con facilidad. Pero, cuéntame más cosas del accidente, ¿de verdad le salvaste la vida a Jack?

Contar todos los detalles de la historia le revelarían lo que ella era, pero no podía mentirle a la hermana de Jack. Preguntándose si esto pondría fin a la buena consideración de la duquesa, Abby dijo sin rodeos:

—Tuvo una caída horrible y se rompió el cuello. Cuando sus amigos le trajeron a nuestra casa, estaba paralizado y al borde de la muerte. Sus amigos no querían notificar nada a su familia hasta que el desenlace fuera inevitable. Yo organicé un círculo de sanación y juntos fuimos capaces de curar las peores lesiones. Se ha recuperado a una velocidad extraordinaria. De aquí a dos semanas ya no necesitará ni el bastón.

La expresión de la otra mujer cambió.

—¿Eres hechicera?

De modo que la duquesa desaprobaba la magia. Al menos no la había llamado arpía.

—En mi familia todo el mundo está dotado de poderes excepcionales. —No hizo mención de la magia de Jack, eso era algo entre hermano y hermana—. Mi don es la curación.

La duquesa se inclinó hacia delante, con sus ojos color avellana centelleantes.

—¿Puedes curar la esterilidad?

De modo que la expresión de Celeste no había cambiado tan manifiestamente porque desaprobara la magia.

—No sé —replicó Abby—. Hay muchos motivos que la causan. Podría ayudar, pero nadie puede garantizar una curación.

—Sé que no hay garantías. —Con visible esfuerzo, Celeste volvió a apoyarse en el respaldo de la silla—. Ya he consultado a los mejores médicos y también he acudido a curanderos, en secreto, aunque sin resultados. Pero si fuiste capaz de salvar la vida de Jack después de que se rompiera el cuello, tal vez puedas lograr lo que otros no han conseguido.

—No lo logré yo sola, Celeste. —Era más fácil emplear el nombre de pila de la duquesa ahora que la charla se había vuelto más personal—. Organizamos todo un círculo curativo con hechiceros de gran talento. Este tipo de magia tan poderosa es apropiada para grandes lesiones o enfermedades. Los problemas físicos de menor grado, requieren un trato más leve, y tal vez habilidades mágicas bastante diferentes.

—Ya sé todo eso, pero... por favor, ¿lo intentarías? —Era doloroso ver la súplica descarnada en los ojos de Celeste.

Abby había contemplado esa desesperación en muchas ocasiones. Nunca le resultaba indiferente.

—Lo intentaré. Y confío en que no me odies si no logro nada.

La duquesa le dedicó una mueca.

—No he odiado a ninguno de los que han fracasado antes. Sean cuales fueren los resultados, te estaré agradecida por haber salvado la vida de mi hermano. Y rogaré para que tú y Jack nunca padezcáis esta clase tan particular de infierno.

De pronto las piezas encajaban.

—Ésta es la fuente de distanciamiento entre tu marido y tú, ¿no es así? El fracaso a la hora de darle un heredero.

Celeste contuvo el aliento.

—Eres muy perspicaz. Supongo que forma parte de ese otro talento. Sí, llevamos casados casi diez años y nunca me he quedado embarazada. No ha sido por no intentarlo. Todos los médicos coincidían en que soy una mujer sana y que sin duda sólo era cuestión de tiempo. —Retorció las manos sobre su regazo, ya sin elegancia—. Han pasado más de tres mil días y noches, y no he sido capaz de darle un hijo a mi marido.

—Y ¿el duque no puede perdonar este fallo? —Esta idea no despertaba el aprecio de Abby.

—Por supuesto, está profundamente decepcionado, pero ha aceptado mi esterilidad, tal vez mejor que yo. —Celeste observó la habitación con mirada perdida—. El distanciamiento entre nosotros se ha producido cuando yo he expresado mi actitud cooperadora en el caso de que él quisiera buscar una querida y hacer pasar por hijo mío cualquier descendencia de la relación. La sugerencia le escandalizó de un modo insensato. Me... me acusó de querer una querida para él para así justificar tener yo amantes. Nuestra relación todavía no se ha recuperado.

Abby contuvo el aliento.

—Qué triste hacer un ofrecimiento tan doloroso y que su rechazo haya provocado todavía más sufrimiento.

Celeste suspiró.

—No debería haberlo hecho. Piers es el hombre más honorable del reino, se toma en serio sus votos matrimoniales. Pero yo pensé que, después de todos estos años, tal vez agradeciera tener un heredero, aunque no fuera mío. En vez de eso, ahora cree... que yo no le amo.

—Sin duda acabará por comprender que tu sugerencia fue una gran expresión de amor —dijo Abby, consoladora.

—Si no lo comprende, no habrá ninguna oportunidad de tener niños.

De modo que el duque y la duquesa ya no mantenían relaciones íntimas. No era de extrañar que los dos fueran infelices.

—Celeste, ¿por qué le hablas con tanta franqueza a una mujer a la que acabas de conocer? Espero ser digna de tu confianza, pero encuentro sorprendente tanta sinceridad.

—No suelo ser tan directa, pero... —La duquesa sonrió con ironía e hizo un gesto rápido con la mano derecha. Una resplandeciente bola de luz se formó sobre la palma de su mano.

—Santo cielo —dijo Abby con un resuello—. ¡Eres maga!

—En realidad, no —dijo Celeste, aunque pareció complacida al oír aquellas palabras—. Mi poder natural es modesto y no he tenido una formación conveniente. Descubrí pronto que los poderes mágicos me granjearían un profundo desprecio, por lo tanto oculté mi aptitud. He sentido un gran alivio al percatarme de que contigo voy a poder ser yo misma, ya que las dos ocultamos muchas cosas.

De modo que la duquesa le ofrecía un pacto de silencio. Abby sintió de pronto lástima por la otra mujer, quien se veía obligada a ocultar una parte vital de su naturaleza. Pese a ser hermosa, de alta cuna y tener un título, no disponía de la libertad y apoyo de que disfrutaba ella.

—No te traicionaré, pero es probable que mi condición de hechicera sea pronto de dominio público. Mi familia es conocida en los condados del centro de Inglaterra. Allí caza tanta gente que las noticias no tardarán en llegar a Londres a toda velocidad.

—Supongo que tienes razón. —La duquesa entrecerró los ojos, pero su expresión era amistosa—. Cuanta más gente te conozca antes de que sea desvelado tu poder, mejor. Cuesta más menospreciar a una mujer a la que ya te han presentado. Por suerte, la mácula de la magia nunca ha sido tan severa con nuestro sexo. Organizaré un baile para presentarte en sociedad lo antes posible.

Abby puso mala cara.

—Por favor, ¿es eso necesario? Me desagrada de veras la idea de ser exhibida como una vaca ganadora.

—Entiendo, pero un baile es sin duda necesario. Te has casado con un integrante del *beau monde*. Jack está a punto de tomar posesión de su escaño en el Parlamento como uno de los grandes hombres de Gran Bretaña. Nadie te exige que seas una anfitriona famosa o una belleza deslumbrante con un séquito de caballeros galantes a tu alrededor, pero es necesario que te conozcan, que te acepten y te respeten. Fuera de Londres, no hace falta seguir tanto las modas, pero aquí, le debes a Jack este esfuerzo.

Abby suspiró.

—He prometido hacer todo lo posible para ser una buena esposa, de modo que cumpliré con mi deber, pero voy a necesitar tu ayuda con desesperación. Soy tan provinciana a la hora de bailar como en el vestir.

La mirada de Celeste recorrió a Abby de pies a cabeza.

—Perdona mi falta de tacto, pero ¿te vistes de forma tan sencilla porque deseas resultar aceptable y no memorable?

—Me temo que sí. En parte es por el trabajo que hago. Un aspecto demasiado sofisticado requiere tiempo y dedicación, y podría hacerme parecer inalcanzable. No quiero que quienes más me necesitan tengan miedo de pedirme ayuda. —Vaciló y luego añadió—: Y para ser sincera, la moda no me interesa para nada, así de sencillo. Me gusta estar cómoda y pasar desapercibida. Aparte de eso, hay cosas más interesantes que permanecer de pie mientras te clavan alfileres.

—Todo eso está muy bien en el campo, pero no en Londres. —Pensativa, la duquesa tamborileó con los dedos sobre el reposabrazos del sillón—. Tienes un buen esqueleto y supongo que debajo de ese sencillo vestido y chal hay una figura decente. Una buena modista y una corsetera harán maravillas. No hay necesidad de acudir a un salón de belleza público, haré que vengan aquí. —Le dedicó una amplia sonrisa—. Me hace verdadera ilusión todo esto.

—¡Me alegra que una de nosotras esté ilusionada! —Pero Abby lo dijo también con una sonrisa. Se había ganado una aliada en Londres y además, pensó, una amiga.

Capítulo *18*

El duque cerró la puerta de su estudio tras él, luego abrió una caja de madera de magnífica marquetería.

—¿Un puro?

—Gracias. —Jack fumaba en raras ocasiones, pero él y su cuñado habían establecido este ritual a lo largo de los años. Les daba tiempo para relajarse y retomar su contacto. Dios sabía que era difícil encontrar dos hombres más diferentes, pero siempre se habían llevado bien.

El duque encendió los puros con una candela; luego le indicó a Jack que se sentara en uno de los mullidos sillones tapizados en cuero.

—Felicidades por tu matrimonio. Tu esposa parece una mujer sensata.

—Así es. —Jack dio una calada de humo fragrante, luego lo soltó poco a poco. Piers tenía los mejores puros de Londres.

—Es una Barton. Una familia muy respetada en los Midlands.

—¿Vas a regresar al ejército?

—Voy a vender mi grado de oficial. Tengo apuntada en mi lista la visita a un agente.

—Bien. —El duque contempló el extremo de su puro con gesto serio—. Cuanto antes te lleves a tu esposa al norte y reclames Langdale Hall, mejor. Las cosas no pintan bien allí, Jack. Ojalá me hubieras concedido más autoridad para ocuparme de la situación.

Pese a que un abogado se ocupaba de los asuntos rutinarios de la finca, Piers no había perdido de vista ni al abogado ni a la finca mientras su cuñado se encontraba en la península Ibérica.

—Soy yo quien tiene que resolver los problemas. ¿Tan mal van las cosas?

—Los ingresos se han reducido a la mitad, el ganado ha sufrido enfermedades y ha habido plagas en las cosechas, los arrendatarios se han ido sin ser sustituidos y los campos están en barbecho. He oído que los arrendatarios que permanecen todavía están desolados por culpa de una peste. —Frunció el ceño—. No entiendo por qué se ha llegado a este estado de cosas. Sir Alfred Scranton no es un hombre estúpido y su propia finca funciona bien. No hay pruebas de que esté saqueando la propiedad o que la esté descuidando a posta, aun así Langdale Hall no prospera.

—La propiedad está maldita desde que mi madre se casó con ese hombre.

El duque puso cara de disgusto.

—No puedes creer en esas cosas.

Ante aquel recordatorio de las opiniones tradicionales del otro hombre, Jack dijo:

—No hablo en sentido literal, me refiero a que nada ha ido bien desde que Scranton convenció a mi madre para que se casara con él.

—Nunca he acabado de entender del todo ese matrimonio —caviló en voz alta el duque.

—Pese a sus otras carencias, Scranton la adora —dijo Jack a regañadientes. Y su madre era una mujer que necesitaba ser adorada—. Ese hombre es una desgracia, pero no es un ladrón.

Dependía de Jack poner a Scranton de patitas en la calle, pese a que eso también significara echar de casa a su propia madre. Lo cual era el motivo de que hubiera evitado Yorkshire durante tantos años. En otro momento aquello le hubiera parecido una decisión imposible, pero ahora que se había casado con Abby y que habían desmontado el hechizo atroz de Stark, ya no encontraba la perspectiva insufrible. Tan sólo difícil. No deseaba discutir más de aquel tema, de modo que preguntó:

—¿Y qué tal te trata el mundo a ti, Piers?

El duque se encogió de hombros.

—No me quejo.

Lo cual era mentira, ahora que Jack observaba con más atención. Su cuñado tenía aspecto gris e infeliz. Aparentaba más edad. El gris estaba en su cara y en el débil resplandor de energía que le envolvía.

Desde que había derribado aquella puerta de hierro oculta en su mente, Jack había descubierto que podía ver auras pese a sus intentos conscientes de enterrar la magia. Esta capacidad era una molestia la mayor parte del tiempo, pero tenía que admitir que a veces venía muy bien.

Tampoco había encontrado a su hermana Celeste en su mejor momento, aunque al principio no lo había advertido por su entusiasta bienvenida. No hacía falta ser un genio para deducir que la pareja tenía problemas, pero no era un tema sobre el que pudiera preguntar. Piers era muy celoso de su intimidad y, para ser sinceros, él no sabría qué podía decir de los problemas matrimoniales de otra persona, y menos aún cuando no entendía ni su propio matrimonio.

El duque le pasó un fajo delgado de papeles.

—Aquí tienes un sumario de las cuentas de tu propiedad para que las revises antes de reunirte con tu abogado.

—Gracias. —Jack sabía por experiencia que el sumario de su cuñado sería conciso y profundo, abordando el meollo de los problemas—. Es una suerte que estés dispuesto a vigilar mis asuntos.

—Gestionar propiedades es mi único talento, por lo tanto disfruto ejerciéndolo —comentó con sequedad el otro hombre—. Pero ahora te toca a ti.

Jack inspeccionó el sumario de la finca e hizo un gesto al leer el total de ingresos. La mayor parte de esa cantidad se estaba reinvirtiendo en un intento de sanear la propiedad, aunque con escasos resultados por el momento. Suerte que él no era de los que llevaban un tren de vida elevado.

—Mis planes son pasar tan sólo unas semanas en la ciudad, lo suficiente para tomar posesión de mi escaño, vender el grado de oficial y presentar a Abby ante la elite aristocrática. Luego ya estaré listo para ocuparme de Langdon.

—Por supuesto estaremos encantados de que te quedes aquí todo el tiempo que desees.

—Te lo agradezco mucho. Hace tanto que no veo el interior de Frayne House que he olvidado su aspecto. Ahora que voy a venir con regularidad a la ciudad para acudir al Parlamento, tendré que instalarme cuando expire el contrato de alquiler. Probablemente hará falta renovar el mobiliario después de tantos años alquilada. Cuánto trabajo da ser una familia respetable y qué caro sale también. —Dejó a un lado las cuentas—. ¿Puedes refrescarme la memoria y recordarme cómo toma uno posesión de su escaño?

—Tendrás que encargar que te hagan la indumentaria oficial para la ceremonia. —El duque sonrió un poco—. Puedes dar las gracias de que aún hace frío; cuando no es así, todo ese terciopelo y armiño dan un calor endemoniado. Una vez que te hayan presentado ante la cámara dos lores de tu misma condición, haces el juramento de lealtad al Rey y al país.

—¿Tengo que pronunciar un discurso?

El duque negó con la cabeza.

—El discurso inaugural tendrá lugar más adelante, cuando tú consideres que estás listo. Lo habitual es pronunciar una alocución breve, poco polémica, para que todo el mundo pueda felicitarte por mala que sea. Es la única ocasión en que contarás con los cumplidos del resto de miembros por tu discurso.

Jack nunca había estudiado retórica, pero había dado unas cuantas peroratas como oficial del ejército. Sabía cómo proyectar su voz y exponer su punto de vista, de modo que estaría listo cuando llegara el momento. Para su sorpresa, se percataba de que tenía opiniones, y muchas, sobre la forma en que debería gobernarse el país. Ejercer los deberes de su posición prometía ser más divertido de lo que pensaba.

El duque apagó lo que quedaba del puro y se puso en pie.

—Siento despedirme tan precipitadamente, pero tengo que asistir a una reunión. Nos vemos más tarde.

Jack recogió el bastón y se levantó.

—Voy al tocador de Celeste para ver qué tal congenian las damas. No estoy seguro de si se habrán caído bien o se estarán tirando del pelo.

—Confío en que tu esposa esté preparada para los zarpazos de la ciudad —comentó Piers mientras salían del estudio—. A una chica de provincias, la alta sociedad puede resultarle inquietante.

Jack ascendió la amplia escalera que llevaba al piso superior preguntándose si su cuñado quería dar a entender que a Celeste le habían crecido garras. Era un experto subiendo escalones, sobre todo ahora que había una sólida barandilla a la que agarrarse. Con el bastón en la mano derecha y la barandilla en la izquierda, sí. Iba a ser un fenómeno con las muletas y bastones cuando ya no necesitara ninguna de las dos cosas.

Mientras llamaba a la puerta del tocador de Celeste, oyó unas carcajadas en el interior. Pensando que aquello sonaba prometedor, entró:

—Parece que os va muy bien.

—Desde luego que sí. —Sin molestarse en preguntar si Jack quería té, Celeste le sirvió una taza, añadió leche y le puso un plato de pastelitos a un lado.

—Gracias por casarte con Abby en vez de con esa espantosa tontina Devereaux con la que coqueteabas el año pasado.

—¿No te caía bien lady Cynthia? —preguntó sorprendido—. Pensaba que era el tipo de joven dama que tú aprobabas. Alta cuna, buenos modales y guapa.

—Es una zorra maliciosa. —Miró sonriendo a Abby—. Debería haber confiado más en tu elección.

La expresión de Abby se volvió satírica, pero no hizo ningún comentario.

—Creo que ha sido cuestión de suerte, no de elección. —Jack ocupó el asiento entre su esposa y su hermana, dejó el bastón y puso manos a la obra con el té y los pasteles—. ¿Quién ha ganado la batalla del baile?

—Celeste me ha convencido de que es necesario un baile. Por suerte, está dispuesta a ocuparse de todo el trabajo duro que eso implica. —Abby dirigió una rápida mirada a su nueva cuñada—. ¿Has decidido ya si quieres mencionar la cuestión que antes hemos discutido?

La repentina inquietud de Celeste se transformó en decisión:

—Jack, nunca me había atrevido a contártelo, pero hay un poco de bruja en mí. —Alzó las manos, y una esfera de luz se formó sobre la palma de su mano derecha. Luego vertió la luz sobre su mano izquierda con fluidez líquida.

—¡Santo cielo! —Miró fijamente a su hermana—. No sabía que pudieras hacer eso.

—En muchos casos el don de la magia viene de familia. —La voz de Abby sonaba neutral, pero Jack reconoció la fuerte insinuación en ella. Era obvio que pensaba que ya era hora de que hermano y hermana se sinceraran, y tenía razón.

—El poder viene de familia, Celeste. Tal vez eras demasiado joven para percatarte, pero me enviaron a Stonebridge porque daba muestras de tener poderes mágicos.

—De modo que fue eso —dijo pensativa su hermana—. Sabía que el objetivo de la academia era eliminar la magia, pero dado lo pequeña que era, no recordaba si habías hecho algo mágico o simplemente habías mostrado demasiado interés por el tema. En ocasiones pensé que me había inventado los recuerdos en los que tú practicabas magia sólo para sentirme mejor.

¿Su hermana necesitaba sentirse mejor? A Jack no le gustó enterarse de que bajo aquella apariencia alegre y feliz, Celeste ocultaba sufridamente su talento, incluso a él. Debería haber sido mejor hermano. Pensando que la alegraría saber cuánto tenían en común, estiró la mano e imaginó una bola de luz sobre su palma.

—Me pregunto si yo también soy capaz de hacerlo.

Las sienes le palpitaron por el esfuerzo, pero apareció un resplandor.

—¡Oh, bien hecho, Jack! —aplaudió Abby.

Jack cerró la mano alrededor de la luz para apagarla.

—La magia forma parte de mí, pero eso no significa que quiera usarla o que vaya a emplearla alguna vez.

—Cierto, pero es más saludable aceptar tus propias facultadas que decidir ignorarlas. —Abby desplazó la mirada de Jack a Celeste—. Los dos habéis sufrido por tener que ocultar vuestras habilidades.

—Jack más que yo —comentó Celeste—. Me atraparon una o dos veces practicando magia y, aunque me regañaron, nunca me pegaron como a él.

Abby entrecerró los ojos.

—¿Te pegaban?

—Recibía palizas regulares. —La voz de Jack sonaba lacónica. Algunos recuerdos era mejor dejarlos enterrados.

Y aun así... otro recuerdo enterrado largo tiempo salió a la superficie y, sin pensar, hizo un esfuerzo mental para levantar uno de los pastelitos rellenos de limón y enviarlo volando hacia su hermana.

—¡*En garde*!

El pastelito escapó de súbito a su control mental y cambió de dirección para regresar veloz por encima de la mesa hacia Jack. Se detuvo justo cerca de su nariz y se quedó ahí suspendido. Su hermana exclamó.

—¡Santo cielo, solíamos hacer eso en nuestro cuarto de juegos! Me había olvidado.

—Y yo también. —Jack miraba el pastel bizqueando, conmocionado por el hecho de que tanto él como Celeste fueran capaces de hacerlo volar—. ¿Cuánto hemos olvidado? ¿Y eran olvidos naturales o maleficios de los que fuimos víctimas? Abby, ¿sabrías decírmelo tú? —Cogió de golpe el pastel en el aire y se lo comió de un bocado. Notaba la necesidad de tomar algo dulce.

Abby parecía preocupada.

—La única manera de estar seguros sería entrar en vuestras mentes. Dada la fuerte aversión a la magia que sentía vuestro padre, es posible, incluso probable, que ordenara sortilegios para los dos. No es tan raro entre la gente de vuestra clase imponer un leve hechizo de anulación a los hijos que muestran signos de habilidad mágica. El hecho de que el hechizo no fuera lo bastante fuerte y continuaras experimentando con la magia, explicaría por qué pidieron al coronel Stark que realizara un sortilegio mucho más poderoso. Si a ti, Celeste, sólo te impusieron el hechizo leve, es probable que se desgastara tras unos años y que hayas podido reanudar la actividad.

—Mientras que yo me ganaba un sortilegio más fuerte de Stark por ser varón y el heredero. Vaya suerte. —Jack bajó la mano al darse cuenta de que se estaba frotando el hombro donde había tenido estampado el amuleto antimagia—. Celeste, ¿crees que te hechizaron? Yo sólo recuerdo que tirábamos cosas por el cuarto de juegos cuando éramos muy pequeños.

—Por lo visto lo dejamos y lo olvidamos. Eso encajaría con un leve hechizo de supresión. —Su hermana sonrió con malicia—. Hasta ahora, mis primeros recuerdos practicando con magia se remontaban a cuando tenía doce o trece años, pero antes de esa edad, ya me interesaba el tema. Solía cogerle libros prestados al señor Willard.

—¿Tú también? ¡Oh, Celeste, cuántas cosas nos hemos estado ocultando! —Jack se preguntaba si su vida habría sido más fácil de haberse dado cuenta de que podía hacerle confidencias a su hermana. Tal vez. Quizás entonces no habría enterrado tantas facetas de sí mismo.

—Creo que a los dos os trataron de un modo abominable —dijo Abby con rotundidad—. Me pregunto quién realizó los maleficios. Los magos con ética no hacen trabajos de este tipo sobre personas desprotegidas. Pero siempre hay magos dispuestos a hacer cualquier trabajo mientras les paguen bien.

—Hay varios brujos especializados en hacer sortilegios a niños de alta cuna —comentó Celeste turbada—. Lo he oído comentar a otras mujeres, así como la edad más conveniente para hechizar a sus niños, pero nunca se me había ocurrido que yo misma hubiera sido víctima de ellos.

Abby sacudió la cabeza.

—Doy gracias a Dios por haber nacido en la pequeña nobleza de provincias y no haber sido sometida a restricciones tan perversas. Dado que pertenezco a una familia de magos, cuento con todo el apoyo y formación que cabría desear. —Tres tartaletas salieron por los aires y quedaron suspendidas delante de cada uno de ellos.

—Te estás luciendo —dijo Jack con una mueca.

Ella se rió.

—Un poco. Pero están buenísimas. —Cogió la suya en el aire y se la comió. Jack y Celeste siguieron su ejemplo.

Abby se acabó el té.

—Es bien sabido que el don de la magia viene de familia. Los dos contáis con dones considerables. Se necesita verdadero poder para levantar objetos sin tocarlos. Sería raro, aunque no imposible, que ambos poseyerais aptitudes importantes sin que hubiera otros magos en la familia. Por lo tanto, ¿de dónde os viene el poder? ¿De vuestra madre o de vuestro padre? ¿De algún abuelo?

La mirada de Jack encontró la de su hermana, y vio la misma conmoción que él sentía. Durante todos aquellos años, ni una sola vez se había preguntado de dónde venía su execrable magia. ¿También era resultado de un maleficio su falta de curiosidad?

Habían tenido un mago en casa, lo cual había determinado de manera sutil la infancia de ambos.

—Nuestro padre. —Jack se humedeció los labios secos—. Tuvo que ser él.

—Eso es imposible —susurró Celeste con los ojos muy abiertos—. Papá detestaba la magia.

—Es imposible que fuera mamá. —Transparente, sociable y poco complicada, en su madre no había sombras ocultas.

Un poco sofocado, Jack se levantó del asiento y recorrió la habitación, deteniéndose en la ventana que daba a Grosvenor Square. De pronto, su mente se llenó de recuerdos del mismo cariz, aunque diferentes entre sí.

No debes emplear la magia. Es perverso. Destestable. Los azotes, el rostro adusto e implacable de su padre. Aunque Jack hubiera recibido peores palizas en Stonebridge, no le habían dolido tanto como las propinadas por su padre.

Un brazo le rodeó la cintura y se percató de que Abby había acudido a su lado. Ella era lo bastante prudente como para no decir nada. ¿Empleaba alguna magia para disolver su dolor rabioso o sólo le ofrecía esa magia puramente humana del cariño? Jack la rodeó por los hombros y la estrechó un poco más contra él.

—Mi padre fue quien ordenó el maleficio de Stonebridge —dijo con aspereza—. Él podría ser el responsable de los hechizos más suaves que nos impusieron a Celeste y a mí. Casi… le veo hechizándome. Es como un recuerdo que no puedo evocar del todo.

—Él se avergonzaba de su parte mágica —dijo Abby en voz baja—. No quería que sufrieras como había sufrido él, de modo que intentó eliminar hasta tu conocimiento de tu propio poder. Creo que no estaba bien lo que hizo, pero lo hizo porque te quería.

Abby tenía razón, comprendió Jack. Su padre había sido un hombre atormentado, sobre todo en lo relacionado con el tema de la magia.

—Me alegra que no fuera tan duro con Celeste. Creo que no podía soportar hacer daño a su angelito.

Una risa crispada sonó tras ellos.

—Había olvidado que me llamaba su angelito —dijo Celeste—. Cuánto he olvidado.

Abby le acercó el bastón a Jack.

—Y tú te has olvidado de esto al levantarte.

Cierto, y la pierna le dolía por el esfuerzo adicional. Imaginando que Abby le sugería que acudiera al lado de su hermana, cruzó la habitación. Celeste estaba sentada en la silla con su gracia habitual, con las manos juntas y la espalda recta. Sólo las lágrimas que surcaban su rostro dejaban entrever su confusión interior.

—El mundo ha cambiado, Celeste, así de simple —dijo con calma—. De todos modos, no es diferente de como era, excepto en nuestras mentes.

—Es una excepción muy amplia. —Celeste se levantó y le rodeó con los brazos para darle un abrazo de infelicidad—. ¡Y pensar que papá era un mago! No le conocía lo más mínimo.

—Ni yo tampoco. —Se sentía más cerca que nunca de su hermana desde que eran niños y compartían el cuarto de juegos. Alzó la mirada y vio a Abby de pie en silencio junto a la ventana, concediéndole tiempo para estar junto a su hermana.

Le tendió un brazo y la invitó a unirse a ellos en el abrazo. Sin ella, no habría ningún nuevo entendimiento. Y por dolorosa que fuera la experiencia del descubrimiento, se alegraba de saber que por fin su pasado tenía sentido.

Capítulo *19*

Después de que Jack se marchara, a punto de reventar de pastelitos, Abby le preguntó a la duquesa:

—¿Cuándo desearías que te examinara? ¿Tal vez mañana por la mañana?

—¿Y ahora? —Celeste se rió con malicia—. Después de diez años, sé que un día más o menos no importa, pero me gustaría saber qué piensas.

Abby reconoció en ella el anhelo de que llegara a producirse un milagro. Por suerte, el desgaste de su poder curativo, aún por debajo de lo normal a causa de la energía que le proporcionaba a Jack, no debería afectar a su capacidad de análisis.

—Haré un examen preliminar. Eso me facilitará información con la que podré escribir a mi amiga, la señora Wayne, que tiene gran experiencia en problemas de salud de la mujer.

—Si necesitaras ayuda, ¿aceptaría ella venir a Londres?

Abby negó con la cabeza.

—No si tiene pacientes que requieran cuidados especiales, como es habitual. No dejaría sin atender a una mujer cuya vida esté en peligro, ni siquiera por una duquesa.

Celeste entrecerró los ojos con aire pensativo.

—Entonces quizá pueda ir yo a visitarla, si lo consideras útil. Pero primero debes realizar tu examen.

—Tiéndete en el sofá y relájate.

Celeste se fue hasta el pequeño y elegante sofá de estilo francés y se estiró con la cabeza apoyada en un cojín de brocado. Parecía más una colegiala que una duquesa, aunque tendría la edad de Abby o tal vez algún año más.

Abby detuvo su mente y evocó la sensibilidad especial necesaria para examinar y diagnosticar. Una vez preparada, estudió el aura de Celeste. El color básico era rosa. Esperaba que los matices presentaran la intensidad propia de una personalidad tierna, cariñosa y compasiva, pero ahora estaban marcados por tonos turbios y reflejos de un azul oscuro y desgastado. Buscó indicios de mala salud. Si bien su aura era pesada, en conjunto la duquesa estaba sana.

—Tu codo derecho parece irritado —comentó—. ¿Necesitas algún tratamiento?

—No, sólo es una magulladura por un golpe que me he dado sin querer contra el escritorio —explicó Celeste—. Pero estoy impresionada de que lo hayas sabido sin tan siquiera tocarme.

—Había un resplandor rojo en torno al codo —le explicó Abby—. Relájate y veamos que más puedo detectar.

La duquesa cerró los ojos obedientemente e hizo todo lo posible para estarse quieta aunque tenía el cuerpo tenso. Con la esperanza de encontrar algún problema que pudiera solventarse, pero consciente de que otros curanderos lo habían intentado sin lograr nada, Abby pasó las manos despacio a varios centímetros del cuerpo de la mujer.

Aparte de tus nervios, tienes buena salud —le dijo—. Te gusta montar a caballo y dar buenas caminatas, me parece.

—Tienes razón otra vez. —Celeste abrió los ojos de repente—. ¿Puede afectar eso a mi capacidad para concebir?

—En absoluto. A las mujeres activas y sanas les resulta más fácil tener niños. —Abby se concentró más en el flujo de energía que rodeaba los órganos femeninos, pero ni veía ni sentía nada que fuera mal—. No percibo ningún problema obvio. Ahora que te he examinado, escribiré a Judith Wayne. Tal vez ella tenga alguna sugerencia.

El rostro de la duquesa era una máscara de decepción cuando volvió a sentarse.

—Era esperar demasiado que al instante fueras a dar con la solución. Tal vez fuera preferible pedir un encantamiento amoroso para devolver a mi marido a mi cama.

—Creo que tu belleza y amor son más potentes que cualquier encantamiento —dijo Abby con dulzura.

Celeste tomó aliento con lágrimas brillando en sus ojos.

—Confío en que tengas razón. Qué extraño, ¿verdad? La mayoría de mujeres pensarán que disfruto de una vida inmejorable en Londres, con salud, riqueza y un esposo maravilloso. Yo misma solía pensarlo, y doy gracias por todo eso, pero ahora se ha torcido.

Abby se sentó en la silla junto al sofá y sacó un pañuelo limpio para ofrecérselo a la duquesa.

—No puedo hacer promesas sobre un embarazo, pero sin duda tu matrimonio puede recuperarse. Tu marido y tú os amáis. Sólo necesitas encontrar la manera de resolver este malentendido temporal.

Celeste empleó el pañuelo para secarse los ojos y sonarse la nariz; estaba encantadora incluso en medio de una llorera.

—Pero ¿cómo? Cualquier idea será bienvenida.

Abby pensó en lo que sabía de la situación.

—Me has dicho que Alderton cree que tú ya no le quieres. ¿Tiene algún otro motivo para pensar eso, aparte de tu sugerencia de que se buscara una amante?

—¡Por supuesto que no! —Celeste parecía escandalizada—. Es habitual ver hombres revoloteando a mi alrededor en los actos sociales, pero yo me limito a ser cortés, nada más. Sin duda, jamás he incitado a nadie. Piers es el único hombre al que amo. —Empezaron a temblarle los labios y los apretó con fuerza.

Guiada por el instinto, Abby dijo:

—Eres una mujer de hermosura extraordinaria, en tanto que tu marido apenas supera la media de belleza. ¿Sería posible que te creyera capaz de amarle por algo más que su título y riqueza?

—¡Piers es el hombre más atractivo que conozco! —Celeste se mostró indignada por un breve instante. Luego su expresión se tornó más reflexiva—. Pero pienso así porque le amo. ¿Crees que da por supuesto que yo no siento aprecio por él sólo por el hecho de que la gente admira mi aspecto?

—Es posible. —Abby sabía por experiencia que un aspecto vulgar y corriente no ayudaba a que alguien confiara en su atractivo personal. En medio de la noche, ¿se preguntaba Alderton si su querida esposa se había casado con él sólo por su posición y si le había estado mintiendo desde entonces? Era un pensamiento triste—. Cuando amamos nos volvemos de lo más vulnerables y nos asaltan los pensamientos más sombríos. Les pasa incluso a los duques.

Celeste frunció el ceño dando vueltas sin descanso a la alianza que rodeaba su dedo.

—Eres una sanadora de mentes y también de cuerpos, Abby. Pensaré en la mejor manera de que mi marido se convenza de mis sentimientos. Muchas gracias.

Abby no dudaba de que Celeste sería capaz de cautivar a su esposo para que regresara a sus brazos. La cuestión de la descendencia era un asunto por completo distinto.

Esa noche, Jack estaba demasiado inquieto como para quedarse esperando a que Abby viniera a su habitación, de modo que cogió el bastón y tomó la iniciativa entrando en el dormitorio de ella.

—Mi cama es tan grande que me sentía solo —explicó, admirando el modo en que la pequeña vela de la mesilla esculpía la forma tierna y femenina de su esposa.

Ella dejó de trenzarse el pelo y apartó las mantas sonriente.

—Aquí hay sitio de sobras.

Jack dejó el bastón contra la mesilla y se metió en el lecho. Un momento después, Abby, con su trenza encintada balanceándose, hizo lo mismo por el otro lado. Él se dio media vuelta sobre el colchón y la atrajo a sus brazos.

—¿Está resultando Londres tan temible como creías?

Ella se relajó contra él con un suspiro suave y contenido.

—Por el momento, va bien. Celeste parecía demasiado bella y perfecta hasta que me percaté de que se parece mucho a ti.

Jack soltó una carcajada.

—¿Y yo no soy bello ni perfecto?

—¡No quería decir eso!

—Lo sé. —Con un dedo bajo su barbilla, le inclinó el rostro hacia arriba y le dio un beso. Dios, qué bien sabía. La atrajo hacia sí para que sus curvas exuberantes se comprimieran contra él. Notó encantado cierta agitación en su parte del cuerpo que no funcionaba como correspondía desde el accidente. ¿Podría ser ésta su noche?

No, todavía no. No estaba listo. Sería del todo humillante para él y engorroso para Abby que no fuera capaz de concluir lo que quería empezar. Mejor esperar a estar seguro. Por ahora, sería suficiente con acariciar su cuerpo cálido y sensual y proporcionarle la culminación del placer a ella.

Con una risa entrecortada, Abby puso fin al beso y apoyó la cabeza en su hombro.

—Tenemos mucho de que hablar esta noche, en especial de tu familia. ¿Sabías que Celeste y su marido tienen problemas serios?

—Imaginaba que algo iba mal. —Abby y él habían tomado la costumbre de comentar cómo había ido el día cuando se reunían en la cama. Él disfrutaba de las charlas, que le ayudaban a relajarse y a aclarar sus pensamientos, así como a profundizar en la relación con su mujer. Pero también era cierto que si el tema era delicado, no había sitio donde esconderse.

—Imagino que no le has preguntado nada a Alderton, ya que los hombres no hablan de esas cosas —dijo con pragmatismo—. Celeste ha sido más directa. Aunque existen también algunas cuestiones superficiales, el problema subyacente es que no se queda embarazada. El motivo de que nos hayamos hecho amigas tan rápido es que me ha preguntado si podría tratar su esterilidad.

—¿Puedes curar eso? —preguntó, incapaz de disimular la esperanza en su voz. Aunque su hermana y él nunca había comentado el tema, sabía que la falta de descendencia le hacía sufrir. Ella había sido su corresponsal más leal mientras estaba en el ejército. Al principio, su hermana hablaba con ilusión sobre el momento en que ella y Piers tendrían que montar el cuarto infantil y especulaba sobre si su primer retoño sería niño o niña. El optimismo se fue desvaneciendo de forma gradual, para acabar sustituido por un silencio angustiado.

—Puedo intentarlo, pero no sé si lograré algo. Si yo no lo consigo, tal vez Judith pueda ayudar. Es especialmente buena en el tratamiento de este tipo de problemas. —Abby suspiró—. A veces la sanación hace milagros, pero con demasiada frecuencia no sucede nada. Ojalá pudiera hacer más.

—Si pudieras curar todas las dolencias con las que se presenta la gente, estarías muerta de cansancio al cabo de una semana. —Le acarició el torso, pensando que las costillas le sobresalían más que antes, y eso no era una mejora—. Ya haces demasiado. Si tuvieras más poder, lo quemarías más rápido, así de sencillo.

—Tienes razón. Es el peligro al que siempre nos enfrentamos los curanderos. Debemos ser humanitarios, y no obstante aceptar nuestras limitaciones. Algo que no se me da muy bien. —Su voz sonaba triste pero resignada.

—Siempre hay otra persona desesperada que ruega que cures su esterilidad o un cuello roto o una enfermedad pulmonar. Yo no soy mejor que los demás. Quiero protegerte, pero también te agradezco profundamente que salvaras mi despreciable pellejo, y no puedo evitar confiar en que consigas ayudar a Celeste.

—Lo cual es el motivo de que los sanadores normalmente prefiramos que nuestro trabajo pase desapercibido. Ni siquiera los mejores curanderos son capaces de llegar a todo. —Tras un silencio, Abby preguntó—: ¿Cómo murió tu padre?

—Un accidente a caballo. —Jack torció el gesto—. Intentó saltar un muro de piedra demasiado alto y fue arrojado del caballo cuando éste no pudo salvarlo. Se rompió el cráneo. Los accidentes a caballo son cosa de familia.

Abby contuvo la respiración.

—¿Estás seguro de que fue un accidente?

Maldita mujer. Debería haber imaginado que haría la pregunta para la que no tenía respuesta.

—No sé. A veces me he preguntado si era temerario a posta, forzándose hasta el límite hasta perder el control. —Jack nunca había sido consciente de forma tan cruda de las similitudes entre su padre y él mismo—. Tenía algo melancólico. Si sufría por motivo de uno de sus sortilegios de magia negra, es posible que aquel día buscara el olvido. No sé, y no quiero saber.

—Tal vez le resultara imposible vivir reprimiendo su verdadera naturaleza —dijo Abby bajito—. Que su alma descanse en paz.

De repente se apoderó de Jack la más extraña de las sensaciones, como si una mano fantasmal —o angelical— descansara brevemente sobre su pecho, no, mejor dicho sobre su corazón. La energía le atravesó del todo y le resultó dolorosamente familiar.

—Qué extraño —susurró—. Noto que está aquí y que se halla de veras en paz, por fin. —¿Sería porque los hijos estaban aprendiendo a aceptarse a sí mismos? Si así fuera, todo se lo debían a Abby. Le dio un beso en la frente.

—Nunca me has hablado de tu madre. O de tu padre.

—Justo ahora que estaba pensando en qué mujer tan maravillosa eres, me haces otra pregunta imposible —dijo, medio divertido y medio irritado.

Abby apoyó la mano en el pecho de Jack, justo donde la mano angelical le había tocado.

—Iremos pronto a Yorkshire. Es mejor saber de antemano qué puedo esperar.

Tenía razón, como era habitual. Nunca había enviado a sus hombres a enfrentarse a un potencial peligro sin prepararles antes todo lo posible.

Una vez que aclaró sus pensamientos, le sorprendió comprobar que le resultaba más fácil de lo que pensaba hablar de su familia.

—Mi madre, Helen, es como una resplandeciente mariposa dorada. Hermosa y siempre dispuesta a bailar bajo el sol. Los hombres se han ido enamorando de ella desde que estaba en la cuna. Tiene un talante feliz; nunca he conocido a nadie que no esté encantado con ella.

Sus pensamientos se remontaron a su infancia. Su madre mostraba una despreocupación que de niño le había frustrado, pero ella quería a sus hijos a su manera indiferente.

—Era hija de un clérigo de Yorkshire: buena educación, aunque sin dote. Pero gracias a su encanto y belleza, tenía muchos pretendientes entre los que elegir. Escogió a mi padre.

—Me gustaría hacer esta pregunta sin ser descortés, ¿le amaba o crees que estaba más enamorada de la idea de ser lady Frayne?

—Yo también me hago esa misma pregunta —admitió—. Creo que había un poco de ambas cosas. Ella y mi padre parecían hacer buena pareja. Mi madre era capaz de hacerle sonreír incluso en sus momentos de mayor abatimiento. Ella fue quien le tranquilizó cuando yo adquirí mi grado de oficial en contra de sus deseos. No quería que su heredero muriera de fiebre o bajo el fuego enemigo en una tierra extranjera. Lo cual era sensato, por supuesto, pero yo estaba decidido.

—¿Por qué te uniste al ejército? —le preguntó Abby con curiosidad—. Es raro en el hijo único de un noble. ¿Eras un fanático de la vida militar?

—Un poco, pero sobre todo quería irritar a mi padre —dijo con ironía—. Mi madre tuvo que esforzarse mucho para convencerle de que aceptara lo que yo había hecho. Una vez que dominó su genio, empezó a escribirme cartas. No mucho después, murió. Me alegró que nos hubiéramos reconciliado. —Nunca había esperado que su padre muriera en la flor de la vida y había sido una lección amarga ver lo imprevisible que ésta era a veces.

—Suena como un hombre que no era fácil, pero que hacía todo lo posible por cumplir con sus responsabilidades, tal y como él las veía. Ojalá hubiera sido capaz de aceptar su propio poder. —Abby deslizó el pie bajo la pierna de Jack. Tenía los dedos fríos—. Deduzco que la relación no es tan buena con tu padrastro.

—Prefiero pensar en él como el marido de mi madre —dijo Jack, incapaz de controlar el tonillo en su voz—. Nunca ha hecho de padre conmigo, ni querría que lo hiciera.

—Cuéntame algo de él. Lo bueno y lo malo. Sin duda hay algo bueno.

Jack pensó en hacer un esfuerzo por ser parcial.

—No conozco bien a sir Alfred Scranton porque no heredó la finca colindante hasta después de que yo me hubiera marchado de Langdale. Pero es un propietario respetado en Yorkshire, y adora a mi madre, más incluso que mi padre.

—¿Cuándo se casaron él y tu madre?

—Un año después de la muerte de mi padre. Mi madre se quitó el luto y cogió un ramo de novia. —Había supuesto de algún modo vago que volvería a casarse, pero no que sucediera tan pronto.

—¿Te desagradó desde el principio?

—No, me alegró que mi madre tuviera alguien que se ocupara de ella. No le gusta estar sola. Parecía una buena boda, ya que Scranton es un hombre rico e influyente. Pero ha resultado ser la peste. Literalmente. Langdale Hall se ha deteriorado sin cesar desde que él se instaló.

—¿No viven en la propiedad de él? —le preguntó Abby, sorprendida.

—Mi madre no quería dejar la mansión, por lo tanto él se instaló en Langdale Hall. No puse ninguna pega. Como yo estaba en el ejército y Celeste ya se había casado, ninguno de los dos estábamos en Yorkshire. Es mejor que una casa esté habitada, y desde luego no quería que mi madre se sintiera mal recibida en el hogar del que había sido señora durante veinticinco años.

—¿Les visitaste en Yorkshire en tu siguiente permiso?

—Sí. Casi nada más cruzar la puerta, mi madre me dijo que debería alquilar Frayne House, pues ellos ya no iban a venir más a Londres. Lo cual era extraño, pues a mi madre siempre le había encantado venir a la capital.

La visita fue de lo más extraña, y apenas consiguió disimular el frenético deseo de marcharse y volver a la lucha. Mejor las balas que estar cerca de su padrastro. Y de todos modos no veía ningún motivo que provocara esa reacción tan fuerte. Tomó medidas con el administrador de confianza de su padre para que gestionara la propiedad y salió huyendo como el mayor cobarde.

Me encontré con que había perdido el interés por volver a visitar Langdale Hall, por lo tanto, no les he visto a ninguno de los dos desde entonces. Mi madre y yo nos escribimos, por supuesto.

—Por supuesto —murmuró Abby—. En otras palabras, este matrimonio te desagrada tanto como para permitir que tu padrastro te saque de tu propia casa. Si él es tan espantoso, ¿no te inquieta que esté tratando mal a tu madre?

—En sus cartas no revela que alguna vez haya sido cruel con ella. De hecho, parece muy feliz. —Demasiado feliz, había pensado en alguna ocasión. Era como una niña en el cuarto de juegos, que no ha visto nada oscuro. Su actual ensimismamiento risueño no era tan diferente de su forma de ser de siempre. ¿O sí?

—¿Qué piensa tu hermana de ese matrimonio?

—Celeste odia a Scranton casi tanto como yo, pero por consideración a nuestra madre, ha visitado Langdale. No ha detectado nada como para preocuparse por su bienestar. Dice que Scranton la protege en exceso y que sospecha que quiere acaparar a nuestra madre, lo cual es el motivo de que no viajen a Londres. Ni siquiera se relacionan con los vecinos, pero mi madre parece contenta con esta vida tranquila. Celeste ni siquiera ha conseguido que vaya a visitar Alderton Abbey, la residencia de la familia de Piers, que se encuentra a tan sólo un día de trayecto.

—Entonces, ¿por qué odias tanto a Scranton?

Un gesto más duro marcó la boca de Jack mientras decidía si contarle sus verdaderas impresiones.

—Ese hombre no es trigo limpio. Desde que se instaló en Langdale Hall, la tierra y la gente han sufrido las consecuencias. No obstante, no ha hecho nada en concreto que yo pueda señalar con el dedo para demostrar su responsabilidad.

Medio esperaba que Abby dijera con dulzura que aquello era irracional, que probablemente tenía celos de la atención que su madre le dispensaba a otra persona, pero en vez de eso, le dijo con semblante serio:

—Si tu instinto dice que Scranton es un mal hombre, lo más probable es que tengas razón. Tu naturaleza es demasiado bondadosa como para sospechar de alguien cuando no hay motivos.

—Eres demasiado buena, Abby —respondió con aspereza—. La cruda realidad es que me he mantenido lejos de Langdale porque me aterroriza acabar asesinando a Scranton si les hago una visita. Entonces me ahorcarían, lo cual sería terrible para todo el mundo. —A veces soñaba con matar a Scranton con sus propias manos. Muy despacio—. De modo que me he mantenido apartado, y he permitido que sean nuestros arrendatarios los que padezcan la maldad de ese hombre. Soy un cobarde que ha evitado sus responsabilidades, no me merezco ser el señor de Langdale.

Ya estaba dicho. Ahora su esposa conocía lo peor de él. Medio esperaba que se apartara de su lado, pero, en vez e eso, Abby se acercó un poco más e inundó de calor el interior de su cuerpo.

—No eres un cobarde, Jack. Algo va mal en lo más profundo de Langdale Hall, y tú lo has percibido pese a estar hechizado por el coronel Stark.

No se había percatado de la intensidad con que anhelaba que ella le comprendiera hasta que el alivio se precipitó por él como un río purificador.

—Entonces no me estoy volviendo loco. A veces tengo mis dudas.

—Teniendo en cuenta cómo han empleado la magia para distorsionar tu mente, ¡lo extraño es que estés tan cuerdo! —Abby negó con la cabeza y el movimiento sacudió el hombro de Jack—. Hay indicios de magia maliciosa en toda esta situación. Si te hubieran dejado en paz, habrías desarrollado tu magia natural y unas defensas fuertes. Pero te has visto sometido a sortilegios represores, que distorsionaron tus capacidades. Sospecho que han utilizado otro maleficio para disminuir tus deseos de regresar a Yorkshire.

Jack se frotó el hombro izquierdo, donde había llevado la marca de la serpiente durante tanto tiempo.

—¿No tendría que haberme protegido el amuleto antimagia de más sortilegios?

—No necesariamente. Tu amuleto servía para protegerte de la magia común. Ningún ladrón trataría de usar un maleficio para confundirte y sorprenderte, ni nadie lograría engañarte jugando a las cartas. Pero un mago fuerte de verdad podría sortear el amuleto sin que tú te enteraras ni dieras permiso.

—Tú eres lo bastante fuerte, pero no lo hiciste. —De eso sí que estaba seguro.

—Sería una infracción ética imperdonable y un abuso de confianza. —Suspiró y su aliento rozó con suavidad la garganta de Jack por encima de la camisa de dormir—. Poca gente tiene que preocuparse de que le conviertan en diana de prácticas serias de brujería, pero tú eres rico y poderoso, por eso han querido controlarte. Si Scranton es tan posesivo con tu madre, es bastante probable que desee mantenerte apartado. Por lo que cuentas de él, no vacilaría en contratar los servicios de un mago siniestro para implantar un sortilegio de repulsión en tu mente que te mantuviera lejos.

Jack soltó una sarta de maldiciones espeluznantes. Cuando consiguió dominar su genio, dijo:

—Tu teoría explica bastante las cosas. Desde mi última visita a Langdale Hall, no he dejado de preguntarme qué diantres me pasaba para que no consiguiera regresar a mi casa. Y me he detestado a mí mismo por tanta cobardía.

—Si Scranton te ha hecho esto, merece que le peguen un tiro, algo que yo misma haré —replicó Abby con vehemencia—. Tu mente necesita una limpieza profunda. Demasiada gente ha empleado la magia para imponerte su voluntad, y has sido incapaz de defenderte al tener anulado tu poder. No recuperarás el control total de tu vida y poder hasta eliminar todos los sortilegios.

Jack pensó en lo que ella acababa de decirle y sólo vio un camino. Aunque le desagradaba la idea de emplear su don para la magia, todavía detestaba más la idea de ser víctima del poder de otra persona.

—¿Puedes entrar en mi mente y eliminar los restos de los sortilegios que me han impuesto?

—Sí, si confías en mí. —Le acarició la frente con ternura—. Cuando estés listo.

Abby calmó con los dedos la palpitación en su cabeza.

—Esta noche no. Ya he tenido todas las revelaciones que puedo soportar en un día. Pero pronto. Muy pronto.

Capítulo *20*

Abby se despertó con un beso de Jack en la frente.

—Siento despertarte tan temprano, pero hay mucho que hacer hoy —murmuró—. Lo más probable es que no regrese antes de la cena.

Adormecida, ella miró pestañeando el reloj.

—¿De verdad quieres levantarte a estas horas en una mañana de invierno? ¿No podías dormir?

—He dormido como un bendito, algo que no me merezco. —Volvió a besarla, esta vez en la garganta y más detenidamente—. Pero siempre me despierto a la hora que decido levantarme la noche anterior.

Ella se estremeció de placer bajo la presión de sus cálidos labios.

—Eso es una pericia muy práctica. Incluso mágica, diría yo.

Él se quedó perplejo.

—Nunca lo he visto de esa manera.

—Muchas habilidades mágicas son poco importantes. —Le acarició la barbilla, tan deliciosa antes de afeitarse, y deseó que se quedara más rato. Pero mejor no intentaba convencerle para fracasar en su propósito—. No te esfuerces demasiado.

—No lo haré. —Le pasó el dorso de la mano por la mejilla y luego se marchó.

Le vio regresar a su habitación, consciente con cierto remordimiento de que siempre parecía haber un motivo para seguir proporcionándole energía. Tal vez debiera cortar eso ya. No obstante, detestaba la idea de que desfalleciera de agotamiento en algún lugar en medio de Londres. Aun así, detendría aquello muy pronto. Con un bostezo, se dio media vuelta y volvió a dormirse.

Se despertó otra vez dos horas más tarde, un horario mucho más civilizado, cuando Lettie entró en silencio para encender el fuego. Pocos minutos más tarde, la doncella trajo una bandeja con chocolate caliente y un bollo recién hecho. Mientras daba sorbos al chocolate, se percató de que en su casa también se podría haber despertado con esos lujos, aunque siempre estaba demasiado ocupada como para quedarse echada en la cama. Iba a ser interesante disfrutar de un poco de tiempo libre aquí en Londres.

El rato de ocio duró hasta que se vistió y bajó a desayunar. La duquesa estaba acabando su propio almuerzo.

—Oh, bien, estás despierta. Mi modista y mi corsetera llegarán en unos minutos. He pensado que mi salón privado será un buen sitio para trabajar.

Abby se sirvió una taza rápida de té.

—¿Tan pronto?

—No hay tiempo que perder. Vas a necesitar vestidos para los bailes, saltos de cama, un nuevo traje para montar, capas, sombreros, calzado... el ropero de una dama de Londres.

—¿Tantas cosas? —preguntó Abby, un poco desbordada.

—Debes vestirte de acuerdo con tu clase social. No va a ser tan horrible como imaginas. —Celeste sonrió burlona—. Aunque tal vez sea más preciso decir que puede que detestes tantas pruebas y toqueteo, pero yo voy a pasarlo en grande intimidándote a ti y a las costureras.

Abby tuvo que reírse mientras se sentaba para tomar sus huevos con una tostada.

—Al menos eres sincera. Tendré que seguir tu consejo, puesto que no tengo la más remota idea de lo que voy a necesitar. ¡Confío en que no te diviertas engalanándome como a una vaca para una romería!

—No le haría eso a la esposa de Jack aunque me cayera mal —la tranquilizó—. Ni lo permitiría la modista. Tiene su orgullo.

Después del desayuno, Abby se fue para el salón privado de la duquesa y lo encontró hecho un hervidero de actividad. La modista y la corsetera habían llegado con media docena de ayudantes y montañas de tejidos, plumas, adornos y figurines. Celeste dijo:

—Lady Frayne, permítame que le presente a madame Ravelle, la mejor modista de Londres, y a madame Renault, la mejor corsetera.

Abby se quedó mirando a las dos mujeres sin poder dejar de pestañear. Ambas damas eran altas, de pelo cano y aspecto enormemente señorial. No es que fueran similares, es que prácticamente eran idénticas.

—¿Son hermanas?

—Gemelas —respondió la modista. Iba vestida de azul—. Nuestras pericias se realzan entre sí, de modo que trabajamos juntas.

Madame Renault, quien vestía de gris, añadió:

—Sin una corsetería conveniente, ni el mejor de los vestidos luciría en todo su esplendor. —Le brillaron los ojos mientras estudiaba a Abby—. Y usted, milady, tiene una necesidad extrema de mis destrezas.

Al parecer, se le permitían estas groserías a las artesanas de talento. Por fortuna, Abby no tenía excesiva vanidad, pues las hermanas y la duquesa empezaron a comentar su aspecto con una franqueza pavorosa. Acto seguido la desnudaron hasta dejarla en ropa interior, le tomaron las medidas con una minuciosidad asombrosa, la envolvieron en bandas de tejido y la analizaron como si no estuviera allí presente.

Mientras madame Ravelle se volvía para consultar una copia de *La Belle Assemblée*, Abby le preguntó a su cuñada.

—¿Se me permite opinar sobre lo que voy a ponerme?

—Un poco —respondió alegre Celeste—. Pero te ofrecerán sólo buenas opciones, de modo que, vistas lo que vistas, el resultado será fascinante.

—Desde luego que milady tiene una magnífica figura —comentó madame Renault—. Con su altura y forma natural, es un pecado la manera en que se ha ocultado con prendas vulgares y corsés de calidad inferior.

—Si lo de magnífica quiere decir voluminosa, tiene razón —dijo Abby con aspereza—. Ni siquiera con trece años tenía la elegancia de figura que posee la duquesa.

Madame Ravelle negó con la cabeza:

—Hay más de un tipo de belleza, lady Frayne. Su Excelencia es la personificación de la elegancia etérea. Los hombres y las mujeres se quedan boquiabiertos al verla. Es como la reina de las hadas, haciendo una breve visita a la tierra para dejar entrever a los simples mortales la belleza eterna.

Celeste se rió:

—Su adulación es rimbombante hasta lo ridículo, madame Ravelle.

—Rimbombante tal vez, pero en esencia es exacta —comentó Abby.

Madame Renault se volvió a ella.

—Su belleza es de una clase más primitiva, más sensual, milady Frayne. Cuando entre en un salón de baile, las mujeres verán a una mujer bien vestida y continuarán con lo que estaban haciendo. Los hombres se quedarán mirando fijamente, anhelantes, y considerarán la posibilidad de desafiar a su señor marido en duelo para conseguir sus favores.

Abby se quedó boquiabierta.

—Confío en que sus destrezas con la costura estén a la altura de sus halagos. No soy la clase de mujer que provoca celos ni pensamientos lascivos. Ni creo que me gustaría serlo.

—Espera y verás —dijo Celeste—. No creo que te desagraden los resultados. —Levantó un rollo de tela azul y soltó varios metros que luego colgó por encima de Abby—. Mírate al espejo. ¿Qué te parece este tejido para el vestido de fiesta?

Abby se volvió para mirarse en el espejo de pie y soltó un jadeo. La seda resplandeció con millares de azules que resaltaban sus ojos. ¡Y qué tacto! Levantó un pliegue para frotarse la mejilla. Era el tejido más sensual y suntuoso que jamás había tocado.

—Es maravilloso. Cualquier mujer se sentiría hermosa con esto puesto.

—Lo cual es parte de la magia de la buena ropa, Abby —dijo Celeste hablando muy en serio—. Si una se siente hermosa, una es hermosa. De niña, yo era un chicazo camorrista que siempre llevaba ramas en el pelo y manchas de hierba en las faldas. Es posible que me consideraran una niña mona, pero no me volví hermosa hasta que puse empeño en ello. —Su mirada se tornó distante—. Eso fue cuando mi madre decidió que ya era hora de ocuparse de mí. Fue ella la que me enseñó que la belleza comienza en la mente. —Se volvió a las hermanas—. Creo que ha sido un buen comienzo, *mesdames*. Esperaré con ansia el resultado de su creación.

Las costureras y sus ayudantes recogieron a toda prisa los tejidos, alfileres, cintas métricas y demás parafernalia y se retiraron. Una asistente ayudó a Abby a ponerse otra vez su vieja bata. Nunca le había parecido tan vulgar.

Cuando por fin se quedó a solas con Celeste, se desplomó sobre el sofá.

—Estoy agotada, ¡y lo único que he hecho ha sido permanecer quieta mientras me trataban como un maniquí!

—Por supuesto que tienes que estar cansada... han pasado más de cuatro horas. Te sentirás mejor después de que almorcemos algo ligero. —Celeste tiró de la cuerda de la campanilla para que viniera un criado—. Entretanto, piensa en tu nuevo vestuario como una coraza contra las garras de la sociedad.

—Sólo espero no llevar a Jack a la bancarrota —musitó Abby.

—Nada de eso, no del todo. Créeme, pensará que merece la pena cada penique gastado.

Abby se permitió una breve fantasía con Jack mirándola con ojos deslumbrantes y anhelantes. No creía que fuera a suceder de verdad. Pero era una fantasía maravillosa.

Oscurecía la tarde y empezaba a anochecer cuando Jack regresó a Alderton House. Después de sacudirse la lluvia, subió a su habitación y llamó a Morris para que le ayudara a quitarse las botas. Luego se fue en busca de su esposa.

Encontró a Abby echando un sueñecito bajo una manta suave y ligera. Dejó a un lado el bastón, se quitó la casaca y los zapatos y luego se deslizó bajo la manta a su lado.

Estaba tendida de costado, de modo que dobló el cuerpo para amoldarse al de ella, de espaldas contra él. Abby murmuró somnolienta:

—Estás frío.

Una mujer sensata se apartaría de su gélido cuerpo, pero alargó la mano en busca de su brazo izquierdo para rodearse con él la cintura. Músculo a músculo, Jack comenzó a relajarse.

—Había olvidado lo agotador que resulta Londres.

—Ahora que tu magia se ha liberado, te resultará aún más agotador. Estar rodeado de tanta gente te vacía de poder igual que un agujero en un barril lo vacía de cerveza.

—¿Siempre me agotará tanto estar en la ciudad? —preguntó lleno de alarma.

—Al cabo de unos días, uno se adapta. —Bostezó—. Siempre necesito echar la siesta los dos primeros días en la ciudad. Por suerte, Celeste no quiere que se me vea en sociedad hasta el baile.

Jack se apoyó en un codo y estudió el rostro de Abby, advirtiendo sus oscuras ojeras. Parecía agotada del todo.

—Dado que mi hermana y Alderton tienen varios actos a los que asistir esta noche, Celeste sugirió que cenáramos aquí en nuestras habitaciones.

—¡Qué idea tan fantástica! —Ella abrió los ojos—. Tu hermana me cae bien de verdad, Jack.

—Y a mí también. —Había sido el miembro de su familia más constante, en quien más se podía confiar. La única que siempre se alegraba de verle—. Confío en que tú o Judith podáis hacer algo por ella.

—Esta tarde le he escrito a Judith. Su respuesta debería llegar de aquí a una semana. —Abby cambió de posición, y su espalda de deliciosa redondez se apretó contra él—. ¿Qué has hecho hoy para levantarte de la cama tan temprano? Estaba tan dormida que se me olvidó preguntártelo.

—Empecé por el agente del regimiento para formalizar el anuncio de venta de mi grado de oficial. Luego visité al sastre que se especializa en confeccionar las togas oficiales de ceremonia para prepararme para el día en que ocupe mi escaño. —Le estrechó la cintura con más firmeza—. Tú también necesitarás tus galas, nunca se sabe cuándo va a celebrarse un funeral de la familia real o algún otro acto donde los pares y paresas tengan que desfilar con sus mejores ropajes.

—He pasado la mitad del día maltratada por las modistas de tu hermana y sus alegres ayudantes —le explicó Abby pesarosa—. Estoy segura de que los resultados serán excelentes, pero no puedo decir que esté disfrutando del proceso.

Jack soltó una risita.

—Yo he hecho lo mismo esta tarde. Ashby ha regresado a la ciudad y me ha llevado a rastras a su sastre. Se ha quedado toda la tarde conmigo porque no confiaba en mi gusto y temía que pudiera salir corriendo.

La risa de Abby sonó suave contra él.

—Parece que nos hemos convertido en víctimas de los fieles seguidores de la moda.

—Para ser sincero, me ha alegrado tenerle allí, una vez que ha aceptado mi regla básica: nada de prendas que no pueda ponerme o quitarme yo solo. ¿Qué sentido tiene un chaqué que precisa la ayuda de un asistente? Nada conseguirá que un gran buey como yo parezca un dandy, en el caso de que yo estuviera dispuesto a ponerme esas ropas.

—¿Es Ashby un dandy?

—No, él es la personificación de la elegancia de un caballero. Tiene figura para ello, y yo no. De modo que mejor seguir con un estilo sencillo, con un buen corte, pero sin llamar la atención.

—Me gustaría hacer lo mismo, pues mis contornos son generosos, pero no creo que vayan a permitirme dar muestras de sensatez al vestir. —Suspiró de modo melodramático—. Ni siquiera estoy segura de si podré respirar con mis nuevos corsés. La corsetera tenía un brillo peligroso en la mirada.

Él se rió.

—No te descorazones, muchacha. Sobreviviremos y escaparemos de vuelta al campo dentro de pocas semanas. —Desplazó la mano hacia su pecho para rodeárselo confortablemente—. Pero por el momento, echemos un sueñecito.

Y eso es lo que hicieron.

Capítulo 21

El chef de los Alderton se lució con la cena ligera para dos como si se tratara de un banquete para el príncipe regente. A Abby casi le pareció indecoroso disfrutar de tal festín en bata en vez de vestida de etiqueta. Pero, en tal caso, ella estaba en contra del decoro.

Después de que un lacayo retirara las bandejas y fuentes vacías del saloncito, le preguntó a Jack:

—¿Crees que sería una infracción contra la normas éticas de los magos que embrujara al chef de tu hermana para que trabaje para nosotros?

—Probablemente sí, y Celeste me sacaría el hígado. —Juntó las cejas—. Sé que estás de broma, pero me hace ser consciente del poder de las tentaciones.

Ella hizo una mueca.

—Cada día nos tientan oportunidades de aplicar la magia en beneficio personal. Es una suerte que los amuletos de protección sean tan comunes; reducen el impulso de intentar manipular al prójimo.

—Manipulación. —Jack hizo una mueca—. Dije que te avisaría cuando estuviera listo para una limpieza mental. Pues ya lo estoy. Quiero descubrir quién soy cuando nadie me manipula a su voluntad.

—¿Estás seguro? —le preguntó con gesto serio—. Entrar en la mente de una persona es una experiencia muy íntima. Dame permiso sólo cuando tengas plena confianza en mí.

—No me atrae la idea de que veas mis pensamientos más bochornosos, pero no confiaría en nadie más que en ti, Abby. Adelante.

—Sólo voy a buscar sortilegios —dijo para tranquilizarle—. Las mentes son complicadas. No puedo leer tus pensamientos. Entrar en una mente más bien es como caminar a través de un desván repleto de objetos en busca de velas. Cualquier luz débil atraerá mi atención, pero el resto será como pilas de cajas y cofres. No tendré ni idea de su contenido.

—¡Mientras no abras los cofres y mires dentro! ¿Qué tengo que hacer?

—Busca una postura cómoda tumbado en el sofá y relájate. Si te parece, te puedo describir en voz alta lo que vaya encontrando.

—Eso estaría bien. —Jack se fue hasta el sofá y se sentó en un extremo.

Abby apagó casi todas las luces y arrojó un poco de carbón al fuego para mantener caliente la habitación. Luego colocó una silla delante de Jack y se sentó tan cerca de él que se tocaban las rodillas. La proximidad la distrajo por un momento, ya que la abrumadora y amplia masculinidad de Jack le alteraba los sentidos.

Pero el trabajo de esta noche era más importante que aquel deseo controlable por su propio marido.

—Avísame si notas algo extraño o turbador. —Le cogió la mano—. Puedo parar en cualquier momento.

La firme mirada color avellana de Jack encontró con decisión la de Abby.

—Preferiría que hicieras de un tirón todo lo necesario.

Ella cerró los ojos y se concentró en su poder antes de tenderse hacia Jack. Como ya le había dicho, entrar en la mente de otra persona era como visitar un extraño desván lleno de objetos confusos y sombríos. Si se paraba a estudiar una estructura en concreto, podía hacerse una idea general de lo que significaba, y al cabo de un rato interpretarla bastante bien.

Pero su trabajo era encontrar algo fuera de lugar: las coacciones y limitaciones impuestas por otras personas, no los pensamientos íntimos de Jack.

Activó su poder mágico para buscar algo ajeno. Casi de inmediato descubrió un nudo irritado de energía. No le hacía la menor gracia acercarse, pero se obligó a sí misma a mirar más de cerca.

—Hay algo aquí —murmuró—. No hay duda de que se trata de un maleficio que lleva años aposentado. Veamos para qué se concibió. —Frunció el ceño mientras analizaba su naturaleza—. ¡Sí! Como habíamos especulado, es un sortilegio de repulsión que hace que quieras evitar un lugar en concreto. En este caso, Yorkshire.

—¿Puedes distinguir quién lo realizó?

—Tal vez. —Tocó con su mente el nudo irritado y lo inundó de energía neutralizante. Tras años en el mismo sitio, el hechizo estaba rígido, pero también era fácil de quebrar. Al incrementar el flujo de magia curativa, la fea conformación se astilló y se disolvió.

Jack maldijo y apretó con fuerza las manos de Abby.

Ella abrió los ojos de golpe.

—¿Has sentido eso?

—Sí, y estoy listo para viajar a Yorkshire esta misma noche. ¿Cómo he podido permanecer lejos de mi casa durante tanto tiempo? —Su voz sonaba angustiada—. Por debajo de ese sortilegio, mi alma ha ansiado volver al hogar durante años. Ha sido como cortar las raíces a un árbol. —Tomó aliento de modo entrecortado—. ¿Has identificado el origen del hechizo?

Ella estudió los restos de energía.

—Un mago varón con aptitudes para la magia negra, pero desconozco su nombre. De cualquier modo, no hay muchas probabilidades de reconocerle: quienes practican la magia negra prefieren pasar desapercibidos. En cuanto a lo de ir a Yorkshire, primero hay que liquidar algunos asuntos en Londres. Pero pronto nos dirigiremos hacia el norte.

—Lo sé —dijo a regañadientes—. Otras pocas semanas no cambiarán mucho las cosas, pero la espera va a resultar dura. —Aflojó un poco el asimiento de sus manos—. ¿Hay algo más?

—Creo que sí. —Cerró los ojos y empezó a buscar de nuevo. De forma gradual tomó conciencia de una energía oscura que pulsaba con aire amenazador. Era con toda certeza un maleficio, pero de un tipo que no reconocía.

Se aproximó con cautela a la energía oscura, consciente de que era posible crear hechizos que saltaran en una explosión de magia peligrosa cuando alguien intentara descomponerlos. Tras un estudio minucioso, decidió que no escondía ninguna trampa, que no era más que un sortilegio poco usual. Lo tocó con su magia y soltó un resoplido de sorpresa.

—¿Qué has encontrado?

—Es extraño de veras. Creo que es un sortilegio para... para volverte imprudente —explicó despacio—. El efecto te haría anhelar emociones fuertes pese a la evidencia aplastante de peligro. No había visto nada así.

—¡Santo cielo! ¿Quieres decir que su propósito es lanzarme a actividades en las que arriesgar la vida? —exclamó Jack—. ¿Cómo ir al ejército?

—Sí, aunque no sé si el encantamiento es tan antiguo como para eso. —Abby lo azuzó mentalmente—. Creo que es obra del mismo mago que te hechizó para mantenerte alejado de Yorkshire. Por lo visto, Scranton no sólo tenía deseos de mantenerte a distancia sino que también quería verte muerto. —Sonrió sin humor—. Al fin y al cabo, pocas mujeres aman a sus maridos más que a sus hijos, de modo que representabas la competencia en las atenciones de tu madre.

Jack volvió a apretar las manos con fuerza dolorosa.

—¿Podría haber sido objeto mi padre de un sortilegio similar?

—Imposible saberlo a estas alturas. Pero si Scranton encargó a un mago un maleficio de este tipo para tu padre, no sólo sería un granuja sino un asesino —respondió Abby con gravedad.

—Me gané el apodo de Jack el Afortunado cuando arremetí contra un tumulto de soldados franceses asesinos y conseguí recuperar la bandera del regimiento después de que mataran al portador y capturaran el estandarte. Todo el mundo coincidió en que yo debería haber muerto, pero no fue así. —La voz de Jack sonaba tensa—. ¿Acaso mi supuesto coraje era resultado de un sortilegio concebido para destruirme?

Ella negó con la cabeza.

—Hay coraje de sobras en ti, no tengo que adentrarme en el interior de tu mente para saberlo. Pero es probable que el hechizo te afectara en tu valoración de las posibilidades de supervivencia y que te metiera en situaciones en las que la muerte tendría que reconocerse casi como segura.

Jack soltó aliento bruscamente.

—¿Por qué sigo con vida, Abby? Dios sabe que no me han faltado ocasiones de matarme por mi temeridad.

—Tal vez tus defensas naturales eran lo bastante fuertes como para contrarrestar el hechizo. O... espera un momento. —Continuó estudiando la energía pulsante—. El sortilegio está rodeado de una red de magia tan pegada a él que es casi invisible.

—¿Es otra labor del nigromante?

—No, este hechizo es de una naturaleza por completo diferente. Está hecho de pequeños retazos de poder, ya que está construido por un aficionado. —Abby hizo un sondeo en profundidad antes de soltar un pequeño silbido de sobrecogimiento—. La red la creó Celeste, y ha neutralizado en gran medida el hechizo de la imprudencia. No del todo, pero en su mayor parte.

—¿Mi hermana hizo eso? —preguntó con incredulidad—. Dice que no ha recibido formación y que su poder es escaso. ¿Cómo podría identificar un hechizo realizado por un maestro en magia y saber lo suficiente como para contrarrestarlo?

Abby tocó una de las hebras de los retazos. Su naturaleza zumbó en la mente de Abby.

—No lo hizo así, no de forma deliberada. La red está compuesta de oraciones. Hay magia en las oraciones, ya sabes, pues invocan lo divino. Durante años ha rezado por tu seguridad, y esas oraciones fueron atraídas hasta este sortilegio horrible y peligroso. El poder del amor neutralizó su capacidad destructora. Creo que te ha salvado la vida, y, probablemente repetidas veces.

—No tenía ni idea. —Jack sacudía la cabeza lleno de asombro—. Le debo más de lo que puedo devolverle.

Abby vació la energía sombría del hechizo de imprudencia y la neutralizó con la ayuda de la red mágica de Celeste. Agradeció esa energía adicional, pues su poder flaqueaba.

—Echaré otro vistazo para ver si quedan más sortilegios. ¿Hay algún área en el que notes que tu conducta se aleja de tus inclinaciones naturales?

Pensó un momento, luego negó con la cabeza.

—No creo. Pero llegados a este punto, no estoy seguro ya de cuáles son mis inclinaciones naturales.

—Entonces mejor comprobar que lo he examinado todo. —Abby continuó su examen y descubrió un hechizo de atracción realizado con torpeza—. Parece que una dama en España consiguió atraer tu atención con uno de los hechizos afrodisiacos más rudimentarios.

Jack se sonrojó.

—No era una dama.

Abby sonrió burlona, capaz de tomárselo con humor ya que el hechizo indicaba tan sólo una conexión de lo más intranscendente entre Jack y la dudosa dama. De cualquier modo, borró cualquier rastro de encantamiento para reducir la probabilidad de que conservara recuerdos cariñosos de la mozuela.

—Haré una última inspección para ver si alguna otra cosa aparece fuera de lugar. —Cambió el enfoque mental y recorrió los esquemas complejos de la mente de Jack.

Dada la fuerza del hechizo antimagia que había llevado durante tantos años, parecía no haber fragmentos de los sortilegios menores que aparecían en la mayoría de las mentes. El encantamiento español de atracción nunca hubiera funcionado si no hubiera reforzado una acción hacia la que se sentía inclinado. Al parecer no había nada más.

Abby percibió también una pulsación tranquila de energía que no pertenecía a Jack. No parecía un hechizo, pero tenía poder suficiente como para influirle. Miró con más atención y se puso como un tomate al ver una imagen voluptuosa y curvilínea de sí misma.

Cuando fue capaz de observarla con más calma, vio su imagen vestida sólo con un camisón —¡un camisón demasiado transparente!—, con el pelo suelto caído sobre los hombros. Tenía los labios un poco separados, formando una sonrisa provocadora, y su mirada era lánguida. Dios Santo, ¿eran tan exuberantes sus pechos y caderas en comparación con la cintura?

Saber que él la veía de ese modo fue la situación más vergonzosa que había experimentado en su vida. Y la más grata. Notó un fuerte sofoco, no sólo en su rostro.

¡Y su propia imagen le guiñó un ojo! Con un sonrojo aún mayor, optó por retirarse y salir de la mente de Jack.

Preguntándose si aquella imagen no sería otro signo de fatiga, le soltó las manos y flexionó los dedos.

—Tu mente vuelve a ser tuya, Jack. ¿Qué impresión te produce?

Tras un largo momento, él abrió los ojos y le dedicó una sonrisa que le conmovió el corazón.

—Me siento estupendamente. —Se levantó y arqueó la espalda, estirando los brazos como un león que se despierta de su sueño. Era una visión deliciosa—. Y ahora a descubrir qué es disponer de mi mente para mí solo.

La vista se le desenfocó durante un largo rato. Pero luego recuperó de pronto la atención y dijo con furia peligrosa.

—¿Qué diantres me estás haciendo?

Capítulo 22

Abby retrocedió ante el enfado de Jack.

—No entiendo a qué te refieres.

Él indicó la sutil línea resplandeciente que conectaba su plexo solar con el de Abby.

—Esta cosa nos tiene conectados. Antes muerto que dejarte sustituir los sortilegios y la magia negra de Stark por los tuyos.

Ella se mordió el labio.

—Es energía de fuerza vital, no es un hechizo. Observa con más atención, deberías poder distinguir que no se trata de magia.

Jack se concentró en la línea reluciente e intentó analizarla. El flujo de energía iba de ella a él y, tenía razón, no parecía un hechizo, ni se percibía como tal. Aquella pureza cálida tenía sentido como fuerza vital. Transferir fuerza vital tal vez requiriese una habilidad mágica, pero la energía en sí no era magia.

—Parece que dices la verdad, pero ¿por qué haces esto? —le preguntó con recelo.

—Porque estás tan débil que he estado transmitiéndote energía desde que tuviste el accidente. —Se apartó el pelo hacia atrás con gesto nervioso—. Dejé de hacerlo en una ocasión y sufriste una recaída; tuve que acudir corriendo a tu lado en medio de la noche. Parecía preferible continuar proporcionándote fuerza vital hasta que estuvieras curado del todo. Has estado haciendo demasiadas cosas, y requerías mucha energía. No deseaba que te lastimaras sobrepasando tu capacidad, de modo que aumenté tu fuerza y resistencia.

Jack frunció el ceño en un intento de entender.

—¿De modo que esta energía es tu vitalidad personal?

Abby hizo un gesto de asentimiento.

—Todas las cosas vivas cuentan con fuerza vital, incluso el pedazo de hierba más pequeño. Los curanderos son especialmente buenos a la hora de detectarla y sanarla. La energía es como... como una vela resplandeciente. Antes de tu accidente, centelleabas como un candelabro en un salón de baile de la corte. Después, quedó sólo una chispa de vitalidad de lo más débil. Incluso tras haberte sometido al círculo curativo, tu bajo nivel de vitalidad era peligroso, motivo por el cual lo aumenté.

—¡Y seguro que esa energía la necesitas para ti misma!

Ella apartó la mirada.

—Te dono la que me sobra, nada más.

A pesar de esta afirmación, él seguía dudando. La estudió y se fijó en las señales de fatiga profunda acumuladas de forma gradual. Había perdido peso desde la boda, los pómulos se le marcaban más y tenía ojeras. Peor aún, el resplandor de energía que la envolvía parecía débil y apagado.

—Has puesto en peligro tu salud en beneficio de la mía —dijo Jack, incapaz de dominar su enojo—. Eso no está bien, de modo alguno.

Abby se apartó el pelo con gesto cansado.

—Judith ya me ha sermoneado por ello, pero mi intención era buena.

Llevaba semanas sacrificando su propia salud. ¿Era aquello lo que distinguía a un sanador? ¿O sólo a alguien demasiado altruista para velar por su propio bienestar?

—No puedo permitir que esto continúe. —Cerró la mano sobre la línea de energía resplandeciente y al mismo tiempo interrumpió mentalmente el flujo vital. Su diafragma resonó como si hubiera roto una cuerda de arco.

—Tienes razón —respondió ella sin resistirse a su intervención—. Ya es hora de que dependas de tus propios recursos. Ahora ya estás curado del todo.

El aura de Abby se volvió más brillante en cuanto él interrumpió la conexión, pero seguía pareciendo débil. En cuanto a él, notó la pérdida: la energía de Abby le había proporcionado un calor que echó al instante de menos. Pese a haberla evitado en Hill House, de alguna manera debía de saber que estaban conectados. Le entró frío, se sintió vacío... y enfadado. Quería recuperar ese calor, pero no a costa de arrebatarle la vida a ella.

Se levantó con esfuerzo del sofá y dio una vuelta por el salón con el bastón repiqueteando contra el suelo a cada paso que daba.

—¡Maldición, Abby, estoy harto de que me traten como si fuera un niño! Hace semanas que mi estado ya no es crítico. Si soy tan necio como para extralimitarme y caer desplomado, me lo merezco, y no tardaré demasiado en recuperarme. Pero para impedirlo, tú te estás desangrando poco a poco hasta perder la vida. —Giró en redondo y se fue cojeando hacia ella con mirada iracunda—. ¡Lo último que deseo es tener una pobre mártir por esposa!

Abby no evitó su mirada; la mantuvo con ojos transparentes como el agua.

—No tenía intención de sufrir ningún martirio, pero tienes razón, he continuado proporcionándote energía durante demasiado tiempo. —Permaneció callada durante un largo instante, con las ojeras muy marcadas en contraste con su pálida piel—. Para ser sinceros, creo que me gustaba mantener esa conexión contigo. No pertenezco a tu misma clase y tú despreciabas mi talento para la magia, pero mientras te donaba una parte de mi esencia en silencio, me sentía vital para ti. Ya sé que no es una explicación digna de encomio.

Su sinceridad cargada de pesar le conmovió. Frunció el ceño. Detestaba saber que le había arrebatado tantas cosas.

Ya era hora de devolverle parte de su energía. Ni siquiera la pérdida de peso y la inmensa fatiga conseguían debilitar su sensualidad innata, de modo que la cogió por las manos para levantarla, y luego la besó con fuerza llevado por una mezcla voluble de rabia y deseo. El deseo salió vencedor. La deseaba y, por Dios, finalmente iba a tenerla.

Tras un instante de desconcierto, Abby abrió la boca bajo la de él y le rodeó con los brazos. La fatiga que la perseguía desde hacía semanas se desvaneció entre llamas de deseo. Desde la boda había hecho todo lo posible para reprimir la pasión que él le despertaba, pero ya no era necesario. Jack era puro poderío masculino, con un ardor que la llenó de deleite.

Embriagada por el profundo beso, Abby agarró la bata de Jack por la banda de la cintura y la abrió, dejándole sólo con su camisa de dormir. Bajo el delgado tejido, la piel estaba caliente. Le masajeó la espalda y las caderas, notando el pulso sanguíneo en su dura musculatura. Y no era la única parte que tenía dura y palpitante.

Jack retiró de un tirón la bata de Abby, que cayó a sus pies formando un charco de tela, enredada de forma caprichosa con su propia bata. Se apretujaron, cuerpo con cuerpo, separados tan sólo por su ropa de noche. Tocara donde tocara, la sangre de Abby acudía precipitadamente al encuentro de su mano. La energía fluía a través de ellos y a su alrededor formando relucientes arco iris de luz.

Estiró el cuello de su camisón y los botones saltaron por los aires, dejando al desnudo la garganta. Le mordisqueó la tierna piel, arrojando un oscuro fuego disparado por sus venas.

La imagen de sí misma en la mente de Jack ardía en su imaginación, invadiéndola en una sensación de poderío femenino. Alzó la barbilla y volvió a tomar su boca: quería consumirle e inhalar su esencia.

Él apartó las batas del suelo de una patada e hizo retroceder a Abby hacia su dormitorio. Fueron dando tumbos, tropezando con desmaña contra el marco de la puerta, ya que ninguno de los dos quería poner fin al fiero acople de labios y lenguas.

Ella se percató de que había alcanzado la cama al darse por detrás en las piernas contra su estructura. Apartó las colchas y los dos cayeron sobre el colchón, tumbados transversalmente. Jack apretaba su entrepierna contra ella mientras sus cuerpos se retorcían intentando unirse a través de las prendas que aún quedaban.

Estiró un poco más del camisón y los botones volvieron a saltar liberando sus pechos.

—Magnífico —dijo en voz baja—. Tu cuerpo es tan generoso como tu espíritu. Redondo, exuberante y tentador, y ofrece todo lo que un hombre puede desear. —Le atrapó con los labios un pezón y jugueteó con él. Ella arqueó la espalda hacia atrás con un brusco jadeo.

Sus palabras eran tan excitantes como sus caricias. Había soñado con que algún día la deseara tanto como ella a él. Ahora la urgencia de su boca, su cuerpo tenso y la respiración áspera le decían que así era.

La mano acariciadora continuó descendiendo por su vientre mientras le lamía el otro pecho. Cuando llegó a la unión de los muslos, sintió un estremecimiento.

—Pareces... recuperado del todo —comentó, confiando con desesperación en que por fin pudieran lograr la plena unión.

—Nos vamos a enterar de hasta qué punto me he recuperado —dijo con un atisbo de risa maliciosa.

Por la presión cálida que notaba contra el muslo, el flujo sanguíneo debía de estar muy cerca de lo normal. Santo cielo, ¡eso esperaba!

Gimió mientras subía la mano rozando sus muslos por debajo del camisón. ¿Cómo podía sentir tantas sensaciones gloriosas en un solo momento? Cuando él encontró el lugar de húmeda y acalorada necesidad, Abby empujó contra su mano.

—No pares —dijo entre jadeos—. Ni aunque se hunda el cielo.

—No voy a parar hasta que te quedes sin fuerzas y saciada, y hayas recuperado tu energía vital. —La acarició más a fondo, deslizando los dedos dentro para juguetear y expandir la entrada escondida—. Y bien, veamos...

Se puso de rodillas para mantener el equilibrio encima de ella. Por un instante a Abby le preocupó que fuera a lastimarse la pierna herida, pero era él quien debía decidirlo. Era un hombre, su marido, no su paciente. Ansiaba con egoísmo todo lo que él tenía que dar.

Jack utilizó ambas manos para rasgar el camisón hasta el dobladillo, dejando expuesto ante sus ávidos ojos su cuerpo entero. Aunque ella sabía que el aire nocturno era fresco, ardía en llamas sólo de ver la necesidad imperiosa con que la deseaba.

También la camisa de dormir de Jack acabó fuera tras una pelea rápida y frenética, y por fin pudieron sentir sus carnes en contacto. ¡Santo cielo, qué cuerpo tan espléndido, con aquellos fuertes huesos envueltos de músculo duro y caliente! Las texturas de aquel cuerpo la embelesaron, y clavó las uñas en su espalda, trasero y en sus largas extremidades.

Él volvió a ponerse de rodillas y su cuerpo quedó delineado por la luz. Luego descendió para que sus cuerpos se estrujaran, aplastando su pecho contra sus senos, con las poderosas piernas colocadas entre las de Abby. Volvió a poseer su boca al tiempo que apoyaba su miembro a lo largo de la humedad ardiente de los labios públicos. Se balanceó hacia delante y hacia atrás con una fricción que despidió cascadas de placer enloquecido a través de ella.

Abby se encontraba al borde del clímax cuando él echó las caderas hacia atrás, empleando una mano para guiarse por dentro de la entrada secreta de su cuerpo. Consiguiendo un equilibrio exquisito entre excitación y dolor, ella empujó las caderas contra él, sin notar la incomodidad de estirarse hasta el límite. Ahora, ahora...

Luego, de pronto, él volvía a hallarse dentro de ella y la llenaba con la intimidad que tanto había anhelado. Meneó las caderas con deleite y llena de asombro.

Jack jadeaba de manera irregular.

—No... no sé cuánto voy a aguantar.

—Lo bastante. —Empujó las caderas otra vez hacia arriba, estimulada en lugares sin nombre de un modo insoportable. Le rodeaba la cintura con firmeza, como si pudieran fundirse en una misma carne.

Y surgió la locura, arrastrándoles en un remolino de movimiento salvaje mientras la penetraba cada vez más en profundidad. La magia, la pasión, el anhelo y la satisfacción se estrellaban sobre ella como olas de un océano de arco iris. Abby caía por dentro de Jack, dando vueltas a través de los niveles de su espíritu mientras ella le entregaba el santuario más privado de su alma. No tenía ni idea de que fuera posible tal intimidad de cuerpo y alma.

Durante un instante interminable, se fundieron en un solo ser antes de que la abrasadora energía en transformación empezara a retroceder. Descendió a la tierra dando vueltas como una hoja, consciente en sumo grado del peso de Jack, las bruscas bocanadas de aire que ella tomaba, el dolor de su profunda satisfacción en los muslos y el hecho extasiado de que siguieran unidos con tal delicadeza.

Le hubiera gustado tenerle siempre encima, pero había que tener en cuenta la cuestión de respirar. A su pesar, salió de debajo de él y echó las mantas por encima de sus cuerpos exhaustos. El aire era cortante ahora que el ardor de la pasión se había consumido en su propia llama. Se tocó a sí misma para calmar el dolor que perduraba y para detener el insignificante sangrado que había provocado su unión. Luego se acurrucó otra vez contra él, echando un brazo sobre su amplio pecho.

Jack soltó un suspiro prolongado y vibrante.

—Creo que te he devuelto toda la energía que me diste y algo más. Es posible que no vuelva a moverme en la vida.

Ella se rió con el poco aliento que le quedaba.

—¿Todavía estás enfadado conmigo?

La gran mano de él empezó a masajearle el hombro desnudo.

—No tengo fuerzas para algo que requiere tanta energía como un enfado. Pero si preguntas si todavía estoy molesto contigo por poner en peligro tu vida por mi causa, la respuesta es sí. Me has salvado la vida, y si pensabas que al principio necesitaba vitalidad adicional, es probable que tuvieras razón. Pero no tenías derecho a arriesgar la vida de mi esposa entregando más fuerza vital de la que te sobraba.

—Sí, mi señor esposo —replicó ella en tono de burla.

El pecho de Jack retumbó de la risa.

—¿Piensas que voy a creerme que te has vuelto obediente de repente?

—No, pero admito que llevas razón en este caso.

Se quedaron callados, adormilados, sin que él dejara de acariciar con la mano su piel desnuda. Tras un intérvalo perezoso, dijo:

—El lacayo ha dejado dos copas y media botella de un burdeos bastante bueno por si nos apetecía acabarlo. ¿Quieres que vaya a traerlo?

Ella se estiró con deleite.

—Beber vino en la cama. Qué decadencia tan deliciosa. No tardes demasiado.

Jack bajó los pies al suelo mientras ella admiraba la simetría poderosa de su espalda musculosa. ¿Le había hecho ella aquellos arañazos? Se sonrojó sólo de pensarlo.

—Qué distraído, me he dejado el bastón en la otra estancia. —Casi sin atreverse, apoyó el pie derecho y luego se detuvo.

Abby, alerta al instante, se sentó en la cama.

—¿Pasa algo?

—Todo lo contrario. —Dio otro paso, luego caminó en círculo a paso rápido—. ¡Ha desaparecido por completo el dolor que aún quedaba! ¡Tengo la pierna curada del todo!

—¡Santo cielo! Me pregunto cómo ha sucedido. —Estudió su ancha figura, que se recortaba contra la luz procedente de la sala de estar. Todo resto de energía de color rojo se había desvanecido y su aura palpitaba con vitalidad—. Eres la viva imagen de la buena salud.

Él se inclinó hacia delante y le plantó un beso entusiasmado en los labios.

—Es obvio que es el resultado de ser amantes. Toda la maravillosa energía que hemos generado debe de haber acabado de curar mi pierna. ¿Y tú cómo te sientes?

Ella se paró a pensar.

—A las mil maravillas, ahora que lo mencionas. No sólo estoy contenta, sino radiante de salud. —No se había sentido tan bien desde el círculo de sanación.

—Y además se te ve muy bien. —La examinó con mirada crítica—. Las ojeras se han esfumado y estás radiante. Tu fuerza vital se ha incrementado de modo tremendo.

Abby frunció el ceño.

—Hay un elemento de magia en la pérdida de la virginidad. Tal vez hacerlo produzca energía suficiente como para aportarnos a los dos la mejor salud posible...

—Suena razonable, y si no es la explicación más adecuada, no importa. Lo que importa es cómo nos sentimos. —Le cogió la mano y enlazó sus dedos—. Vistámonos y salgamos a dar un paseo. No estaba seguro de que volvería a caminar con normalidad, por lo tanto hay que celebrarlo andando.

—¡Hace un frío que pela ahí afuera!

Le besó la punta de la nariz:

—Pues abrígate.

Con una risa, ella se rindió y salió de la cama, luego se fue derecha al armario ropero. Se metió por la cabeza la camisola interior de franela más gruesa que tenía y luego buscó unas medias de punto bien tupidas.

—¡En este momento mi cama caliente es toda una tentación!

—Lo será aún más cuando vuelvas. —Jack se retiró a su propio dormitorio para vestirse y regresó a tiempo para abrocharle el vestido. Ella se protegió el cuello con una suave pañoleta de estampado de cachemira, y se percató de que le estaba gustando la tontería de salir en medio de una noche invernal.

Igual de tonto y placentero que ayudarse con la ropa el uno al otro, riéndose con la torpeza de los dedos y los besos rápidos. Rodeó con otra cálida pañoleta el cuello de Jack, pensando en lo fácil que habría sido llamar a los criados para pedir ayuda, aunque esto todavía resultaba más divertido. En aquel momento, todo lo que hacían juntos era divertido.

Mientras Jack le echaba su capa más caliente sobre los hombros, ella le dijo:

—Tal vez deberías llevarte el bastón, sólo por si el frío te provoca dolor en la pierna otra vez.

Él se rió.

—Te preocupas en serio, ¿verdad? Muy bien, me llevaré el bastón aunque no vaya a necesitarlo.

Se abotonó el sobretodo y se puso un sombrero; luego le ofreció su brazo a Abby. Ella lo cogió con un placer posesivo de lo más ridículo, sintiéndose de verdad una mujer casada.

Un lacayo estaba sentado en la puerta principal, esperando el regreso del duque y la duquesa a casa después de sus actividades nocturnas.

—No vamos a estar fuera mucho rato, Williams —le dijo Jack.

El lacayo hizo una inclinación de despedida. Sólo un levísimo tic en su mejilla delató cierta sorpresa por el hecho de que el hermano de la duquesa y su esposa desearan salir a caminar en una fría noche de invierno.

—¡Está nevando! —dijo Abby con júbilo mientras descendían por los escalones.

—Es verdad. —Jack le dedicó una sonrisa maliciosa—. Un final mágico para una noche mágica.

Ella agarró su brazo con más firmeza. Sí, lo que habían compartido era magia, pero de una naturaleza profundamente humana. Y daba las gracias a Dios por ello.

Capítulo 23

Había caído menos de una pulgada de nieve, lo justo para vidriar las calles de un blanco inmaculado. La luz reflejada facilitaba ver el camino, aunque Jack se alegró de tener el bastón para mantener el equilibrio si se producía algún resbalón inesperado. Unas cuantas ventanas resplandecían aquí y allá, pero tenían la noche para ellos solos. Eso cambiaría más tarde, en cuanto los carruajes empezaran a devolver a la gente de la alta sociedad a sus casas. Hasta entonces, sus huellas eran el único rastro sobre la blanda blancura.

Jack no recordaba haber sido tan feliz en su vida.

Era agradable que Abby no fuera una parlanchina. Al igual que él, le satisfacía disfrutar del silencio. Había copos cristalinos atrapados en sus pestañas como si fueran estrellas y otros cuantos helaban el cálido sombrero que se había puesto. Aunque el aire era gélido, sus cálidas prendas les mantenían calentitos. Resultaba fácil olvidar que era una hechicera; lo único que le importaba es que era su esposa.

Le entrelazó los dedos y hundió sus manos unidas en el bolsillo izquierdo del pesado sobretodo. Había una intimidad deliciosa en su proximidad que no había experimentado antes con ninguna mujer. Tuvo la impresión de estar descubriendo un par de cosas sobre lo que significaba la palabra romanticismo.

—Calculo que con otra media hora más o menos de recuperación, estaré listo para volver a hacerte el amor una vez más, de modo que regresemos a Alderton House para entonces —murmuró.

Ella le dedicó una deliciosa mirada pícara de reojo.

—Sólo tú opinas que vayas a estar listo. Pero ya lo veremos.

—Si mi pierna se ha recuperado, mi sangre también —dijo con convencimiento—. De hecho...

Se detuvo y la volvió hacia él para darle otro beso, esta vez profundo y prolongado. Estaban solos en el corazón de Londres y él quería besar a su esposa. Le llenaba los brazos de un modo tan satisfactorio que resultaba maravilloso.

Abby soltó un suspiro de placer cuando sus labios se separaron y el aliento formó una pálida columna en la noche.

—Si damos la vuelta a esa manzana y regresamos, ¿conseguiremos llegar a Alderton House a la hora conveniente? ¿O deberíamos regresar sobre nuestros pasos ahora mismo?

Él soltó una risita.

—Mozuela insaciable. Daremos la vuelta a la manzana y regresaremos.

Continuaron sin ninguna prisa dando la vuelta. Pero tras recorrer dos lados de la manzana, y al girar para iniciar el regreso, Jack advirtió un movimiento sigiloso por el rabillo del ojo derecho. Alerta al instante, echó una ojeada a su derecha para mirar mejor.

Había alguien tras él. Antes de poder reaccionar a esa información, un hombre se le abalanzó por la espalda con todo su peso y acompañado de unos olores repugnantes.

Jack se tambaleó y casi se cae. El asimiento de Abby y el bastón le mantuvieron en pie. Tras soltarle la mano, se puso delante de ella y se dio media vuelta para plantarle cara a los asaltantes.

Dos ladrones —no, tres— habían aparecido por una estrecha callejuela y se había reunido formando un semicírculo a una distancia suficiente para que él no les alcanzara.

—Ya nos estáis dando el dinero y las joyas si queréis que os dejemos marchar —ladró una de las figuras ensombrecidas al tiempo que levantaba la mano para dejar ver la hoja reluciente de un puñal.

El que estaba en el centro dijo:

—¡Al tanto, es una bestia enorme! Mejor que...

Veloz como un rayo, Jack levantó hacia arriba el bastón e hincó la punta en la garganta del hombre sin darle tiempo a finalizar la frase. La víctima profirió un horroroso sonido ahogado y retrocedió tambaleante. La sangre le salió a chorros de su garganta mientras se desplomaba sobre la nieve.

Entonces, con un rápido movimiento, giró el bastón y le hizo soltar el puñal al otro hombre. Cayó dando vueltas hasta el suelo, reflejando la luz al hacerlo. Y antes de que el puñal golpeara los adoquines, arremetió con el bastón contra el asaltante que tenía detrás. Un aullido atormentado dejó claro que había alcanzado su objetivo.

—¡Hijo de perra! —El otro removió a tientas la nieve para recuperar el puñal y luego se adelantó sin perder de vista el bastón. Dado que el ladrón tenía la mirada puesta en el bastón, un gancho largo de izquierda fue suficiente para aplastarle la nariz con un crujido audible. Salpicando sangre, el ladrón intentó una retirada, pero se resbaló sobre la nieve y cayó con torpeza. Se dio con la cabeza en el suelo con un sonoro mamporro y se quedó inmóvil.

El hombre que había recibido el golpe en la garganta tampoco se movía y su sangre formaba una mancha negra en la nieve. Y el que había abordado a Jack por detrás estaba doblado en el suelo y gemía de un modo atroz con las manos cruzadas para protegerse la entrepierna maltrecha.

Jack tomó aliento, tembloroso ahora que había pasado la necesidad de acción.

—¿Te encuentras bien, Abby?

—Estoy... estoy bien. —Pero estaba rígida, con los puños cerrados—. No me han tocado.

—Suerte que sugeriste que trajera el bastón. Ha sido un arma muy útil. —Observó a su esposa con atención—. ¿De verdad te encuentras bien?

—Estoy... temblando. —Recuperó la compostura con visible esfuerzo—. En realidad aún no me había hecho a la idea de que eres militar. Se te da muy bien lo de pelear.

Jack se encogió de hombros.

—La vida militar no implica demasiados combates reales. Hay muchos más días de inactividad, largas jornadas espantando las moscas e intentando que los hombres no se metan en líos. Pero cuando hace falta luchar, no hay segundas oportunidades, de modo que tienes que hacerlo bien.

—¿Sabías dónde estaba ese hombre a tu espalda o ha sido un golpe de suerte?

Él pensó un poco.

—Creo que lo sabía. Le golpeé sin pensar, pero de cualquier modo, sabía que le alcanzaría en su punto más vulnerable.

—¿Siempre conoces la ubicación de tus enemigos cuando luchas? Si así fuera, sería por poderes mágicos. Y muy valiosos.

Reflexionó sorprendido por la pregunta. Era inquietante pensar que pudiera llevar años empleándolos.

—Tal vez tengas razón —reconoció a su pesar—. Lo habitual es que la acción sea tan rápida que no haya tiempo para pensar, pero sé quién está a mi alrededor, y eso ha tenido que ayudarme a sobrevivir. Pero en realidad no es magia, es más bien un instinto marcial.

—Llámalo como quieras, pero ver lo que tienes a tu espalda sin duda es un don.

Se encogió de hombros un poco turbado:

—Todo el mundo cuenta con algún don mágico. Y este tipo de don es común entre los soldados que han sobrevivido cierto tiempo. —Quería cambiar de tema, de modo que estudió a los hombres caídos, sus cuerpos oscuros en contraste con la nieve—. Ahora hay que decidir qué hacer con estos villanos. Creo que hay un puesto de vigilancia por aquí cerca.

—Uno de los vigilantes del puesto está patrullando a una manzana de aquí más o menos y viene en esta dirección. Imagino que Mayfair está mejor protegido que la mayoría de barrios. —Su voz dejó de hablar mientras hacía un gesto para indicar al hombre al que le había dado en la garganta—. No hace falta darse prisa por este de aquí. Está muerto. —Lo dijo sin inflexión alguna.

Jack se quedó callado un momento.

—No era mi intención matarle, pero tampoco voy a decir que lo lamente. —Pensó en la rabia y la violencia que había percibido en los asaltantes—. Nos habrían robado, quizás incluso matado por capricho.

—Y lo más probable es que me hubieran violado antes a mí. Lo sé. —Abby se frotó las sienes—. No son hombres buenos. Pero cuando muere alguien, sobre todo de forma tan violenta, lo... lo lamento.

—Lo siento. —Jack se preguntó qué impresión dejaría la muerte en alguien como Abby. ¿Un vacío doloroso? Él no había notado nada, pero no era un sanador—. Me pregunto si este ataque ha sido sólo mala suerte o si los sortilegios de peligro en mi mente han colaborado para atraer a estos hombres.

—Tal vez estés en lo cierto —comentó frunciendo el ceño—. Esos hechizos podrían haber atraído a estos villanos a las cercanías. Si no hubiéramos salido a caminar esta noche, habrían tenido que buscar otras víctimas, ahora que ya te has librado de los sortilegios. ¡Confío de veras en que no vuelva a suceder!

El hombre que se había roto la nariz profirió un sonido borbollante y apoyó las manos en el suelo en un débil intento de sentarse. Mientras Jack se acercaba, Abby dijo con brusquedad:

—No vuelvas a pegarle, creo que puedo mantenerles dormidos hasta que llegue el vigilante.

—Eso estaría bien. —Aunque Jack haría lo que hiciera falta, no tenía interés en pegar a hombres que ya estaban en el suelo.

Abby se arrodilló en la nieve y apoyó una mano en la sien del hombre que gemía. Tras un momento, volvió a desplomarse en la nieve. Ella se volvió al otro superviviente e hizo lo mismo mientras Jack meditaba sobre lo que había sucedido. Había matado antes, pero nunca le había dado tanto que pensar. Por suerte iba a dejar ya el ejército, pues un hombre no podía pensar demasiado en los resultados de lo que hacía cuando peleaba para salvar la vida.

No era el mismo hombre de antes. Otro pensamiento inquietante, aunque no significaba que fuera un mago.

Apareció el vigilante, como había predicho Abby. Jack hizo una señal al tipo para que se acercara.

—Soy lord Frayne y ésta es lady Frayne. Estos hombres nos han atacado.

El vigilante era robusto y mayor, y tenía un aire competente que sugería que era un sargento retirado. Examinó rápidamente a los ladrones.

—Ha habido otros ataques por aquí últimamente. Pero parece que usted les ha puesto fin. —Se levantó con un crujido y le dedicó una mirada de curiosidad a Jack—. ¿Ha podido con los tres?

—Diez años de oficial en el ejército —dijo Jack con aire lacónico—. ¿Puedo acompañar a mi esposa a casa? Estamos alojados en Alderton House. Soy hermano de la duquesa y puede encontrarme allí si necesita una declaración sobre este incidente.

—Vaya y ocúpese de su dama, milord. Alguien pasará mañana por Alderton House para tomarle declaración. Ha hecho un buen servicio a la ciudad esta noche. —El vigilante se tocó la gorra, luego sacó unas esposas del bolsillo.

Jack cogió a Abby de la mano y regresaron a casa de su hermana. Las ganas de jugar de antes se habían esfumado. Mientras subían los escalones de entrada de Alderton House, Abby les preguntó.

—¿Qué les sucederá a los dos hombres que han sobrevivido?

—Lo más probable es que les trasladen a Nueva Gales del Sur.

—Dicen que es una colonia cálida y soleada, por lo tanto acabarán agradeciéndolo. —Su intento de parecer animada se fue al traste con un escalofrío.

Jack le rodeó los hombros, sin importarle lo que pensara el lacayo que les abrió la puerta.

—Ha sido un día movido, muchachita.

Y un día que había acabado de un modo trascendente. Regresaron a sus habitaciones, se pusieron la ropa de dormir, y se metieron en la cama sin apenas decir palabra. Jack la estrechó en sus brazos y se sintió mejor cuando ella se acomodó con un suspiro de satisfacción. Había consuelo en la cercanía. Él sospechaba que hacer el amor podría proporcionarles aún más consuelo, pero no era necesario ser un mago para saber que su esposa no estaba de ánimo para la pasión.

Pese a tener a Abby en sus brazos, su sueño fue inquieto. *Se elevó sobre las colinas malogradas de Langdale, con el corazón angustiado por el dolor que veía abajo. Su compañera volaba con él, más elevada, pero detrás de él protegiendo su viaje.*

Abby le había dicho, «Siempre conoces la ubicación de tus enemigos».

Su enemigo estaba abajo, en Langdale Hall. Sir Alfred Scranton no era sólo un familiar, sino el verdadero enemigo de Jack. La batalla por el alma de Langdale no concluiría hasta que uno de ellos falleciera.

Jack se despertó con un sobresalto, empapado en sudor. Se quedó mirando la oscuridad, agarrando con más fuerza a Abby. ¿Era su sueño una profecía o una expresión de sus peores miedos? ¿Sería posible separar a Scranton de su madre sin romperle el corazón a ella? Adoraba a aquel hombre; en sus cartas se hablaba sobre todo de él. Aun así, Scranton debía marcharse.

La resolución más simple del problema sería expulsarle de Langdale Hall, prohibiéndole regresar. Era de suponer que su madre le acompañaría y que se mostraría resentida por el trato dispensado a su esposo.

Jack sabía en lo más hondo de su corazón que la solución no iba a ser tan simple. Estaban implicadas demasiadas influencias oscuras. De todos modos, cuando llegara la crisis, no tendría más opción. Era oficial del ejército y lord, y ambos papeles le exigían proteger a quienes eran responsabilidad suya: incluso a costa de la felicidad de su madre.

Tuvo una rápida imagen mental de ella riéndose mientras le cogía de la mano y entraban corriendo en casa para escapar de un chaparrón. Tendría tal vez cinco o seis años. Le había envuelto con su chal y luego preparó un té especial de días lluviosos con él y con Celeste, que se había sentido muy orgullosa de que le dejaran sostener una delicada taza de porcelana. Aquel día disfrutaron de su madre en su mejor momento.

Si ahora destruía a su marido, le odiaría para siempre.

Torció la boca. Teniendo en cuenta lo mucho que se habían distanciado, la situación no sería tan diferente de la actual, aunque al menos ahora no le odiaba.

Con un suspiro, cerró los ojos y deseó dormirse, acariciando con una mano el hombro de Abby. Haría lo que tuviera que hacer... y que Dios les ayudara a todos.

Abby se despertó poco a poco, tan cómoda entre los brazos de su marido que no sentía deseos de moverse. El día anterior habían sucedido demasiadas cosas. La limpieza de viejos sortilegios en la mente de Jack, la forma en que él perdió los nervios con ella, la consumación de su matrimonio.

La primera vez que había visto a su marido matar a un hombre.

De todos modos, cuando abrió los ojos, él dormía de forma plácida, con el mismo rostro de siempre. Fuerte, jovial, tolerante. Era su percepción la que había cambiado. Se sentía agradecida de tener un marido capaz de defenderla de aquel modo, pero también tenía la impresión de que uno de sus gatos atigrados se hubiera transformado en un tigre de verdad.

No importaba. Además de su marido, era soldado, y los soldados mataban cuando debían hacerlo. Tenía la seguridad de que él haría lo conveniente.

Se percató de que ahora la observaba a través de las rendijas de sus perezosos ojos.

—Buenos días —murmuró él—. Me pregunto que nos deparará esta jornada.

Ella se estiró como un gato y consiguió acercarse un poco más a Jack.

—Celeste va a darme lecciones para sobrevivir entre la elite aristocrática y me hará un resumen de quién odia a quién y quiénes son los más chismosos. —La perspectiva no le parecía demasiado sugerente—. ¿Y tú qué tal?

—Alderton y Ashby van a arrastrarme por los clubes para presentarme a varios líderes políticos. —Suspiró—. No me hace especial ilusión.

—Veamos. El White's es tory. Brooks' es whig. Y ¿tú a cuál perteneces?

—A los dos. —Sonrió burlón—. Prefiero que todo el mundo siga haciendo elucubraciones. Aparte, no estoy del todo de acuerdo con ninguno de los partidos. Creo que seré independiente y universalmente despreciado por ambos.

—¿Puedo ir yo también a despistar políticos contigo? Suena interesante.

—Cree lo que te digo. De interesante, nada.

Ella soltó una risita al oír la vehemencia en su respuesta.

—¿Te he mencionado que Celeste ha organizado unas clases de baile para nosotros dentro de tres días?

Jack se mostró horrorizado.

—¡Me estoy recuperando de una lesión delicada! No tengo que bailar.

—Ya has dejado de ser un inválido —remarcó ella—. Y a menos que puedas convencer a tu hermana de que no aguantas el dolor o que estás impedido, tendrás que seguir las lecciones de baile.

—Celeste es una tirana —replicó apesadumbrado.

—Pero lo hace por tu bien. —Abby suspiró—. Yo haría cualquier cosa por no tener que bailar, pero ella dice que en tal caso llamaría más la atención que si salgo a la pista. No tengo que ser una bailarina fenomenal, sólo irreprochable. Supongo que lo conseguiré tras sus lecciones para enseñarme qué está de moda, y no parecer demasiado pueblerina.

—Cuando por fin pongamos rumbo hacia el norte, los dos querremos huir de la ciudad —predijo. Bajó la mano por el cuerpo de Abby con delicada meticulosidad—. En cuanto ahora...

Cuando la besó, ella le devolvió el beso con interés. Todavía se mostraba un poco tímida, pero eso estaba cambiando deprisa.

Para su sorpresa, Jack la cogió por la cintura y la levantó para dejarla totalmente tendida encima de él.

—¿Qué?

Jack le dedicó una amplia sonrisa.

—Emplea esa mente tan hábil que tienes.

Abby se relajó, miró los cálidos ojos color avellana y encontró que le gustaba bastante tener debajo ese duro cuerpo masculino. Él soltó un jadeo cuando ella meneó lentamente las caderas. Estimulada, empezó a desabrocharse poco a poco los botones del cuello del camisón. La mirada de Jack se ensombreció mientras la observaba, luego la cogió por los hombros y la acercó lo bastante como para besarle los senos.

La excitación se desató por ella, y cada fibra de su cuerpo cobró vida con urgencia. Se acomodó y empezó a emplear aquella mente tan hábil que tenía.

Entre otras cosas.

Capítulo 24

Aunque cada jornada en Londres estaba repleta de actividad, Abby iba recuperando gradualmente las fuerzas y las reservas mágicas tras semanas de tensión y desgaste. Por lo tanto, ya debería estar lista para lo que Yorkshire tuviera que ofrecer.

Incluso las lecciones de baile fueron menos temibles de lo que se esperaba. Abby encontraba que Jack era de hecho un bailarín competente. No debería haberle sorprendido, dada su aptitud atlética. Pese a comenzar las lecciones con expresión afligida, él no tardaba en divertirse.

Las lecciones eran de los pocos momentos en que se veían durante el día, ya que Jack estaba tan ocupado como ella. Por suerte, se juntaban por la noche ¡y vaya noches! Abby iniciaba cada jornada con una sonrisa de felicidad.

Igual que Jack. Eso era una fuente de gran satisfacción para ella.

Una semana después de la sesión inicial de medidas y elección de tejidos, las formidables modistas gemelas regresaron para las pruebas finales y ocuparon su dormitorio. Mientras Celeste leía con atención la correspondencia en el salón, obligaron a Abby a pasar al dormitorio escoltada por las hermanas. Empezaron por peinarle el pelo con un elegante recogido flojo en lo alto de la cabeza.

Cuando le dijeron que se desnudara del todo, se retiró tras un biombo por recato. Primero le pasaron la camisola interior. Ella se la metió por la cabeza y el suave algodón acarició su piel como si fuera seda.

—¡Qué preciosidad! El bordado es exquisito. —Abby no era demasiado aficionada a las labores de aguja, pero reconocía la calidad cuando la veía.

Madame Renault se permitió una leve sonrisa de satisfacción mientras apartaba a un lado el biombo.

—Mis chicas confeccionan la mejor lencería de Inglaterra. Ahora el corsé, milady. —Había varias formas de corsés, pero éste era del tipo largo, diseñado para proporcionar una línea lisa desde las caderas al pecho y realzar el busto.

Abby se armó de valor mientras madame le ayudaba personalmente a introducirse en el corsé y empezaba a pasar los lazos por la espalda.

—¡Este corsé es cómodo! —exclamó—. Más cómodo incluso que el mío viejo.

—Por supuesto, milady. Un corsé debidamente diseñado debe ajustarse a la perfección al cuerpo, realzando pero sin forzar formas imposibles en los atributos femeninos. —Estudió cómo le quedaba la prenda con los ojos entrecerrados—. Muchas mujeres necesitan senos postizos para lograr un aspecto estupendo, pero usted tiene la suerte de poseer una figura espléndida, milady. El mundo va a enterarse por fin.

Abby no estaba segura de que le gustara la idea, pero no tuvo tiempo de pensárselo, ya que madame Ravelle se aproximaba con un vestido de baile. No era el de seda azul, para el baile de la duquesa, sino una confección preciosa en suave seda rosa. Con pantuflas a juego.

Mientras madame y sus subalternas retocaban el dobladillo, Abby echó un vistazo al canesú de bajo escote, del todo consternada.

—¡Voy a coger una pulmonía!

—Bailando entrará en calor, y seguro que no le faltarán parejas. No mientras se mueva con orgullo. Hay mujeres bajas que matarían por su altura y presencia —dijo madame Ravelle con grandilocuencia—. Ahora vamos a mostrárselo a su Excelencia.

Abby abrió la puerta que separaba su habitación del saloncito privado. Nada más entrar, la duquesa alzó la vista del escritorio.

—¡Oh, bien hecho, *mesdames*! Abby, mi hermano va a ser la envidia de la aristocracia por la esposa que ha encontrado.

—Haré lo posible para que no sea el hazmerreír. —Abby indicó con un gesto la vasta extensión de piel pálida que revelaba el vestido—. ¿Estás segura de que esto está de moda, que no es vulgar?

Celeste se rió y le dio media vuelta para que mirara hacia el espejo de borde dorado situado encima de la chimenea.

—Es la altura que está de moda. Mírate, querida mía.

Abby pestañeo al descubrir su reflejo. Aunque nunca sería tan elegante como Celeste, estaba impresionante. Muy... femenina. Estaba claro que un corsé bien diseñado cambiaba las cosas de forma sustancial—. Creo que preferiría parecer pueblerina a extravagante —dijo con incertidumbre.

—Tienes un aspecto magnífico, nada extravagante, pero ya no puedes fingir ser una vulgar chica de campo. Nunca lo has sido, pero hacías todo lo posible para dar esa impresión. —Celeste inclinó a un lado la cabeza—. ¿Deslucías a posta tu aspecto? ¿O era sólo que no te interesaba demasiado la moda?

—Ambas cosas. No quería atraer la atención. Teniendo en cuenta mi volumen, eso significaba vestirse con sencillez. —Abby permaneció en silencio antes de añadir una verdad más profunda—. Me hice mujer muy pronto. Llamar la atención de los hombres era... no era agradable. —En una ocasión incluso había recurrido a la magia para librarse de las atenciones no deseadas de un pilluelo borracho. Se había ido corriendo a casa, jadeando y llorando, sin poder contárselo a nadie porque era un pecado emplear los poderes mágicos para dejar inconsciente a un hombre.

—Ah. —Celeste asintió con gesto comprensivo—. Resultar atractiva a los hombres a edad temprana es turbador, sobre todo cuando la belleza de una es más sensual que etérea. De modo que aceptaste el plumaje sencillo de un abadejo en vez de los exuberantes colores de un martín pescador.

¿Por qué no había visto antes la relación entre su generosa figura y su deseo de pasar desapercibida? Probablemente era consecuencia de que nunca pensaba mucho en cómo vestir. Pero mientras estudiaba su imagen en el espejo, decidió que podría cogerle gusto a aquel plumaje más colorido.

La puerta del pasillo se abrió, se volvió y vio que Jack había regresado de sus actividades. Entro diciendo:

—Hola, querida mía.

Luego se paró en seco, con la boca abierta.

—¿Abby?

Celeste se rió.

—Entra, Jack. E intenta mantener la compostura.

Mientras Abby se sonrojaba, Jack describió un círculo a su alrededor con admiración.

—Estás espléndida, Abby. No quiero decir que no estés siempre guapa, pero ¡caray! Si tuviera aquí mi tropa, te dedicarían una salva de quince cañonazos.

—Me alegra que des tu aprobación. —La luz en los ojos de Jack disipó todas las dudas de Abby sobre su nueva ropa—. Todo el mérito es de tu hermana y de *mesdames* Ravelle y Renault. Yo sólo obedezco órdenes.

—Ahora que has admirado a Abby, lárgate, Jack. Quedan muchas pruebas por hacer todavía, y no son cosas que tenga que ver un caballero. —A Celeste le relucían los ojos—. Sobre todo un caballero que parece desear llevarse a su dama a algún lugar más privado.

Los comentarios de Celeste hicieron sonrojarse tanto a Abby como a Jack. Después de salir él en rápida retirada, las damas reanudaron las pruebas. El número de vestidos y accesorios parecía interminable, pero Abby se encontró mucho más paciente que antes. La paciencia resultaba más fácil ahora, pues se había percatado de que iba a disfrutar de ir bien vestida.

Era media tarde cuando las modistas y sus asistentes se marcharon por fin. Abby y Celeste se desplomaron en el saloncito después de pedir la duquesa que les trajeran algún refrigerio. Mientras devoraban una selección de pequeños emparedados y dulces que hicieron pensar a Abby otra vez en la posibilidad de embrujar al chef de Alderton, el lacayo regresó portando una bandeja de plata con dos pequeños fajos de cartas, una para cada dama.

—Gracias, Williams. —Abby aceptó las cartas con entusiasmo, encantada de recibir noticias de casa.

Ella y Celeste sorbieron el té y leyeron hasta que Abby dijo:

—Ah, ha llegado respuesta de Judith.

Celeste alzó la vista con ansiedad mientras Abby estudiaba la carta. Después de las noticias generales de Melton Mowbray y del progreso de varios pacientes, llegó a la información que había estado esperando: «Acerca de ese asunto por el que me preguntabas. He pensado y he consultado mis notas de otros casos e incluso he escrito a la señora Lampry de Birmingham, quien tiene más experiencia que nadie en problemas de este tipo».

Mientras continuaba leyendo arrugó la frente. Incapaz de aguantar la tensión, Celeste le preguntó:

—¿Dice la señora Wayne que no puede hacer nada por mí?

—No —respondió despacio Abby—. Dice que en casos como el tuyo, donde ni el médico ni el curandero pueden encontrar nada que vaya mal en la esposa, lo lógico es preguntar si el problema no estará en el marido.

Celeste soltó un jadeo y abrió mucho los ojos.

—Nunca se le ha ocurrido a nadie que algo... algo podría fallar en Alderton.

—Por regla general se culpa a las mujeres cuando una pareja no consigue tener descendencia —dijo Abby con sequedad—. Y por supuesto a nadie se le ocurrirá mencionar algo que no sugiera la perfección en un duque. Pero no hay que buscar culpables. La esterilidad es un problema físico, no es un pecado.

—Ya veo. —Celeste se mordió el labio—. ¿Se pueden curar los problemas masculinos?

—A veces, sobre todo si el problema es un bloqueo menor. ¿Permitiría Alderton que un curandero le examinara? Como bien sabes, no provoca dolor ni malestar.

La duquesa negó con la cabeza.

—Él desprecia la hechicería. Tampoco se tomará demasiado bien la sugerencia de que presenta algún tipo de carencia. ¿Sería posible examinarle sin que él se enterara?

Abby frunció el ceño.

—Eso no sería ético. Y es probable que resultara inútil, ya que imagino que el duque llevará algún amuleto antimagia.

—Así es. —Celeste agarró su taza con tal fuerza que Abby temió que la rompiera—. Casi no nos hablamos. Ni me imagino pedirle que permita que un curandero le explore para ver si es capaz de engendrar hijos.

—Aquí nos enfrentamos a dos cuestiones —comentó Abby—. Si puedes poner fin al distanciamiento y recuperar vuestra vida íntima, sería mucho más fácil hablar con él de la posibilidad de un examen.

—Tienes razón. Dios sabe que el primer problema es difícil, pero es más sencillo que intentar solventar los dos problemas al mismo tiempo. —Celeste entrecerró los ojos—. ¿Crees que serviría de algo un afrodisíaco?

—No lo recomendaría. Sois marido y mujer, no una chica ansiosa que intenta atraer la atención de un muchacho de las proximidades. —O una fulana española intentando atraer las miradas de un generoso oficial inglés—. Tu relación es más profunda y mucho más complicada. La confianza mutua ya está atravesando apuros por su sospecha de tus motivos para animarle a buscarse una querida. Si intentas manipularle con una pócima amorosa y él lo descubre, tendrá motivos para enfadarse. Debes solventar tus problemas con honestidad, nada de artimañas.

Celeste suspiró.

—Sé que tienes razón, pero ojalá hubiera una solución sencilla.

Abby estaba aprendiendo mucho acerca de los hombres en los últimos días.

—¿Qué me dices de acudir a su habitación alguna noche vestida con tan sólo una seda transparente?

La otra mujer apartó la vista.

—Ya lo he intentado. Me… me ha cerrado la puerta.

Abby se estremeció, imaginaba lo doloroso que tenía que resultar el rechazo.

—Parece que la solución tendrá que venir a través del diálogo.

—Con ese hombre, una roca podría parecer parlanchina a su lado si tiene mal día. Pero lo intentaré. Se ha retraído en ocasiones anteriores, pero al final siempre se ablanda. Tendré que esperar a que vuelva a salir. —Celeste bajó la vista a sus manos—. Pese a su imagen de duque, fue el tercer hijo, ignorado casi siempre, hasta que su padre y hermanos murieron a causa de una fiebres virulentas. Tal vez hubiera tenido más confianza en sí mismo si le hubieran educado como heredero.

Abby trató de llegar mentalmente al duque y realizó el tipo de lectura suave que podía llevarse a cabo incluso con alguien que tenía protecciones. Celeste tenía razón, su esposo había aprendido a desempeñar el papel de duque, pero en el fondo se sentía todavía como el hijo que está de más.

—Eso explica muchas cosas. Necesita sentirse querido, no ser sólo un buen partido que llevar al altar.

—Yo ya lo sabía, pero a veces me olvido de ello —dijo Celeste bajito—. Suerte que tú y Jack estáis en la ciudad para distraerme; de otro modo, a estas alturas ya estaría medio loca de preocupación.

—Entonces debo sentirme agradecida del estado de ánimo del duque, porque has sido una bendición del cielo aligerando mi visita a Londres. —Abby pensó en lo que había conseguido hasta el momento y cuánto quedaba aún pendiente—. Lo único que debo hacer es ver cómo toma posesión de su escaño Jack, lo cual tendría que ser sencillo, y sobrevivir al baile, lo cual no resultará tan fácil. Me las arreglaré.

—Y luego los dos partiréis hacia Yorkshire. —La duquesa se quedó pensativa—. Me pregunto cómo se llevará Jack con sir Alfred.

—¿Qué opinas de tu padrastro?

—Es el marido de mi madre, no es un padre para mí.

—Eso mismo dijo Jack. ¿Cómo crees que reaccionaré yo a sir Alfred? Sé lo que piensa Jack de ese hombre. Me gustaría conocer tu opinión.

Celeste se lo pensó antes de hablar.

—Es frío como el granito escocés, excepto cuando mira a mi madre. Entonces... se enciende. Tal vez debiera encontrar romántica esta devoción, pero parece bastante malsana.

Si Scranton estaba tan obsesionado por la viuda de lord Frayne como para crear sortilegios que pusieran en peligro al primer esposo y al hijo, su devoción era algo más que malsana. Era una amenaza pública. Tal vez incluso un asesino. En tal caso, había que impedir que lastimara a más gente.

Yorkshire prometía ser muy interesante.

Tomar posesión de su escaño en la Cámara de los Lores resultó más llevadero de lo que Jack había esperado. Fiel a su deseo travieso de no alinearse con ningún partido político, contó con el auspicio de un vizconde whig y un vizconde tory.

Cuando surgió por la puerta de la Sala Robing con sus padrinos, inspeccionó con disimulo la cámara y encontró a Abby y a Celeste en la tribuna, las dos observando y sonriendo con aprobación. Abby llevaba uno de sus nuevos vestidos, en concreto uno recatado, de escote alto. Estaba preciosa y se encontraba totalmente adaptada a Londres. Sin duda, las ropas conseguían muchos cambios: Jack, con su toga oficial de ceremonia, casi se sentía en la Cámara de los Lores como en casa.

Alderton había organizado la ceremonia, que tuvo lugar sin la menor complicación. Jack se emocionó de improviso al jurar su lealtad al rey y al país. Llevaba años sirviendo a ambos y a esas alturas podía haberles entregado la vida fácilmente; no obstante, era diferente jurar lealtad y ofrecer todos sus esfuerzos en el cometido de gobernar esta nación. Morir era más fácil que hacer buenas leyes.

Los Langdon de Langdale llevaban siglos como pares del reino, cultivando sus tierras y cumpliendo con su deber. La familia había aportado unos cuantos soldados y clérigos, incluso unos pocos diplomáticos. En el siglo XIII, un Langdon se había unido a los otros barones en Runnymede para hacer frente al rey John.

Si Dios quería, Jack regresaría a esta cámara año tras año para debatir cuestiones de importancia o no tanta. Sólo estar aquí hacía que se aferrara más a sus ideas. Pero también provocaba en él deseos de encontrar un terreno propicio para el avenimiento. Ya había visto demasiadas guerras: era mejor hablar.

Winslow, que era uno de sus padrinos, murmuró:

—Aleccionador, ¿cierto? Tomé posesión de mi escaño cuando cumplí veintiún años y aún no me he recuperado.

Jack hizo un gesto de asentimiento, contento de que su amigo se mostrara comprensivo. Estrechó la mano del lord canciller y luego le acompañaron hasta los bancos reservados a los vizcondes.

Cuando llegó a su sitio, se sucedieron los apretones de manos, las felicitaciones y la bienvenida a la Cámara. Jack conocía personalmente a algunos de estos pares y a otros muchos por su reputación. Al menos en ese día todo eran buenos deseos.

Estaba compartiendo una broma con Ashby cuando oyó el comentario de un hombre a sus espaldas.

—Dicen que Frayne se ha casado con una arpía pueblerina.

Otra voz preguntó:

—¿Y se ha casado con ella? —Se oyó una risa de complicidad—. Las mozuelas hechiceras son unas queridas estupendas, vaya si lo son, pero uno no se casa con ellas.

Jack sintió un estallido de pura rabia. Tras respirar a fondo varias veces para dominarse, se dio la vuelta y preguntó con amabilidad.

—¿He oído mencionar mi nombre?

Algo en su rostro hizo que cambiara la expresión de los dos hombres.

—Encantados de tenerle entre nosotros, Frayne —dijo uno precipitadamente—. Han hecho un trabajo estupendo en la Península, vaya si lo han hecho.

—Cierto, cierto —dijo el otro—. Su experiencia en el ejército va a sernos útil aquí. Qué bien que haya tomado posesión de su escaño.

Una vez cumplidas las formalidades, los dos pares dejaron la conversación. Jack reconoció a uno como el barón llamado Worley, de East Anglia, pensó. El otro le era desconocido.

No es que le importara quiénes fueran; lamentablemente sus opiniones eran comunes en este lugar. En las semanas transcurridas desde el accidente, Jack había permanecido entre personas que aceptaban la magia. Aunque su propio poder seguía inquietándole y probablemente nunca consiguiera asumirlo del todo, aceptaba de mejor grado a los magos en general. Había medio olvidado que muchos aristócratas consideraban la magia algo infame, una ocupación para gente inferior.

Reflexionó, no por primera vez, sobre el motivo de que las clases altas fueran tan inflexibles en su rechazo de la magia. Sospechaba que tenía relación con que se tratase de un talento que no hacía distinción de clases; no había dinero suficiente que pudiera adquirir una facultad mágica. Y los mejores hechiceros era de origen humilde en su mayoría.

Por lo tanto, no era de extrañar que los aristócratas despreciaran la magia, pues era un poder que no podían controlar y por consiguiente lo temían. Y normalmente el miedo se encontraba en la raíz del odio.

Jack no estaba seguro de cuándo iba a pronunciar el discurso inaugural. No sería antes de la siguiente temporada en el Parlamento, pero cuando llegara ese momento, no se ceñiría, seguro, a un tema poco polémico. Haría una llamada a la tolerancia y a la aceptación de los hechiceros, alegando que también eran británicos y no diferentes al resto. *«Si nos pincháis, ¿no sangramos? Si nos hacéis cosquillas, ¿no reímos? Si nos envenenáis, ¿no morimos?»*

Sonrió al recordar las palabras del *Mercader de Venecia*. Mejor dejar que Shakespeare se ocupara de decir las cosas importantes.

Capítulo 25

La doncella personal de Celeste sujetó la última cinta al cabello de Abby y dio forma a la estrecha longitud de seda azul oscuro para que cayera ondulante sobre su hombro derecho.

—Así, milady. Es la perfección personificada.

Ella estudió el reflejo en el espejo del dormitorio. No era la perfección, nunca sería tan bella como Celeste, de rasgos tan exquisitos que quitaban la respiración.

Pero para una mujer de aspecto normal, su apariencia estaba muy bien. La resplandeciente seda azul del vestido conseguía un efecto eléctrico en sus ojos y resaltaba el tono lavanda del bordado de la camisola interior. El corsé de *madame* Renault moldeaba su figura como si fuera una sensual ánfora, y el lustroso cabello marrón destellaba con reflejos caobas y dorados en un sofisticado recogido alto.

La doncella no era responsable de que ella tuviera la expresión de una mujer a punto de ir a la horca. Se recordó que sólo tenía que aguantar la noche sin ponerse en evidencia y sin avergonzar a Jack o a la familia de Jack. Podría lograrlo.

—Gracias, Lasalle. Has hecho un trabajo maravilloso. Ahora regresa con tu señora.

La doncella inclinó la cabeza y se retiró. Como tenía que vestir a dos damas aquella noche, había venido primero a ayudarla a ella. Y ahora tenía demasiado tiempo para sí y para ponerse aún más nerviosa. Necesitada de alguna distracción, salió de la habitación, cruzó el salón y llamó a la puerta del dormitorio de Jack.

—¿Puedo pasar?

—Por supuesto, cielo. Quiero verte en todo tu esplendor.

Al entrar encontró a Jack vestido con el uniforme escarlata del regimiento. Su visión deslumbraría a la mujer de corazón más insensible. Abby contuvo el aliento, olvidando de momento sus nervios. ¡No era de extrañar que la fulana española hubiera empleado un afrodisiaco para atraer su interés!

Aunque ella siempre había admirado el aspecto de Jack, ahora él tenía ocasión de lucirse. Se había aceptado a sí mismo y también su puesto en la vida, y como resultado transmitía una autoridad poderosa que resultaba fascinante.

—¡Estás magnífico! Nunca te había visto de uniforme. Habrás dejado un rosario de corazones rotos allí por donde desfilabas.

—Creo que no. Recuerda que todos los oficiales íbamos de uniforme y muchos eran más apuestos y más galantes con las damas que yo. —Pellizcó su fajín para que quedara perfecto—. Morris echará de menos el uniforme. Dice que mis hombros lucen al máximo con él, lo cual compensa mi falta de elegancia. Tuvo la generosidad de decir que a pesar de las dificultades de vestir con elegancia a un hombre grande, al menos no estoy gordo. —Jack sonrió burlón—. Es muy estricto y exigente. Resultaba más fácil cuando estábamos de campaña en España y las pretensiones eran inferiores.

—La doncella de Celeste ha hecho un buen trabajo conmigo, pero, mientras tanto, iba pensando en lo mucho que prefiere vestir a su señora, con quien puede lucirse de verdad.

Jack inclinó a un lado la cabeza.

—¿Puedes leer los pensamientos?

—No, pero sí interpretar los sentimientos. Estaba haciéndolo lo mejor que podía, al tiempo que daba las gracias porque dentro de nada estaría vistiendo a su madam. —Abby sonrió con ironía—. Yo soy una obligación. Celeste es un placer, desde el punto de vista de Lasalle.

—Tonterías. Tienes un aspecto espléndido, mozuela —dijo él con afecto.

—Y tú también.

Él le sonrió.

—Nunca he sido amigo de vestir uniforme a no ser que esté de servicio, pero ya que casi he acabado con el ejército, me doy cuenta de que tal vez sea la última oportunidad que tengo de exhibir los colores.

—¿Echarás de menos el ejército? —le preguntó en voz baja.

Jack exageró un escalofrío.

—¡Dios, no! Mala comida, peor alojamiento, órdenes estúpidas y la posibilidad de morir cruelmente en un sitio extraño. No echaré de menos nada de eso.

—Pero sin duda hubo cosas buenas también.

Tras un largo silencio, respondió:

—La gente. Mis amigos, tanto los vivos como los muertos. Mi tropa. La manera en que la guerra hace que un hombre que nunca sería tu amigo en la vida civil se convierta en alguien más cercano que un hermano. Tales cosas no tienen precio.

Abby respiró hondo antes de decir:

—No tienes que vender tu cargo de oficial, eso ya lo sabes. Yo nunca te lo pediría.

Jack vaciló, y luego negó con la cabeza.

—Aunque no ha sido elección mía lo de dejar el cargo, ya es hora de que asuma mis responsabilidades. —Alisó el galón dorado que ribeteaba la casaca escarlata—. Lamentaré de todos modos dejar el uniforme. Aún no ha nacido el hombre a quien no le favorezca el uniforme militar escarlata.

—Supongo que diseñan los uniformes con eso en mente. Debe ser un aliciente para que los hombres se alisten. —Lamentó el hecho de que prefiriera seguir en el ejército si las circunstancias se lo hubieran permitido, pero al menos lo de vender el cargo era decisión suya. Se le ocurrió una idea—. Como regalo de bodas, me gustaría encargar un retrato tuyo de uniforme. Estoy segura de que Celeste sabrá darme el nombre de un pintor digno de ese cometido.

—¿Tendré que mirarme eternamente? —le preguntó con cautela.

—Si no te gusta el retrato, lo colgaré en mi tocador, en el caso de que tenga uno. Mucho después de que faltemos, será uno de los tesoros de la familia Langdon. —Sonrió con malicia—. Al menos por el espléndido uniforme.

—Accedo a lo del retrato si tú también aceptas. Quiero tener un cuadro tuyo tal y como estás esta noche.

Ella se sonrojó de placer.

—Me parece bien, ya que nunca voy a tener mejor apariencia.

Él inclinó la cabeza a un lado.

—¿Por qué estás tan nerviosa? Normalmente eres valerosa, por lo tanto, ¿qué temes de la sociedad londinense? No es más que un baile. ¿Qué es lo peor que te puede pasar?

—¡A la hoguera, bruja, a la hoguera! —soltó. Se calló, consternada por lo que acababa de decir—. No pienso en esas cosas a diario, pero saber que voy a estar entre gente hostil a lo que yo represento, me despierta viejos temores. Aunque los hechiceros son tolerados desde la Peste Negra, todavía no es raro oír noticias de que han matado a uno en algún rincón del país sumido en la ignorancia y las supersticiones. Hace doscientos años, podían quemar a mujeres como yo por tener una casa o un trozo de tierra codiciado por algún hombre. Lo único que tendría que haber hecho era acusarme de maldecir a sus niños o su ganado y me habría visto obligada a salir corriendo para salvar la vida. Mi familia lleva esos miedos en los huesos, Jack.

—Entiendo que sea motivo de inquietud, pero esta noche no habrá hogueras en el baile de los Alderton. Lo peor que puede pasar es que te ignoren con desaprobación. —Entrecerró los ojos—. Y cualquiera que lo haga tendrá que vérselas conmigo.

—¿Qué sucederá en el futuro si se hace público que tienes poderes mágicos y entonces te ignoran a ti? —preguntó con curiosidad genuina.

Él frunció el ceño.

—No había pensado en eso. Sigo pensando en la magia como algo ajeno a mí. Pero si alguna vez me condenan por alguna habilidad mágica, bien, ¡al cuerno los intolerantes!

Abby deseó tener esa seguridad. ¿Llegaría el día en que todos los hombres y mujeres pudieran vivir con libertad sin temer la persecución por ser diferentes? Quería creer que llegaría a suceder, pero no sería en vida de ella.

—Con los años, la situación ha mejorado. En estos días el ciudadano normal acepta la magia y está dispuesto a visitar a un hechicero o curandero cuando le hace falta.

—Tal vez puedas contribuir a que el *beau monde* acabe por aceptarlo mejor. Al fin y al cabo, ahora eres uno de ellos, sin dejar de ser una hechicera.

Abby suspiró.

—Es uno de mis temores: sólo es cuestión de tiempo que se sepa que lady Frayne practica la magia. Podría suceder incluso esta noche, lo cual no beneficiaría al baile de tu hermana.

—Si sucede, alza bien la cabeza y ten presente que eres igual a cualquier hombre o mujer de Inglaterra. —Le dedicó una repentina sonrisa pícara—. Pero, por el momento, tal vez yo pueda hacer algo para que te relajes, ya que aún es temprano para bajar.

De pronto las cintas de color azul medianoche que caían desde su cabello de modo tan seductor empezaron a deslizarse sobre su piel desnuda con gran sensualidad. Y cuando, ondulando, buscaron el hueco entre sus pechos, Abby soltó un jadeo, asombrada por la carga erótica del modo mágico en que Jack la tocaba desde el otro extremo de la habitación.

—Pensaba que no creías en el empleo de tu poder.

—Estoy dispuesto a hacer una excepción por una buena causa —replicó con gesto travieso—. Veamos qué más puedo mover.

Mientras una punta de la cinta acariciaba la parte superior de sus senos, la otra se levantó para acariciar su boca con una sutil promesa. Ella se lamió los labios por instinto, imaginando el sabor de uno de sus besos.

La cotonía acolchada de su corsé apretujó el pezón derecho de un modo juguetón. Luego el izquierdo. Abby se llevó las manos a los pechos, anhelando que él la tocara.

—¡Jack! ¡Si nos vamos a la cama y echo a perder el vestido y el peinado, Celeste y su doncella nunca me lo perdonarán!

—No te preocupes, tu vestido está a salvo. —Con el ceño fruncido por la concentración, apretó el corsé sobre los dos pezones a la vez. Se endurecieron, palpitando con necesidad imperiosa.

—¿Estás seguro de que es prudente? —dijo ella con la voz alterada.

—Probablemente, no. —Su intensa mirada descendió sobre su cuerpo.

Debajo del vestido de seda, el tejido transparente de la camisola interior se deslizaba provocativamente sobre sus muslos. El placer brillaba sobre su piel, estimulando su cuerpo en lugares asombrosamente íntimos.

—Ahora ya no me preocupa el baile —consiguió decir—. En vez de ello, me muero por ti. ¿Te parece mejor?

—Mucho mejor, porque yo puedo calmar ese ansia. —Se acercó más y se inclinó para besarle la garganta justo por encima del collar con zafiros heredado de su madre.

Un fuego se desató en ella, más intenso en su entrepierna. Con un vahído, buscó el hombro de Jack para sujetarse.

Él le rodeó la cintura con una mano y levantó su falda con la otra, con cuidado de no aplastar la seda. Abby gimió cuando su mano dura y competente se deslizó hacia arriba entre sus muslos. En cuanto tocó el calor húmedo entre sus piernas, ella empezó a retorcerse y a empujar, agitada por espasmos frenéticos. Se habría caído de no ser por su apoyo. Él llenaba su mundo, y su ternura era más demoledora incluso que su apasionante habilidad.

Cuando se calmó su cuerpo, descubrió que tenía la frente apoyada en el hombro de Jack. Aunque él la sostenía, sus cuerpos no se estrujaban.

—Te has preocupado de no estropear el vestido —dijo con una risa ahogada—. Pero ¿y qué hay de ti? —Bajó la mano tímidamente por su cuerpo.

Él le cogió la mano y se la llevó al corazón.

—Reclamaré mi recompensa más tarde —dijo con un murmullo sugerente—. ¿Estás ahora lo bastante relajada para el baile?

—¡Tan relajada que me cuesta mantenerme en pie!

—Estarás magnífica, muchachita. —La besó con energía en la boca y Abby notó la fuerza que le transmitía. Con ella fluía también parte de su seguridad.

Se sintió preparada.

La actividad mundana de permanecer en pie en la hilera de los anfitriones mientras le presentaban a lo que parecía medio Londres eliminó cualquier resto de nerviosismo en ella. Los miembros de la elite aristocrática que estaba conociendo eran agradables en su mayoría. Y aunque una buena cantidad de hombres estudiaban su figura con franca admiración... bien, eso no era tan grave, no teniendo a Jack a su lado para protegerla.

—Lady Cynthia Devereaux. —El nombre anunciado captó el interés de Abby. ¿No era la chica admirada por Jack en el pasado? Abby no desvió la atención de lady Castlereagh, la esposa del ministro de Asuntos Exteriores, quien le daba la bienvenida a Londres, pero aun así miró por el rabillo del ojo a la fémina que se acercaba.

Lady Cynthia tenía el... mismo aspecto que Celeste. No, no era como ella, sus rasgos y expresiones eran bastante diferentes. Pero ambas eran rubias, menudas, con atuendo exquisito, y ambas tendrían que estar sobre pedestales. Al lado de lady Cynthia iba una rubia más alta, de tono más oscuro, que debía de ser su hermana, y que era casi igual de atractiva.

Mientras lady Castlereagh inclinaba la cabeza y se alejaba, Abby oyó a lady Cynthia decirle a su acompañante:

—Veo que Frayne ha decidido casarse con una foca.

La otra jovencita comentó con una risa ahogada:

—Debe de tener una dote enorme. No puede haber otro motivo para casarse con una criatura así.

Esas palabras alcanzaron como un estilete el corazón de Abby. Había temido este tipo de desprecio hacia su persona casi tanto como que se desvelara que era una hechicera.

¿Habrían hecho esos comentarios con intención de que llegaran a sus oídos? No tenía mucha experiencia en lidiar maldades. En Melton Mowbray, le caía bien a todo el mundo, y si no era así lo disimulaban. Bienvenida a la alta sociedad.

—Lady Cynthia, qué placer verla. Por lo que veo está más guapa que nunca. —Jack no debía de haber oído los comentarios ya que su sonrisa era amistosa—. Y, lady Jane, también está deslumbrante. Creo haber visto el anuncio de su compromiso en el diario la semana pasada.

—Sí, voy a casarme pronto con lord Mortensen. —La sonrisa de satisfacción de lady Jane era un poco presuntuosa. Se había llevado uno de los mejores trofeos del mercado matrimonial e iba a casarse antes que su hermana. Abby se preguntó si conocía Mortensen la naturaleza mezquina de su prometida. Tal vez no le preocupara, ya que era de alta cuna y guapa.

Le importaba más saber si Jack sentía todavía algún aprecio por lady Cynthia. No había indicios de un interés especial en su rostro ni en su aura. El saludo fue el normal en un viejo amigo.

La línea continuó avanzando. Mientras lady Jane y Jack intercambiaban unas palabras más, lady Cynthia se detuvo ante Abby.

¿Cómo debería comportarse? No te rebajes. Escupirle en la cara a esa descarada no le beneficiaría a su reputación. Recurrió a su sonrisa más afectuosa:

—Lady Cynthia, he oído hablar tanto de usted. Me alegra muchísimo que haya podido asistir al baile esta noche.

—No me habría perdido la oportunidad de conocer a la esposa de Jack —susurró lady Cynthia, implicando una profunda intimidad en su uso del nombre de pila. Aunque sus palabras y tono eran corteses, había malicia en sus ojos—. He oído que tuvo un accidente de caza en los Shires y que usted cuidó de él. —Le dio un rápido repaso con desdén. Sin mencionarlo, le dio a entender que Abby había aprovechado la debilidad de Jack para echarle el lazo.

—Le trajeron a la casa de mi padre tras el accidente. —Abby añadió una pizca de magia a su sonrisa, pues quería proyectar una profunda satisfacción marital tanto dentro como fuera de la cama—. La forma en que nos descubrimos el uno al otro fue una especie de milagro.

Lady Cynthia apretó la boca hasta formar una dura línea. Hubo poca cortesía cuando dijo:

—Qué suerte para los dos.

La energía mental que saturaba sus palabras era tan viva que Abby entendió de golpe lo que estaba sucediendo. El año anterior, lady Cynthia había confiado en recibir la proposición de otro hombre, un marqués que era mejor partido, pero por otra parte había animado también las atenciones de Jack, a quien consideraba una buena segunda opción. Había dado por supuesto que le tendría a su disposición cuando quisiera.

Pero ni había tenido suerte con su primera opción ni Jack estaba ahora disponible, y los hombres ricos y con título escaseaban. Aunque era hermosa, cada temporada traía nuevas bellezas a la capital, y sus perspectivas ya no eran tan buenas como parecían el año anterior. Por supuesto, odiaba a Abby.

Sintiendo cierta lástima por ella, le dijo con amabilidad.

—Desde luego, una gran suerte. Espero que disfrute del baile, lady Cynthia.

La rabia centelleó en el rostro de la otra mujer durante un momento. Luego devolvió a sus rasgos el encanto formal y superficial y se alejó. Mientras Abby se volvía para saludar al siguiente invitado, se preguntó cuántos años pasarían hasta que aquel espíritu furioso dejara sus marcas en el rostro de lady Cynthia y todo el mundo pudiera verlo.

Unos minutos después, la duquesa anunció:

—Creo que ya han llegado la mayoría de los invitados, de modo que ¡ya podemos bailar!

Estaba sensacional con su vestido blanco con centelleantes cristales que reflejaban los espectaculares diamantes que rodeaban su garganta y colgaban de sus orejas. Aun así, Abby advirtió que ella y su marido seguían sin mirarse.

Alderton llevaba un chaqué negro y pantalones de corte impecable con un chaleco bordado blanco sobre blanco, pero su expresión era más seria. Incluso triste. Aunque siempre se mostraba amable con ella, no podía decir que se conocieran en realidad. Fue incapaz de resistirse a un delicado contacto mental para intentar interpretar su personalidad, pero sólo notó el escudo de la poderosa protección antimagia. Intentar ahondar más sería una invasión en su vida privada, por no mencionar que estaría totalmente fuera de lugar en un baile.

Jack le dirigió una mirada; sus ojos color avellana parecían dorados. ¡Señor, estaba deslumbrante con aquel uniforme! Un motivo más para que lady Cynthia le guardara rencor a la mujer que se había convertido en lady Frayne.

—¿Bailamos, mocita?

—Me encantaría. —Las parejas ya se estaban disponiendo para una danza folklórica en la que los hombres y las mujeres formaban filas unos enfrente de las otras. No era fácil conversar con la pareja, pero el baile era muy divertido, y uno de sus favoritos. Para ser un hombre tan grande, Jack se movía con ligereza sobre sus pies y daba muestras de estar disfrutando de lo lindo.

Al acabar la pieza, ruborizada y riéndose, se sentía llena de seguridad. Tendría que haber sabido que el baile no iba a ser tan terrible como temía. Cuando Ashby le pidió el siguiente baile, aceptó con placer mientras Jack iba a buscar a su hermana para bailar con ella.

—Sólo en Londres podría bailar con dos duques en una misma noche —le dijo a Ashby mientras las parejas formaban otra disposición.

Él se rió.

—Alderton es mejor bailarín que yo. ¿Estás disfrutando de tu estancia aquí, Abby? A Jack no sólo se le ve curado sino feliz.

—Lo sé —dijo con satisfacción—. Para ser sincera, me preocupaba esta visita, pero todo está saliendo bien. La hermana de Jack es maravillosa, igual que su modista.

—Desde luego. —Ashby se permitió una mirada de apreciación profundamente masculina, de las que dedica un hombre honorable a la esposa de un buen amigo.

Empezó la música y Ashby resultó ser mejor bailarín de lo que afirmaba ser. Más tarde, en otro momento de la velada, fue pareja de Alderton, quien en efecto era un gran bailarín. Con cierto atolondramiento, se preguntó si habría más duques presentes en el salón, para poder ir por los tres. Pero probablemente era mejor no aspirar a tanto: la mayoría de duques eran mayores y tenían gota.

No importaba. No faltaban hombres que quisieran bailar con ella. Tal y como había predicho madame Ravelle, no se perdió ni un baile, por lo que no corrió peligro de coger una pulmonía a pesar del escote.

De tanto en tanto, avistaba a lady Cynthia. Tampoco le faltaban parejas de baile a la menuda y delicada rubia. Tal vez tanto bailar la tuviera un poco hastiada, pues tenía un gesto un poco enfurruñado en la boca. Aunque conseguía que incluso aquel mohín resultara atractivo, Abby percibía la amargura que había debajo.

El último baile antes de la cena concluyó y Abby miró a su alrededor buscando a Jack, pues tenían planeado sentarse juntos. No aparecía. Mientras los invitados pululaban en busca de sus parejas para cenar, ella decidió quedarse quieta y esperar a que él la encontrara. Tenía la impresión de que había salido del salón de baile, por lo que le envió una llamada mental.

A unos tres metros, lady Cynthia estaba hablando con un hombre de mediana edad. Él dijo algo que le hizo soltar un jadeo de sorpresa y lanzar una ojeada hacia ella. Su expresión de placer era inquietante.

Entonces se apartó, notando un picor en la nuca. ¿Dónde diantres se había metido Jack?

Tras otro rápido intercambio de frases con el hombre, lady Cynthia se adelantó y le bloqueó el paso. Y con un tono de voz estudiado para que se oyera por todo el salón, le preguntó:

—Lady Frayne, ¿es cierto que es una arpía?

Capítulo 26

¡A la hoguera, bruja, a la hoguera! Las palabras reverberaban en la mente de Abby, respaldadas por las expresiones de la gente a su alrededor. Lady Cynthia irradiaba una satisfacción perversa mientras los demás invitados mostraban conmoción, miedo y ávida curiosidad. Peor aún, el duque de Alderton la estaba mirando fijamente con rostro horrorizado.

Sintiéndose enfermar, Abby se preguntó si el duque la expulsaría de su casa. Los invitados se apartaban poco a poco y el salón de baile se sumió en un silencio sobrecogedor mientras todo el mundo esperaba a oír la respuesta.

Por un instante de cobardía, tuvo la tentación de mentir y proclamar que el rumor de que era bruja era falso. Quiso atrasar el reloj al momento anterior, cuando era una recién casada irreprochable y estaba pasándolo en grande en su primer baile londinense.

Pero no tenía futuro mentir cuando la verdad podía confirmarse con rapidez. No iba a negar lo que era.

—Hechicera es un término más cortes, lady Cynthia —respondió, confiando en que su voz sonara serena—. Sí, soy una curandera.

Abby percibió el talante de los congregados, algo imprevisible. Como había dicho Jack, nadie iba a quemar a nadie en un salón de baile, pero quizá nunca volviera a moverse con libertad en esos círculos sociales. ¿Dónde estaba Jack? Necesitaba con urgencia que acudiera a su lado y demostrara que apoyaba a su esposa.

Lady Cynthia entrecerró los ojos, pues no estaba dispuesta a dejar el tema.

—Ser curandera ofrece a una mujer oportunidades maravillosas para encantar a los hombres cuando se encuentran en sus horas más bajas.

—No hace falta encantamiento alguno cuando la mujer es bella, encantadora y bondadosa. —La voz de Jack resonó en todo el salón de baile mientras entraba desde la terraza y se colocaba al lado de su esposa, con la fragancia del fresco aire de la noche. La tocó en la espalda a la altura de la cintura con un gesto posesivo cargado de ternura—. Abby me salvó la vida. El hecho de que aceptara convertirse en mi esposa fue un premio adicional que aún me sobrecoge.

Lady Cynthia se encogió bajo la mirada inalterable de Jack, comprendiendo que quizás había sacrificado cualquier estima que pudiera tenerle. En un esfuerzo por guardar las apariencias, dijo:

—Es un relato de lo más romántico. —Sonó como si las palabras no salieran de su boca—: Deseo que sean muy felices.

Abby advirtió que Jack no mencionaba su propio don para la magia. Gracias a Dios, teniendo en cuenta las circunstancias, pues aquello empañaría la cuestión. Lo importante era que la había defendido.

Celeste se adelantó para situarse junto a su hermano.

—¿No es una maravilla que tengamos ahora una curandera en la familia? —Miró a Jack con cariño—. Había empezado a desesperarme que mi hermano no encontrara tiempo para buscar esposa mientras estaba en el ejército. Abby ha sido una bendición.

La sonrisa de la duquesa era radiante, sin el menor indicio de inquietud, pero ella vio su aura rasgado por la tensión. Estaba en juego su propio reconocimiento social al apoyar públicamente a su cuñada hechicera. ¿Esta aceptación la protegería… o acabaría por empañar la posición de Celeste?

Ashby se adelantó con toda tranquilidad para unirse a ellos.

—Desde luego es una bendición. Siempre lamentaré no haber llegado a tiempo: mientras planificaba mi cortejo, lady Frayne ya estaba comprometida con otro. —Le sonrió a Abby con sus afectuosos ojos verdes—. La próxima vez que conozca a una hermosa curandera, actuaré con más rapidez. —Ella sabía que estaba actuando, no tenía ningún interés romántico por ella, pero casi llora de gratitud por aquel gesto de amistad.

El talante de la multitud se volvió menos inestable. Un duque y una duquesa le habían declarado su apoyo y, en lo referente a los hechiceros, los curanderos eran más útiles que la mayoría. Después de esta noche, lo más probable es que Abby fuera más o menos aceptada por la alta sociedad. Era deplorable que hiciera falta el apoyo de un vizconde, una duquesa y un duque para que eso sucediera, pero era un paso adelante en la aceptación de los magos.

Jack le ofreció el brazo a Abby.

—Sin duda ya es hora de cenar. Tanto bailar me ha dado bastante apetito.

—He encargado tus tartaletas de langosta favoritas para esta noche —dijo Celeste con aire indulgente—. No van a durar mucho, de modo que ya es hora de pasar al comedor.

Hizo un gesto a los músicos situados en la galería para que empezaran a tocar una música tranquila, adecuada para la cena. Luego cogió el brazo libre de Jack y acompañó personalmente a él y a Abby al salón contiguo, donde les esperaba el bufé de la cena y estaban dispuestas sus mesas.

Encontraron una mesa excelente a un lado, y Jack se dirigió al bufé para servir la comida en sus platos. Abby dijo en voz baja:

—Siento haber echado a perder el baile, Celeste. Sabía que podría suceder esto, pero no lo esperaba tan pronto.

—Al contrario, mañana todo el mundo en Londres hablará de este baile. —La duquesa suspiró—. Era una ingenuidad por mi parte pensar que nadie se enterara durante un tiempo, sobre todo teniendo en cuenta que eres de Melton Mowbray, donde cazan tantos hombres. Ha sido un cazador quien se lo ha contado a lady Cynthia.

—Ella sin duda se ha sentido encantada de poder descubrirme.

—Su intento de buscarte problemas ha tenido el efecto inverso. Eras toda una dama y ella parecía un gato malicioso, que es lo que es. —Celeste sacudió la cabeza—. La idea de que Jack, distraídamente, pudiera haberle hecho un proposición la primavera pasada me produce pesadillas. En cuanto a que esta noche se haya descubierto tu poder... —Se encogió de hombros—. A la larga, lo más probable es que no tenga importancia. Has sido inteligente al decir de inmediato que eres una curandera, ya que son los magos más aceptados.

Una mujer delgada y elegante, de unos treinta y tantos años, se acercó a la mesa. Aunque tenía el rostro sereno, había angustia en sus ojos azules.

—Lady Frayne, ¿podría dedicarme unos minutos? En privado.

La mujer debía de precisar alguna curación para sí o para alguna persona próxima a ella. Para Abby no era ninguna sorpresa. Cada vez que se conocían sus habilidades acudía a ella gente desesperada igual que las moscas acuden a la miel. Dado que Abby no conocía a esta mujer, dirigió una mirada a Celeste en busca de consejo.

La duquesa hizo un leve asentimiento.

—¿Recuerdas a la condesa de Roreton? Os habéis conocido antes, ¿verdad? Tiene cuatro hijos, los niños más encantadores que hayas visto jamás. —Por un momento, la añoranza de Celeste se dejó entrever—. Adelante, Abby. Haré todo lo posible para impedir que Jack se coma todas las tartaletas de langosta.

Abby se levantó, agradecida de que Celeste le hubiera recordado el nombre de la mujer.

—¿Le parece que salgamos a la terraza, lady Roreton? Imagino que ahora que están sirviendo la cena estará vacía.

Lady Roreton asintió, la siguió a través del salón de baile vacío y salieron por las cristaleras hasta la terraza. Hacía un frío que pelaba, sobre todo para alguien que llevaba un vestido de baile. Abby tiritó, pero la otra mujer no pareció darse cuenta. Estudió su aura, que era de un naranja oscuro marcado por un azul sucio.

—Necesita ayuda, creo.

La delgada figura de lady Roreton empezó a temblar a causa de sus sollozos silenciosos y desgarradores.

—Lo siento, éste no es momento adecuado, pero cuando he oído que era curandera, yo... tengo que hablar con usted. —Se llevó la mano al pecho derecho—. Hay un bulto. Mis niños son tan pequeños, lady Frayne. Me necesitan. ¿Y si no puedo estar ahí para cuidar de ellos?

—No todos los bultos son peligrosos. —Abby condujo a la mujer a un lado de las cristaleras para que no les pudieran ver desde dentro. Aunque la condesa tenía razón en que éste no era el lugar adecuado, era duro negarle ayuda a alguien tan necesitado—. Si le parece, puedo realizar un rápido examen.

—Oh, por favor, si fuera tan amable, le estaré agradecida de por vida. He querido visitar a un curandero, pero mi familia se horrorizó cuando sugerí que pensaba hacerlo. Habría ido de todos modos si hubiera sabido dónde encontrar uno competente. —La mujer se mordió el labio—. No tenga miedo de decirme la verdad, si las noticias son fatales, necesitaré tiempo para asegurarme de que alguien pueda cuidar de mis hijos de forma conveniente.

—¿Dónde está el bulto?

Lady Roreton tocó el lado de su pecho.

—Aquí, aunque no puede palparse con el corsé.

—¿Me permitirá tocarla de un modo más íntimo?

La condesa respiró hondo.

—Haga lo que tenga que hacer.

Abby se centró y recuperó sus percepciones curativas. Cuando notó su poder equilibrado, deslizó los dedos por dentro del canesú de la condesa. Los grandes escotes tenían sus ventajas. Encontró el bulto con facilidad. Era de buen tamaño, de cierta elasticidad. Examinó más en profundidad, pues no quería cometer ningún error.

Una vez segura, retrocedió un paso.

—El bulto no es un cáncer sino un quiste lleno de líquido. Aunque pueda resultar incómodo, no le va a perjudicar.

—Oh, gracias a Dios. —Lady Roreton enterró el rostro en sus manos y volvió a llorar, esta vez de alivio. Su aura se iluminó de forma perceptible; las señales turbias se aclararon en cierto modo.

—Si desea que yo lo intente, tal vez sea capaz de reducir su tamaño.

—Le estaría agradecida de cualquier cosa que pudiera hacer. —La condesa torció la boca—. Aunque el bulto no sea peligroso, su presencia es... perturbadora.

Esta vez, Abby tocó ligeramente el exterior del vestido de color rosa de la condesa. Inspeccionando en profundidad, encontró un punto débil en la pared del quiste. Con un breve y concentrado estallido de energía, redujo el espesor de la pared hasta eliminarla. El fluido empezó a filtrarse. Pronto volvería a ser reabsorbido por el cuerpo.

—En un día o dos, debería haber desaparecido.

Lady Roreton exploró la zona, luego soltó un suspiro de deleite.

—Ya lo noto más pequeño, usted hace milagros. Llevo meses viviendo atemorizada. El médico de la familia me recomendó sangrías, pero eso no salvó a una amiga mía que tuvo un problema similar. Ahora puedo empezar a vivir otra vez. —Sonrió radiante—. Dios la bendiga por su bondad, lady Frayne. ¿Qué puedo hacer para devolverle el favor?

—Puede hablar bien de los magos —dijo Abby—. No quiero que mi anfitrión y mi anfitriona sufran por el crimen de tenerme como invitada.

—Lo haré. —La expresión de lady Roreton cambió, y el miedo fue sustituido por decisión—. Tengo cierta influencia en la sociedad.

—Le agradeceré que ejerza esa influencia en defensa mía y de mi nueva familia. —Abby se rodeó con los brazos tiritando. Jack ya le había dicho que tendría que emprender una campaña para lograr ser aceptada y sabía por experiencia que la tolerancia debía ganarse apelando a las mentes de una en una—. ¡Ahora, mejor que entremos antes de que nos congelemos!

Riéndose, regresaron al interior de la casa. Abby no sabía si lady Roreton se convertiría en amiga suya o no, pero estaba segura de que sería sin duda su aliada, y por el momento, eso aún era mejor.

Jack sintió un gran alivio cuando Abby volvió a reunirse con él y con Celeste en la mesa, con expresión serena.

—¿Te encuentras bien?

—Muy bien. —La mirada de Abby se dirigió a la comida—. Uno de esos es para mí, espero.

Él le puso un plato delante.

—He cogido un poco de todo ya que no llevamos casados tanto tiempo como para estar seguro de tus gustos. Pero las tartaletas de langosta están divinas.

—Qué generoso por tu parte compartirlas. —Abby le dio un mordisco a una, y luego cerró los ojos llena de gozo—. Celeste, tengo que confesar que de tanto en tanto me viene a la cabeza la idea de encantar a tu chef y arrebatártelo.

La duquesa adoptó una expresión severa.

—Mejor no hacer bromas sobre magia en este lugar.

—¡Estaba bromeando!

—Eso aún es peor. —Celeste sonrió un poco—. ¿Has ayudado a Alice Roreton?

Abby asintió mientras se tragaba el resto de la tartaleta de langosta.

—Sí, estaba muy preocupada, y he podido sosegar su mente. Me ha brindado su influencia para contrarrestar el desastre social de mi presencia aquí.

—Excelente —contestó Celeste con alivio—. Está considerada un modelo de conducta casta y respetable, de modo que puede hacer mucho para restar importancia a este asunto.

Jack estaba cogiendo un hojaldre de queso cuando el duque de Alderton se acercó a la mesa.

—Frayne. Madame. —Su mirada se desplazó de Jack a su esposa e hizo caso omiso de Abby—. Me gustaría mantener una conversación en privado. Ahora. —Su voz no podía oírse a más de un metro de distancia, pero vibraba con una ira apenas controlada.

Su expresión dura como el granito y el lenguaje formal no auguraban nada bueno. Jack se levantó pensando en que tal vez Abby no anduviera tan errada al querer evitar este baile. Esta noche iba a traer demasiadas consecuencias.

—¿Abby? —Ella respiró hondo y se levantó también, con la expresión de una mujer que se enfrenta a problemas serios.

—A ella no la he invitado —soltó Alderton.

—Es mi esposa y, además, sospecho que es el motivo de esta discusión. —La mirada de Jack era desafiante. Alderton tenía derecho a censurarles y pedirles que abandonaran su casa, pero no a actuar como si Abby no estuviera allí.

—Muy bien —dijo Alderton de mala gana y sin cortesía—. Pero no le va a gustar lo que tengo que decir.

Mientras Jack se levantaba de la mesa junto con las dos mujeres, miró con pesar los platos casi llenos, sospechando que no iban a volver para acabarlos. En el ejército había aprendido a buscarse provisiones, de modo que cogió dos tartaletas de langosta y, mientras seguían al duque y salían del comedor, se comió una y ofreció la otra a Abby. La sonrisa de ella era vacilante, pero la cogió y se la comió mientras ascendían por las escaleras al piso superior.

Una de las primeras normas de la guerra era comer bien siempre que hubiera ocasión. Sobre todo cuando era inminente una batalla sangrienta.

Capítulo 27

El duque les condujo hasta su estudio privado, una habitación tranquila en la parte posterior de la casa. Estaba bien iluminada con velas y un fuego que la hacía engañosamente acogedora.

Alderton cerró la puerta tras ellos y luego se giró en redondo para encararse a Jack y dar rienda suelta a su cólera.

—¡Cómo te atreves a traer una arpía a mi casa a sabiendas de mi opinión sobre esas criaturas! Pensaba que éramos amigos, Frayne, y aun así me traicionas.

Jack puso freno a su propia ira.

—No he traído a ninguna arpía, sino a mi esposa. Abby es una joven de alta cuna, de reputación impecable, dándose la circunstancia de que está dotada del don de la curación. No me había percatado de que traerla a tu casa fuera una traición a nuestra amistad. ¿O piensas que fue una traición por su parte salvarme la vida?

Alderton torció la boca.

—Si pensabas que hacías algo correcto, ¿por qué no me lo explicaste desde un principio en vez de permitir ser humillado delante de medio Londres?

El argumento del duque era válido. Jack sabía que la magia de Abby podría incomodar a su cuñado. Pero no había contado con provocar tanta furia; en tal caso no se le habría ocurrido venir a pasar estos días con su hermana.

Entonces habló Celeste.

—Abby me lo contó nada más llegar, Piers. Jack es mi hermano, sin duda él y su esposa son bienvenidos en esta casa.

El rostro del duque se crispó.

—De modo que has vuelto a traicionarme. Mi esposa, la ramera, que ansía tener amantes y a quien no le importa permitir que una bruja esté bajo el mismo techo que yo.

Celeste soltó un resuello y luego montó en cólera, que se reflejó con un rojo incandescente en su aura.

—¡Maldito seas, Alderton! ¡No tienes derecho a decir algo así! Jamás he querido tener un amante. —Tomó aliento con un estremecimiento mientras intentaba dominarse—. Detestaba esa idea. ¡La detestaba! ¿Crees que he hecho algo más difícil en la vida que sugerirte que buscaras una querida que te diera un hijo? Pero el primer deber de una duquesa es dar un heredero a su marido, y yo no he sido capaz. Estaba dispuesta a partirme el corazón por darte lo que querías y necesitabas.

—¡Lo que quiero y necesito —soltó el duque con brusquedad— es una esposa leal con mejores ocurrencias que meter una arpía en mi casa!

—Entonces, ¡lo mejor que puedes hacer es echarme de tu casa! —dijo con un siseo. Una cadena plateada surgió poco a poco de debajo de la camisa del duque, impulsada por un estallido de magia de Celeste tan fuerte que zarandeó a Jack y a Abby. De la cadena colgaba un amuleto antimagia de máxima potencia.

—Tienes idea de cuántas veces me ha quemado este amuleto la piel mientras hacíamos el amor? —exclamó con lágrimas surcando sus mejillas—. Soy todo lo que desprecias, Piers. Una hechicera falta de formación, demasiado asustada como para explicarle a su propio esposo lo que es. —El amuleto tiró de la cadena, rompió los eslabones y luego surcó la habitación hasta empotrarse en la pared de enfrente.

Aterrado, el duque observó cómo era arrancado el amuleto y luego se quedó mirando a Celeste como si nunca antes la hubiera visto.

—¿Eres una hechicera?

—La magia viene de familia en muchos casos, Alderton —dijo Jack mientras daba un paso protector hacia su hermana. No creía que su propio esposo fuera capaz de hacerle daño, pero en esos momentos ya no estaba seguro de nada—. Recuerda que me enviaron a la Academia Stonebridge por mostrar demasiado interés por la magia. Me enseñaron a detestarme a mí mismo, pero no lograron cambiar mi naturaleza esencial.

Vaciló un momento antes de continuar. Detestaba hacer alguna manifestación en referencia a su magia, pero no podía soportar dejar que Alderton arremetiera contra Abby y Celeste. Alzó la mano y creó una bola de luz resplandeciente.

—Si quieres recriminarle prácticas mágicas a alguien, dirige contra mí tu veneno. Soy yo quien se ha casado con Abby y la he traído aquí, pensando que al menos serías cortés, y nuestra llegada ha sido lo que ha convencido a mi hermana de que acepte su propio talento. —Dejó entrever su enojo—. Pensaba que nuestra amistad iba más allá de todo esto, Piers.

—El dolor le está consumiendo vivo —dijo Abby en tono calmado—. Mirad su aura. Su ira tiene como origen el miedo a que Celeste no le ame, y ese miedo le está infectando y avanza desde el corazón hacia fuera. Es fácil pasar del miedo al odio.

Alderton se quedó blanco al oír las palabras de Abby.

—Éste es el motivo de que los malambrunos sean tan odiados —dijo con crudeza—, porque se apoderan de los secretos del alma de un hombre.

—Te he dicho lo mucho que te amaba una y otra vez. ¿Qué más puedo decir? —preguntó Celeste, mientras su rabia se desvanecía en forma de angustia y daba un paso para interponerse entre su esposo y las dianas de su furia—. ¿Por qué no quieres creerme?

—Tal vez ames al duque de Alderton. —Miró fijamente a su esposa, tan hipnotizado por su belleza etérea que Jack y Abby bien podían no existir—. Pero ¿te habrías casado conmigo cuando sólo era lord Piers, tercer hijo de modesta fortuna? Siempre he deseado y necesitado una sola cosa: a ti, Celeste. Mucho más de lo que pueda desear un heredero. Necesito una esposa que me ame a mí, no al duque de Alderton. Nunca he estado seguro de contar con una esposa así.

—Quieres que te ame por ti mismo, no por ser un duque —replicó Celeste—. Pero ¿me amarías si yo no fuera bella? ¿Qué parte de tus sentimientos por mí se deben a mi rostro bonito y cabello rubio tan preciados para ti?

Aquello desconcertó a Alderton.

—¡No es lo mismo!

—Se parece bastante —contestó ella con aspereza—. Mi belleza ha dado forma a mi vida y es parte de quien soy. No sería la misma mujer si fuera más vulgar. Pero tú tampoco serías el mismo hombre si no te hubieras convertido en duque. —Suavizó su tono—: Amo todo en ti, Piers, y parte de ello responde a la dignidad, equidad y justicia que ejerces como duque de Alderton. Creo que te amaría fuera cual fuera tu posición en la vida, pero es así como te he conocido. ¿Puedes decir lo mismo? ¿Me habrías solicitado un baile la primera vez si hubiera sido tímida y feúcha y si fuera mal vestida?

—Yo... no lo sé —respondió Alderton con una sinceridad dolorosa—. Pero Londres está lleno de mujeres bellas, y son demasiadas las que intentan atraer el interés de un duque. Rara vez he pedido un segundo baile a una de ellas. —Alargó la mano y tocó el brillante cabello de Celeste con expresión tensa—. Contigo... Nunca me canso de tu compañía, y no sólo por tu belleza. —Mientras se miraban a los ojos, el aire se cargó de tensión sexual.

—¿Puedes amarme a pesar de mi poder mágico? —susurró apoyando la mano sobre la de él—. Puedo negarme a usarlo, pero seguirá formando parte de mí de todos modos.

—Si eso es cierto —dijo él con voz quebrada—, entonces aprenderé a amar tu magia, porque yo te amo de verdad.

Con lágrimas surcando su rostro, Celeste se adelantó hacia él. Alderton, sin poder dominarse ya, la atrajo para estrecharla con fuerza entre sus brazos, como si con su beso pudiera atraer hacia él el alma de Celeste. Ella se aferró a su espalda para abrazarle con tal fuerza que parecía que no fuera a permitir que la soltara.

Con un hormigueo en las terminaciones nerviosas a causa de la energía que atravesaba imparable la habitación, Jack agarró a Abby por el brazo y la instó a salir al pasillo, cerrando la puerta de golpe tras ellos.

—¡El poder generado por esa pelea habrá echado a volar todas las palomas de Londres!

—No sólo las palomas. —Abby tenía las pupilas oscuras y las mejillas sonrosadas, cargadas de promesas sensuales. Jack no podía apartar la mirada de la magnífica prominencia de sus pechos.

—No debería haberme afectado eso —dijo con voz ronca mientras la sangre le palpitaba con fuerza en sus venas—. Es mi hermana.

—En esa habitación había pasión suficiente como para que los monjes rompan sus votos. No importa cuál sea la fuente. —Con ojos centelleantes, Abby bajó la cabeza de Jack para darle un fiero beso—. Y yo no soy tu hermana.

El deseo descarnado le abrasó todo el cuerpo mientras las bocas se unían con urgencia en un beso que no conocía el final. Jack la apoyó en la pared y buscó a tientas los botones de los pantalones en busca de alivio. Ciego de deseo, le levantó las faldas y esta vez no pensó en no aplastar el tejido.

Abby tenía el cuerpo excitado, dispuesto, y soltó un grito cuando él la penetró, un sonido que Jack tragó en su boca. Notó las convulsiones casi al instante. Con los colores del arco iris alzándose a su alrededor, embistió una y otra vez, volcándose en ella e intentando fundirse físicamente con una intensidad que descartaba toda consideración, hasta que el deseo frenético estalló en una liberación sensacional.

Cuando pasó la locura, apoyó la frente en la pared mientras se agarraba con los brazos a la forma provocadora y exuberante de su esposa.

—No es de extrañar que la gente tema el poder de la magia sexual —dijo entre jadeos—. Si no llega a ser por la pared, creo que los dos nos habríamos desplomado.

—Es probable que sí. —Sonrió con una mueca torcida—. Buena parte de esa magia provenía de ti, creo, porque yo nunca había sentido que me afectara con tal fuerza.

—Suerte que nadie ha aparecido por este pasillo. Aunque creo que podría haber pasado una manada de elefantes al galope y no me habría enterado.

La soltó, aún tembloroso, y se enderezó, medio sorprendido al poder mantenerse en pie. Mientras se abotonaba los pantalones, preguntó:

—¿Qué acaba de suceder? Aparte de lo obvio —se apresuró a añadir al ver la sonrisa pícara de Abby.

—Creo que Celeste y su marido han estado reprimiendo sus pasiones durante bastante tiempo. —Aceptó el pañuelo que él le ofrecía y se secó—. Mientras se peleaban, explotó todo ese deseo reprimido, incrementado por la magia de Celeste. Dado que también estábamos ahí en medio y nos hemos visto implicados en la discusión, nos ha atrapado también la tormenta de deseo. Me pregunto si el resto de la casa la habrá sentido.

Jack se estremeció.

—Espero que no, o cuando regresemos al salón nos encontraremos con una orgía.

—¿Debemos regresar al baile? —Abby hizo una mueca—. Supongo que sí, ya que somos los invitados de honor.

—Y es poco probable que el anfitrión y la anfitriona vuelvan a aparecer. ¿Tengo aspecto respetable?

—Lo suficiente a estas alturas de la velada. Si hubieras aparecido así más temprano, la gente habría sospechado de alguna otra cosa que danzas energéticas. —Ella se pasó las manos por el vestido—. ¿Qué tal mi aspecto?

—Das la impresión de haber estado bailando con mucha entrega —dijo con seriedad—. Pero nada más que eso, creo. —Le ofreció el brazo—. ¿Bajamos entonces?

Ella se mordió el labio.

—He hecho algo indebido. Cuando Celeste le retiró el amuleto antimagia de Alderton, le dejó desprotegido. Entonces yo... aproveché para analizar a fondo su cuerpo y creo que he encontrado el motivo de la falta de hijos. Era un simple bloqueo, y lo he solventado, creo.

Jack la miró fijamente, imaginándose lo íntima que había sido esa exploración.

—Ha sido un trabajo muy rápido.

—Algunos problemas son sencillos y pueden curarse deprisa. —Suspiró—. Lo que he hecho no ha estado bien, aun así no puedo lamentarlo. Aunque los sucesos de la noche vuelvan más tolerante a Alderton en lo referente a los magos, aún falta mucho para que permita que un curandero le examine y le trate.

Tenía razón. Por el bien de su hermana y su esposo, confiaba en que Abby hubiera tenido éxito.

—Tal vez no sea ético, pero la compensación en caso de éxito será enorme. Si no lo has logrado, nadie se enterará.

—Pero no es algo que deba repetir.

—¡No! ¡Y menos conmigo!

—No me hará falta —dijo—. Puedo hablar contigo y sé que me escucharás.

Mientras descendían la escalera para dirigirse al salón de baile, reparó en que la capacidad de entenderse hablando podría ser una bendición aún mayor que la asombrosa pasión que compartían.

Sus amigos tenían razón, era un hombre muy afortunado.

Abby se estiró y todo su cuerpo se sacudió placenteramente contra la sólida figura de su marido.

—¿Tenemos que levantarnos de la cama hoy?

—Creo que sí. Pero todavía no. —Se acercó un poco más rodeándole la cintura con el brazo. La noche anterior no llegaron a ponerse la ropa de dormir, por lo tanto estaba disfrutando de su deliciosa desnudez.

—Me pregunto cuántas flores llegarán hoy con notas para desear que la duquesa se haya recuperado de la indisposición que la obligó a abandonar temprano el salón de baile. —Abby sonrió mientras pensaba en las mentiras sociales que habían inventado la noche anterior para justificar la desaparición del anfitrión y la anfitriona—. Y cuántas mujeres envidiarán el hecho de que tenga un marido tan solícito como para sentarse a cuidar de ella.

—Dudo que se sentara demasiado —comentó Jack con humor—. Con suerte, habrán arreglado sus diferencias, pero la situación puede ser un poco delicada hoy. Todavía estamos a tiempo de irnos en vez de esperar a mañana. Los dos ya tenemos las maletas prácticamente hechas, ¿cierto?

—No sé —contestó Abby con dudas—. ¿Cuándo nos espera tu madre?

—No nos espera.

Al ver que Abby arqueaba las cejas, añadió:

—Me pareció mejor no darle la oportunidad a Scranton de prepararse. No tengo que avisar de cuándo regreso a mi propio hogar.

—Me pregunto qué nos espera allí. —Abby intentó prever los sucesos que tendrían lugar en las próximas horas sin conseguirlo—. Pienso que... será complicado.

—Tal vez incluso peligroso. —La expresión de Jack era seria—. Si estamos en lo cierto, Scranton representa un problema profundo.

—Entre los dos conseguiremos imponernos a un padrastro malvado.

Jack hizo un gesto de asentimiento, pero no se mostró más tranquilo. Cambiando de tema, preguntó:

—¿Puedes percibir el ánimo de Celeste y Piers?

—Percibo una profunda satisfacción, pero no sé si mirar más de cerca. Ya he interferido bastante.

La mano de Jack empezó a describir círculos acariciando su estómago.

—Cada vez entiendo mejor las tentaciones peligrosas de la magia. Debe parecer tan fácil curiosear en las emociones de otras personas y hacer pequeños cambios en su beneficio.

—Exacto —dijo ella, contenta de que lo entendiera—. Es una suerte que tanta gente lleve amuletos antimagia. Aunque no sirvan para detener la influencia de un mago poderoso y decidido, toparse con el escudo de amuleto es un recordatorio de que estás yendo demasiado lejos.

—Momento en el que los hechiceros con principios se retiran. —Los círculos sobre el estómago se transformaron en caricias más largas sobre el vientre—. ¿Cuántos hechiceros tienen principios?

—Cuanto más fuerte sea su poder, más probable es que tenga valores éticos. Los sortilegios más poderosos requieren disciplina, y la consecuencias de un mal comportamiento son mayores. —Ella se adaptaba como si fuera un gato a su mano acariciadora—. Los magos más peligrosos son los charlatanes con poco talento y sin escrúpulos. Nos desprestigian a todos.

—Estoy perdiendo interés por el tema de los magos —murmuró—. Y pensándolo bien, hemos sido prudentes al pensar que estaríamos demasiado cansados para viajar a la mañana siguiente de un baile.

—¿Estás cansado? —preguntó con falsa inocencia mientras iniciaba su propia exploración con la mano.

Él apoyó la mano en su pecho.

—Demasiado cansado para subirme al carruaje y viajar todo el día. Pero estar en la cama... eso es fácil.

Abby sintió un estremecimiento recorriendo su cuerpo. Quedarse en la cama era desde luego fácil, pero cansado en cierta manera deliciosa.

Abby se sintió más que un poco cautelosa cuando bajaron al comedor de la familia para desayunar a media mañana. Ella y Jack no habían comido demasiado la noche anterior, por lo que sentía un hambre canina. Fue un alivio descubrir que tenían el comedor para ellos solos. Estaba acabando los huevos con tostadas y el té cuando entró Celeste. La duquesa tenía ojeras, pero su expresión era radiante.

—¿Va todo bien? —le preguntó Jack.

—¡A las mil maravillas! —Se inclinó sobre su hermano y le dio un abrazo, luego hizo lo mismo con Abby—. Ni siquiera lamento tantas semanas de sufrimiento, ya que Piers y yo nos entendemos ahora mucho mejor. —Se dejó caer sobre la silla situada al lado de Abby y le preguntó en voz baja—: Abby, ¿es posible que una mujer sepa que se ha quedado embarazada en el mismo momento en que sucede?

Sorprendida, Abby estudió el aura de Celeste. De hecho, parecía haber un brillo adicional alrededor del abdomen.

—Sé de mujeres que han afirmado eso y estaban en lo cierto.

—Es demasiado pronto para contárselo a los demás, pero estoy convencida. —Celeste bajó el tono todavía más—. ¿Hiciste algo? Vi con qué atención estudiabas a Piers durante la horrible pelea.

Abby se sonrojó.

—Hice una rápida exploración y encontré una pequeña anomalía, y la corregí. No estuvo bien por mi parte, pero en ese momento me pareció una oportunidad de oro.

Los ojos color avellana de Celeste brillaron llenos de gratitud.

—Lo era, y te doy las gracias de todo corazón por haber aprovechado la ocasión.

Antes de que Celeste pudiera decir algo más, se abrió la puerta y entró el duque de Alderton. Abby se puso en tensión y Jack en pie con cautela.

—Podemos marcharnos de inmediato si lo deseas —le dijo a su cuñado.

—Eso no es necesario. —El duque miró directamente a Abby—. Mis disculpas, lady Frayne. Estaba molesto, no podía razonar y me comporté fatal con todo el mundo, en especial con usted. Confío en que pueda perdonarme.

El recelo de Abby se fundió.

—Por supuesto. Todos nos comportamos fatal en alguna ocasión. —Confiaba en que la grosería con que la había tratado compensara su acción curativa sin su permiso—. Me llamó por mi nombre cuando llegué el primer día, y confío en que vuelva a hacerlo.

—Gracias, Abby. Espero que podamos empezar de nuevo. —El duque era un hombre muy diferente al de ayer. La oscuridad y la ira de su aura habían sido reemplazadas por calma y satisfacción. Ésta era su naturaleza verdadera cuando la duda y el miedo no le volvían medio loco.

Jack preguntó sin dar rodeos:

—¿Cómo ves la magia ahora?

Alderton vaciló.

—Todavía me incomoda bastante, pero he comprendido que si dejo a un lado las ideas preconcebidas con las que me educaron no hay motivo para despreciar a todos quienes trabajan con ella. Sobre todo cuando esos poderes son más comunes de lo que yo pensaba. —Sonrió con picardía—. Estoy esforzándome por aceptarlo, y al final lo conseguiré.

Lo cual era estupendo, pensó Abby, ya que tenía la fuerte intuición de que el tan esperado heredero Alderton estaría dotado para la magia.

Esperaba con ilusión el momento de comprobarlo.

Capítulo **28**

—Ya casi hemos llegado. —Jack se inclinó hacia delante y miró por la ventana con expresión nerviosa—. La verja de entrada a la calzada particular queda justo tras la próxima curva.

—Es hora de meter a *Cleo* otra vez en su cesta. —Abby pasó a su amodorrada gata del regazo a la cesta acolchada, con tapa, que había traído para que su amiga felina viajara segura. No quería correr el riesgo de que *Cleocatra* se asustara y saliera disparada del carruaje en medio de una parada.

De camino al norte, se habían detenido en Melton Mowbray durante tres noches. Aparte de visitar a familiares y amigos, recogieron a *Dancer*. El caballo de Jack se había recuperado de su lesión durante la cacería y ahora trotaba detrás del carruaje sujeto por una correa.

La noche anterior la habían pasado en Leeds, la ciudad más próxima a Langdale Hall, y hoy el carruaje había ascendido por los Peninos, la cadena de abruptas colinas que dividía Gran Bretaña en el norte.

Incluso en un día gris con amenaza de lluvia, el paisaje era espectacular, con escarpados precipicios y cascadas que caían por las laderas de las colinas antes de correr hasta los fértiles valles, a los que la gente de la zona llamaba *dales*. Abby pensó que podría aprender a amar Yorkshire.

—La primavera llega pronto este año. Incluso estando tan al norte, he visto narcisos. Pronto todo el campo cobrará vida.

Tomaron la curva y el carruaje se detuvo delante de una verja de hierro forjado por la que se llegaba a la mansión. Jack abrió la ventanilla y llamó:

—¡Hola, Ned! ¿Sigues ahí?

Al ver que no aparecía ningún guarda, Jack masculló un juramento y descendió del carruaje para abrir él mismo la verja. Un hombre arrugado salió arrastrando los pies de la caseta.

—¡Ned! —Jack le ofreció su mano a través de los barrotes de hierro—. Me alegra volver a verte.

El viejo hizo caso omiso de la mano tendida.

—Se ha tomado su tiempo para volver a casa, milord. —Añadió el título sin pretensión alguna de dar la bienvenida.

—He estado ocupado librando batallas para Gran Bretaña, Ned. —dijo Jack al tiempo que bajaba la mano.

El guarda resopló de modo elocuente, dejando claro lo poco que le importaban las batallas en el extranjero. Mientras abría la verja dijo:

—Han cambiado mucho las cosas, milord.

—¿En qué sentido?

—Ya lo descubrirá. —Ned cerró la puerta tras el carruaje y entró pisando fuerte en la caseta del guarda.

En cuanto el coche entró en la propiedad, Langdon notó en sí mismo un sorprendente cambio de energía. Abby se había ido acostumbrando al vigorizante aire de Yorkshire y a una noción particular de vida tenaz en zonas más altas. Ahora que habían entrado en Langdale, una pesadez sofocante y uniforme impregnaba la atmósfera.

—¿Notas la diferencia? —le preguntó Jack.

—De forma drástica —contestó Abby mientras el carruaje iniciaba la ascensión por la calzada de la mansión. Se adentraba tanto en el valle que ni siquiera veía la casa al final—. ¿Escogiste al guarda para asustar a la gente?

—Ned solía ser mucho más simpático —le explicó Jack con el ceño fruncido—. Tú tienes mucha más experiencia que yo leyendo auras, ¿qué has visto en la suya?

—Parecía un hombre que lucha por sobrevivir; la energía está fuertemente pegada a su alrededor.

—Eso es lo que yo he percibido. No parece el de siempre. —Jack dio unos golpecitos en el vidrio del cochero como señal para que se detuviera—. Todo me resulta extraño.

Cuando el carruaje se detuvo, Jack bajó de un salto.

—Sólo será un minuto.

Abby esperó mientras el minuto se convertía en varios. Con los nervios tensos, abrió la puerta y bajó también. Jack se hallaba a cien metros más o menos al lado de un pequeño bosquecillo de árboles con las ramas desnudas. Mientras caminaba para unirse a él, las primeras gotas de fría lluvia empezaron a caer. Deseando haber cogido su sombrero, le preguntó:

—¿Qué estás buscando?

—Había una mata de bulbos de narcisos plantados aquí, que aumentaba en número cada año. Las flores cubrían el suelo como un manto dorado reluciente. Ahora no se ve un solo brote que aflore por el suelo.

Tenía razón. Desde que habían entrado en Langdale se había desvanecido todo rastro de la primavera. No afloraban retoños y las yemas de los árboles estaban tan duras y apretadas como en pleno invierno. A sabiendas de que los narcisos eran famosos por su resistencia, preguntó:

—¿Podría haberlos arrancado alguien?

—No imagino el motivo. —Jack se agachó y empleó un palito para ahondar en la tierra. Casi de inmediato, encontró un bulbo y lo sacó del suelo.

Abby escrutó el bulbo marchito.

—No parece muerto, pero sí de diciembre más que de marzo. Y a estas alturas, al menos debería haber brotado. Tal vez incluso florecido.

Jack se puso en pie.

—Demuestra que no me estoy imaginando esta sensación de anomalía.

Abby exploró el paisaje estéril. El viento gemía entre los árboles y la lluvia caía ahora con más fuerza.

—Esta tierra está aletargada, prácticamente sin vida.

—¿Maldita?

—No lo creo, pero no estoy segura —contestó despacio—. Haría falta un mago de poder inimaginable para maldecir una superficie tan grande, y las maldiciones dejan una impresión definida, perniciosa. La impresión que desprende esta tierra es que le han absorbido la vida hasta casi no dejar nada.

—Maldiciones, vida absorbida, tanto da. Mi tierra casi está muerta, y no sé cómo curarla. —Volvió a meter el bulbo en el suelo, apretando la tierra por encima—. Ned casi parecía un muerto. Había visto Langdale Hall asolada en sueños, pero no me había percatado de que se trataba de una plaga real.

—¿Crees que esta negación de la vida se puede atribuir a tu padrastro?

—Lo más probable. Confío en que puedas determinarlo cuando le veas. —Jack se volvió hacia el carruaje—. ¿Matar a un hombre anula sus maldiciones?

—Confío en que estés de broma —le dijo Abby inquieta por su tendencia militar a la violencia.

—No del todo. —La mirada sombría de Jack se desplazó a las colinas—. Langdale es responsabilidad mía. Ahora que he regresado, haré todo lo necesario para devolverle la salud.

—Un crimen no serviría —replicó Abby con firmeza—. Aunque alguien hubiera contratado los servicios de un nigromante para maldecir esta tierra, la muerte de Scranton no pondría fin a esa maldición. Ni siquiera la muerte del mago acabaría con ella. Si hay una maldición, la solución está en contrarrestarla con magia curativa bien poderosa. ¡Por lo tanto, no cometas ninguna insensatez! No quiero verte colgado de la horca en Tyburn.

Jack no contestó. Con fría claridad, Abby comprendió que él haría todo lo que considerara necesario para poner fin a esta extraña falta de vida en sus terrenos. Formado como soldado, no como mago, en realidad no entendía que acabar con una vida restaría aún más armonía a la tierra. Ella debía ayudarle a mantener el equilibrio, si podía. Mientras él le daba la mano para subir al carruaje, Abby dijo con suavidad:

—Por favor, no hagas nada drástico o criminal sin consultarlo primero conmigo. Juntos podremos descubrir la verdad y encontrar una solución.

Preocupada al ver que él no contestaba, insistió con brusquedad:

—¿Jack?

Él asintió a su pesar.

—No mataré a Scranton sin informarte antes.

—No es que me tranquilice demasiado —dijo con aspereza mientras intentaba arreglarse el pelo mojado.

—Confío en no llegar a eso. Pero se me ponen los pelos de punta al comprobar lo mal que están por aquí las cosas.

Abby también podía sentirlo, y el efecto sería más fuerte en Jack, dado que se trataba de su hogar. Aquello tampoco la tranquilizó.

—Habrá una solución. Debemos tomarnos el tiempo necesario para encontrarla.

—Temo que la solución pasa por echar a mi madre de su casa —dijo con el rostro crispado—. ¿Cómo se consigue hacer algo así?

—Considéralo como expulsar a tu padrastro de tu casa —sugirió—. Tu madre puede quedarse o irse, según le plazca. Tiene opciones al fin y al cabo. Puede irse con su marido a su finca, que está justo al lado. O quedarse en Langdale Hall sin él. O aprovechar el usufructo para establecerse en otro lugar, como Londres o Bath.

—Tienes razón, no es que la esté condenando a un hospicio. —Frunció el ceño—. Pero va a ser difícil pedirle que se vaya. ¿Me ayudarás, Abby?

Abby se lo temía.

—Por supuesto. ¿Quieres que sea yo quien le diga que se vaya? Ella me guardará resentimiento de todos modos, por consiguiente da igual que yo ejerza de mala.

—Suena tentador, pero me corresponde a mí comunicar el ultimátum. —Suspiró—. Al menos... apóyame. No me dejes ceder y eludir hacer lo que sé que es de justicia.

En cierto sentido, eso sería más duro que dar las órdenes ella misma.

—Haré todo lo posible. Pero tienes que estar seguro de que quieres hacerlo. Si hay incertidumbres, te costará más ser todo lo firme que sea necesario.

—Tengo la certeza de que quiero recuperar Langdale Hall. Confío en que eso me proporcione la determinación necesaria para mandar a Scranton fuera de aquí.

—Si él es el origen de esta plaga, sacarle de la finca puede ser un buen comienzo de cara a arreglar la situación. Si de verdad somos afortunados, tal vez no haga falta nada más.

—Entonces me libraré de él. —Jack sonrió con sarcasmo—. En general, sería más fácil pegarle un tiro; las armas resultan más sencillas que las conversaciones peliagudas.

—Sin duda. Pero no serán la mejor solución a largo plazo.

El resto del trayecto hasta la casa lo hicieron en silencio. Abby sujetaba la cesta con *Cleocatra* en su regazo y apoyaba una mano en el suave pelaje del gato. Considerando lo nerviosa que había estado *Cleo* desde la entrada en la propiedad, no estaba segura de quién necesitaba más consuelo.

La vasta casa solariega era una combinación interesante de estilos a cada cual más antiguo. El carruaje se detuvo debajo de un pórtico a la derecha que les protegió de la lluvia que ahora caía con fuerza. Jack le ayudó a bajar del vehículo.

—La sección más antigua de Langdale Hall se remonta al siglo trece, al menos eso dicen. Varios Langdon fueron añadiendo alas nuevas cuando les vino en gana, sin tener en cuenta las ya existentes.

—Es un batiburrillo, la verdad —admitió—, pero encantador.

—Sabes mentir —dijo él con un atisbo de sonrisa.

—No estoy mintiendo. —Indicó con un gesto la mezcolanza de torres, fachadas y ventanas desiguales. Había una bonita sección estilo tudor, e incluso un ala palladiana del siglo anterior—. De acuerdo, el lugar parece construido por un calderero ciego, pero las piezas encajan bien. La preciosa piedra gris crea una impresión de mansión surgida de las entrañas y huesos de las colinas de Yorkshire.

La expresión de Jack se suavizó.

—Siempre he pensado eso mismo.

Mientras se dirigían a la puerta que permitía entrar en la casa desde el pórtico, Abby le cogió del brazo con una mano y sostuvo el cesto de *Cleo* con la otra. Jack llamó a la puerta. Al igual que antes, hubo que esperar.

Esta vez abrió la puerta un lacayo bien vestido, con peluca empolvada y librea. Al ver a Jack abrió mucho los ojos.

—No le esperábamos, lord Frayne.

Jack arqueó las cejas.

—¿Está la residencia tan descuidada que es necesario avisar antes de traer a mi esposa a casa?

—No, milord. —El lacayo hizo una inclinación tras echar un rápido vistazo a Abby.

—Es un placer volver a verle, milord. Bienvenida a Langdale Hall, milady.

—Eres Jenkins hijo, ¿verdad? ¿El mayor de los chavales del mayordomo?

—Sí, milord. —El desconsuelo se apoderó del rostro del joven por un momento—. Mi padre falleció hace dos inviernos.

—Lo lamento. No lo sabía —dijo Jack con expresión seria—. Era un buen hombre.

Mientras Abby entraba con él, se preguntó por qué la madre no se lo había comunicado en sus cartas. Sin duda, la muerte de un viejo criado de la familia se merecía una línea o dos en una carta.

Se estaban sacudiendo la lluvia en la entrada cuando una rubia de ensueño, con un pequeño perro en los brazos, cruzó flotando la puerta abierta que daba entrada a la casa. Al ver a las visitas, se detuvo:

—Jack, qué maravilloso volver a verte. ¿Te esperábamos?

Era obvio que se trataba de la mujer que había establecido el gusto de Jack por las rubias menudas. Helen, lady Scranton, debía de rondar los cincuenta, pero seguía delgada, con un reluciente cabello rubio y rasgos perfectamente formados. Desde el otro extremo de una sala concurrida, podría confundírsele con Celeste. Su rechoncho perrito faldero llevaba una cinta azul oscuro a juego con el ribete de la elegante bata de su señoría.

—¡Madre! —Pese a los sentimientos complejos que le inspiraba su madre, Jack cruzó la habitación y la abrazó con alegría, y con cuidado de no lastimar al perro—. Quería darte una sorpresa. Hace demasiado tiempo.

—Demasiado, dices bien, demasiado tiempo. ¿Y de quién es la culpa? —Tenía los ojos azules, y no del color avellana de Jack y Celeste. Se volvió a Abby, sosteniendo el perrito contra el pecho—. ¿Quién es ésta? ¡No habrás contratado a alguien para hacerme compañía! Ya sabes que no hace ninguna falta, ya tengo a mi querido Alfred.

Jack cogió a Abby de la mano y tiró de ella hacia delante.

—Por supuesto que no haría tal cosa. ¿No recuerdas que te escribí sobre mi boda? Permíteme que te presente a mi esposa, Abby, la nueva lady Frayne.

Su señoría alzó las cejas.

—¿De verdad? Pensaba que te casarías con una muchacha más guapa.

Abby se sonrojó, y sus mejillas se tiñeron de un colorado intenso y doloroso mientras se desvanecía la frágil confianza que había adquirido en Londres. Se sintió una vaca grande y torpe, con las jornadas del viaje a sus espaldas y un traje viejo mojado por la lluvia.

Jack apretó la mano de Abby con fuerza.

—Es un comentario horrible hacia la nueva señora de Langdale Hall —dijo con aspereza—. Confío en que te disculpes por tu *lapsus*.

Su madre se encogió de hombros sin dar muestras de arrepentimiento.

—Pensaba que las rubias elegantes estaban más en tu línea, pero por supuesto, hace tantos años que no te veo que ya no conozco tus preferencias.

¿Estaba bien de la cabeza su nueva suegra? A Abby le costaba creer que una mujer se mostrara tan indiferente al volver a ver a un hijo después de tantos años. En un intento de sonar calmada y cortés, Abby dijo:

—Como Jack no conseguía encontrar una rubia tan encantadora como usted y como Celeste, decidió casarse con una morena. Encantada de conocerla, lady Scranton.

—Lady Frayne, si no le importa —corrigió la otra mujer—. Decidí conservar el título. Con permiso de mi querido Alfred, por supuesto. Él dice que le gusta estar casado con una vizcondesa.

Abby sabía que no era tan inhabitual que las mujeres conservaran un título superior si se casaban con un hombre de posición inferior, pero tener dos lady Frayne bajo el mismo techo podría resultar confuso. Confiaba en que esa situación no durara mucho.

El perro faldero de Helen intentaba bajarse a toda costa, de modo que Helen dejó al animalito en el suelo, y éste se acercó a Abby y empezó a saltarle.

—Parece que le cae mal a *Homero* —dijo arrastrando las palabras—. Tiene criterio selectivo.

—Creo que ha olido a mi gato. —Mientras el gato se levantaba sobre las patas traseras, un siseo grave llegó desde el interior de la cesta. Abby estaba a punto de comprobar si estaba bien echado el pasador cuando la tapa se abrió de golpe y apareció *Cleocatra*, cuyos bigotes blancos destacaban vibrantes en contraste con su lustroso pelaje negro.

Homero empezó a gemir y a dar saltos. Abby retrocedió, pero el perro consiguió alcanzar con la pata el fondo de la cesta, que se balanceó. Con un rugido furioso, *Cleo* saltó al suelo. Tenía erizado cada pelo de ébano de su cuerpo, con lo cual parecía el doble de grande que el perro.

Homero se lanzó contra el gato. Siseando como un dragón, *Cleo* le dio un zarpazo en la nariz al perro y éste aulló retrocediendo a toda prisa, escapando por el vestíbulo de entrada como si le persiguieran los demonios.

—¡Qué bestia tan horrible! —exclamó Helen—. ¡Debes deshacerte de ella de inmediato!

Mientras Abby recogía a *Cleo* para tranquilizarla, Jack dijo:

—Ahora Abby vive aquí, y por consiguiente el gato también. Habrá que enseñarle a *Homero* a mejorar sus modales.

—¡*Homero* jamás ha dado el menor problema! Ese gato apestoso es el problema.

—Como la mayoría de gatos, *Cleo* es inmaculado —dijo Jack, divertido de pronto—. Ojalá mis soldados se hubieran lavado con la mitad de frecuencia. —Mientras él y su madre hablaban, Abby estudió el aura de Helen. Bajo el pulido aspecto externo, había un ensimismamiento monstruoso. Aunque parecía contenta de ver a Jack, la reacción era moderada, más propia del saludo a un primo lejano que a su único hijo varón. No mostraba interés por su nueva nuera, incluso la había insultado de modo despreocupado. ¿Era ésta la verdadera naturaleza de Helen o su comportamiento era otro ejemplo de anomalía en Langdale?

Una presencia oscura entró en la habitación. Helen se dio media vuelta y dijo en tono acariciador:

—¡Cariño! Mira quién ha venido.

El hombre alto y delgado, de cabello cano, tenía que ser el perverso padrastro de Jack. Aunque sir Alfred tenía cierto atractivo poco convencional e iba meticulosamente vestido, también había algo anómalo en él. Abby tardó un rato en percatarse de que casi no tenía aura. La mayoría de gente estaba envuelta por una energía de color sutil, pero no sir Alfred. En vez de irradiar energía, parecía absorberla del entorno. Era la oscuridad personificada.

Mientras le estudiaba, notó un tirón en su propio campo energético. Reforzó los escudos de protección de forma instintiva para impedir que le extrajera fuerza vital. No estaba segura de que él fuera consciente de cómo su energía negativa lo absorbía todo a su alrededor. Tal como era común entre las parejas casadas, un vínculo energético le conectaba con su esposa, pero incluso eso estaba coloreado por un matiz posesivo inquietante.

Apartando la mirada de Helen, Scranton inclinó la cabeza con cortesía.

—Encantado de volver a verle, Frayne. Debería habernos avisado de que venía y así poder prepararnos para su visita.

—No es una visita. He venido a instalarme, y he traído a mi esposa. —Mientras Jack hacía las presentaciones, sir Alfred entrecerró los ojos. Su expresión recordaba tanto a la de una serpiente que Abby medio esperó ver aparecer una lengua bífida mientras hablaba.

Cansada e incómoda por la tensión presente en la habitación, Abby dijo:

—¿Podría ir a mi dormitorio para refrescarme? Ha sido un largo viaje.

—Buena idea. —Jack le apoyó una mano en la espalda—. Madre, ¿podrías ordenar a los criados que enciendan el fuego y vistan la cama de la suite principal?

Helen pareció conmocionada.

—Ésas son nuestras habitaciones.

El hijo alzó las cejas.

—En mi visita anterior, estabas alojada en la suite azul, me sorprende que te hayas trasladado a mis habitaciones sin consultarme.

—¡Nunca estás aquí! —Miró a su hijo con un aire de tristeza de lo más trágico—. ¡Sin duda no irás a sacar a tu madre de su propio dormitorio!

Jack vaciló y Abby notó cómo titubeaba. Alzó la vista para mirarle, intentando proyectar el recordatorio de su petición de ayuda para reafirmar su determinación. Él le hizo un leve ademán con la cabeza para indicarle que lo entendía.

—Discutiremos eso y otros asuntos durante la cena —dijo—. Por ahora, mi esposa y yo necesitamos un lugar donde descansar y refrescarnos.

Abby volvió a meter a *Cleo* en la cesta, consciente de que se había lanzado la primera salva. Por delante les esperaban batallas mayores.

Capítulo 29

A Jack y Abby les asignaron dos habitación de invitados con una puerta para comunicarse. Mientras dejaba a Morris deshaciendo las maletas para él, entró directamente en el dormitorio de su esposa para rodearla con los brazos mientras *Cleo*, recién sacada de la cesta, exploraba el entorno.

—Sabía que sería difícil —dijo mientras absorbía su calor y su sensatez—, pero ¡no esperaba que mi madre te insultara en la cara!

Abby descansó la cabeza en el hombro de Jack.

—¿Siempre ha sido así?

La pregunta le ayudó a recuperar la objetividad.

—No, siempre ha sido veleidosa y tal vez un poco ensimismada, como una reluciente libélula, pero con un corazón bondadoso. Nunca le había oído decir algo tan grosero.

—Por lo tanto, ella también es parte del estado anómalo de la finca —dijo Abby pensativa mientras se apartaba de su abrazo y se quitaba la capa.

—Ojalá... —Jack se detuvo—. Me gustaría hablar con alguien que esté informado de la situación, y acabo de darme cuenta de que puedo hacerlo. El vicario, el señor Willard, era mi tutor. Tiene cierto don mágico, además de una gran sabiduría. Todavía es pronto. ¿Te importa que le haga una visita ahora? El pueblo no se encuentra lejos, está nada más salir de la finca. Me gustaría hablar con él antes de cenar con mi madre y su marido. Suponiendo que siga aquí, por supuesto.

—Deja que te acompañe. —Abby hizo una mueca—. Prefiero no quedarme aquí a solas.

Jack recordó el sueño que había tenido en el que sobrevolaba los campos malogrados de Langdale, con su compañera a su lado.

—Si no estás demasiado cansada, me gustaría que vinieras. Creo que es mejor que permanezcamos juntos todo el tiempo que podamos.

—¿Aunando fuerzas?

—Exactamente. —Percibía la calamidad pulsando en el ambiente como una bruma intoxicada, preparada para invadir y debilitar su espíritu. El señor Willard podría ser un aliado en su lucha.

Necesitaban cuantos aliados pudieran conseguir.

La torre cuadrada de románico anglonormando se elevaba robusta al final de la calle mayor de Langdale, y esa visión familiar le supuso cierto alivio para el corazón. Justo al lado se hallaba la vicaría, una estructura irregular construida con la misma piedra gris de Yorkshire. ¿Cuántas lecciones había recibido en el estudio del vicario? Cientos, y las recordaba como algunos de los mejores momentos de su infancia, aunque en su momento protestara con amargura por tener que aprender latín, griego y filosofía.

Mientras descendía del carruaje, Abby dijo:

—La esposa del vicario es una buena jardinera. Los narcisos y el azafrán de primavera ya están floreciendo y hay varios árboles a punto de dar hojas.

—Aquí todo desprende mucha más salud que en la propiedad —admitió Jack mientras daba unos golpecitos a la puerta—. La señora Willard era una jardinera ferviente, pero falleció hace varios años. Era una mujer encantadora que siempre tenía una galleta de jengibre o de mantequilla lista para ofrecer a los hambrientos estudiantes de los clásicos.

Abrió la puerta una doncella pequeña. Sus ojos se agrandaron al ver que tenían visitantes nobles.

—¿Señor? ¿Señora?

Jack dijo:

—Lord y lady Frayne desean visitar al señor Willard. ¿Se encuentra en casa?

La muchacha les invitó a pasar al recibidor, y luego se fue a llamar al vicario. A Jack le dio una gran alegría ver aparecer la familiar figura alta y delgada del señor Willard. En general, su aspecto era el de un vicario, pero bajo su aire amable y espiritual, había un humor seco y una mente perspicaz.

Willard sonrió a sus visitas; su aura estaba marcada por el oro brillante y claro de la espiritualidad.

—¡Jack! O más bien, lord Frayne. Qué placer volver a verte.

—¡Señor Willard! —Jack cruzó la habitación y cogió las manos del vicario entre las suyas—. Está todo tan cambiado, es una bendición descubrir que usted sigue igual. —Sonrió burlón—. Le alegrará enterarse de que el latín con el que machacó mi cabeza poco receptiva me ha resultado muy útil. Me encontré leyendo a César y Cicerón y otros autores romanos mientras estábamos acampados en España.

—¿Y también has leído los griegos? —le preguntó el vicario con interés.

—Conténtese con sus triunfos en latín. —Jack hizo una señal a Abby para que se adelantara—. Mi esposa tiene muchísimas ganas de conocerle.

A Jack cada vez se le daba mejor lo de interpretar la energía de la gente: durante las presentaciones resultó obvio que Abby y el señor Willard eran espíritus semejantes. Los ojos grises del vicario se iluminaron al encontrar su mirada.

—Por fin ha venido. Bienvenida a Langdale, lady Frayne.

—¿Por fin? —preguntó socarrona—. ¿Tiene el don de adivinar el futuro?

—Tengo un poquito de videncia. Por lo habitual, es más una molestia que otra cosa.

Hizo un gesto para que se sentaran en el sofá.

—Pero, durante un tiempo he presentido que había posibilidades de salvación para Langdale y que serían necesarias dos personas para materializarla.

—De modo que hay esperanza. —Contento de no tener que perder más tiempo con cumplidos, Jack se inclinó hacia delante en su asiento—. Cuénteme que ha pasado aquí.

El vicario tiró una palada de carbón al fuego.

—El declive comenzó con el segundo matrimonio de tu madre. En cuanto Scranton se instaló en Langdale Hall, la finca empezó a ir mal. Muchos arrendatarios y empleados se marcharon, a pesar de la escasez de buenos empleos que hay por aquí. Los que permanecieron se volvieron hoscos y recelosos. —Se sentó en una silla enfrente de sus invitados—. Sobre todo ha cambiado tu madre.

—La he encontrado muy diferente —reconoció Jack—. ¿Está la finca maldita?

—No lo creo. —El vicario frunció el ceño—. Pero pienso que tu madre sí está embrujada. La conozco desde hace muchísimo tiempo. La mujer que vive en la mansión es una especie de copia congelada, relumbrante, de ella. El encanto y la dulzura que distinguían a la dama han desaparecido de forma gradual. —Hablaba como si un viejo y querido amigo hubiera muerto.

Se produjo una pausa en la conversación cuando la joven doncella trajo una bandeja con té y pastas. En cuanto se retiró la muchacha, Abby preguntó:

—Señor Willard, ¿alguna otra persona con facultades mágicas ha investigado estos problemas?

—Durante años, unos cuantos hechiceros expertos me han visitado y han intentado detectar los problemas subyacentes, pero ninguno ha logrado nada —respondió el vicario—. Uno era un obispo con gran experiencia en fantasmas, maldiciones y posesiones espirituales. Ni siquiera él pudo encontrar el motivo de la decadencia del valle. Parece que no haya magia implicada en ello, por lo que la mayoría de la gente ha aceptado los problemas como naturales, como las plagas bíblicas.

—¿Alguien ha formulado alguna teoría que pudiera servirnos de punto de partida? —preguntó Abby.

—Mantengo un diario con sucesos y especulaciones, por si les interesa verlo.

—Por supuesto. —A Jack se le encogieron las entrañas al saber que iba a consultar un diario sobre su propia dejadez. Ni siquiera tener conocimiento del hechizo que habían concebido para mantenerle alejado de su casa le liberaba de la responsabilidad final. Pero tal vez el diario les ofreciera alguna clave útil—. Usted ha sido el mago que ha vivido más de cerca la decadencia de la finca. ¿Cuáles son sus opiniones personales?

El vicario vaciló.

—Sospecho que el problema radica en la propia tierra. Hay magia en ella: magia y vida. La magia casi se ha esfumado de la finca y la cantidad que queda apenas consigue sustentar la vida.

—El problema no es necesariamente mágico —dijo Abby pensativa—. A veces, las fincas atraviesan periodos de mala suerte. Si fuera ése el caso, la personalidad intrínsecamente negativa de Scranton podría estar empeorando las cosas, pero no sería el motivo. —Sonrió un poco—. Jack es conocido por su buena suerte. Tal vez su presencia pueda cambiar la suerte de Langdale.

—La presencia de sir Alfred podría estar expandiendo cualquier otra anomalía en la finca, sea la que fuere —reconoció el señor Willard—. Nunca sale de allí.

—¿Nunca? —preguntó Abby sorprendida.

—Es posible que vaya a su propiedad alguna vez, cruzando por el punto colindante entre ambas propiedades, pero no lo sé a ciencia cierta.

—¿Y qué hay de mi madre? —preguntó Jack—. Sé que no ha viajado a Londres desde hace años y ni siquiera visita a mi hermana. Pero seguro que sale alguna vez aunque sólo sea para venir al pueblo.

—Después de la boda, dejó de asistir a los oficios religiosos. —El vicario parecía desconsolado—. Me ofrecí a hacer visitas pastorales a la mansión, pero ella rechazó el ofrecimiento.

Jack sacudió la cabeza.

—A mi madre siempre le ha gustado salir por ahí; los oficios dominicales eran para ella una oportunidad de ponerse ropa nueva y visitar a los vecinos.

—Conozco casos de hombres posesivos que no están dispuestos a perder de vista a sus esposas por temor a perder el control —comentó Abby—. A menudo pegan a sus mujeres para que les obedezcan. Si Scranton fuera un hombre así, explicaría que tu madre ni siquiera visite a su propia hija en Alderton House.

Jack soltó una maldición. También había oído hablar de casos así, y a veces acababan con el hombre matando a la esposa.

—No estoy seguro de qué es peor: mi madre embrujada o apaleada.

Abby se estremeció al ver su expresión. Era obvio que no tenía intención de incitar a Jack al homicidio.

—No he visto señal alguna en tu madre de que le hayan pegado. Parece muy feliz con su marido.

El vicario hizo un gesto de conformidad.

—Tu madre y sir Alfred apenas piensan en nadie, excepto en sí mismos. Nadie más parece importar.

Eso incluía a los hijos ausentes durante largo tiempo. La reacción al abrazo de su hijo no había sido muy entusiasta.

—No va a ser fácil desalojarles de la residencia —dijo Jack con aspereza—. Pero no hay otra opción. Será la forma más rápida de descubrir si él es la fuente de los problemas de Langdale.

El vicario arqueó las cejas.

—¿Vas a pedirle a tu padrastro que se marche? Si así fuera, ve con mucho cuidado. Es rico, tiene buenos contactos y me temo que hará casi cualquier cosa por mantener su posición en Langdale.

Cuanta más información pudiera recopilar mejor. Así que añadió:

—Permítame explicarle algunas de las cosas que ya ha hecho. Tal vez eso nos ayude a deducir qué tipo de nigromante tiene contratado, lo que nos ayudaría a contrarrestar su maldad.

Los tres juntos serían más poderosos que un hombre posesivo y negativo que podía costearse los servicios de nigromantes. Eso esperaba él, al menos.

Abby y Jack hablaron con el vicario toda la tarde. Para cuando regresaron a Langdale Hall era la hora de ir a cambiarse para cenar. Abby se esmeró de manera especial con su aspecto mientras se preparaba para su primera cena en la residencia. Ni siquiera saber que la madre de Jack quizás estuviera embrujada hacía menos hirientes sus palabras acerca de su aspecto. A pesar del insulto, Abby tenía que mantener las formas, para que Jack no explotara y matara a su padrastro. No lo consideraba probable, pero no era imposible.

El vestido azul cielo que escogió era uno de los mejores de madame Ravelle, y muy adecuado para una cena de familia en una mansión en el campo. Se puso sus zafiros porque conservaban algo de la energía protectora de su madre. Llevar las joyas alrededor del cuello le hacía sentirse mejor.

Una llamada a la puerta que comunicaba sus dormitorios anunció la llegada de Jack. Se volvió y vio que se había puesto de nuevo el uniforme. Iba a echar de menos ver cómo se lo ponía —y se lo quitaba— cuando por fin dejara a buen recaudo la indumentaria de su regimiento.

—Estás de lo más apuesto.

—Quiero recordarle a mi madre y a Scranton lo que he estado haciendo durante los últimos años. —Estudió a Abby con una lenta mirada—. Estás espléndida. ¿Cuánto tiempo tenemos antes de bajar?

—No lo bastante para eso —se rió ella, aunque la mirada de Jack le aceleró el pulso. Después dio un último vistazo a su reflejo en el espejo, contenta de que el corsé ocultara el efecto que aquella mirada provocaba en sus senos—. Estoy decidida a no permitir que ninguno de los dos vuelva a irritarme.

Él sonrió.

—Seguro que esa actitud enfadará a Scranton más que ninguna otra cosa, y es probable que también a mi madre. Yo por mi parte intentaré mantener el mismo control. Si no domino mi mal genio con inflexibilidad, sentiré la tentación de bajar las pistolas y ponerlas sobre la mesa de la cena.

Deseando que sólo fuera una broma, Abby replicó:

—Si has traído tus pistolas, confío en que las dejes en la habitación.

—Así lo haré; mejor no llevar armas esta noche.

—Emplea tu percepción mágica —recomendó ella, decidiendo que él necesitaba algo en lo que ocupar la atención durante la cena—. Supongo que no es probable que tu padrastro nos envenene, pero observa con cautela la comida, y no tomes nada que encuentres raro, por el motivo que sea. Lo ideal es servirse uno mismo de las bandejas.

Jack pestañeó.

—Qué pensamiento tan desconcertante. Scranton no me inspira miedo físico, y bien sabes que mi instinto para evitar ataques asesinos es excelente. Pero no sé si eso es ampliable a un posible envenenamiento en mi propia casa.

—El peligro nos rodea por todos lados —dijo Abby con semblante grave—. Debemos llevar a cabo nuestra campaña con máxima cautela y reflexión.

—Se me da mucho mejor blandir la espada e ir a la carga, pero me esforzaré por controlarme. —Jack le ofreció el brazo y juntos descendieron al pequeño salón para beber algo antes de la cena. Le dijo en voz baja—: La casa se ve un poco abandonada, no puede decirse que la mantengan demasiado bien. Tal vez se hayan ido demasiados criados.

—Y los que quedan no estarán motivados. —Abby frunció el ceño—. No es extraño en absoluto, supongo, que la casa refleje los mismos problemas que la tierra.

Dejaron de hablar cuando entraron en el salón principal y encontraron allí a Helen y a Scranton. A la luz de la vela, el vínculo de energía que unía a la pareja era muy claro.

—¿Jerez? —preguntó Scranton, adoptando con soltura el papel de anfitrión.

Abby vio la débil tensión en la mirada de Jack al percatarse de que su padrastro actuaba como el señor de la casa, aunque no lo desafió. El soldado veterano aprende a escoger sus batallas.

—Sí, gracias.

Abby aceptó también el jerez. Scranton empleó la misma licorera para servir las cuatro copas y no intentó influir en su elección. Si esta noche ponía veneno, no estaba en el jerez. Pero lo inspeccionó de todos modos, sólo para estar segura. No había nada raro en el vino.

Helen estaba exquisita con un vestido blanco y plata que resultaba excesivamente ornado para la ocasión. Aunque era precioso, también estaba un poco pasado de moda. La mujer mayor estudió con ojos de envidia el atuendo más en boga de Abby.

—Parece una creación de madame Ravelle. Hace vestidos a quien esté dispuesto a pagar sus precios.

—Sí, y qué filosofía tan sensata la suya —dijo Abby con alegría—. ¿Por qué trabajar para alguien que no te paga?

—Usted piensa como un comerciante.

—Vaya, muchas gracias —dijo Abby, con ojos muy abiertos e inocentes. Estaba decidida a no morder el anzuelo y de momento parecía funcionarle, porque Helen se enfurruñó y cambió de tema.

Iba a ser una velada muy larga.

Capítulo 30

La conversación durante la cena fue un poco forzada. La pareja de más edad hablaba sobre todo entre sí, sin mostrar interés por las aventuras de Jack o la familia de su esposa. Jack no estaba seguro de que su madre recordara su grave accidente, pese a tener la certeza de que Ashby le había escrito, una vez superado el peligro de su lesión.

Les estaban sirviendo el segundo plato cuando Helen preguntó con toda tranquilidad:

—¿Son cómodas las habitaciones? —La rápida mirada a Abby demostró que sabía que estaba tratando a su nuera más como una invitada que como la nueva señora.

—Lo son —contestó Abby con expresión neutral.

Helen se relajó.

—Bien. Prefiero no tenerme que trasladar a otras estancias.

Era el momento de hablar, de modo que Jack respiró hondo.

—No tiene sentido que te traslades a otras habitaciones cuando dentro de unos días tendrás que hacerlo definitivamente.

La afirmación atrajo toda la atención de Scranton y de su madre. Ella se mostró desconcertada y vulnerable mientras Scranton le fulminaba con la mirada.

Le resultaría más fácil enfrentarse a una brigada francesa bien provista de armas. Hizo acopio de valor.

—No hay manera de decir esto con tacto. Aunque me alegra que hayas ocupado la casa durante años, en vez de tenerla vacía, ahora que he regresado con mi esposa, es hora de que te vayas. Dado que el mobiliario pertenece a Langdale Hall, sólo tienes que trasladar tu ropero y posesiones personales. Una semana de plazo debería bastar. Abby y yo podemos permanecer hasta entonces en las habitaciones de los invitados.

Su madre soltó un resuello.

—¡No podemos dejar la residencia! Alfred, querido, explícale a Jack que es imposible. —Se le llenaron los ojos de lágrimas—. ¡No puedo creer que mi único hijo varón me saque de mi propia casa!

Fue un esfuerzo para Jack conseguir que no le temblara la voz al ver sus lágrimas.

—Si estuvieras viuda y sola, por supuesto que ni se plantearía la posibilidad de que te marcharas, madre. Pero no estás sola. Estás casada con uno de los caballeros más importantes de Yorkshire, un hombre que posee un hogar espléndido a tan sólo tres millas de aquí. La pregunta en este caso es por qué no te has instalado en casa de tu esposo hace ya tiempo.

Su madre volvió la cabeza para lanzarle una mirada iracunda a Abby.

—¡Todo esto es culpa tuya! ¡Has intoxicado la mente de mi hijo en mi contra!

Jack intervino antes de que Abby pudiera responder.

—Mi esposa no tiene nada contra ti. La decisión es mía. Dentro de quince días, una vez que te hayas trasladado a Combe House y estés ya instalada, te alegrarás de ello. Es un lugar excelente, más moderno y cómodo que éste, y será todo tuyo.

—Ella no desea marcharse —dijo Scranton con ojos centelleantes de rabia—. Y yo no quiero ver afligida a su madre, Frayne.

Jack, recordándose que debía mantener la calma y la diplomacia en todo momento, dijo:

—Ha sido muy considerado al tolerar el sentimentalismo de mi madre y no sacarla de la casa que fue su hogar durante tantos años, pero ninguna casa es tan grande como para albergar dos señores y dos señoras.

Su madre hacía mohines como una niña adorable. Aunque aquella actitud le estaba exasperando, no podía despreciarla igual que despreciaba a Scranton. Conservaba demasiados recuerdos afectuosos de ella, de cómo había sido en el pasado.

—Cuanto antes te instales en tu nueva residencia, mejor, madre. Mereces ser la señora de tu propia casa, igual que Abby.

—No lo entiendes. No puedo marcharme. —Se levantó de la mesa y salió corriendo hacia su habitación entre lloriqueos.

Scranton se levantó para ir tras ella.

—No lo haga, Frayne —le dijo él en tono alarmante—. Se arrepentirá.

Jack se levantó, su altura le permitía mirarle por encima del hombro.

—No complique las cosas más de lo necesario, Scranton. Tiene una semana para irse pacíficamente. Si no lo hace, yo mismo le agarraré y le sacaré con mis propias manos.

La expresión en los ojos de Scranton era escalofriante. Su padrastro quería verle muerto.

—Por el bien de Helen, lo diré una vez más: no sea necio, Frayne.

—He tomado una decisión, y no encuentro ningún argumento de peso que le impida a usted regresar a su casa.

—Debería preocuparse por los argumentos malos —le dijo Scranton con suavidad letal antes de salir ofendido de la habitación.

Jack tomó aire con un estremecimiento y volvió a sentarse.

—No puedo decir que haya ido muy bien.

Abby alargó el brazo y le cogió la mano.

—Me cuesta imaginar la manera de no crear contratiempos. Me intriga por qué tu madre está tan convencida de que no puede irse. Parece tener un vínculo con esta propiedad de una fuerza poco natural. ¿Crees que Scranton podría haberle echado un maleficio geográfico para hacerle creer que no puede marcharse?

—¿Lo opuesto al sortilegio que me mantenía alejado a mí? Desde luego es muy posible —respondió Jack, contento de tener otra cosa en qué pensar aparte de la mirada llena de reproche de su madre—. ¿Podrías estudiarla y eliminar tal vez esos hechizos si los encontraras?

Abby frunció el ceño.

—Lleva un amuleto antimagia muy potente. Yo preferiría no entrar a la fuerza en su mente protegida por un escudo así. Esas tácticas deberían ser el último recurso.

Jack le apretó la mano.

—Creo que nos estamos acercando al último recurso con suma rapidez.

Ella suspiró.

—Eso creo yo también, querido mío.

Tras el enfrentamiento con su madre y su marido, ninguno de los dos estaba de humor para hacer el amor, pero Jack encontró delicioso acunar el cuerpo cálido de su mujer en la tranquilidad de la cama. Mientras se acomodaba contra él, Abby dijo:

—Creo que deberíamos volver a decorar las habitaciones del señor y la señora antes de instalarnos en ellas.

—Y tal vez exorcizarlas —añadió con sequedad.

Ella se rió.

—Como mínimo, podemos quemar un poco de incienso y crear un círculo protector para que la energía quede limpia y clara cuando nos instalemos.

—¿Piensas que van a irse sin plantar cara, mozuela?

Ella suspiró con suavidad contra su piel.

—Creo que Scranton llamará a su nigromante para que realice un sortilegio de veras horrible contra uno de nosotros o contra los dos. Tal vez más de un sortilegio. Debemos estar en guardia. ¿Ya te proteges?

Jack asintió con la cabeza.

—Confío en que el nigromante viva a más de una semana de distancia y que no tenga tiempo de dar problemas. Sin embargo, dudo que tengamos tanta suerte.

—Es preferible esperar lo peor. —Abby bostezó y los ojos se le cerraron mientras Jack permanecía en ese territorio agitado entre el sueño y la vigilia. Las palabras de Scranton habían sido amenazadoras, pero ¿qué forma adoptaría esa amenaza? Aquel hombre ya le había alejado una vez de Yorkshire y había puesto en él una atracción por el riesgo. Las posibilidades eran infinitas, aunque ahora tenía a Abby a su lado. Sosegado con ese pensamiento, finalmente se quedó dormido.

En lo más profundo de la noche, Jack se despertó con un sobresalto y con cada fibra de su ser cargada de desesperación. ¿Qué iba mal?

Todo. Su mente inquieta estaba repasando todos sus fracasos con detalles amargos. Había abandonado a su familia para convertirse en un mediocre oficial del ejército, cuyo puesto podía haber ocupado un soldado mejor u otro oficial que hubiera perdido menos hombres. En el horror que le invadió tras la medianoche, la sangre de los soldados de caballería que Jack había perdido manchaba su alma.

Había más sangre, un río oscuro de sangre de los hombres que había matado personalmente, y de los hombres que habían fallecido como resultado de sus órdenes. Franceses decentes que querían vivir, cuyo único crimen era vestir aquel uniforme. ¿Cuántos yacían pudriéndose en campos extranjeros por su causa? Más de los que se atrevía a contar.

Pese a no haber matado a ningún habitante de Langdale, la traición a su gente sin duda habría provocado muertes por sufrimiento y necesidad. Consciente de cuántas muertes ensuciaban sus manos, un sufrimiento desgarró sus entrañas sin posibilidad de alivio.

Atormentado por aquel dolor insoportable, su respiración se volvió irregular y el corazón empezó a latirle como si fuera a explotar. Deseó frenéticamente encontrar la manera de poner fin a aquella angustia.

Las pistolas.

Le llenó de consuelo y le serenó saber que había un remedio para su dolor. Se levantó de la cama sin hacer ruido, con cuidado de no despertar a Abby. Ella era otro de sus fracasos: una mujer encantadora, de talento, que se había casado con un monstruo. Ella le despreciaría toda la vida si cedía a su naturaleza violenta y mataba a Scranton. Pero si se quitaba la vida, estaría mucho mejor.

La imaginó en Londres como la rica viuda de lord Frayne. Ahora que la aristocracia la había aceptado, podría buscarse cualquier nuevo esposo que eligiera. Sí, estaría mucho mejor sin él, aunque la idea de ver a Abby con otro hombre se le clavaba como un sable en su vientre. Suerte que habían tenido la precaución de encargarle un acuerdo matrimonial conveniente a un abogado de Londres. El futuro de Abby estaba asegurado, y Hilltop House iría a parar a ella directamente.

El suelo estaba helado bajo sus pies desnudos cuando entró en silencio en la habitación contigua. Sabía con exactitud dónde encontrar el estuche de las pistolas, de modo que abrió el baúl y se inclinó, buscando a tientas la pulida caja de madera. Las pistolas, fabricadas en Francia, eran excelentes. Las había cogido en la tienda de un oficial francés muerto tras la batalla de Talavera.

Iba a resultarle más fácil cargarlas con luz. Chasqueó los dedos sobre la vela de la mesilla y la mecha chisporroteó y cobró vida. Mientras observaba cómo prendía la llama y se alargaba, pensó en cómo su naturaleza malvada había salido a la superficie. Durante las últimas semanas, Jack había logrado convencerse de que la magia era inofensiva, a veces incluso buena, pero en la oscuridad de la noche entendía su perversidad. Su padre se habría sentido avergonzado.

Santo cielo, ¿y si la decadencia de sus tierras se debía a que había extraído su poder para preservar su inútil vida durante los años en el ejército? La idea le resultó insoportable.

Notó los dedos entumecidos por el frío y se le cayó la baqueta de metal después de meter la carga de pólvora en el cañón. Tuvo que arrodillarse en el suelo y buscarla a tientas, ya que su visión estaba nublada de un modo peculiar.

Ah, ahí estaba. Metió la bala en la recámara y cebó la cazoleta. Repitió el procedimiento con la segunda pistola, ya que uno siempre quería disponer de un segundo tiro por si acaso.

La salvación estaba cerca.

Con la confianza puesta en que su muerte expiaría sus crímenes, se llevó la pistola a la sien. Era importante apuntar el arma de forma correcta. Le temblaba tanto la mano que notaba el cañón agitándose sobre su piel.

Se sentó sobre el borde de la cama y alzó la mano izquierda para estabilizar el arma. No quería fallar el disparo ejecutor y acabar convertido en una patética criatura con daños cerebrales, incapaz de cuidar de sí mismo.

—¡Jack! ¿Qué estás haciendo? —Una voz femenina gritó llena de horror.

Alzó la vista. En la puerta que comunicaba con el otro dormitorio había una mujer alta, en camisón, con unos ojos tan abiertos y llenos de conmoción que le atravesaron el alma. Una mujer, sí, Abby. Su esposa.

—Lo hago por ti —intentó decir, con una voz que no era más que un áspero susurro.

Y apretó el gatillo.

Abby se quedó sin respiración por el terror que sintió al ver el dedo de Jack apretar el gatillo. Desesperada, arrojó energía contra el arma para desbaratar el disparo. «Sí, haz desaparecer la pólvora de cebadura ¡ahora!»

El percutor golpeó la cazoleta vacía y, en vez de un estallido ensordecedor, sólo se oyó un chasquido metálico. Fallo.

Mientras ella cruzaba la habitación como una flecha, Jack bajó el arma y se la quedó mirando con un ceño de perplejidad. Luego la dejó sobre la mesilla y levantó otra pistola idéntica.

Una vez más, Abby dispersó la pólvora de cebadura, pero parecía una manera arriesgada de impedir que un arma se disparase. Intentó arrebatarle la pistola confiando en quitársela, pero su esposo era demasiado fuerte para ella. Mientras Jack forcejeaba para retener el arma, la observaba con los ojos muy abiertos y fijos, como si estuviera en trance.

—Santo cielo, Jack —gritó—. ¿Qué estás haciendo?

—¡No es asunto tuyo! —La pistola osciló entre ellos y por un instante el cañón giró hacia Abby.

—¿Abby? —La expresión de Jack cambió con la misma brusquedad que si le hubieran echado un jarro de agua fría. Se la quedó mirando horrorizado y con incredulidad—. ¡Abby!

Soltó al instante la pistola, lo cual hizo que ella se fuera hacia atrás dando un traspiés. Mientras intentaba recuperar el equilibrio, él se inclinó y se apretó las sienes con las manos, entre jadeos.

—¿Qué locura es ésta?

Ella dejó la pistola y le puso las manos en un lado de la cabeza. No fue fácil encontrar la calma suficiente para canalizar su energía curativa, pero tras un prolongado momento consiguió enviársela para que redujera su dolor mental y emocional.

Su expresión se serenó y la tensión abandonó su cuerpo.

—Tus manos son divinas, muchacha —musitó—. ¿He sido víctima de algún tipo de maleficio? Me desperté sintiendo la desesperación más profunda que he experimentado en la vida. Sólo podía pensar en poner fin a ese sufrimiento.

—Ha tenido que ser alguna forma de magia negra, aunque no reconozco de que clase. Gracias a Dios que me ha despertado un ruido. Al no verte en la cama, he salido a investigar. —Le acarició con suavidad el pelo antes de retirar las manos. Aún tenía el corazón acelerado por el terror de ver a Jack con la pistola apuntándose a la cabeza—. ¿Tienes algo de brandy por aquí?

Él indicó el baúl.

—Debería haber una petaca ahí.

No le costó encontrar una petaca de plata gastada y desenroscó el tapón. Confiando en calmar sus manos temblorosas, dio un buen trago antes de tendérsela a Jack. El quemazón del brandy le ayudó a aclarar las ideas.

—No bebas demasiado, tenemos que pensar en lo que ha sucedido. El siguiente ataque podría salirles bien.

Jack bebió de la petaca, tosió y luego dio un pequeño sorbo más.

—Vayamos a pensar metidos en nuestra acogedora y caliente cama.

Se puso en pie, tapó la petaca, y luego rodeó a Abby con el brazo para regresar a la otra habitación. Mientras ella apilaba las almohadas, Jack creó una bola de luz y la sostuvo sobre sus cabezas en el dosel de la cama. Se instalaron contra el cabezal repleto de almohadas y se subieron las mantas hasta el pecho. ¡Santo cielo, tenía los pies helados! Dios bendijera a Abby por pegar sus pies calientes a los suyos.

—¿Por dónde empezamos, aparte del hecho de que una vez más me has salvado la vida? ¿Cómo ha entrado ese demonio en mi cabeza?

—Creo que hemos cometido un error al asumir que Scranton había contratado a un nigromante para realizar los sortilegios anteriores —dijo Abby despacio—. Pienso que debe haberlos creado él mismo. No es un mago normal; yo lo percibiría si lo fuera. Mi padre ha encontrado en sus investigaciones referencias a talentos mágicos peculiares no tan conocidos y que no se han estudiado. Por lo que sabemos de Scranton, podría tener uno de esos talentos viciados.

—¿Capaz de extraer la vida directamente de la tierra? —exclamó Jack—. Eso podría explicar que la finca esté enferma. Extrae la energía de la tierra para sí.

—¡Creo que tienes razón! —Abby se enderezó—. Cuando le conocí, lo primero que pensé es que absorbía la energía de su entorno. Incluso noté que tiraba de mí. Su talento retorcido podría emplear la energía para crear cierto tipo de embrujos. Yo diría que su poder es poco eficiente y su alcance limitado. En el pasado consiguió alejarte de Yorkshire y volverte una persona temeraria. Esta noche ha anulado tu noción de bienestar y te ha hecho desear poner fin a tu vida. Son formas de magia intrínsecamente negativas.

—Por consiguiente, despoja o destruye, pero nunca cura ni construye —dijo Jack—. Parece una magia capaz de superar mis defensas más elementales. ¿Hay alguna protección más eficaz contra él?

Abby se mordió el labio.

—Podría haber algo. —Se levantó de la cama, se fue hasta el armario de ropa blanca y volvió con una aguja—. Creo que esto puede servir.

Se la clavó en el dedo índice de la mano izquierda y luego apartó las colchas para poder retirarle la camisa de noche a Jack y dejar su pecho al descubierto. El frío aire nocturno le provocó un cosquilleo en el diafragma.

—Dibujaré un símbolo de protección sobre tu plexo solar.

—¿Sangre? —preguntó él inquieto.

—Parece una patraña de bruja de pacotilla, ¿cierto? Pero hay cierta verdad enterrada en esta vieja superstición. La sangre tiene poder, sobre todo la sangre de una hechicera. —Con la punta sangrante del dedo le dibujó un símbolo que parecían tres espirales enroscándose y juntándose en el centro. Él puso cara de dolor cuando Abby volvió a pincharse para conseguir más sangre. Una vez que concluyó, dijo:

—Los efectos durarán hasta que te laves.

Jack le quitó la aguja.

—Eres más fuerte y disciplinada que yo, pero si este símbolo me protege, supongo que también funcionará contigo.

Ella se encogió de hombros:

—No es probable que yo sea el objetivo de la maldad de Scranton.

—No lo sabemos a ciencia cierta, y no quiero menospreciarle otra vez. —Estudió el símbolo hasta que estuvo seguro de poder reproducirlo; luego le descubrió el torso a ella y se pinchó el dedo.

Cuando tocó su piel suave y pálida a la altura del diafragma, Abby dijo:

—¡Qué cosquillas!

—Entonces me daré prisa. —Intentando no distraerse con las encantadoras curvas que revelaba la luz mágica, dibujó las tres espirales convergentes—. Interesante. Noto cómo se forma el escudo protector.

—Es uno de los amuletos de protección más poderosos, pero se emplea con menos frecuencia debido a que requiere sangre —comentó—. Además, es más fuerte cuando existe un vínculo entre la persona que crea el sortilegio y la que lo recibe.

—De modo que uno no puede encargárselo a un mago y conseguir una protección igual de fuerte. —Sopló un poco sobre la sangre para secarla y a ella le recorrió un estremecimiento—. Ahora, ¿qué más puedo hacer mientras espero a que se seque la sangre? Mmm. —Se inclinó y empezó a besar su vientre, jugando con la lengua sobre la suave piel y deslizando la mano entre sus muslos.

Ella se hundió más entre las almohadas y sus caderas palpitaron al ritmo de la mano acariciadora.

—Debemos tener cuidado, no sea que borremos los símbolos.

—Si llega a pasar, dibujaremos otros. —La boca siguió a las manos, saboreando la dulzura oculta de Abby. Ella gimió y separó las piernas para él mientras enterraba los dedos en su cabello.

Tras aquel roce con la muerte, no había nada más dulce que venerar la vida.

Capítulo *31*

Después de hacer el amor, Jack durmió profundamente, pero se despertó a su pesar. A juzgar por la luz, era temprano y hacía un día claro y soleado. Ya que Abby parecía estar despierta, le preguntó:

—Lo de anoche no fue un mal sueño, ¿verdad?

—Me temo que no. —Ella se incorporó y estudió su rostro; luego hizo un gesto de asentimiento—. Pero hemos sobrevivido. ¿Qué hay programado para hoy?

Jack supuso que no podía decir «Matar a Scranton», pues eso a ella le molestaría, pero no veía otra solución. No estaba dispuesto a librar una batalla mágica con aquel malnacido. El poder positivo y curativo de Abby era tan diferente al de Scranton, que tal vez ella también podría ser vulnerable a los sortilegios retorcidos de aquel hombre.

—Deberíamos hacer un recorrido a caballo por la finca. Necesito ver el lugar por mí mismo, centímetro a centímetro y arrendatario a arrendatario, y tú también. ¿Estás lista para una jornada sobre la silla de montar?

—Me hace ilusión conocer la finca y tal vez encontrar alguna pista sobre la mejor forma de curarla. —Se levantó de la cama y buscó su bata—. ¿Conservas las protecciones?

Él las palpó. El símbolo que ella había dibujado en su plexo solar palpitaba de poder.

—Sí. No creo que Scranton sea capaz de intoxicar mi mente otra vez.

—No creo que te intoxicara —dijo con gesto serio—, más bien pienso que eliminó todo lo bueno y positivo de tu naturaleza, dejando las trazas oscuras de miedo y desesperación que nos obsesionan a todos en los días malos.

—¿Incluso a ti? —dijo en tono socarrón mientras bajaba de la cama y cogía su bata—. Pareces tan fuerte y calmada, tan segura...

—Oh, Jack. —Se rió un poco mientras vertía agua en la palangana—. Supongo que debería alegrarme de ocultar mis dudas y temores tan bien.

Jack relajó los ojos y la estudió con su visión interna mientras ella se salpicaba agua sobre el rostro. Por extraño que pareciera, nunca la miraba de este modo, ni siquiera después de haber aceptado que tenía percepción de mago. Como ella siempre había sido tan fuerte, la roca de la que había dependido mientras se recuperaba del accidente, no había pensado en el hecho de que también tuviera sus propias dudas y pesares.

Las defensas de Abby eran demasiado fuertes como para que él lograra algo más que entrever esas sombras, pero saber que era vulnerable le provocó aún más ternura. Mientras regresaba al dormitorio para lavarse y vestirse, se percató de que, pese a que ella le superaba en cuestiones de magia, él todavía era el caballero de su dama.

Después de ponerse ropa de montar, bajaron a la planta baja. Abby estaba espléndida con su atuendo azul marino con ribetes dorados al estilo militar. Los arrendatarios de Langdale iban a quedarse impresionados con su nueva señora; de eso estaba seguro.

Al llegar abajo, ella murmuró.

—Vayamos a la cocina y tomemos un poco de pan y té allí en vez de un desayuno completo.

—En otras palabras —tradujo él—, preferirías evitar a mi madre y a su marido.

—Pues sí, pero, aparte, aún no he visto la cocina, ya que no he hecho un recorrido oficial por la casa.

No era probable que su madre le hiciera de guía en un recorrido de este tipo, se percató Jack.

—La cocina era mi lugar favorito cuando era pequeño —dijo con cariño—. Pasé más tiempo allí que en ningún otro sitio, aparte de mi dormitorio. Me pregunto quién estará a cargo ahora. Me temo que no sea la señora Watson; si aún fuera ella la cocinera, la cena de anoche habría sido mejor. Era la mujer más jovial y bondadosa del mundo. — Aunque adoraba a su madre, la señora Watson era quien le abrazaba cuando se caía de un árbol y quien le escuchaba cuando cotorreaba sobre las cosas que le entusiasmaban de niño. Y sus pastelitos eran magníficos. Confiaba en que siguiera viva y en otra gran casa, y que no hubiera muerto. El mundo salía ganando con su existencia.

Su plan de visitar la cocina sin ser vistos no prosperó, pues tenían que pasar junto al comedor del desayuno. Mientras lo hacían, Scranton abrió la puerta. Endureció el mentón al verles y sus ojos oscuros expresaron decepción. Debía de confiar en que la energía absorbealmas que había empleado con Jack hubiera producido alguna consecuencia irreparable.

Con una alegría ficticia, Jack le dijo:

—Buenos días, Scranton. Es un placer volver a estar en casa. No dormía tan bien en años.

Mientras el otro hombre le fulminaba con la mirada, un golpe salvaje atizó el campo energético de Jack, que desvió el ataque de manera instintiva. Scranton soltó un jadeo y abrió los ojos mientras la energía negativa rebotaba en él. Jack encontró una satisfacción despiadada en el intercambio, pues despejaba de dudas la conjetura de que Scranton tenía poderes mágicos y estaba dispuesto a aplicarlos contra los demás.

La madre de Jack salió del comedor, tan arreglada y guapa como un jilguero. Cada vez que la veía parecía más joven e ingenua. Sin prestarle atención a Abby, dijo con alegría:

—Buenos días, Jack. Mi querido Alfred me ha dicho que sin duda ibas a reconsiderar tus deseos de que dejáramos la casa después de consultarlo con la almohada.

El querido Alfred confiaba en que el hijo de su esposa estuviera muerto por la mañana, pensó Jack con sarcasmo.

—La noche sólo ha confirmado mi creencia de que ya es hora de que te vayas. —Se volvió a Scranton con los ojos entrecerrados y cargados de amenaza, pensando en lo extraño que era librar esta batalla silenciosa sin dejar de emplear palabras amables—. ¿Se marcharán dentro de seis días o antes? Estaré encantado de prestarles un carro de la finca para transportar sus cosas.

—No nos será necesaria su ayuda. —Scranton escupió las palabras como dardos envenenados.

—Cierto —le respondió Jack animado, pues parecía que su alegría le irritaba aún más—. Llevar las posesiones personales a tan sólo tres millas es una insignificancia.

Su madre se acercó un poco más a Scranton con expresión trágica.

—Por favor, no nos hagas esto, Jack. No puedo soportar la idea de irme de mi casa.

—Lo siento, madre, pero a menos que puedas darme alguna razón convincente de por qué no puedes mudarte, tú y tu marido tendréis que salir en el plazo de seis días. Hoy voy a enseñarle la propiedad a Abby. Nos veremos en la cena. —Temblando por dentro por tratar de modo tan implacable a su madre, cogió a Abby por el brazo y la condujo hacia las escaleras que descendían a la cocina, contento de alejarse de la furia de Scranton y la mirada acusadora de su madre.

Cuando cerraron la puerta tras ellos, Abby dijo con aire pensativo.

—Me pregunto si siempre seré invisible para ellos. Tiene ciertas ventajas. Podría hacer aparecer un elefante en el vestíbulo sin que se enteraran.

La risa de Jack alivió un poco la tensión.

—Me gustaría verlo. No le des importancia; dentro de unos días se habrán ido.

—Pero antes ofrecerán resistencia —predijo—. Ojalá supiera qué campo de batalla van a elegir. ¿Saben que soy hechicera?

—No lo creo. Yo no se lo he dicho a mi madre y dudo que Celeste comunicara una información así por carta.

—Entonces su ignorancia es un arma para nosotros.

—Y un arma importante —reconoció—. Si no fuera por tu poder, yo ya no estaría aquí.

Llegaron al pasillo con el suelo de piedra situado en la base de los escalones y entraron en la espaciosa cocina. Era lo bastante grande como para preparar en ella un banquete para un rey, y eso era exactamente lo que se había hecho tiempo atrás.

Jack conocía bien la forma y disposición de la cocina y las despensas, pero nada más entrar se percató de que la atmósfera ahí había cambiado mucho. Ya no era un santuario cargado de aromas deliciosos y de la charla de media docena de personas. La gran cocina sólo acogía a una cocinera con mandil y una fregona tristona.

La cocinera era canosa, delgada y alicaída; aun así, había algo familiar en esa mujer mayor. Cuando alzó la vista del pan que estaba amasando, con una expresión que reflejaba más cansancio del imaginable, abrió los ojos como si hubiera visto un fantasma.

—Señor Jack, ¿es usted?

¡Santo cielo, era la señora Watson! Antes era una encantadora mujer rolliza, normalmente cubierta de harina. Sin embargo ahora el exceso de peso había desaparecido junto con su sonrisa.

—¡Señora Watson, qué alegría verla! —Siempre la había saludado con un abrazo al regresar del colegio, de modo que se adelantó y la abrazó, disimulando la conmoción que le provocaba su aspecto.

En otro tiempo daba gusto abrazarla, tan blandita y reconfortante. Pero ahora era un montón de huesos. La mujer se estremeció entre los brazos de Jack, quien se percató de que temblaba sin poder contener los sollozos.

—Pensaba que nunca volvería a verle, chiquillo —dijo con voz entrecortada.

—He vuelto para quedarme —dijo con dulzura—. Mi madre no la ha mencionado, de modo que no caí en la cuenta de que seguía ocupándose de la cocina.

La mujer le dio una palmadita en el brazo, como si necesitara convencerse de que era real.

—Sí, soy yo, chiquillo, aunque todo lo demás haya cambiado.

Ahora parecía diez años más joven que cuando habían entrado en la cocina. Con un gesto, Jack invitó a Abby a adelantarse.

—Le presento a mi esposa, lady Frayne. Es su nueva señora.

La señora Watson la examinó ilusionada.

—¿Mi nueva señora, ha dicho? ¿Y no será sir Alfred quien escoja los menús y dé órdenes?

De manera que Scranton había reemplazado a su madre en el mando de la casa. No le sorprendió oír aquello; el baronet querría controlar cada detalle de la vida en Langdale Hall.

—Sir Alfred y mi madre se trasladarán a Combe House dentro de unos días.

—¡Pues ya era hora de que lo hicieran, chiquillo! —Se limpió las manos con un paño—. Y bien, ¿van a comer algo? Nunca aparecía por aquí a no ser que tuviera hambre.

Abby se rió.

—Por eso mismo estamos aquí, señora Watson. Frayne me ha contado que la cocina era su lugar favorito en Langdale. Confiábamos en tomar un poco de pan para desayunar algo, y llevarnos tal vez algo de almuerzo para nuestro recorrido a caballo por la finca.

—Pues seguro que les apetecen unos huevos con tocino, té y unas buenas patatas fritas, y para llevarse con ustedes tal vez unos emparedados de jamón y unas galletas de jengibre. Si me hubieran avisado, podría haberles ofrecido algo mejor. —La señora Watson echó una ojeada a la fregona—. Annie, prepara un poco de té y pon dos sitios en la mesa. —Sonrió y pareció aún más joven—. Milord y su señora han venido a casa.

Jack hizo detener a *Dancer* al avistar la casita medio derrumbada de piedra, sorprendido por la intensidad de su decepción. El deterioro del día había quedado marcado después de dejar a la señora Watson. Abby y él habían recorrido a caballo buena parte de la propiedad, encontrando sobre todo campos yermos y ganado de aspecto poco saludable. Un puñado de arrendatarios y trabajadores seguían viviendo por allí, pero la mayoría de las casas estaban abandonadas.

—Aquí vivía un pastor llamado Maxon, junto con su esposa y cuatro hijos —le explicó Jack abatido—. La familia llevaba generaciones en Langdale; tenía la certeza de que ellos serían de los que se habían quedado. Me pregunto a dónde habrán ido.

Abby tenía una mirada ausente en los ojos.

—A una granja al sur de Leeds, y el chico mayor ahora está en el ejército. La familia recuerda Langdale con cariño y pesar. Regresarían si la tierra recuperara la vitalidad.

—Qué desconcertante es verte hacer eso. —Jack desmontó para mirar con más atención el estado de la puerta y las ventanas—. ¿Con qué frecuencia consigues ver dónde está la gente y qué están haciendo?

—Eso varía. Los Maxon vivieron y fueron felices aquí durante mucho tiempo. Sus pensamientos siguen unidos a este lugar, motivo por el que he recibido una fuerte impresión de su situación actual.

—Si la finca se recuperara y reparáramos la casa —Jack frunció el ceño mientras golpeteaba la madera podrida del marco de una ventana—, ¿serías capaz de localizarlos para invitarlos a regresar?

—Tal vez. Pero primero hay que depurar la tierra. —Hizo un gesto—. Hemos estado cabalgando toda la mañana, y de tres casas sólo hemos encontrado una habitada, y sus inquilinos daban pena. Ha salido el sol, pero aquí sigue siendo invierno pese a que en los campos de los alrededores ya ha llegado la primavera. La acción de Scranton ha calado hondo.

—¿Estás segura de que no puedo matarle, y asunto resuelto? —le preguntó Jack con añoranza.

—¡No! —respondió ella con énfasis—. Es algo demasiado peligroso, y no sólo porque el asesinato se castigue con la horca. Cuando se supiera que has asesinado a un hombre y que tienes poderes mágicos, los magos quedarían en una posición muy delicada. —Abby torció la boca—. La línea entre la seguridad y las antorchas a medianoche es muy delgada, incluso en comunidades en las que nos aceptan. Como hechicero, cualquier delito que cometas nos desacreditará a todos.

Jack no había pensado en eso. Aceptó a su pesar el no poder matar a Scranton, pese a que ese malnacido se lo merecía.

Estaba a punto de volver a montar cuando un chucho flaco con un apelmazado pelaje blanco y negro entró cojeando en el patio desde detrás de la casa.

—Es un perro pastor. Me preguntó si se quedó abandonado aquí cuando los Maxon dejaron la casa.

—Tal vez. Parece que lleva bastante tiempo solo.

El animal se aproximó a Jack con cautela, como si no estuviera seguro de quedarse o dar media vuelta. Jack le ofreció la mano para que la olisqueara.

—Maxon criaba los mejores perros pastores de Yorkshire Occidental. Esta pobre perrita parece uno de ellos.

Cuando le lamió la mano, Jack le rascó la cabeza despeinada y recibió como recompensa una mirada de esperanza y adoración.

—¿Crees que podríamos hacer alguna cosa por su cojera?

Abby negó con la cabeza.

—Es una herida antigua. Ahora ya no le molesta mucho, pero dudo que pueda conducir rebaños como en otros tiempos. Ni cazar liebres para la cena.

Jack sacó de la alforja uno de los gruesos emparedados de jamón de la señora Watson y se lo ofreció a la perra. Ésta aceptó la comida con ansia, demasiado hambrienta como para andarse con buenas maneras.

Mientras la perra engullía el emparedado, Jack dijo:

—Lo que no entiendo es por qué necesita Scranton tanta energía como para dejar la finca casi sin fuerza vital. Habría sido más prudente por su parte permitir que el lugar continuara funcionando con normalidad. De hecho, Alderton y mi administrador en Londres ya han venido por aquí para intentar descubrir qué es lo que va mal. De acuerdo, no han encontrado ninguna malversación, pero habría sido más discreto no dar ningún motivo para recibir esas visitas. —Le dio a la perra el resto del emparedado.

—Los mejores magos son los que tienen un dominio absoluto de sus poderes —dijo ella pensativa—. Si Scranton es justo lo opuesto, tiene bastante sentido que apenas consiga entender o controlar lo que está haciendo. Leer los textos sobre magia más divulgados no le sirve de nada, pues su propio talento opera de forma muy diferente.

—¿Cómo crees que aprendió esa clase de magia?

—Imagino que por ensayo y error. Aunque sólo quisiera crear sortilegios para mantenerte alejado de aquí, es probable que su magia negativa sea tan poco eficiente que absorba cantidades inmensas de energía de su entorno para obtener algún resultado.

Jack sacó un segundo emparedado de la alforja y se lo dejó a la perra; luego volvió a subir a la silla.

—¿Por qué saquea mi tierra y no la suya?

—Es probable que quiera mantener productiva su finca, ya que es lo que le da ingresos, sin importarle las consecuencias que sus expolios puedan tener sobre tus ingresos. —Sacudió la cabeza—. Desconocemos tantas cosas.

—Si no puedo matar a Scranton, ¿hay alguna manera de interrumpir el flujo de energía entre la tierra y él?

—Tendría que haberla —admitió Abby—. Y si existe, sería lo más efectivo que podríamos hacer a estas alturas. Aunque no podamos atacar a Scranton directamente, Langdale empezaría a recuperarse en cuanto él dejara de extraer su fuerza vital. Si descubrimos la forma en que se conecta con la tierra, seremos capaces de dar con un plan de ataque. Pero la finca es tan grande que resulta difícil saber por donde empezar. He estado observando, pero no he visto nada que parezca indicar la posible existencia de un vínculo entre la tierra y Scranton.

Una imagen de una de sus pesadillas cruzó flotando la mente de Jack.

—¡El pozo!

—¿Se te ha ocurrido un sitio?

—Hay un pozo sagrado cuya reputación se remonta a tiempos de los druidas, probablemente antes —explicó—. Yo a menudo lo visitaba para leer los libros de magia del señor Willard, fantasear y practicar algunos hechizos. Si el pozo es una fuente de salud para la tierra, ¿podría estar interviniendo Scranton ahí con su maldad?

—Averigüémoslo. ¿Por dónde vamos? —Abby cogió las riendas. Pese a la atmósfera sombría, estaba magnífica sobre la grupa del caballo; como una reina guerrera lista para guiar a sus tropas en la batalla.

—El pozo está ubicado muy cerca de los límites con la propiedad de Scranton. Su tierra se halla en el siguiente valle; una cadena de colinas la separa de la mía. El pozo se encuentra en una depresión bajo la cadena, no muy lejos. —Jack hizo una indicación hacia la derecha y se pusieron en marcha—. Cuando lleguemos allí, ¿podré pedirte humildemente uno de tus emparedados? Yo he regalado los dos míos.

—Por supuesto. —La mirada de Abby se desplazó por detrás de él—. Los emparedados han sido una buena inversión, parecen haberte conseguido una perra.

Jack echó una ojeada hacia atrás y vio que le seguía la perra desgreñada, cojeando pero con decisión.

—Me cae bien. ¿Piensas que le molestará a *Cleocatra*?

—A *Cleo* le molesta esa mata de pelo con patas que tiene tu madre, pero estoy segura de que ella y esta perra aprenderán a congeniar. ¿Has pensado qué nombre ponerle?

—*Maxie*, en honor de los Maxon. —Chasqueó los dedos para llamar al chucho—. ¡Ven aquí muchacha! ¡Y tendrás baños de jabón y comidas regulares!

Continuaron hacia el pozo sagrado que se hallaba en una zona aislada de la finca que aún no habían visitado. Mientras descendían por la depresión donde se localizaba el pozo, Jack comentó:

—¿Son imaginaciones mías o cada vez es más fuerte la impresión general de fatalidad que hemos notado en toda la finca?

—No son imaginaciones tuyas —dijo Abby con abatimiento—. Me siento como si entrara en una ciénaga contaminada que intenta arrastrarme bajo su superficie.

Él inspeccionó la depresión donde había un grupo de árboles que ocultaban el pozo.

—Esto solía ser un lugar feliz, el corazón y alma de Langdale. Cuanto más cerca estaba del pozo, mejor me sentía. Ahora la atmósfera está tan cargada que hasta los caballos se muestran asustadizos.

Abby dio unas palmaditas en el cuello a su montura.

—Incluso esta vieja holgazana está nerviosa. ¿Se encuentra el pozo lo bastante cerca como para hacer a pie el resto del camino? Preferiría que los caballos no sufrieran.

—El pozo está en medio de ese bosquecillo, así que podemos dejar aquí los caballos. —Jack hizo frenar a *Dancer* y desmontó—. Pensaba que podríamos comer al lado del pozo, pero a no ser que la atmósfera mejore mucho, mejor buscar otro lugar para nuestro picnic. —Inspeccionó los alrededores; sus hábitos militares le hacían tomar nota de posibles emboscadas o puntos peligrosos pese a que la lucha con Scranton no se libraría en un campo de batalla de este tipo.

Tras amarrar su caballo, ayudó a desmontar a Abby. Era del todo capaz de descender de la montura ella solita, por supuesto, pero ayudarla era una buena excusa para cogerla de la cintura y bajarla al suelo. Y así era más fácil robarle un beso.

El beso de respuesta de ella fue tan seductor que por un breve instante consiguió olvidar la energía mancillada del pozo. Cuando acabó de dárselo, Abby lo miró con picardía desde debajo de sus pestañas.

—Asegúrate de buscar un lugar muy íntimo para el almuerzo.

Él sonrió.

—¿Es sólo excitación lo que consigue que un beso disipe parte de la atmósfera cargada? ¿O es algo más?

—Algo más. —Una vez atado su caballo, Abby se agarró con una mano la larga falda del atuendo de montar y tomó el brazo de Jack con la otra—. La pasión es positiva porque es la esencia de la vida. Crea una chispa de luz en medio de la oscuridad.

Se encaminaron hacia el bosquecillo. *Maxie*, que les había seguido fielmente por la finca, empezó a gemir. Cuando Jack se volvió hacia la perra, ésta se sentó y le miró con expresión desgraciada, como un fiel sirviente al que se le pide un imposible.

—Su intuición canina funciona —comentó Abby mientras se inclinaba para frotar las orejas al animal—. ¿Demuestro que tengo poderes clarividentes al predecir que esta esmirriada pronto estará instalada en la casa poniéndose como un ceporro con las atenciones de la señora Watson?

Jack se rió.

—Y luego dices que no puedes adivinar el futuro. —Rascó el cuello del animal—. Quédate a cuidar los caballos, muchacha.

La perra se dio media vuelta y se fue trotando hacia donde permanecían atados los caballos como si hubiera entendido cada una de sus palabras. El regocijo de Jack se desvaneció a medida que caminaban entre los árboles en dirección al pozo. No sólo la atmósfera era cada vez más amenazadora, sino que se sentía más pesado físicamente a cada paso que daba, como si transportara una montaña sobre la espalda. Por la expresión de decisión de Abby, imaginó que ella se sentía igual.

Salieron al claro en el cual se hallaba el pozo sagrado. El manantial que formaba surgía burbujeante de una grieta en la gran roca que sobresalía de la colina. El agua era recogida en una pequeña laguna apenas unos metros más abajo, para luego desaguar en un arroyo. Incluso en los veranos más secos, siempre había habido agua potable y abundante, y una espesa vegetación crecía alrededor de las orillas de la laguna y del arroyo.

Ahora el manantial había menguado hasta quedarse en una película húmeda sobre la superficie de roca, y la laguna no era más que un charco de barro con las orillas peladas, sin la frondosa maleza de antaño.

Sin necesidad de hablar, se detuvieron en el extremo del pequeño claro. Abby respiró profundamente.

—Noto que no tengo deseos de acercarme más.

—Yo siento lo mismo. —La percepción de peligro y oscura opresión había aumentado con cada paso, y ahora el deseo de echar a correr era casi irresistible—. Es peor que el miedo previo a la batalla, cuando corres el peligro de estallar por los aires en sangrientos pedazos.

—Temes por tu alma, con la convicción de que si te acercas demasiado a la fuente del mal estarás condenado para siempre. Lo cual no tiene sentido, por supuesto. Sólo Dios puede decidir el futuro de las almas. No es más que un maleficio para infundir miedo, pero es el más fuerte que he experimentado en mi vida.

—Dado que el miedo es la emoción más negativa que existe, es probable que Scranton sea un genio creando sortilegios de este tipo. —Jack se recordó que había visitado este lugar mil veces antes y que no había nada de que asustarse. Con el corazón acelerado como si el mejor regimiento de caballería francés cargara contra él, se adelantó a Abby y empezó a recorrer los últimos quince metros hasta lo que en otro tiempo había sido un pozo sagrado.

—Jack, espera. —Una mano le rodeó la muñeca y Abby se situó a su lado, con el rostro blanco como la nieve, pero lleno de decisión.

El temor de Jack disminuyó hasta un nivel más soportable.

—Juntos podemos hacer frente a cualquier cosa que nos haya preparado Scranton. —Éste era el hechizo mágico creado por su matrimonio, comprendió entonces. Juntos eran más fuertes que la suma de las partes individuales.

Se aproximaron al manantial los dos juntos. Aunque la sensación de inminente desastre iba en aumento, Jack consiguió controlar su deseo de darse media vuelta y echar a correr.

Para cuando llegaron al manantial, la energía negativa les golpeaba casi con fuerza física. Era como estar dentro de un tambor gigante, atacados desde todos los flancos. Soportable, pero no por mucho tiempo.

—Abby, creo que sólo uno de cada diez soldados tendría el valor de atravesar el claro conmigo, tal vez ni eso. Tienes alma de guerrera.

—No, es sólo que me he casado con un guerrero. —Se arrodilló y estudió la piedra por la que surgía el manantial, inclinándose hacia delante para explorar la superficie con la punta de los dedos—. Hay caracteres antiguos tallados en la roca. ¿Sabes qué dicen?

—Probablemente que el agua está bendita. Debajo de tu mano hay una inscripción en latín casi gastada por el agua. Dice que éste es un manantial sagrado.

—Fascinante. —Su voz indicaba que la curiosidad estaba erradicando el miedo—. Copiaré las inscripciones y se las enviaré a mi padre. Tal vez sea capaz de interpretarlas.

—¿Y qué hay del pozo en sí? ¿Está contaminado sin remedio? —Jack observaba con inquietud a su alrededor; le preocupaba que ella pudiera sufrir algún daño en este lugar.

Abby apartó la atención de las runas y recorrió con la punta de los dedos la humedad que calaba la piedra.

—No está contaminado, pero sí anulado y distorsionado de un modo horrible. Tenías razón, aquí está la conexión entre Scranton y el hurto de fuerza vital de la tierra. ¿Ves este débil hilo grisáceo?

Trazó una línea en el aire, media pulgada más o menos por encima del hilo de energía que Jack veía con facilidad ahora que se lo había indicado. La conexión era fina como un cabello, incluso menos sustancial. Se alejaba de ellos y era imposible verla a poca distancia.

—Algo tan pequeño y que haga tanto daño.

—Con esta conexión ha destruido el equilibrio natural del valle. —Alzó la vista para mirar a Jack—. ¿Se consideraba en otro tiempo Langdale un lugar de fortuna inusual?

Jack hizo un gesto afirmativo.

—Las cosechas y el ganado siempre fueron abundantes. Mi familia estaba aquí antes de la existencia de documentos escritos. Un caballero normando de mi linaje se casó con una hija del propietario anglosajón, de modo que se añadió sangre nueva a la antigua. El apellido Langdon se tomó de Langdale, el nombre de nuestro valle. ¿Crees que los siglos de buena suerte tenían que ver con este pozo sagrado?

—Sin duda el pozo ayudó, aunque también habrán influido otros factores. —Sonrió—. Al fin y al cabo, tus amigos te llaman Jack el Afortunado.

—El pozo ha formado parte de la historia familiar a lo largo de siglos. —Tocó la piedra, y una imagen invadió su mente. Asombrado por el poder de la visión, dijo—: Qué extraño. Tengo la seguridad de que los antepasados más lejanos eran sacerdotes druidas que habitaban aquí y que dispensaban las aguas curativas a quienes las necesitaran.

—Eso explicaría la magia que posee tu familia. —No parecía sorprendida por lo que él había visto o por el mero hecho de que lo hubiera visto.

Deseando poder golpear y destruir físicamente la energía siniestra que profanaba este lugar sagrado, preguntó:

—¿Cómo podemos volver a liberar las aguas?

Ella apoyó la palma de la mano en la superficie de roca.

—Es posible que un círculo curativo nos sirva. No requerirá tanto poder como tu curación, ya que entonces trabajamos con un cuerpo físico malogrado. Para los magos, es más fácil tratar la energía pura, que es lo que haríamos en este caso. Creo que tú, el señor Willard y yo podríamos deshacer la energía negativa que ha bloqueado el flujo natural. —Se levantó y se sacudió las manos—. De hecho, eso sería perfecto: la curandera, el eclesiástico y el hombre que creció en esta tierra.

—¿El círculo debilitaría a Scranton al interrumpirle el suministro de energía? —Cuando Abby asintió, él continuó—: ¿Podemos iniciar el proceso de curación cortando el hilo?

—Tal vez. Verificaré la cantidad de poder que lleva. —Abby estiró un dedo con delicadeza y tocó el hilo.

El mundo explotó.

Capítulo 32

Mientras Abby gritaba, Jack fue derribado hacia atrás en una vorágine de luz distorsionada y locura dañina que abrasó sus nervios y le sumió en la negrura. Había sobrevivido a impactos de artillería de campaña que casi habían hecho diana, pero nunca a nada así.

Recuperó el conocimiento, aunque intermitentemente. Por la posición del sol, había pasado muy poco tiempo, tal vez sólo unos instantes. Un perro aullaba muy cerca. Con esfuerzo doloroso, recordó que habían encontrado una perra. *¿Maxie?* La tormenta de energía había sido una trampa, y su furia les había atrapado al tocar el disparador. Una energía oscura bullía desde la laguna, tan espeluznante como la lava que echa un volcán.

Estaba despatarrado sobre el duro suelo y Abby yacía inmóvil a un metro de distancia, con una mano colgando en la laguna vacía.

—¿Abby?

Necesitó toda su fuerza para apoyarse en un codo. Sin demasiadas esperanzas, preguntó con voz áspera:

—Abby, ¿estás bien?

No respiraba, y a él casi se le paró el corazón al percatarse de ello. Le tomó el pulso. Nada.

No podía estar muerta, no podía. Santo cielo, ¿qué iba a hacer sin ella? Al principio, hubiera preferido la muerte antes que casarse con una hechicera, y, ahora no podía imaginarse la vida sin Abby.

Esta espléndida mujer, inteligente y sensual, era suya... y ahora la había perdido.

Estaba enamorado de ella. Pero ¿por qué no se había dado cuenta antes? Tal vez porque era un hombre y no había pensado en nada más que en lo mucho que disfrutaba acostándose, hablando y montando a caballo con ella.

Y ahora ya no estaba ahí.

Un terrible pesar le abrasó por dentro. Era todo lo que podía desear en una esposa y había sido demasiado necio como para reconocerlo. Al asumir que la fuerza de ella podía con todo, la había perdido. Debería haberla protegido mejor.

Con lágrimas irritándole los ojos, elevó un grito al cielo vacío.

—¡Si hay algún Dios ahí, llévate mi vida y salva la suya!

El grito que surgió de su corazón no recibió respuesta. Vagamente consciente del perro que aullaba y del géiser de energía siniestra que brotaba junto a él, se arrodilló y besó los labios inanimados de Abby.

—Te amo, Abby. Ahora y siempre. —Se le entrecortó la voz—. Descansa en paz, querida.

Ella tosió con una convulsión y su pecho empezó a subir y bajar. Jack contuvo el aliento, paralizado por la esperanza.

—Muchacha, me dijiste que los besos eran energía positiva y que repelían la oscuridad —susurró—, tal vez sirva de algo que te dé otro.

Y tal vez la magia ayudase también. Al fin y al cabo, Abby la había empleado para salvar la vida de alguien tan indigno como él. Por primera vez, se abrió y aceptó su poder natural. Rogando para tener algo de curandero, besó sus labios de nuevo. Al mismo tiempo, imaginó un poder saludable y positivo que surgía como una cascada de él para entrar en ella.

Notó bajo los labios una débil y dulce respuesta. Animado, pasó las manos por su cuerpo, en busca de lesiones provocadas por la caída. No encontró sangre ni huesos rotos, aunque pensó que los dos estarían magullados por la mañana.

Aunque seguía inconsciente, Abby dio un leve suspiro de placer cuando le rozó un pecho con la mano al explorar sus costillas. Probó a descansar la palma en el pecho derecho. Los labios de ella esbozaron una sonrisa.

Si los besos y las caricias eran energía positiva, había llegado el momento de administrarle más. Volvió a recurrir a su magia, visualizándola como un río de salud y bienestar. Cuando la volvió a besar, ella abrió la boca y le tocó la lengua con la suya como respuesta inconfundible. Jack le susurró:

—Abby, ¿estás despierta?

Abrió los ojos, con aspecto dulce y descentrado.

—Jack, he tenido el más terrible de los sueños: había fallecido.

—No pienses en eso ahora, muchacha. —Acunó su rostro entre sus manos y la besó con su cuerpo y su alma.

Mientras se concentraba en enviarle energía curativa, reconoció que su poder innato se veía potenciado por un poder aún mayor que extraía de la propia tierra. La tierra era la fuente de vida, y esa vitalidad le atravesaba ardiendo. Pidió más y la compartió toda con ella, ofreciéndole vida, pasión y amor sin fin.

Abby volvió a cerrar los ojos, pero Jack sentía cómo le incitaba con las manos y la boca mientras la pasión crecía en ella igual que en él. Era su diosa, y personificaba el rico obsequio de la tierra. Lo más natural era buscar sus lugares secretos, acariciarlos y rozarlos hasta hacerla gritar.

—¡Jack!

Penetró su cuerpo receptivo, y su unión fue salvaje como una tormenta de verano. Varón y hembra, siempre opuestos y parejas. Se la habían devuelto milagrosamente, y al alcanzar el clímax, Jack le entregó el corazón así como la simiente de vida.

Ella se aferró estremecida, hasta que la furia de la pasión se desvaneció. Él la acunó en sus brazos con la ternura del amor. Cuando notó que el corazón recuperaba el ritmo normal, le preguntó:

—¿Estás bien, muchacha?

—Nunca había estado mejor, pese a lo sucedido. —Abrió sus asombrosos ojos y le sonrió con un cariño que podía haber fundido todo Yorkshire—. ¿Qué es lo que ha sucedido?

—Cuando tocaste el hilo que conectaba el pozo con Scranton, liberaste de forma accidental un torrente de energía siniestra y maligna que nos dejó sin sentido a los dos. Pensé… pensé que habías muerto. No respirabas, no latía tu corazón. —Tragó saliva con pena—. De modo que te di un último beso de despedida e invoqué algún tipo de magia que, al parecer, soy capaz de canalizar. Creo que te ayudó a regresar. Cuánta más fuerza positiva generamos, más fuertes nos volvemos.

Ella entrecerró los ojos sin dejar de estudiarle.

—Tu aura centellea como una hoguera. Has conectado con la energía de la tierra de la finca. Ésa es tu magia especial, Jack. Ésta es tu tierra, y te ha contestado como te respondería una amante. —Se sonrojó—. Igual que yo.

—¿De modo que, juntos, hemos hecho renacer este lugar?

—Desde luego que sí. —Volvió la cabeza—. Mira el manantial.

El agua salía a borbotones de la grieta en la roca y caía salpicando en la laguna. No había advertido el sonido por lo sobrecogido que estaba a causa del otro drama.

—¿Ha sanado el pozo? La energía procedente del manantial antes parecía hollín de chimenea.

Abby se sentó y estiró una mano bajo el chorro de agua. Tras un momento, dijo:

—El manantial vuelve a ser puro y saludable. —Cogió un poco de agua y la bebió con sed—. La energía negativa que conectaba con Scranton era una especie de tapón gigante. Al volar por los aires, la energía natural de la tierra ha empezado a reponerse.

Jack se salpicó la cara, y luego se llevó agua fresca y clara a la boca repetidas veces. Era el dulce sabor de Langdale.

—¿Cómo le afectará esto a Scranton?

—Tiene que haber notado que su suministro de fuerza vital ha quedado interrumpido. Más allá de eso, no estoy segura. —Se puso en pie, con un ligero estremecimiento—. Tienes poder para proteger el pozo, por lo que él ya no podrá usarlo para sus retorcidos propósitos.

Jack cerró los ojos y supo que estaba en lo cierto. La fuerza vital de Langdale palpitaba a través suyo como un torrente ahora que había recuperado su vitalidad natural.

Abrió las manos y visionó la luz blanca cayendo en cascada desde el manantial, discurriendo luego hacia el exterior sobre cada colina y depresión hasta abarcar todo el valle. Había sido un maldito necio cabezota resistiéndose a su magia durante tanto tiempo, pero ahora él y su tierra estaban unidos; ahora disponía de la fuerza de esta tierra. Pronunció una oración de profundo agradecimiento desde lo más hondo de su corazón por haber recibido el honor de administrar este lugar y su gente.

Scranton nunca volvería a arrebatarle esta preciosa fuerza vital. Nunca.

Cuando abrió los ojos, Abby le dijo en un susurro:

—Mira.

La vegetación estaba empezando a brotar alrededor del borde yermo de la laguna. En las ramas superiores, los abultados capullos comenzaron a dar hojas y, en torno al tronco del árbol, un grupo de narcisos profería un clamor dorado. Él se inclinó para coger una de las flores, medio esperando que se tratara de una ilusión, y vio que eran reales. Inhaló aquella fragancia mantecosa que era la esencia de la primavera, y luego metió el tallo por el ojal de la chaqueta de Abby.

—Es un milagro, muchacha.

Ella hizo un gesto:

—Aquí tenemos otro milagro.

Maxie, sin temer ya la maldad del pozo, se había acercado trotando para unirse a ellos y lamía afanosamente el agua de la laguna. Una vez satisfecha, alzó la vista esperanzada.

—Ahí tenemos un animal dispuesto a comerse otro emparedado. Igual que yo. ¡Me muero de hambre! —Abby se quitó unas hierbas secas del pelo.

—¿Comemos algo antes de ir a plantarle cara a Scranton?

—Hay que enfrentarse a él —aceptó Jack—, pero no con el estómago vacío. Confío en que quede suficiente comida para los tres.

Era asombroso lo rápido que un perro podía convertirse en parte de la familia.

Abby siempre había disfrutado con la energía vibrante de la primavera, pero nunca había experimentado nada parecido al renacer de Langdale.

—Casi podemos ver cómo crece la hierba —dijo maravillada.

—La vegetación de la finca crecerá hasta ponerse al nivel del resto de esta parte de Yorkshire. —Jack parecía estar muy seguro. No era de extrañar dada la manera en que la fuerza vital de la finca pulsaba a través de su cuerpo. Ella había visto en alguna ocasión este tipo de conexión entre granjeros o jardineros y la tierra que amaban, pero nunca con tal intensidad. El valle llevaba años esperando el regreso de Jack, y ahora se habían curado y completado mutuamente.

Se detuvieron ante una casita que se hallaba en la ruta de regreso a Langdale Hall. El ama de casa salió y les saludó con rostro radiante y una criatura siguiéndola de cerca.

—¡Bienvenido a casa, lord Frayne! —Le hizo una reverencia a Abby cuando las presentaron—. Empezaba a pensar que nunca llegaría la primavera, pero cuando llega lo hace en serio, ¿eh? —Se limpió las manos manchadas de harina en el mandil—. Adentro no hay gran cosa, pero ¿les apetecería a milord y milady tomarse conmigo un poco de cerveza y pan tostado con queso?

Jack miró a Abby, que hizo un gesto de asentimiento.

—Nos encantaría, señora Rome. —Desmontó y ayudó a su esposa a bajar del caballo. Las casitas que habían visitado por la mañana estaban llenas de gente deprimida y huraña, que no les habían brindado ni sonrisas ni ofrecimientos de hospitalidad.

La cerveza y el pan con queso estaban deliciosos también. Teniendo en cuenta que *Maxie* había liquidado buena parte del almuerzo preparado por la señora Watson, Abby y Jack dieron cuenta de la comida que les ofrecieron con ganas. Abby se fijó en la manera en que su marido hablaba con la arrendataria, con soltura, y sintiéndose totalmente en su ambiente. Comentó cuestiones relacionadas con la tierra que labraban ella y su esposo, hizo saltar al niño sobre su rodilla y prometió arreglar el techo.

Después de montarse otra vez en los caballos, y ya de regreso a casa, Abby le dijo:

—Has encontrado tu lugar en el mundo, Jack. De aquí a un año, todas las casas volverán a estar habitadas y los residentes se sentirán agradecidos de vivir en Langdale.

—Aunque tarde más de un año, confío en que llegue ese día.

Estaban cerca de la mansión cuando pasaron junto a un campo con un pequeño rebaño de vacas lecheras, rodeado por una valla. El ganado daba vueltas desganado; su mal estado les impedía disfrutar de la hierba que brotaba. Muchas vacas tenían llagas en sus costados peludos. Jack frunció el ceño ante aquella visión.

—¿Te importaría esperar aquí con *Dancer*? Quiero intentar algo.

—Por supuesto. —Abby cogió las riendas del caballo, curiosa por ver qué tendría en mente su marido.

Jack pasó al otro lado de la valla y se movió entre las vacas, hablándoles y poniéndoles la mano encima. Llena de asombro, vio la mejoría ante sus propios ojos: las llagas desaparecieron, la piel apagada momentos antes adquirió un brillo saludable, y las vacas empezaron a levantar la cabeza.

Aunque seguían escuálidas, la manera en que empezaron a devorar la hierba le dejó claro que en cuestión de nada se desarrollarían y volverían a estar robustas. Una vaquilla se animó tanto que casi derriba a Jack de un cabezazo.

Entonces, él regresó radiante de alegría y Abby se inclinó desde su silla para darle un beso.

—Ha sido extraordinario. No me había percatado de que fueras un curandero. Tal vez un curandero de animales.

Él negó con la cabeza mientras volvía a montar.

—No creo que la curación haya sido algo más que una extensión de mi conexión con esta tierra. Son mis animales, y he sido capaz de... canalizar parte de la fuerza vital de la tierra hasta el interior de ellos.

Abby comprendió que éste era el hombre que Jack tenía que ser. Poderoso, sabio, bondadoso, un hombre que cuida de la tierra, de las personas y los animales. Era como un antiguo dios de la cosecha, capaz de dispensar sus dones a lo largo de todo el año. Notó una punzada de pesar. Ella le había curado y luego se había convertido en su maestra mientras aprendía a aceptar su don para la magia. Pero ahora que él estaba desarrollando plenamente su especialidad mágica, ya no la necesitaría en aquella faceta.

Lamentando que ya no la necesitara, le dedicó la mejor de sus sonrisas.

—Tendremos que empezar a buscar a la gente que se ha marchado. Sin duda, algunos querrán regresar.

—El administrador de Langdale y el señor Willard pueden ayudarnos a preparar una lista de los arrendatarios y trabajadores que hemos perdido. —Entonces, la luz desapareció de sus ojos—. Pero antes debemos ocuparnos de Scranton. ¿Cómo podremos impedir que despoje de vida otras tierras?

—Tal vez mi padre sepa la manera. —Había estado intentando no pensar en Scranton, pero se obligó a visualizarle. Captó su energía y soltó un jadeo llena de horror.

—¡Tenemos que regresar ahora! ¡Scranton sabe que has interrumpido su conexión de energía y está a punto de hacer algo espantoso!

El rostro de Jack se congeló y sus ojos revelaron que también sabía lo que iba a suceder.

—Yo me ocuparé de esto. ¡Manténte alejada, Abby! No podría soportar que volviera a pasarte algo.

Espoleó al caballo que salió al galope y se dirigió a toda velocidad hacia la residencia. Abby le siguió, azuzando a su plácido caballo para que acelerara al máximo. ¡Era un necio si pensaba que no iba a intervenir en un enfrentamiento con el enemigo!

La mansión estaba a tan sólo cinco minutos de una febril cabalgada. Iba doscientos metros por detrás de Jack cuando vio que él llegaba al patio del establo y frenaba.

—Ocúpate de mi caballo —le gritó a un sorprendido muchacho mientras bajaba de un salto de la montura.

Había desaparecido en el interior de la casa cuando Abby llegó al patio del las cuadras. Desmontó dejándose caer del caballo con suma rapidez y arrojó las riendas al chico.

—¡Ocúpate de mi caballo también! —Se agarró las faldas y salió corriendo en dirección a la casa.

Maxie, cojeando visiblemente, había llegado correteando detrás de ella. Cuando la perra llegó al patio, empezó a lamer agua del abrevadero de los caballos. Mientras Abby abría la puerta de entrada a la casa, gritó por encima del hombro:

—¡Y cuando tengas tiempo dale un baño al perro!

Aunque Abby no conocía bien la casa, necesitó sólo un momento de quietud para localizar los latidos oscuros de los problemas. Atraída por aquella sensación de desastre inminente, corrió por los pasillos que llevaban al salón familiar.

Jack se hallaba en el umbral de la puerta abierta, con el cuerpo tenso. Abby descubrió el motivo cuando se detuvo dando un patinazo y miró al interior. Sentada en un moderno sofá de estilo egipcio estaba Helen, tejiendo tan tranquila con unas estrechas agujas de plata, sin hacerle el menor caso al resto de los presentes en la habitación. Llevaba un magnífico vestido de seda de gran escote y su cabello dorado era una estilizada cascada de rizos. Un tesoro de joyas digno de una reina relumbraba en su garganta, muñecas y orejas.

Su ceñudo esposo se hallaba a su lado sosteniendo con pulso firme una escopeta de doble cañón. Scranton mostraba una gélida sonrisa mientras apuntaba el arma hacia la puerta. A esa distancia, podría herirlos o matarlos a los dos.

—Piensan que han vencido al romper mi conexión con Langdale, pero no es así. El poder final está en mis manos.

Jack reconoció la llegada de Abby poniéndole mala cara por un instante, como si ya supiera que iba a aparecer. Pero se mantuvo concentrado en el esposo de su madre.

—Esto no tiene que ver con ganar o perder, Scranton. Lo que yo buscaba era el control y el buen estado de mi tierra, y ahora lo tengo. Sí, me enfada lo que ha hecho, pero no necesito vengarme. Si quiere puede marcharse. Igual que mi madre, en caso de que elija acompañarle.

Jack se quedó helado cuando Scranton ajustó mejor el dedo al gatillo.

—No lo entienden —dijo el hombre furioso. A su lado, Helen continuaba tejiendo. Las estrechas agujas estaban confeccionando algo pequeño y con calados. Su indiferencia al drama que se desarrollaba ante ella sugería que estaba profundamente hechizada.

—¿Qué es lo que no entendemos? —le preguntó Abby bajito, confiando en que Scranton se sintiera menos amenazado por una mujer que por un hombre poderoso como Jack—. Me gustaría saberlo, si es tan amable de explicárnoslo. Sé que está dotado de un don inusual para la magia.

El cañón de la escopeta se agitó un poco mientras él agarraba el arma con menos estabilidad.

—¡Un don corrompido, casi inútil! Cada cosa que he logrado con mi magia ha requerido doce veces el esfuerzo de un brujo normal. Pero a pesar de los obstáculos, aprendí a usar mi poder para conseguir lo que quería. Contemplen mi gran tesoro.

Tocó a Helen en el hombro con una mano.

—Mi esposa es mi reina. La mujer más hermosa de la tierra. —La emoción le embargó la voz.

—Es un premio valiosísimo y excepcional —reconoció Abby—. ¿Por qué no cogerla y llevársela, sin más? Nadie le detendrá. Cuenta con recursos suficientes para llevar una vida feliz y plena con su esposa en cualquier lugar que desee. Combe House. Londres. Incluso en el extranjero.

—¡Porque Langdale es el único lugar donde puedo estar con Helen! —A Scranton se le entrecortó la voz—. Después de haber vivido casi toda la vida aquí, ella está unida a este lugar, aunque no tanto como él. —Hizo un ademán con la escopeta para indicar a Jack—. Si empleo la magia de Langdale, puedo hacer que me ame en Langdale. Aquí es la esposa perfecta.

—¿Me está diciendo que se casó con usted porque la embrujó y no por amor? —dijo Jack conmocionado.

—¡Por supuesto que me ama! —La escopeta se agitaba aunque seguía apuntando a la puerta—. Pero... pero aquí somos más felices.

Abby soltó un jadeo.

—¡Ha usado su magia retorcida para cautivarla! Por eso no puede marcharse de Langdale: en cualquier otro lugar, el hechizo sería demasiado débil para retenerla.

Por la expresión de Scranton, vio que había acertado. Sólo en Langdale sería Helen la esposa sumisa que quería Scranton. Su obsesión le había llevado a aprender a extraer energía de la tierra y falsearla para obtener el embrujo que la unía a él. No era de extrañar que no le permitiera salir de la finca y que él también permaneciera allí. Debía temer perderla para siempre si escapaba alguna vez a su control.

—¡Malnacido! —dijo Jack con voz grave y amenazadora—. Hasta ahora estaba dispuesto a aceptar el matrimonio de mi madre porque pensaba que le amaba. Pero ¡si la ha tenido prisionera, juro que la liberaré aunque tenga que romperle el cuello con mis propias manos!

Se abalanzó hacia delante, Scranton disparó y el ruido ensordeció el pequeño salón.

Antes de que Abby tuviera ocasión de sentir pánico, Jack echó la mano hacia arriba y creó un escudo para protegerles a ambos. Un muro invisible de fuerza absorbió la velocidad de los perdigones de la escopeta, que cayeron al suelo de forma inofensiva.

—No puede hacernos daño ni a mí ni a Abby —le dijo Jack mientras la fuerza vital de Langdale corría por él—. Es su última oportunidad, Scranton. ¡Ríndase o sufrirá las consecuencias!

—¡No puedo vivir sin ella! Todo es culpa suya, Frayne. ¡No lo olvide! —Con mirada enloquecida, Scranton se volvió y le dio a su esposa un beso rápido y desesperado—. Despídete, querida mía. Luego haz lo que antes te he enseñado. ¡Nadie más te tendrá!

Helen levantó la cabeza y pestañeó con sus abstraídos ojos azules.

—Adiós, cariño. Adiós, Jack. —Sacó una de las agujas plateadas de la labor, le dio la vuelta para colocar la punta justo debajo el esternón, la inclinó hacia arriba... y clavó la vara de metal en su corazón.

Capítulo 33

Abby soltó un jadeo, casi incapaz de creerse lo que estaba viendo. Mientras Helen se quedaba inmóvil, con expresión horrorizada, Scranton dijo con voz quebrada:

—Estaremos juntos en la eternidad, querida mía. —Se metió la escopeta bajo la barbilla y disparó el segundo cañón.

El estallido le derribó hacia atrás y le destrozó el cráneo. Mientras la sangre salpicaba en todas direcciones, Helen se levantó y dio un paso adelante con incertidumbre. Lentamente se encogió hasta quedarse de rodillas y luego cayó de costado. Abby vio cómo se disolvía el vínculo de energía que conectaba a Helen con su marido. Por fin se había roto el dominio del siniestro mago.

—¡Madre! —Jack gritó con angustia mientras caía de rodillas al lado de la frágil forma de Helen. La puso con delicadeza de espaldas y la vara de plata de la aguja de tejer tembló en su diafragma, con un pequeño círculo de sangre manchando el vestido.

Abby se puso en pie tambaleante, más cerca del desmayo que nunca en su vida. Tanta sangre... Se le revolvió el estómago. Jack debía de haber visto imágenes así en el campo de batalla, pero ella, pese a ser curandera, nunca había experimentado nada tan horrendo.

Varios criados entraron precipitadamente en la habitación, pero se detuvieron al observar con horror el derramamiento de sangre.

—Tomad buena nota de esta visión para que podáis atestiguar que Scranton se ha quitado la vida. Luego sacad... esa cosa de aquí.

—Hizo un gesto hacia el cuerpo de Scranton—. Llevaros el sofá y quemadlo.

El joven lacayo, Jenkins, tragó saliva con dificultad.

—Sí, milord. —Su mirada se desplazó a Helen. Desde donde él se encontraba, la aguja de tejer no era visible—. ¿Y la señora? ¿Mandamos llamar a un médico o sólo se ha desvanecido de la impresión?

Jack negó con la cabeza.

—Está muy mal herida y un médico no podrá ayudarla, pero mi esposa es la mejor curandera de Inglaterra.

Jenkins se mostró aliviado. Estaba claro que respetaba a los hechiceros. Aplacado por el hecho de tener algo que hacer, organizó a sus compañeros sirvientes para obedecer las órdenes de Jack.

Sin mirar a la criatura destrozada que había sido Alfred Scranton, Abby obligó a sus piernas temblorosas a cruzar hasta donde Jack estaba arrodillado al lado de su madre. Helen aún vivía, ya que miraba parpadeante a su hijo.

—¡Vaya, Jack, qué placer verte! No esperaba que vinieras a casa este invierno. Cuánto tiempo ha pasado. —Intentó alzar una mano hacia la mejilla de su hijo, pero no lo logró—. Me... me siento cansada. ¿Vas a quedarte un tiempo?

Hablaba como una mujer que despierta de un sueño pesado. Incluso su voz había cambiado. Ésta era la verdadera Helen, comprendió Abby. La exquisita y dócil muñeca, esposa de Scranton, era la creación de las siniestras obsesiones del marido, no una mujer real.

Abby se arrodilló al lado de Helen y estudió la herida. Aunque la sangre de su marido le había salpicado, alrededor de la aguja apenas se veía sangre. Tal vez, Dios mediante, estuvieran a tiempo de presenciar un milagro.

Helen alzó la mirada hacia Abby, pestañeando como si intentara enfocar la vista.

—Jack, qué travieso, ¿has traído a casa a esta jovencita para presentármela?

Con voz entrecortada, él le respondió.

—Es mi esposa, madre. Te hablé de ella en una carta.

—¡Qué desastre de memoria! —Helen se rió entre jadeos—. ¿Cómo he podido olvidar algo así? Bienvenida a Langdale, hija, y gracias por casarte con este obstinado hijo mío. Tal vez ahora se quede en casa.

—No intente hablar, lady Frayne —dijo Abby—. Está muy enferma y necesita curarse.

—Tengo... mucho frío. ¿Qué es esto? —Helen intentó enfocar la brillante aguja que sobresalía de su pecho—. Qué peculiar. —Sus párpados se agitaron hasta cerrarse y su rostro se relajó.

—¿Puedes salvarla, Abby? —le preguntó Jack con mirada frenética—. ¡Perderla de este modo!

—Lo sabré mejor después de examinarla.

—¿La llevo al comedor para que puedas examinarla mejor?

—No, cualquier movimiento puede desplazar la aguja. Y eso sería fatal. —Abby extendió las palmas sobre el pecho de Helen y rodeó con las manos la aguja pero sin tocarla. Con los ojos cerrados, analizó a fondo el cuerpo de la otra mujer—. La aguja ha perforado varios órganos vitales, pero es tan afilada y la herida tan estrecha que, por el momento, no se ha producido demasiado sangrado interno. Eso podría cambiar en cualquier momento. Está en estado de *shock* y su situación es precaria.

—¿Qué se puede hacer? —le preguntó Jack.

—Con un círculo curativo tal vez fuera posible reparar el daño sufrido por sus órganos, uno a uno. —Sacudió la cabeza—. La verdad, no lo sé.

—Si alguien puede ayudarla, eres tú. ¿Qué quieres que haga?

—Llama al señor Willard lo antes posible. Ya que no podemos trasladar a tu madre, deberíamos tratarla aquí mismo. Intentaré mantenerla estable hasta que traigas al vicario. No sé si una herida mortal así de profunda puede curarse, pero ya que la herida es tan estrecha, merece la pena intentarlo. De otra manera, no habrá ninguna esperanza.

Jack besó la frente de su madre con ternura.

—Sigue aquí cuando regrese, madre, por favor. —Se levantó y salió de la habitación con expresión adusta.

Abby apoyó las manos en el pecho de Helen y se concentró en mantener con vida a la mujer. Aunque sentía la tentación de averiguar si podía reparar alguna de las heridas internas, controló su impulso.

Hacía falta más poder para una cura real y sería un disparate malgastar su energía en intentos vanos.

La respiración de Helen se estabilizó, superficial pero regular. Abby se levantó y encontró una manta de viaje sobre el respaldo de una silla. La desplegó y tapó con ella a Helen, cuya temperatura había bajado de manera alarmante. Luego volvió a ocupar su lugar junto a la mujer y apoyó una mano en su hombro, confiando en que tuviera poder suficiente para mantenerla en ese estado hasta que Jack y el vicario llegaran.

Los criados que se habían llevado el cuerpo de Scranton regresaron. En silencio y con suma eficiencia, se llevaron el sofá. Antes de salir, Jenkins tapó con una manta la alfombra manchada de sangre. Los hombres habían superado su conmoción inicial ante tanta violencia. Abby no percibió ningún pesar por la muerte de Scranton, pero miraban con ansia a Helen.

Dado que cargaban con un sofá, los criados dejaron la puerta abierta. Momentos después se oyó el ajetreo de unas uñas sobre el suelo y Abby alzó la vista mientras *Homero*, el perrito rechoncho de Helen, entraba correteando en la habitación. El perro se paró con un derrape y empezó a olisquear frenético a su ama. Al no obtener respuesta tras lamerle la cara, se sentó sobre los cuartos traseros y aulló con desesperación canina.

Aunque Abby antes había encontrado irritante a *Homero*, no podía soportar oír su congoja. Cogió al perro en sus brazos y lo acarició para tranquilizarlo.

—Lo siento, *Homero*. Tu amita está muy enferma. Haremos lo que podamos. ¿Por qué no te tumbas a su lado y compartes con ella un poco de tu calor de perro? —El desconcertante aullido se desvaneció hasta convertirse en un susurro mientras el perro permanecía tumbado a lo largo junto a su ama.

Luego entró *Cleo* sin hacer ruido. La gata siempre había tenido un instinto especial para tratar a las personas que no estaban bien. Había dormido con Jack de manera regular durante su periodo de recuperación, y Abby sospechaba que los gatos podían canalizar una forma de energía curativa invisible para los humanos.

Hoy no se desató el conflicto entre gato y perro. *Cleo* se hizo un ovillo junto a su dueña, acomodándose en el ángulo entre Abby y Helen. Su suave ronroneo podía ayudar o no a la mujer herida, pero Abby lo agradecía.

Mientras continuaba esforzándose por mantener con vida a la paciente, Abby estudió el rostro de aquella mujer. Helen parecía perceptiblemente mayor que la última vez que se habían visto. Seguía encantadora de todos modos, pero ahora exhibía las marcas de medio siglo de vida. Tal vez el encantamiento de Scranton incluyera la ilusión de parecer más joven. No era de extrañar que él necesitara extraer tanta energía de Langdale, pues no era fácil convertir a una mujer imperfecta en la esposa perfecta.

Ella y sus amigos continuarían velándola juntos hasta que Jack pudiera regresar.

Cuando Jack y el vicario llegaron, estaban tensos de preocupación. Traían consigo refuerzos, una mujer mayor muy tranquila llamada señora Neel, que era la curandera y comadrona del pueblo. Cuando les presentaron, Abby le dijo:

—Pensaba dirigir yo el círculo, señora Neel, pero delego en su experiencia, si le parece.

—Nada de eso, chiquilla, tú tienes mucho más poder que yo. —Con visible esfuerzo, la mujer mayor se inclinó encima del suelo al lado de Helen—. Ay, estoy demasiado mayor para sentarme así. Pero puedo aportar una buena cantidad de energía estable para la curación.

Dirigir este círculo sería menos peligroso que el creado para curar a Jack, ya que había menos poder implicado. Pero por otro lado, menos poder significaba también menos potencial curativo, por lo que Abby cerró los ojos un momento y rezó para que fueran capaces de cerrar la herida antes de que acabara con la vida de Helen. Luego los abrió y explicó brevemente cómo funcionaba el círculo. El señor Willard ya había participado en ceremonias como ésa, pero la única experiencia de Jack había sido como paciente.

Resultó un poco incómodo disponerles a todos alrededor del cuerpo inmóvil de Helen —después les iban a doler las articulaciones—, pero se las arreglaron. Quedaba espacio incluso para que los dos animales siguieran en contacto con la mujer herida.

Abby les explicó:

—Voy a retirar la aguja muy despacio, e intentaré curar cada órgano dañado mientras va saliendo. —No le hizo falta añadir que si retiraba la aguja deprisa, Helen se desangraría hasta morir.

Abby agarró con sumo cuidado la vara, mientras la señora Neel apoyaba una mano en su hombro derecho y Jack en el izquierdo. El señor Willard se encontraba entre ellos dos. Sondeó la energía individual de cada uno. La señora Neel, calmada y experimentada. El señor Willard, cuya magia bondadosa se incrementaba gracias a su profunda fe. Y Jack, que ardía con la vitalidad de todo Langdale.

Sintiéndose más segura, Abby se puso a trabajar, empezando por la punta de la aguja que estaba alojada en el corazón. Su percepción exploró el músculo pulsante en torno a la afilada punta. Luego empezó a reconstruir el tejido para bloquear la potencial hemorragia al retirar la presión de la aguja.

Fracción a fracción infinitesimal, la sacó. Se produjo un leve sangrado en otro punto de la vara de metal, más cerca del exterior, pero la sección que había reparado se mantuvo.

Empezó a trabajar en el hígado. La aguja ya había salido tres cuartos de su longitud cuando Abby empezó a balancearse, un poco mareada a causa del derroche de tanta energía. Al instante entró en ella un refuerzo de poder procedente de Jack. Ahora que el pozo sagrado se había recuperado y Scranton había muerto, Jack tenía acceso a cantidades inmensas de energía vital.

Recuperada, retomó su labor. Cuanto más se acercaba al final, mayor era la tentación de sacar la aguja rápidamente y concluir de una vez por todas el trabajo, pero se obligó a continuar al mismo ritmo lento.

—¡Gracias a Dios! —dijo cuando la aguja estuvo por fin fuera del cuerpo de Helen. Y después de clausurar el círculo, añadió—: Creo que va a ponerse bien.

Mientras se desplomaba, agotada por completo, Jack suspiró lleno de alivio y el vicario dijo:

—Sin duda hay que dar gracias a Dios.

La señora Neel le dio una palmadita a Abby en la mano.

—Ha sido un placer conocerla, lady Frayne. Confío en que trabajemos juntas de nuevo.

—Lo mismo digo... pero ¡que no sea pronto! —Estrechó la mano de la comadrona con agradecimiento antes de que la otra mujer se levantara con un crujido y se marchara.

Helen abrió los ojos y miró a su alrededor con confusión. Descansó la mirada en el vicario.

—¡Jeremy! Qué placer verle. Cuánto tiempo ha pasado. —Frunció el ceño—. Demasiado. He estado muy enferma, ¿no es así? ¿Me... acaso me estoy muriendo?

—Sufrió un accidente muy grave, pero ahora se está recuperando —le dijo Abby.

—Es como un largo sueño. No paro de ver a... sir Alfred Scranton. —Sacudió la cabeza con frustración—. ¿Me... me casé con él? ¿También ha resultado herido?

Abby intercambió una mirada con Jack. No era el momento adecuado para que su madre se enterara de toda la historia. Él le dijo con amabilidad:

—Sí, me temo que ha fallecido.

Los párpados de Helen se cerraron despacio y se le escaparon las lágrimas por debajo.

—Pobre Alfred. Era el más abnegado de los maridos, pero con intereses muy limitados. Tal vez no debería haberme casado con él. Pero, no quería estar sola, ya me entienden.

—Nunca tendrá que estar sola, Helen —le dijo el señor Willard con voz ronca.

—Querido Jeremy. —Helen abrió los ojos y le dedicó una encantadora sonrisa antes de quedarse dormida. Ahora que Helen estaba libre del hechizo de Scranton, no costaba ver por qué los hombres la adoraban.

—¿Podemos trasladarla ahora a su habitación? —preguntó Jack.

Abby hizo un gesto afirmativo.

—No podemos hacer nada más por su salud. Ahora el resto está en manos de Dios.

Jack se inclinó y levantó a su madre como si fuera de porcelana.

—Confío en que pueda dormir y espantar los malos recuerdos.

Abby se sentó sobre sus talones y se retiró un mechón de la cara.

—Tendrá que recordar, si es que quiere aprender algo de esta dura experiencia.

Tras un momento de vacilación, Jack asintió.

—Durante casi toda su vida, la gente la ha protegido porque parecía demasiado guapa como para afligirse. Esa etapa ya ha pasado.

Mientras Jack la sacaba del salón, el señor Willard se brindó a Abby para ayudarla a levantarse del suelo. Le dolía todo el cuerpo de permanecer sentada tanto tiempo y empezaba a notar las magulladuras de su caída antes junto al pozo. El vicario le dijo:

—Me gustaría hacer compañía a Helen si es posible.

—No creo que a Jack le importe. Su madre lleva años sin rezar y necesita a su vicario con ella. —Abby ladeó la cabeza—. ¿Por qué no se casó con ella en vez de dejarla en manos de Scranton?

El señor Willard apartó la vista.

—Consideré la posibilidad de proponérselo una vez concluido el año de luto, pero soy un vicario de campo y ella una vizcondesa. Aún estaba dándole vueltas a si sería correcto pedirle que se casara conmigo cuando se convirtió en la mujer de Scranton. Sufrí una amarga decepción, pero de cualquier modo, pensé que era lo mejor para todos. Él era un hombre rico. ¿Qué podía ofrecerle yo?

—Amor en vez de una locura obsesiva —dijo con sequedad Abby—. Aunque, dado el don de Scranton para la magia negativa, tal vez fuera mejor no interponerse entre él y su objeto de deseo. Ahora tiene una segunda oportunidad, señor Willard. Aprovéchela.

—Así será. —Su sonrisa fue sardónica—. Puede que sólo sea un vicario de campo, pero aprendo de los errores. Más que cualquier otra cosa en la tierra, lo que Helen necesita es que la quieran. A su primer marido no se le daba bien lo de mostrar sus profundos sentimientos. El segundo le arrebató el alma bajo el disfraz del amor. Puedo hacerlo mejor que todo eso.

Inclinó la cabeza y salió de la habitación. En ese momento, dos doncellas entraron en el salón. La mayor preguntó:

—¿Podemos limpiar esto ahora, milady?

Abby se estremeció cuando su mirada se desplazó sin querer a la zona manchada de sangre, cubierta por la manta.

—Por favor.

Salió de la habitación con una curiosa sensación de vacío. Había cumplido con su deber de hechicera. Jack estaba curado en todos los sentidos y ya no la necesitaba. Su cuñada era feliz y estaba embarazada del hombre que amaba. Helen acababa de librarse de una atroz esclavitud, y el siniestro mago que la había ocasionado se había quitado la vida. ¿Qué le quedaba?

Ante una necesidad repentina de aire fresco, se dirigió al exterior. Tal vez eso aplacara sus sentimientos de vacío.

Se detuvo un momento, sorprendida, y luego continuó su camino esbozando una débil sonrisa. Tal vez no estuviera vacía del todo al fin y al cabo.

Capítulo 34

—¡Estás ahí! —Jack venía dando zancadas por el sendero que llevaba a la vieja glorieta. La estructura estaba deteriorada, como tantas otras cosas de Langdale, pero las flores primaverales se abrían exuberantes en torno a la base, y la pequeña construcción contaba con una vista gloriosa del valle.

Abby se encontraba sentada dentro, en el banco de piedra que rodeaba la pared interior, con *Cleocatra* sobre su regazo y *Maxie*, mojada pero limpia, a sus pies. Tenía ojeras y parecía a punto de quedarse dormida allí mismo. Le saludó con un movimiento de cabeza, pero no habló.

—Me ha costado acordarme de que podía encontrarte mentalmente —explicó él mientras se instalaba a su lado en el banco.

Ella acarició con la mano el pelaje de la gata.

—¿Cómo está tu madre?

—Durmiendo plácidamente. —Jack se inclinó para rascar el cuello a *Maxie*. La perra alzó la vista con adoración—. Se despertó un instante cuando la estiré sobre la cama. Dice que es la única heredera de Scranton, por lo que ha heredado su propiedad y fortuna. —Torció el gesto—: Ahora es una importante heredera, pero está por ver si querrá vivir en esa casa.

—Mejor que el señor Willard se preocupe de que ningún otro hombre se la arrebate esta vez antes de hacerle una proposición —comentó Abby.

—No volverá a cometer ese error. Ahora está con ella. Hace años que son amigos. Creo que se llevarán admirablemente bien. Él la entiende, ella le respeta y se tienen mucho afecto. —Jack soltó una risita—. No me importaría admitirlo como padrastro.

—De modo que todo está bien. —Pero en vez de sonar victoriosa, parecía triste.

—Excepto tú. Pareces agotada. Mira, he pasado por la cocina para buscar comida. —Abrió la bolsa de lona que había traído y sacó una empanada de carne. —Después de tanta curación, tienes que estar muerta de hambre. Creo que es de ternera y setas.

—La verdad, sí que tengo hambre. —Abby mordió la empanada y unas migajas de hojaldre cayeron sobre su regazo—. Cuando me siento tan cansada, ni siquiera me acuerdo de comer.

Jack partió otra empanada en dos trozos, y empleó el pequeño para que *Cleo* bajara del regazo de Abby y el grande para *Maxie*. Luego dio un mordisco a la suya. Estaban calientes y deliciosas. La señora Watson había recuperado su habilidad así como su optimismo.

Se acabó la empanada de carne antes de advertir que Abby seguía teniendo aspecto triste.

—¿Qué ocurre, mocita? Ha sido un día aterrador, y ver cómo se quita la vida un hombre es terrible, seguro. Pero el mundo no va a echar de menos a Scranton, y juntos hemos triunfado. Langdale está recuperado, algo que no hubiera sido posible sin ti.

—O sin ti. Nunca me he sentido tan asustada en mi vida como cuando te disparó con la escopeta. —Bajó la vista, desmenuzando el último trozo de empanada—. Cuando acordamos casarnos, dije que quería tener hijos, pero que aparte de eso, no había necesidad de que te quedaras conmigo... Creo que me he quedado encinta hoy al lado del pozo.

—¿Vamos a tener un hijo? —exclamó atónito, pero encantado—. ¿Estás segura?

Ella hizo un gesto afirmativo.

—Celeste dijo que tuvo la certeza de que estaba embarazada en cuanto sucedió. Ahora sé a qué se refería. El mozalbete será un mago fuerte y un digno heredero para Langdale. Puedo regresar a Melton a dar a luz y así tú estarás libre para regresar al ejército si eso es lo que deseas, ahora que la sucesión está garantizada.

Jack estaba tan conmocionado que se le atragantó el último pedazo de empanada y empezó a toser. Cuando se sintió capaz de volver a hablar, exclamó:

—¿De qué diantres estás hablando? Pensaba que nos llevábamos bastante bien. ¿De veras quieres marcharte?

—No —respondió con calma, aún sin mirarle—, pero hicimos un trato cuando nos casamos. No me corresponde a mí cambiar las condiciones.

Esta vez, Jack recordó usar la magia a tiempo. Procuró tocar mentalmente sus emociones para entender su estado de ánimo.

Le impresionó percatarse de cómo se veía ella: demasiado grande y vulgar, una hechicera que no era bien recibida en absoluto, a excepción de cuando se requería su talento.

—¿De verdad te sientes alguien indeseable, pese a todo lo que he hecho para demostrarte lo contrario?

Ella se mordió el labio sin responder.

De repente, Jack lo comprendió.

—La falta de seguridad cala hondo y aumenta con los años. Y aún no te has dado cuenta de que yo no puedo estar sin tocarte. —Le cogió la mano—. Supongo que lleva tiempo disipar las dudas.

Pese a que Abby seguía apartando la mirada, apretó los dedos en torno a su mano.

Jack continuó en voz baja:

—Ha sido un día tan ajetreado que he olvidado mencionar algo bastante importante que pasó junto a la laguna.

Ella alzó la vista al oír eso, con diversión en los ojos por un breve instante.

—Engendrar un hijo juntos desde luego que es importante, pero no he olvidado cómo sucedió.

—Calla, mocita. Hablo de algo que sucedió antes. —Se inclinó y se puso a su grande y encantadora esposa en el regazo, y acariciándole el cabello le dijo—: Cuando pensé que habías muerto, el mundo se detuvo. No puedo imaginarme vivir sin ti. Me ha costado una burrada darme cuenta, pero te amo, Abby. Ahora y siempre, aquí y en cualquier rincón del mundo, amén. ¿Me quieres lo suficiente como para quedarte conmigo? Ningún hombre puede retener a una esposa hechicera en contra de su voluntad, por lo tanto confío de veras en que quieras quedarte.

Abby empezó a sollozar sin poder controlarse. La primera reacción de intranquilidad de Jack duró tan sólo un momento. Estaba en estado, conforme. Hasta él sabía que las emociones se desataban en una mujer que esperaba una criatura. Y por lo visto así era, aunque sólo hubieran transcurrido horas.

—¿Vas a decirme que te casaste conmigo por mi título y por una *entrée* en la sociedad londinense? —le preguntó—. Si así fuera, no me lo voy a creer. Ya he aprendido un par de cosas de ti, milady.

Ella se rió un poco entre lágrimas.

—Nunca tuvo que ver con tu título, Jack, pero he sufrido lo indecible por la manera en que te coaccioné para que te casaras conmigo. Aunque te concedí la oportunidad de echarte atrás, desde entonces me he preguntado si te habrías casado conmigo de no haberte sentido obligado.

Jack recuperó sus emociones caóticas tras el fatal accidente.

—Probablemente, no —admitió—. Una esposa hechicera habría sido algo impensable en ese instante.

—Sabía que debería haberte dejado —dijo con hipo—, pero he estado enamorada de ti tanto tiempo que no quería hacer lo correcto. De modo que fui egoísta y dejé que fueras noble y te casaras conmigo.

—¿Estabas enamorada de mí? —preguntó sorprendido.

Abby sollozó.

—La primera vez que te vi en Melton Mowbray no era más que una colegiala. Me causaste tal impresión, que te seguí por la calle mayor. Era como estar encantada. Cada temporada de caza, rezaba para que regresaras y pudiera volver a verte.

Jack le miró a los ojos, conmocionado de verdad.

—Santo Dios, mocita, ¿por qué? ¡Seguro que no por lo guapo que era!

—No, la mayoría de tus amigos eran más guapos —reconoció ella.

Él hizo una mueca.

—Vaya, no tenías que darme la razón tan deprisa.

Ella se rió.

—Sin duda tenías una buena constitución y cuerpo atlético, y llamabas la atención, pero por encima de eso, parecías tan agradable. Alguien a quien merecería la pena conocer. —Hundió la cabeza, pero él alcanzó a ver su sonrojo—. Alguien con quien me gustaría acostarme.

—Eso está mejor que el hecho de ser considerado guapo. —Pensó en lady Cynthia Devereaux y otras rubias frágiles y vanidosas. Eran meras fantasías, sin más sustancia que una nube.

La exuberante, sensual y sabia mujer que tenía en brazos era su realidad. Esta criatura asombrosa llevaba un hijo suyo. Con el corazón a punto de desbordarse, dijo:

—Yo no sabía qué tipo de mujer quería por esposa, por lo tanto, ¿no es una fortuna que decidieras quererme? De verdad tienes la capacidad de adivinar el futuro, creo yo.

—No quiero que lamentes algún día lo que hice —dijo muy en serio—. ¿Y si las cosas van mal entre nosotros?

Jack la besó con fuerza, sin dejar lugar a dudas sobre lo que pensaba de su atractivo.

—Nunca me lamentaré, Abby. —Sonrió burlón—. Y por supuesto que van a ir bien las cosas. ¡No en vano me llaman Jack el Afortunado!

Epílogo

Langdale celebraba su primera fiesta de la cosecha desde la muerte del padre de Jack, y lo hacía por todo lo alto. Una vez que Jack cumplió con su obligación de inaugurar los festejos y dar la bienvenida a los asistentes, fue en busca de su esposa. Le resultaba fácil encontrarla. Una de las primeras destrezas que había dominado con sus estudios de magia era localizar a Abby dondequiera que estuviese.

La encontró en la caseta de la comida, entre mesas atestadas de platos preparados, panes, confituras y dulces. Cuando el sol alcanzara el cenit y estuvieran listos el cerdo y la ijada de vacuno que ahora se asaban sobre el fuego, enrollarían los lados de la tienda para que los invitados entraran y se dieran un festín.

—Hola, mocita. —Cuando la portezuela de la tienda cayó tras él, se detuvo a admirar el esplendor de su esposa. Llevaba una bata azul a la moda y su altura minimizaba el efecto del embarazo, aunque ya estuviera de seis meses. Abby era la clase de mujer que se ponía radiante durante el embarazo. Tenía la piel perfecta y cremosa y su cabello brilla incluso en la penumbra de la tienda.

—¿Todo bien? —Le dedicó su sonrisa especial para él y robó una tartaleta.

—¡Ajá! —dijo él triunfal—. Pillada con las manos en la masa. La señora Watson va a llevarse un disgusto. Es muy severa con los ladrones de comida. —Empleó su magia para tirar de la tartaleta.

Abby aguantó el tirón y se metió en la boca el resto del hojaldre.

—Tengo su permiso para darme algún capricho ya que estoy aumentando de peso —dijo con una dignidad que quedó debilitada por la mancha de conserva de grosellas en su barbilla.

—Aumentando de peso con sumo encanto. —Dio un paso adelante y limpió con un beso la dulzura de la grosella mientras cogía sus pechos con las manos. Con el embarazo estaban aún más magníficos de lo habitual.

Ella ronroneó como un gato y se apretujó contra él. El deseo centelleó como un relámpago. Cuando ya casi estaban en el punto en que no les sería posible dar marcha atrás, un niño gritó justo fuera de la tienda. Abby se apartó pestañeando y dijo con voz áspera:

—Más tarde.

Cogió dos tartaletas más, le dio una a él y le pegó un mordisco a la otra.

—Más tarde —aceptó él con un suspiro—. Me alegra saber que nuestro hijo y heredero no pasa hambre. —Hacía falta una férrea fuerza de voluntad para apartar la vista de la imagen sensual de sus dientes hundiéndose en el masa hojaldrada.

—A la hija y heredera le gusta comer —dijo Abby con expresión grave pero ojos danzantes.

Él extendió una mano cariñosa sobre su vientre y notó una patada. Había mucha actividad ahí hoy. Le sobrecogía pensar que esta vida preciosa y energética fuera resultado del amor y la pasión.

—¿Aún no vas a decirme si es niño o niña?

—Sería una buena práctica que lo descubrieras tú solito —dijo en su mejor tono de maestra.

Jack cerró los ojos e intentó averiguar el sexo de aquella blanca luz reluciente que iba creciendo, pero no logró nada. Sin duda, aquella energía tan intrépida indicaba que se trataba de un niño. Aun así, percibió una dulzura que le recordaba tanto a Abby, que el bebé tenía que ser una niña. Sacudió la cabeza.

—Sólo estoy seguro de verdad de la magia. Va a ser todo un mago o maga.

—Y será educado para que valore ese don —añadió Abby en serio.

Jack estaba completamente de acuerdo. Nadie pegaría a un hijo suyo por mostrar demasiado interés por la brujería. Ni ningún hijo suyo sería enviado a la academia Stonebridge.

Descendió la mirada por el moderno escote de la bata de su mujer, que podría dejar fascinado incluso a un insensible santo de piedra.

—No me hago responsable de mis actos a no ser que salgamos a un lugar más público. —Le ofreció el brazo—. ¿Quieres venir a pasear conmigo mientras hago el papel de gentil anfitrión? Será aún mejor si me acompañas tú como graciosa anfitriona.

—Será un placer, milord. —Abby tomó el brazo de Jack y regresaron a la fiesta, que se extendía por los lados de la casa solariega y también por detrás del edificio. Los niños participaban en los juegos y los adultos esperaban su turno para ver un cosmorama de la batalla de Trafalgar mientras los músicos ambulantes y los titiriteros ejecutaban sus números. Cada pocos pasos, Jack y Abby se detenían a intercambiar cumplidos.

Mientras se alejaban de la función de marionetas, Jack murmuró:

—Casi conoces a tanta gente como yo, y todos te adoran.

Ella sonrió, pero negó con la cabeza, en absoluto conforme.

—Se alegran de formar parte otra vez de una comunidad feliz y saludable, así de sencillo.

—Te adoran —replicó él con firmeza—. Y qué menos. Al fin y al cabo, yo te adoro, y mi dictamen en esta materia es impecable.

Ella se sonrojó. De manera adorable. Le encantaba ver el juego de emociones en sus expresivos ojos. Cada día estaba más hermosa.

La señora Watson, que había recuperado el buen talante y su redondez, se volvió desde el fuego y declaró con convicción que ya era hora de comer. Al hacerlo, sus subalternos enrollaron las lonas de la caseta y los invitados se fueron hacia allí en masa.

Mientras Jack apartaba a Abby de la avalancha, un carruaje polvoriento pero espléndido rodeó majestuoso la casa hasta detenerse delante de los establos. Abby se protegió los ojos.

—¿Quién puede ser? No reconozco el carruaje, y todos los caballeros de la zona ya están aquí.

Jack entrecerró los ojos y a continuación se dirigió hacia el vehículo llevando a Abby con él.

—Es el carruaje de viaje del duque de Alderton. ¿Crees que mi madre habrá decidido regresar para la fiesta? Le escribí para contárselo. —Después de la muerte de Scranton, su madre había ido a pasar un tiempo con Celeste y la visita se había prolongado durante casi seis meses.

—Oh, espero que así sea —dijo Abby acelerando el paso—. Sus cartas son bastante alegres, pero me gustaría comprobar por mí misma cómo le va.

Su esposa, curandera en todo momento, pensó Jack con cariño. No querría que fuera de otra manera.

Llegaron al carruaje en el instante en que ayudaban a bajar a su madre.

—¡Jack, Abby! —gritó mientras iba dando saltitos hacia ellos—. ¡Oh, venid aquí los dos para que os abrace!

El cariño con que los estrechó compensaba su frialdad cuando su hijo regresó a Langdale después de estar años lejos. Tras levantarla por los aires con su abrazo y dejarla otra vez en el suelo, Jack la estudió con ojo crítico mientras ella abrazaba a Abby. Era la madre risueña y dulce que recordaba.

También resultaba interesante comprobar que ahora aparentaba su edad. Estaba hermosa, pero como una mujer madura, no como una niña. Se había vuelto más reflexiva desde la muerte de Scranton.

—¿Y a mí no me abrazas?

Jack se volvió para ver a su hermana descendiendo con cuidado del carruaje. Aunque su embarazo estaba apenas más avanzado que el de Abby, su constitución menuda lo hacía mucho más visible.

—¡Celeste, qué fantástico que hayas venido! —La abrazó, también, pero con más cuidado que a su madre.

—¿Y a mí se me perdonan las faltas del pasado, Frayne?

Jack se volvió, y le asombró descubrir que no era el lacayo quien había ayudado a descender del carruaje a su madre y hermana, sino el propio duque de Alderton. Parecía un poco cauteloso, como si no estuviera del todo seguro de ser bienvenido después de la situación desagradable de Londres.

—¡Piers! Cuánto me alegra que estés aquí y puedas ver cómo ha mejorado todo. —Estrechó con entusiasmo la mano de su cuñado.

—Te hemos traído un regalo. —El duque hizo una indicación por detrás del carruaje. Detenida en aquel momento delante de los establos había una gran carreta llena de un revoltijo de bienes domésticos y una familia de cinco miembros. Detrás trotaban varios perros pastores llenos de polvo.

Sin poder dar crédito a lo que veían sus ojos, Jack cruzó la distancia que le separaba de la carreta. Aquel rostro curtido le resultaba familiar.

—Señor Maxon, ¿es usted?

—Sí. —El pastor chupaba una brizna larga de hierba esforzándose por contener sus nervios—. La duquesa nos hizo una visita y nos dijo que todo iba bien en Langdale. Que se había instalado usted en la mansión y que quería que la gente volviera a casa.

La señora Maxon, una mujer tranquila que estaba sentada junto al pastor, dijo en voz baja:

—Y es cierto, ¿verdad?... Tiene que serlo... tiene que ser cierto.

Abby se adelantó y cogió la mano de la señora Maxon.

—¡Bendita sea la duquesa por encontrarles! Llevábamos tiempo buscando a su familia, pero no habíamos tenido suerte. Bienvenidos al valle, señora Maxon. Soy lady Frayne, y mi marido lamentaba su ausencia. Dice que el señor Maxon cría los mejores perros pastores de Gran Bretaña.

Al rostro del pastor se le escapó una inesperada sonrisa.

—Sí, desde luego que eso es lo que hago.

Maxie, que había estado buscando atenciones y obsequios con gran éxito durante toda la fiesta, se acercó trotando y empezó a tocar con la nariz a los perros recién llegados. Jack sonrió:

—He arreglado la vieja casita, confiando en que regresaran, e incluso he añadido un par de habitaciones. Maxon, usted será el pastor mayor, pero lo único que no puede recuperar es esta perra: ahora es mía.

Uno de los niños, un muchacho de unos diez años, se precipitó a bajar de la carreta.

—¡Oh, *Lulu* está viva! —Abrazó feliz a la perra—. Se había perdido, sí, justo antes de trasladarnos. Qué bien volver a verla, milord.

—Tienen que tener hambre. Vengan y participen en el banquete de la cosecha —sugirió Abby—. Sus viejos amigos y vecinos estarán encantados de volver a verles.

Los Maxon bajaron de la carreta y los niños dieron volteretas de excitación. Mientras la familia se alejaba, apareció el señor Willard con expresión radiante de felicidad.

—¡Helen!

Ella cogió las manos del vicario y estudió sonriente su rostro:

—Ya no podía esperar más. Pese a recibir una carta al día, no era suficiente, no soportaba más la distancia.

—Tendremos que esperar seis meses más —dijo él en voz baja—. Hasta que concluya el luto. Si estás segura de querer vivir en una vicaría...

—Estoy segura. —Le apretó las manos con más fuerza—. Crecí en una y fui muy feliz. Seré feliz en cualquier vicaría en la que estés tú.

Jack se apartó, pues no quería inmiscuirse en su reencuentro. Su madre estaría en buenas manos con el vicario. Sabía por Celeste que los dos habían mantenido una intensa correspondencia mientras Helen estaba en casa de su hija, e imaginó que las cartas les habían aportado un nivel más profundo de comprensión.

Abby y él acompañaron a sus invitados a la casa para que pudieran refrescarse. Al salir, logró meter a Abby en la hornacina situada debajo de las escaleras para disfrutar de un poco de intimidad.

—Es un día perfecto, mocita —dijo mientras la abrazaba—. ¿Sabías tú que Celeste había encontrado a los Maxon?

Abby apoyó la cabeza en su hombro con un suspiro de felicidad.

—Me había comentado que andaba tras su pista y que tenía esperanzas. Tiene un don especial para encontrar cosas, creo, y le encanta ponerlo en práctica. Además, me ha dicho que a su marido le parece útil.

—Por lo tanto la magia entra en la vida del noble duque. —Jack abrazó a su mujer con fuerza, aspirando la fragancia a romero en su pelo—. Igual que entró en mi vida el día que te conocí.

Volvió a apoyar la mano en su vientre y entonces contuvo la respiración cuando la visión de dos criaturitas rubias llenó su mente.

—¡Gemelos! —exclamó mientras los dos niños de su visión alzaban la mano. En sus pequeñas palmas resplandecía una luz mágica que unieron e hicieron girar para formar una única esfera brillante—. ¡Estás embarazada de gemelos! Un niño y una niña. No un mago sino dos.

Abby se rió, con sus ojos color aguamarina brillantes de dicha.

—Me preguntaba cuánto tardarías en darte cuenta. Es una bendición por partida doble. Al fin y al cabo... eres Jack el Afortunado. —Le dedicó una sonrisa que le conmovió—. Y yo soy la afortunada, Abby la afortunada.

www.titania.org

Visite nuestro sitio web y descubra cómo ganar
premios leyendo fabulosas historias.

Además, sin salir de su casa, podrá conocer
las últimas novedades de
Susan King, Jo Beverley o Mary Jo Putney,
entre otras excelentes escritoras.

Escoja, sin compromiso y con tranquilidad,
la historia que más le seduzca
leyendo el primer capítulo de cualquier libro
de Titania.

Vote por su libro preferido y envíe su opinión
para informar a otros lectores.

Y mucho más…